W0224881

La guérisseuse

GÉRALDINE
JAUJOU

La guérisseuse

ROMAN

J'ai lu

© Éditions Les Nouveaux Auteurs – Prisma Presse, 2011

À toi Nanie,
Je ne saurais pas écrire sur toi, mais ce livre est pour toi.

À ma mère qui a un jardin magnifique
et à mon père qui sait le contempler.

À mes frères, Cyril, Antoine et Nicolas,
qui m'inspirent plus qu'ils ne le croient.

À mes fils chéris, William, Raphaël et Arthur,
sans lesquels il ne pourrait y avoir d'écriture.

À mes proches et mes amis fidèles qui savent mieux
écouter que moi et dont j'ai sans cesse besoin.

À toi Fabrice, tu es mon « Yang »,
tu me permets de garder les pieds sur terre,

alors, des milliards de mercis…

Chapitre 1

— Entrez, entrez ! fit la Vieille en reculant pour laisser passer son visiteur. Je ne pensais pas vous voir aujourd'hui.

— Je peux passer un autre jour, si vous le souhaitez.

— Non, non, protesta-t-elle. Ce n'est pas tous les jours que j'ai de la visite.

En s'essuyant la bouche du revers de la main, d'un geste malhabile, elle fit signe au visiteur de pénétrer dans le salon.

— Je vous prépare un petit déca...

La voix éraillée de la Vieille se faisait la malle. Elle avait pris le chemin de la cuisine, laissant l'homme debout au milieu du petit salon.

— Ne vous donnez pas cette peine, répondit inutilement le visiteur.

Livré à lui-même, il se tourna vers le seul interlocuteur que la Vieille avait bien voulu lui laisser, un ancestral fauteuil marron à la peau élimée.

— Asseyez-vous ! cria-t-elle de la pièce voisine. À moi aussi, il me faut un café. Enfin, un substitut de café... Le docteur m'a interdit le vrai. *Ce n'est qu'un déca, ma petite, ça t'emmènera pas au paradis.*

La Vieille gloussait toute seule.

Le visiteur s'assit et jeta un œil sur le programme de télévision abandonné sur une petite table basse en verre. Des visages parfaits, lisses. Des peaux de pêche, sans bubons, sans plaques rouges, sans verrues.

Il retourna le magazine de sa main droite et porta ses yeux irrités sur le décor du petit salon.

Sur la vitrine et ses étagères poussiéreuses, deux cygnes en cristal, un éventail avec des dauphins, une poupée en porcelaine, un bouquet de fleurs séchées. Il esquissa une moue de dégoût. Mais déjà la Vieille était revenue dans la pièce sans qu'il l'ait entendue arriver. Elle portait de ses mains tremblantes une cafetière de déca et un pot à café. C'était devenu compliqué depuis que son médecin lui avait conseillé de diminuer la caféine. Pour préserver son cœur. Un cœur essoufflé, mais encore capable de faire un petit bout de route, avait-il dit.

En s'installant face à son invité, elle secoua la tête, exaspérée, en lui montrant sa main gauche.

— Je me suis brûlée... J'ai voulu retirer trop tôt la cafetière italienne du feu. Mon père me l'a toujours dit. « Touche pas le capot, c'est brûlant comme l'enfer », qu'il disait.

Elle souriait rêveusement, consciente qu'elle ne parlait que pour elle-même.

— Je me passerai ma petite préparation tout à l'heure. J'ai un baume que j'ai préparé il y a un mois. À base de lys blanc... de millepertuis, oui, c'est ça, du millepertuis... de calendula, pour la peau douce... et je ne sais plus quoi d'autre... Je perds la tête... avec toutes ces préparations... Mais je vous sers d'abord votre café.

— J'espère que je ne vous dérange pas. Je suis venu à l'improviste.

— Me déranger ! Moi ? Ma vie est devenue un désert depuis fort longtemps. Et quand je rencontre un pèlerin qui veut faire une halte dans mon ermitage, mon cher, je ne fais pas la difficile !

Elle sourit. Il remarqua le petit duvet noir et gris qui ourlait sa lèvre supérieure et plongea avec hâte ses yeux vers le sol. Elle portait des pantoufles roses brodées de petites fleurs mauves. Au-dessus serpentaient des varices. Les traces violettes s'étendaient de ses mollets jusqu'à ses genoux.

Les jambes de la Vieille avaient perdu leur silhouette. Ce n'étaient plus que deux petits poteaux sans grâce, sans force. Les collants beiges semi-opaques qu'elle achetait à prix d'or à la pharmacie dissimulaient à peine le flétrissement de sa peau.

Il serra les poings. Il fallait qu'il tienne, il n'était pas venu pour ça.

Elle sortit deux tasses et deux soucoupes du buffet en Formica et un pot à sucre en forme de trèfle. Des marquises et des valets, dans des tons pastel. Le seul service qu'elle avait gardé de son mariage avec Hermann. Un soupir de nostalgie et elle remplit deux tasses avec la même cafetière. Puis elle s'assit dans le vieux canapé en cuir, face à son visiteur. Elle buvait par petites goulées, en laissant échapper des soupirs de satisfaction.

— Alors, les affaires ? lui demanda-t-elle au bout de quelques minutes.

— Eh bien, je n'ai pas à me plaindre. Cela va beaucoup mieux que le mois dernier. Je vais pouvoir entrer dans mes fonds cette fois-ci.

— Bien, approuva-t-elle en hochant la tête.

Elle reprit une gorgée, puis regarda de nouveau le visiteur avec bienveillance.

— Vous avez l'air de vous porter mieux.

— Oui, bien mieux. Enfin, je veux dire... Tout a disparu. Ça m'a changé la vie. Et je vous le dois.

— Taisez-vous ! Vous savez que je ne le fais pas pour les remerciements. Mais je suis ravie que vous vous portiez mieux. Et puis vous m'aidez beaucoup.

La Vieille avait mal et elle porta sa main contre son cœur. Lorsqu'elle souffrait, elle geignait comme une enfant.

— Aïe ! Je suis désolée... J'ai mal. C'est idiot... Que je suis douillette ! Je vais me mettre ce baume et je reviens tout de suite.

— Ne vous inquiétez pas ! Allez vous soigner. Si vous voulez, je peux repasser une autre fois, insista-t-il en faisant mine de se lever.

— Non ! Non ! Je vous tiens. Vous restez ! Je dois avoir un paquet de biscuits dans la cuisine. Servez-vous, j'arrive !

Elle se leva avec difficulté du canapé. Il se leva lui aussi, vieux réflexe de politesse qui datait d'un autre temps. D'un pas traînant, elle quitta la pièce.

Il se rassit, avala une gorgée et manqua de s'étouffer. Le déca était infect. Il détestait ça, cette mixture qui se voulait être un café sans café.

Il alla vider sa tasse dans l'évier de la cuisine. Puis il se servit de l'autre cafetière. Le contenu avait un goût de flotte mélangée à de la chicorée. C'était déjà plus supportable.

Il regagna le canapé sans conviction. Il se demandait encore pourquoi il était venu. Il n'avait plus besoin d'elle. Mais, inconsciemment, il lui en voulait. Il lui en voulait de ce qu'elle lui avait dit lors des séances précédentes. Et même de ce qu'elle avait fait pour lui. C'était sans doute pour cela qu'il était venu aujourd'hui chez elle. Non pas pour la remercier, comme il l'avait fait niaisement quelques minutes auparavant, mais pour lui lancer quelques phrases bien senties auxquelles il avait réfléchi toute la semaine.

Devant lui se trouvaient la tasse de la Vieille et sa cuillère posée à plat sur le rebord du programme de télévision. Il la prit et la remplaça par la sienne. Après avoir pris soin de cracher dessus. Juste un peu de salive sur le rebord. Pour qu'elle se retrouve dans la tasse de la Vieille. Un geste qu'il n'avait pas refait depuis ses dix ans. Depuis le jour où sa mère lui avait filé une trempe qui lui avait appris à bien se conduire en société, à enfermer cette violence, cette haine qu'il avait des gens âgés.

À l'époque, il ne l'avait pas fait discrètement. Il avait craché dans la cuillère du vieux monsieur qui était venu voir sa mère, le Lucien de la voisine. Sa mère l'avait vu et lui avait envoyé un aller-retour qui l'avait plus vexé que blessé. Mais ce matin, il avait senti ce geste lui venir tout simplement et cela ne lui avait pris que quelques secondes. Il sourit. Il était satisfait d'avoir réalisé une expérience si intéressante.

La Vieille réapparut dans le salon comme elle en était partie, avec ce même dandinement fatigué qui la faisait ressembler à un vieux héron. Elle avait un bandage sur la paume de la main droite.

— C'est bon, maintenant que je me suis occupée de mon petit bobo, je suis à vous. Quelle est cette grande nouvelle que vous voulez m'annoncer ?

— Quelle grande nouvelle ? De quoi parlez-vous ?

Elle avala une gorgée de café et sourit.

— Quelque chose a changé, n'est-ce pas ? dit-elle en sondant son regard. Sinon vous ne seriez pas venu me voir.

Il regarda ses cheveux gris bouclés et ses lèvres plissées par les rides. Elle était très forte à ce petit jeu. Mais il savait à quoi s'en tenir. Cette fois-ci, ça ne durerait pas longtemps.

— Vous vous faites des idées. Je suis juste venu en voisin. Et je n'ai rien à vous demander.

— Ne montez pas sur vos grands chevaux. Ce n'est pas parce que vous avez trente ans de moins que moi que vous m'impressionnez. Vous les avez trouvés au fait ?

— De quoi ? Mais je vous assure. Il ne peut s'agir que d'une erreur… Je n'ai jamais voulu…

— Je parle des biscuits, lui dit-elle en posant une main sur les genoux du visiteur.

— Non, répondit-il d'une voix blanche. (Il s'était ridiculisé, pensa-t-il. Il en avait les mains moites.) Je vais partir…

Le ton était si solennel que sa voix lui sembla résonner démesurément dans le petit salon.

— Non, attendez ! Mangez un biscuit avec moi et reprenez une tasse de déca. J'ai été méchante avec vous. Je dois me faire pardonner.

Les yeux bleus de la Vieille le regardaient, droits et fixes comme deux pics enneigés.

— Vous n'êtes pas méchante. C'est juste que…

— Je sais, ne vous troublez pas. Je vais chercher ce paquet et remplir les cafetières.

Il hocha la tête, pris en faute, comme un enfant. Les poings serrés sur ses genoux, il regarda par les voilages grisâtres la rue déserte. Il avait envie de hurler dans le salon. De balancer cette table en verre. Ou de faire caca dessus. Mais sa mère ne serait pas fière de lui. Ni Béatrice. Sa chère Béatrice.

La Vieille se releva en s'appuyant sur la table basse et balança son vieux corps usé jusqu'à la cuisine. Le héron traversant son marais. Il se servit une autre tasse de café, examina la marquise et le valet sur le sucrier. Il les détestait ; ils avaient l'air coquets et bien élevés, à se faire les yeux doux sur de la porcelaine de mauvaise qualité. Béatrice aurait détesté une telle médiocrité. Elle n'aurait d'ailleurs même pas porté les yeux dessus.

Un bruit fracassant venu de la cuisine troubla cet éloge. Le cœur affolé, battant dans sa poitrine à en faire rompre ses artères, il n'osait bouger. Le silence. Un gémissement. Il se leva. Fit quelques pas vers l'entrée de la cuisine. La Vieille gisait à terre, le visage rougi, les yeux exorbités. Elle s'asphyxiait. Le bras tendu, elle essayait de s'accrocher à la poignée d'un placard. Elle regarda son visiteur et ses yeux bleus n'étaient plus qu'un océan de sang et d'angoisse. Elle happa un oxygène qui refusait d'entrer dans ses poumons et, de douleur, griffa le sol.

Il voulut crier, appeler, mais rien ne sortit de sa bouche. Il recula, regarda autour de lui. Des taches grises se baladaient sur ses rétines.

À tâtons, il récupéra sa veste et sortit de la maison en claquant la porte. Au coin de la rue, il attendit quelques minutes, essayant de respirer plus calmement.

Il ferma les yeux, les mains crispées à l'intérieur de sa veste. Puis il les rouvrit. La rue n'avait pas bougé. Les taches grises étaient parties. Les voitures circulaient devant lui. Une petite fille sur son vélo le bouscula.

Elle est morte... Il jeta un dernier coup d'œil derrière lui.

Vieille peau... Un grand calme l'envahit. Un apaisement plus profond que tout ce qu'il avait pu ressentir jusque-là. Il hocha la tête d'un air satisfait et traversa la rue, dans les clous, le nez en l'air, le visage tendu vers un soleil radieux qui sortait d'un amas de cumulo-nimbus.

« *Pour des raisons techniques, nous sommes arrêtés en pleine voie. Cet arrêt est momentané. Nous demandons aux voyageurs de ne pas descendre des voitures, pour leur propre sécurité.* »

Anna ouvrit les yeux et essaya de se dégager de la position qu'elle avait prise. Elle s'était endormie, peu avant Château-Thierry, sur l'accoudoir, le nez dans les rideaux orange du train express corail, qui puaient la sueur et la poussière. Elle ne sentait plus ses muscles endormis. Elle fit l'inventaire. Une langue râpeuse, une haleine de camionneur. Elle était partie sans déjeuner ce matin-là. Et, la veille au soir, elle s'était sifflé à elle seule la bouteille de gewurztraminer. Une tête comme un compteur à gaz. Un contrôleur passa dans le couloir.

— Excusez-moi, où sommes-nous ?

— Nous sommes à dix minutes de Reims, dans la montagne de Reims plus exactement, mademoiselle.

— Et pourquoi s'est-on arrêté ?

— Ce n'est qu'un petit incident technique. On repartira dans deux minutes.

Il avait un ton de voix qui lui rappelait celui de son institutrice du primaire, une folasse qui les mettait au coin, elle et ses camarades, pour un oui ou pour un non. Avec un stylo dans la bouche.

— Pas la peine de le prendre de haut ! C'est pas moi qui l'ai mis en panne votre train pourri ! le défia-t-elle en s'enfonçant dans le siège.

— Comment ?

Il la regarda, prêt à lui sauter à la gorge. Il avait l'air aussi crevé qu'elle et, visiblement, il n'attendait qu'un signe, la main sur son carnet.

— Rien, laissez tomber.

Elle tourna la tête côté fenêtre.

Il haussa les épaules et quitta le wagon. Elle reprit sa position en chien de fusil sur la banquette. Elle avait déjà la haine avant de poser les pieds dans cette foutue ville.

Elle n'arrêtait pas de se prendre la tête avec tout le monde. Tout à l'heure, elle avait failli se battre avec un agent pour une amende. Il lui avait expliqué que sa carte de réduction n'était plus à jour et il l'avait menacée de lui faire payer un plein tarif. Elle avait presque hurlé dans le wagon. *Oui, putain d'enculée de ta mère, j'ai pas eu le temps de faire refaire cette carte et ça me fait bien chier. T'as qu'à me la foutre ton amende et te la foutre au cul par la même occasion !* Il avait fallu la médiation d'un autre voyageur pour que ça ne finisse pas en distribution de tartes au fond du wagon.

Elle avait été obligée de payer un acompte. De six euros. C'était tout ce qu'elle avait en poche. Elle en avait sa claque de tous ces connards de planqués. Pourquoi être partie de Saint-Denis ? On y trouvait les mêmes connards. Mais avec encore six euros en poche. Le prix d'un paquet de clopes. Un putain de paquet qui t'aide à survivre. Il ne lui en restait que quatre, de cigarettes, dans le sien.

Elle détestait Reims. Ville de riches, ville de bourgeois. Des mesquins coincés du cul. Un tas de fumier où elle avait suffisamment faisandé dans sa jeunesse. Les phrases s'affichaient toutes seules dans sa tête, comme des évidences. Et la Vieille avait réussi à la faire revenir.

La carcasse du train s'ébranla, le train repartit. Les voyageurs commençaient à descendre leurs bagages et prenaient place en tête de wagon.

Elle se releva, rangea son sac, un petit Lafuma usé jusqu'à la corde, qui devait contenir deux slips, un tee-shirt, son paquet de clopes quasi vide et son portefeuille désormais dégarni. Elle avait la tête lourde. Elle n'arrêtait pas de repenser à la Vieille. Pourquoi l'avait-elle fait venir ? Comment avait-elle fait pour la retrouver en banlieue parisienne alors qu'elles ne s'étaient pas vues depuis plus de quinze ans ? Qu'est-ce qu'elle lui voulait ?

C'était sûrement pas pour lui donner du fric. La Vieille n'avait plus un kopeck. À peine un toit. Elle n'avait aucune envie de s'expliquer avec elle sur les raisons de son départ. *Si c'est ça qu'elle attend, elle peut toujours se brosser.* Elle en avait bavé depuis qu'elle était partie, mais c'était certainement pas pour revenir à la case départ.

Le train commença à ralentir. Il entrait en gare. Elle se leva et rejoignit la queue qui s'était formée en tête de wagon. À travers les fenêtres sales, il lui semblait reconnaître le Palais des Congrès et le parc de la Patte d'Oie. Elle ressentit comme une sorte de vague à l'âme. C'était comme si elle n'avait jamais quitté cette ville. C'était comme être prisonnière d'une toile d'araignée. Toujours le même décor, toujours le même sentiment d'échec.

Le train freina. Elle enfila son blouson et descendit sur le quai. Le froid était mordant, un vent glacé balayait le quai, sans vergogne. Elle frissonna.

Elle n'était pas assez couverte. Elle voyait déjà les yeux réprobateurs de la Vieille. *Tu veux attraper la crève, c'est ça ? Tu veux attraper la mort, hein !...* C'était déjà insupportable.

Elle se retrouva sur le parvis de la gare. Il était près de 18 heures. La circulation était assez dense. Le soleil commençait à décliner, mais le temps était encore clair. *Comme Reims. Beau mais froid. Froid mais beau.* Elle retourna les adjectifs dans sa tête, comme par jeu. Elle stressait. C'était quoi déjà le bus pour aller chez la Vieille ? Le K ou le R ? Elle ne se souvenait plus. Elle se posta sous un Abribus, jeta un coup d'œil sur le plan plastifié.

Le K ? Va pour le K.

Le soleil brillait comme une insulte. C'était le mois de juin.

Lucie et Hermann étaient là, à l'ombre. Yvonne regarda le ciel. Un bleu si pur. Elle serra la main de la petite. Cela faisait trois fois qu'elle essayait de se dégager. Elle voulait aller jouer dans les allées. Elle avait apporté sa poupée.

Lucie était une bonne conductrice. Hermann l'avait toujours dit. C'est lui qui lui avait appris à conduire. Il la trouvait très douée au volant de la Simca. Elle avait eu son permis en 62. Après, elle était partie à Paris. Hermann disait qu'elle savait conduire comme un Parigot.

Sur le chemin du retour, il l'avait appelée d'une cabine téléphonique, à Meaux. L'année 1972 était la bonne. Le Tour de France allait passer à Reims.

Hermann. Rien que de dire son nom...

Un oiseau se posa sur le portail et la petite le montra du doigt.

Yvonne avait pleuré la nuit entière, et les deux précédentes. Elle était même allée à la cave pour hurler. Pour ne pas réveiller la petite.

Pour la petite.

Lucie l'aurait voulu. Hermann aussi.

Yvonne voulait être seule. Pour pouvoir partir elle aussi.

Sans la petite, elle serait allée, avec le Mauser, voir ce poivrot de conducteur de camion. Après, elle aurait donné la main à Hermann. Qu'importe ce qu'en aurait pensé Dieu.

La petite continuait de lui tirer la main. Yvonne regarda sa tête brune.

Elle avait été une mère. La mère de Lucie. Mais c'est Hermann qui avait été la maman. C'est lui qui avait élevé Lucie. C'était surprenant cette fibre maternelle chez un homme. Mais Hermann était un homme à part. Il avait laissé à Yvonne sa liberté, pour ses recherches et ses travaux, et il s'était chargé de l'éducation de Lucie.

Les années avaient filé à toute allure et Lucie avait eu la petite. Et maintenant, il ne restait que la petite.

Les cyprès penchaient sous la brise du vent. Les allées étaient vides. Le soleil commençait à taper dans le silence étouffant du cimetière. La petite tirait de plus en plus fort sur sa main. Elle lui avait demandé tour à tour pipi et à manger.

Yvonne voulait s'allonger dans le caveau, près d'Hermann.

Elle pouvait confier la petite à l'Assistance. C'est vrai qu'ils étaient de plus en plus regardants. À cause de mai 68. Lucie l'avait faite, cette révolution.

Les femmes libres, l'amour libre, les enfants sans papa. Yvonne ne pouvait pas comprendre. Hermann avait l'air de savoir, lui, pourquoi sa fille avait voulu cela.

La petite irait à l'Assistance. Yvonne aurait le temps de disparaître avant que les services sociaux ne réagissent.

Ça valait mieux pour la petite.

Yvonne se sentait morte à l'intérieur. Une petite fille ne pouvait pas vivre auprès d'une morte.

La petite avait fini par lui échapper des mains. Elle courait entre les allées, cueillait des fleurs sur les tombes. Yvonne détourna le regard. Elle s'approcha de l'entrée du caveau et descendit les marches. Elle sentit sur sa peau la fraîcheur de la pierre. Elle regarda le prénom de sa fille gravé sur une plaque en marbre. Elle avait choisi ce prénom à cause de Lucie Aubrac. Hermann avait eu peur que ce soit un peu lourd à porter. Yvonne avait prédit que sa fille ferait elle aussi de grandes choses.

La tôle lui avait donné tort. Elle avait broyé cette intelligence, fait de la bouillie de ce feu follet qu'était Lucie. Et d'Hermann aussi.

Hermann était à droite. Yvonne s'allongea sur la pierre tombale.

Elle voulait pleurer, mais elle n'y arrivait plus. La douleur était là. Le manque abyssal. Elle voulait disparaître. Se fondre dans la pierre. Elle ferma les yeux. Elle le revit comme il était à leur mariage. Son corps trapu, ses yeux rieurs, sa bouche, ses mains hésitantes. C'était son plus beau souvenir. Avec celui de leur rencontre.

Tout cela avait disparu. Allait être réduit en poussière. Son âme, elle, était partie. Dans un froissement de tôle. Elle voulait le rejoindre avant qu'il ne fût trop tard.

Elle se voyait rentrer avec la petite, téléphoner à Simone. Lui confier la petite et lui faire ses recommandations. Simone comprendrait. Elle lui devait tellement qu'elle ne dirait rien.

Après, elle reviendrait ici. Avec ce qu'il fallait. Elle partirait en douceur. Dans la douce odeur de la fleur d'oranger. Pour cacher celle de la valériane.

La petite comprendrait. Elle trouverait une famille. Peut-être même que Simone lui trouverait une famille turque. Mais qu'est-ce que ça changeait, du moment que c'était une famille ?

Elle était encore petite. Elle avait toutes les chances de se faire adopter.

Yvonne embrassa la pierre. *Hermann, attends-moi !*

Elle se releva et sortit du caveau un peu apaisée. Elle resta quelques instants dans l'allée, éblouie par le soleil. La petite pleurait. Elle la chercha des yeux. Elle était tombée, embarrassée par son bouquet de fleurs volées. Yvonne l'aida à se relever. Les fleurs étaient éparpillées sur les tombes et dans les allées. Yvonne se sentait indifférente. Elle voulait seulement rentrer au plus vite.

Anna tira de nouveau sur sa main.

— Ça suffit maintenant, on rentre.

— Juste une fleur, Mamami.

La petite avait encore une larme qui coulait sur sa joue duveteuse et pleine de poussière. Yvonne ferma les yeux. Elle voulait que les choses aillent vite. Il fallait faire un dernier effort. Ce soir, elle pourrait se reposer.

— Juste une. Et on rentre.

La petite se pencha. Elle ramassa un chrysanthème et une rose. Yvonne lui montra le chiffre 1 avec son index. La petite reposa les deux fleurs.

— Celle-là, c'est la plus importante, Mamami. Elle est pour toi. De la part de Papou.

Yvonne regarda la fleur que lui tendait la petite. Elle semblait fragile au creux de la main de l'enfant. Une petite fleur de prunier, délicate, blanche, éphémère.

La petite aimait jouer à ce jeu avec son papou. Elle courait jusqu'au bureau d'Yvonne et elle lui tendait une fleur qu'Hermann rapportait de ses jardins en rentrant le soir. Leur langage, leurs mots d'amour.

La petite ne savait jamais la signification des fleurs qu'elle portait à Yvonne mais elle voyait toujours ce drôle de sourire se dessiner sur les lèvres de sa Mamami. Un sourire de désir végétal.

Yvonne caressa les pétales posés sur la main moite de la petite.

— Tu sais ce que signifie cette fleur ? demanda-t-elle à la petite en s'accroupissant face à elle.

— Elle veut dire quelque chose ? Elle parle la fleur ?

— Oui. Elle dit : « *Tiens tes promesses.* »

— Et tu lui dis quoi, toi, Mamami ?

— Des choses de grands, mon lapin...

Yvonne se releva et prit l'autre main de l'enfant pour ne pas écraser la fleur de prunier. Ensemble, elles sortirent du cimetière.

Chapitre 2

— Elle est morte. Inutile de te presser, mon gars. Tu appelles les flics ?

— OK, je m'en occupe.

Khaled sortit dans la rue Paul-Bert, dans le quartier du Petit Bétheny, pour regagner son camion. Être pompier, ça avait de la classe les soirs de mois d'août, au bal de la caserne. Surtout quand sa maman donnait un coup de neuf à son uniforme, la larme à l'œil.

Ça en avait beaucoup moins une journée de novembre comme aujourd'hui. C'était sa dixième sortie avec Dimitri. Ils fonctionnaient en tandem depuis le début de la semaine. Là, ils étaient en service depuis 5 heures du matin. Sans une interruption entre l'accident du périphérique (deux mortes dont une gamine de huit ans) et l'intervention dans la cité pour une chute d'ascenseur où ils avaient dû travailler en ayant au cul tout une bande de jeunes qui s'emmerdaient au point d'en faire chier les autres.

Khaled aurait bien aimé aller s'asseoir deux secondes et respirer. Juste histoire d'effacer la bande, l'enregistrement des images moches et tordues de la matinée. Mais la série continuait.

Il se saisit du poste d'appel et appela le commissariat du centre. Les voisins commençaient à sortir les uns après les autres. Un attroupement s'était formé à l'entrée de la rue. Il s'essuya le front du revers de son uniforme. Il avait chaud alors que la température n'atteignait pas les 8 °C. Il avait peut-être attrapé la crève. Il regarda les curieux. La nausée le gagnait.

Eh oui, elle est morte ! Circulez, y a rien à voir. Vous êtes sûrs d'avoir envie de voir ça de près ? C'est pas bien beau comme spectacle, une grand-mère aux yeux vitreux, avec une langue gonflée comme un vieux morceau de bœuf.

Et cette position ridicule, comme si elle avait voulu faire un plongeon, les collants descendus sur les genoux. Il se sentait à cran. Trop fatigué et trop ému par ce qu'il venait de voir. Il sauta du marchepied et courut jusqu'à la maison de la vieille dame.

Il se retourna une dernière fois vers les voyeurs, la gorge nouée.

Vous avez peut-être envie que je prenne des photos pour que vous puissiez mieux voir, pour vos enfants ?... J'en fais un petit jeu et je reviens. La porte d'entrée claqua dans son dos.

Dimitri était toujours dans la cuisine, il n'avait pas quitté le cadavre des yeux.

— Ils arrivent dans deux minutes. En attendant, pas touche !

— Je ne l'ai pas touchée, se défendit son collègue.

— Tu crois qu'elle est morte de quoi ? demanda Khaled en regardant le bras gauche de la morte, un bras décharné et fripé tendu à la verticale.

Elle avait probablement attendu qu'on la secoure. En vain.

— Apoplexie ? Infarctus ? Je ne suis pas sûr.

— Elle était seule... Misère, je voudrais pas crever comme ça !

— C'est pas pour t'enlever tes illusions, mec, mais même si elle avait eu de la compagnie, je doute qu'on aurait pu la sauver. La mort a été rapide. L'affaire de quelques minutes.

Dimitri s'y connaissait, il avait vingt ans de métier dans les dents et, dans la tête, des tas de cadavres.

Khaled hocha la tête. C'était pas son boulot de refaire le monde. Mais il aurait bien voulu se sentir un peu plus utile ce matin-là, et un peu moins fiévreux.

Les policiers arrivèrent avec quelques minutes de retard, mais ils avaient dans leurs bagages un légiste. Ou plutôt une légiste. Florence Delacourt. Une femme blonde avec de très longues jambes, en costume et nœud papillon. Habillée comme ça, elle avait plutôt l'air de servir aux Crayères que d'être docteur légiste en service pour la Crim' de Reims. Elle avait la trentaine et une expérience professionnelle plutôt hétéroclite. Elle s'était vite lassée de certains milieux médicaux, naviguant de médecin généraliste à kinésithérapeute, de psychanalyste à orthophoniste. Plutôt brillante et originale. Comme sa tenue de travail : tailleur garçon et nœud de cravate de couleur vive. Elle y tenait. Pour faire plus crédible.

— Vous pensez à quelque chose de louche, demanda l'un des pompiers à l'officier qui dirigeait les opérations.

— Non, mesures de routine. C'est elle qui signera le constat de décès.

Pas moins de quatre policiers, deux pompiers et une légiste en pingouin, le salon n'avait jamais accueilli autant d'uniformes et d'officiels depuis son édification.

La légiste, après un examen rapide, se leva et toussa pour attirer l'attention du plus haut gradé, l'officier Jérôme Cochin. Un grand type avec des épaules de rugbyman et une tête de saint-bernard. Elle le connaissait depuis le collège et elle trouvait assez drôle de se retrouver dans la même ville que lui, et quasiment dans le même service.

Ils s'étaient mis d'accord tacitement pour ne pas tomber dans les familiarités et le copinage devant les autres gars de l'équipe. L'amitié entre une femme et un homme, c'était pas toujours bien vu dans leur milieu. Ça prêtait à confusion. D'autant plus que, des deux, c'était sûrement elle qui avait le plus de poigne. Les femmes maîtresses d'elles-mêmes et maîtresses des autres, ça plaisait moyennement.

— Je crois qu'on va en avoir pour plus longtemps que prévu, officier.

Elle lissa son nœud papillon en soie, de couleur vive comme le voulait son code du travail personnel. Pour les visites particulières comme celle-ci, il était rouge et orange avec de petits vermicelles dorés, cousus en relief sur le dessus.

L'officier Cochin la regarda sans comprendre, les autres uniformes se turent d'instinct.

— Votre « mamie » a été empoisonnée, insista-t-elle, désolée de devoir mettre les points sur les i en de pareilles circonstances.

Et cela d'autant plus que l'officier lui avait promis de lui offrir un café après l'intervention, pour qu'ils échangent leurs points de vue sur la prochaine saison des Flammes Bleues.

— Vous en êtes sûre, docteur ?

Il avait une manière de dire « docteur » qui faisait se dresser les cheveux sur le crâne. Quelque chose entre le soupir et l'aveu. Elle aurait eu vite fait de succomber. Mais ses préférences se situaient plutôt géographiquement du côté de Lesbos. Elle éprouvait néanmoins une certaine admiration pour ce charme inconscient qu'exhalait l'officier. Elle répondit d'une voix aussi neutre que possible, réprimant un sourire peu approprié aux circonstances.

— Quasi. Les traces bleues aux commissures des lèvres, les pupilles dilatées. Elle a reçu un excipient qui a fait s'emballer son petit cœur valeureux, mais âgé. Et la machine n'a pas supporté. La surchauffe. Mais pas une surchauffe naturelle.

— Et merde, marmonna un des policiers, en guise de commentaire.

— Vous avez une idée de l'heure du décès ? demanda l'officier Cochin en cherchant du regard celui qui avait juré.

— Peut-être en fin de matinée. Mais je vous en dirai plus après examen complet du corps.

» Les affaires reprennent, dit-elle à la Vieille qui ne put guère se réjouir outre mesure.

Les deux pompiers firent un signe de la main et quittèrent la maison. Ce n'était plus de leur domaine. Et comme l'éternité ne leur appartenait pas, même s'il leur arrivait de rouler à tombeau ouvert, ils filèrent sirène au vent.

L'officier rappela la procédure et les policiers effectuèrent leurs prélevés sans tergiverser. La légiste contacta la morgue. L'officier appela des renforts. Il avait besoin de quelqu'un pour garder la maison.

Au bout d'une heure et demie, le travail était bouclé. Les ambulanciers de la morgue avaient débarrassé le corps, dernier vestige de la scène du crime qui n'eût pas été visité et fouillé de fond en comble. La légiste, spéléologue attitrée du cadavre, au service de la justice, monta dans le fourgon et fit un signe de la main au lieutenant. Signe d'au revoir sans conteste. L'officier, quant à lui, ordonna l'évacuation et fit poser des scellés. La chambre forte était close, mais son travail ne faisait que commencer.

Où est Mamami ? M'a abandonné ? Peux pas le croire. Mamami trop gentille.

Elle dormait dans la cuisine... et elle est partie avec les hommes. A oublié de me laisser à manger.

Ma gamelle vide.

Deux, trois lunes... ventre qui grogne.

Plus de couverture. Plus de chanson. Plus de menthe. A besoin de Mamami. Elle savoir ça. Moi toujours gentil. N'ai pas cherché à prendre le chien des voisins. A resté sage tout le temps.

Pas tenir. Trop faim. Vais crier. Peut-être Mamami cachée. Mamami veut jouer ? Descendre tout seul.

Interdit à Jonas. Descendre interdit.

Mamami t'aime. Mamami t'aime. Pleurer interdit aussi à Jonas.

Pas descendre. Rester dans l'abri de Mamami. Attendre. Mamami gentille. Venir. Pas oublier Jonas.

Au moment où l'officier Cochin signifiait à toute la troupe de rentrer au bercail, bien assis dans le siège passager de la Renault 16, une jeune femme s'approcha de la porte d'entrée de la maison de la victime.

— Regardez, officier, ce qu'elle fait celle-là ! fit le conducteur du véhicule de fonction, un jeune gardien de la paix.

— Et où est le planton ? gueula l'officier Cochin.

— Il n'est pas encore arrivé. Il faut attendre la fin du tour de garde.

— Mais c'est pas vrai ! hurla l'officier en défaisant sa ceinture.

De colère, il balança la porte du véhicule sur les pieds du gardien de la paix qui voulait le suivre.

Il courut jusqu'à la porte et attrapa le bras de la jeune fille.

— Police criminelle. Vous n'avez pas le droit de pénétrer dans cette maison.

Elle s'écarta vivement de lui.

— Vous n'avez pas le droit ! répéta-t-elle, offusquée. Je suis chez moi !

Les quelques voisins qui traînaient encore sur le trottoir se replièrent en ordre dispersé, en vol de pigeons insatisfaits.

— C'est chez vous ? dit-il un ton plus bas, d'un air suspicieux.

— J'ai toujours habité ici. De quel droit vous voulez m'interdire l'entrée de cette maison ? J'ai rien fait. Pourquoi vous vous en prenez à moi ? Et ma grand-mère, elle est au courant ? l'interrogea-t-elle, un peu inquiète.

— Vous êtes parente avec Mme Yvonne Kaleban ?

— Je viens de vous le dire, se moqua-t-elle. Laissez-moi lui parler ! C'est elle qui vous a dit de venir ? C'est aberrant. C'est elle qui a insisté pour que je vienne. « La connasse », jura-t-elle pour elle-même.

— Elle est morte. Ce matin.

— Elle est morte ? répéta la jeune femme, sans comprendre.

— Vous ne pouvez pas réintégrer votre domicile avant la fin de l'enquête. Ça ne durera pas tant que ça. Je vous conseille de prendre quelques affaires et de louer une chambre d'hôtel. Vous pourrez vous faire rembourser les frais en constituant un dossier.

Elle le regarda d'un drôle d'air. Elle ne comprenait rien à son charabia. Avec sa tête de bénédictin et sa carrure d'ours des neiges mal dégrossi. Il lui parlait d'hôtel, de frais, de remboursement. C'était un vrai con. Avec un grand C. Il venait à peine de lui annoncer que sa grand-mère était morte. Et il lui faisait un exposé sur la générosité de l'administration judiciaire.

La langue collée au palais, elle resta immobile. Ça ne pouvait pas être ainsi. La Vieille ne pouvait pas être morte aujourd'hui. Pas justement aujourd'hui.

Elle l'avait fait exprès.

L'officier Cochin continua à débiter toutes les consignes concernant la garde de la maison et les démarches engagées par la police. Il voulait bien faire, mais elle en avait sa dose des connards qui lui bourraient le mou.

— Elle est morte comment ? Pourquoi la police ? le coupa-t-elle de façon brutale.

— Je ne peux pas vous en dire beaucoup... Mademoiselle ? Madame ?

— Vous croyez vraiment que c'est le moment de se faire des politesses, lui rétorqua-t-elle en élevant la voix.

Par chance, le voisin de droite avait repointé son nez. Un public stimulant. Surtout si elle voulait faire parler le poulaga. Elle s'y connaissait en flic, c'était une espèce sensible à un environnement stressant.

— Vous vous calmez, sinon on finit cette conversation au poste, répondit l'officier en serrant les lèvres, beaucoup moins affable.

— J'ai le droit de savoir, dit-elle plus bas, coincée entre le mépris et la peur.

Son interlocuteur devait peser pas loin de cent vingt kilos, au bas mot. D'une claque, il pouvait l'écraser comme une crêpe contre la façade de la maison de la Vieille, en prétextant un coup de vent facétieux.

— S'il y a enquête, c'est qu'il y a doute sur les circonstances de sa mort. Quant à la cause, elle reste à déterminer par le légiste. Mais nous souhaiterions vous interroger.

— Je préfère mettre les choses au point, inspecteur.

— Officier, rectifia-t-il en jetant un coup d'œil vers la R16 dont le moteur était resté allumé.

Il apercevait derrière les vitres les yeux de son chauffeur, quasi hargneux.

— Oui, officier, si vous voulez. Je n'ai pas vu ma grand-mère depuis seize ans. Je viens de la gare. Je n'ai pas mis les pieds dans cette ville de merde depuis exactement mes dix-sept ans. J'étais dans le train, il y a quinze minutes, et je ne crois pas avoir grand-chose à dire, à vous ou à vos collègues.

Elle se sentait tellement énervée qu'elle en aurait fait une multiplication de tous ces chiffres. Sur-le-champ. À titre de démonstration.

— Vous viendrez quand même au commissariat ! Au plus tôt, fit-il en laissant deviner dans le ton de sa voix que la convocation était sans appel.

— Et merde, fit-elle en lançant son paquet de clopes vide par terre.

Elle alluma sa dernière cigarette et recracha la fumée vers la porte d'entrée de la maisonnette de la Vieille.

— Dès que nous obtiendrons de nouvelles informations, nous vous tiendrons au courant, précisa-t-il en ignorant son geste insolent.

Gardien de l'ordre et de la paix jusque sur la voirie ? Superflic, c'était pas son truc.

— Trop aimable, le remercia-t-elle d'un sourire narquois, en continuant à cracher sa fumée nerveusement vers la façade.

— Votre identité ?

— Anna… Anna Kaleban, répondit-elle après quelques secondes d'hésitation.

— Madame Kaleban, je vous conseille de changer de ton avec nous. Nous faisons notre travail. Ne m'obligez pas à être désagréable.

— Je n'ai aucun doute sur vos capacités en ce domaine, dit-elle en le regardant droit dans les yeux.

Entre ses doigts, sa cigarette tremblait. Elle roula au sol. Anna l'ignora, de même qu'elle ne répondit pas au salut de l'officier qui regagna le véhicule de fonction qui l'attendait.

Elle resta immobile sur le trottoir. Les yeux toujours tournés vers l'extrémité de la rue où la voiture de police venait de disparaître. La rue lui sembla soudain très calme. Presque hostile. Elle en avait vraiment marre de cette ville de merde. Cela ne la réjouissait même pas d'être débarrassée de la Vieille.

Elle chercha son paquetage des yeux. Il était posé sagement sur le pas de la porte. Elle le récupéra et reprit son chemin, les poings serrés.

Avant d'avoir dépassé le pâté de maisons, elle eut la sensation d'être suivie. Des pas précipités. Une démarche poussive, une respiration haletante. Peut-être même une vague odeur de poireau.

Elle se retourna, intriguée. Une femme d'une cinquantaine d'années, vêtue d'une robe de ménage à carreaux jaunes et verts, lui courait après. Elle lui faisait des signes désespérés. Ses bras décrivaient des arcs de cercle, comme les ailes d'un albatros qui s'apprête à s'envoler.

Pas de risque, ma belle, tu rentres dans la catégorie des gallinettes, des gallinettes senior qui plus est, pensa Anna en souriant presque.

— Attendez, Attend'...

Arrivée devant Anna, elle continua d'agiter ses bras. En synchronie, sa bouche s'ouvrait et se fermait, comme une porte d'ascenseur en dérangement.

Anna cessa de sourire. Elle n'avait aucune envie de bavarder. C'était pas dans ses cordes de faire la causette.

Elle fit un signe qui ressemblait à quelque chose de vaguement amical et se retourna, prête à reprendre son chemin.

Des ongles s'enfoncèrent dans son bras.

— Aïe !... Mais ça va pas ou quoi ! cria Anna en se massant le bras.

— Désolée... Ouf !... Vous m'avez fait courir. Je n'avais pas fait autant de sport depuis 1956. À l'époque, j'étais majorette. J'avais participé à un concours de hula hoop ! dit son interlocutrice en posant ses deux mains sur une énorme poitrine qui semblait prête à exploser.

— Écoutez, je suis assez pressée, indiqua Anna en faisant mine de repartir.

— Vous ressemblez à Yvonne. Directe. Franche.

— Vous connaissez ma grand-mère ? demanda Anna sur un ton soupçonneux.

— Oui, je suis arrivée dans ce quartier en 1994. Elle m'a beaucoup aidée... et nous sommes devenues amies.

— Ha... bien.

Anna tourna la tête pour signifier la fin de la conversation. Mais son adversaire était coriace et elle avait le sourire facile.

— Je m'appelle Dorothée. Dorothée Ardieux.

Elle lui tendit la main. Anna secoua la petite main potelée, sans conviction. Elle n'avait plus une seule clope et il fallait venir à bout de cet énergumène.

— Anna, articula-t-elle mollement.

— J'ai entendu l'officier. Je suis la voisine de gauche d'Yvonne, précisa-t-elle en tendant l'index en direction de sa maison. J'étais au premier. Je suivais les allées et venues de ces hommes. C'est comme ça que j'ai appris qu'Yvonne a été empoisonnée, ajouta Dorothée en rougissant.

— Empoisonnée ? C'est quoi ces conneries !

— C'est ce que j'ai entendu, mais je n'en sais pas plus, s'excusa Dorothée en portant la main à sa bouche comme pour retenir les mots qui se bousculaient et qui allaient basculer entre elles deux si elle n'y prenait pas garde.

Au moins le contenu d'un sac-poubelle de cent litres.

Anna se sentit troublée. Elle avait besoin de réfléchir. De se poser deux secondes et de penser à tout ça. Seulement, il y avait ce boulet.

— Écoutez... Je vous remercie pour cette information. Mais je dois y aller. J'ai du chemin. Et des démarches, ajouta-t-elle en faisant un geste évasif.

En fait, elle n'en savait rien. Mais les remerciements lui coûtaient déjà assez. Pas question de s'appesantir dans cette rue qui lui foutait la migraine.

— Vous n'allez pas loger à l'hôtel ! lui dit Dorothée sur un ton de reproche.

Anna avait déjà tourné le dos. Mais cette femme était là, derrière elle, comme un alien, prête à lui sauter dessus et à lui planter ses crocs dans la chair.

— Je... Eh bien, je ne vois pas en quoi...

— Je veux dire... je m'exprime si mal. Je suis timide, vous savez.

Comme un godzilla, pensa Anna.

— Yvonne savait me blaguer à ce propos.

Entre bêtes préhistoriques...

— Venez chez moi ! J'ai une chambre d'amis. Vous y serez à votre aise.

— Et pourquoi je viendrais chez vous ? la défia Anna, choquée par l'audace de son adversaire.

— Eh bien... (Elle hésita à parler.) Je dois la vie à Yvonne.

— C'est reparti les conneries, fit Anna, en riant jaune.

— Je suis sérieuse, Anna. Sur tout ce que j'ai de plus cher, je lui dois d'être en vie. Alors, je voudrais faire quelque chose pour elle.

Dorothée était sur le point de pleurer. Et, en dépit de sa robe à carreaux ignoble, de ses mules usées qu'Anna venait de remarquer, de ce visage bouffi et mal maquillé, de cette poitrine débordante qui semblait être un appel à l'étreinte, Anna sentit ses entrailles se serrer comme chaque fois qu'elle était elle-même sur le point de pleurer.

Elle articula sa capitulation d'une voix rauque.

— Vous avez des clopes ?

— Mon mari fume. Il vous en donnera autant qu'il vous en faut.

En lui prenant le bras, Dorothée l'entraîna vers la maisonnette de la Vieille.

Anna se laissa conduire docilement. Ce qui ne manquait pas de la surprendre. Ce n'était pas dans ses habitudes de se faire avoir par une espèce de vieille poule. Mais elle était dans la zone rouge, sans défense. Pas une flèche, pas une clope. Plus de dignité et obligation de négocier avec l'ennemie. Radical.

Yvonne s'était réfugiée dans un immeuble cossu de la rue des Templiers. Les patrouilles de SS lui faisaient peur. Elle était surtout terrifiée à l'idée de devoir montrer ses papiers d'identité. Un nom à consonance turque en zone occupée. Elle savait qu'elle risquait gros. Les Askhaban avaient été emmenés la semaine précédente. On disait d'eux qu'ils avaient quitté le territoire et qu'ils étaient sûrement dans une prison sur le Front de l'Est.

Elle ne voulait pas en savoir plus.

Elle était descendue dans une des réserves en sous-sol pour ne pas rencontrer de personnel. Il fallait juste qu'elle attende une petite demi-heure. Ensuite elle serait repartie vers Bétheny. Elle s'assit entre deux casiers de pommes de terre. Sur sa droite, il y avait un panier de pommes. Elle en attrapa une et croqua dedans.

Ses longs cheveux bruns étaient tout ébouriffés. Elle avait perdu ses épingles et son chapeau.

La pomme avait un goût acidulé et sucré. Qui pouvait encore avoir des pommes avec ce goût-là depuis que les Allemands occupaient Reims ?

Elle entendit la porte de la cave grincer. Elle se dissimula dans le recoin le plus sombre. Elle avait repéré un plantoir. Elle n'était pas prête à se laisser faire.

Une semaine auparavant, elle avait entendu sa compagne de train se faire violer par des militaires alors qu'elle se cachait dans les toilettes. Elle savait qu'il n'y avait pas d'alternative pour une fille seule. Turque ou non.

L'ombre pénétra dans la cave et s'affaira au-dessus des casiers de pommes de terre. C'était peut-être un commis venu récupérer des légumes pour la cuisinière.

L'ombre stoppa ses gestes. Yvonne sentit son cœur s'accélérer.

— Qui êtes-vous ? fit l'ombre en cherchant à scruter le recoin noir où se cachait Yvonne.

Yvonne resta silencieuse. Sa main droite essayait d'atteindre le plantoir posé contre le mur, à quelques centimètres d'elle.

— Cette odeur de violette… Vous êtes une femme. Une jeune femme. Qu'est-ce que vous foutez ici ? Vous êtes venue voler ? Prenez trois pommes de terre et tirez-vous. Je ne veux pas d'ennuis.

Il se rapprochait de plus en plus. Yvonne se redressa et avança d'un pas dans la lumière, le plantoir caché dans un pli de sa robe.

— Yvonne ? questionna l'ombre qui pencha légèrement sur le côté sous l'effet de la surprise.

Yvonne s'approcha et essaya de distinguer les traits du visage de celui qui connaissait son prénom.

— Je ne vous connais pas, répondit-elle brusquement en faisant un pas en arrière et en serrant davantage son outil contre sa cuisse.

— Tu ne te rappelles pas ? On habitait le même quartier. C'est Hermann, le fils du vendeur de charbon.

— Hermann... ?

Yvonne s'approcha de nouveau. Elle avait du mal à reconnaître dans l'homme qui était devant elle ce petit gamin couvert de suie qui aidait son père à livrer le charbon dans les maisons du quartier. Un garçon qu'elle ne voyait qu'à la période de Noël. Il avait cessé de venir lorsqu'elle avait eu douze ans.

— On ne s'est pas vus depuis longtemps. Ça me fait bizarre de te retrouver. Qu'est-ce que tu fais ici ?

— Et toi, qu'est-ce que tu fais ici ? répondit du tac au tac Yvonne, pour gagner du temps.

Combien de pas pour rejoindre la porte de la cave ? Dix peut-être.

— Je suis le jardinier des Henry. Depuis cinq ans maintenant. J'étais venu évaluer ce qu'il nous reste de pommes de terre. Avec la guerre, on a repris le potager. Ça fait un peu de surplus pour la famille. Le marché noir est trop cher, même pour les Henry.

Yvonne avançait doucement vers la porte.

— C'est toi qu'as cultivé ces pommes, elles sont rudement bonnes ! fit-elle en désignant le panier.

— Tu peux en prendre une si tu veux, fit-il en ne la quittant pas des yeux.

— Je me suis déjà servie... J'en avais pas mangé une comme ça depuis longtemps...

Yvonne sentait les gouttes de sueur descendre le long de son dos, mouillant le seul calicot qui lui restait. Plus que trois pas et elle atteignait les marches. Un, deux...

Hermann la saisit par le poignet.

— Où vas-tu comme ça ? fit-il en la retenant d'une main ferme.

— Lâche-moi ! T'as pas le droit... Je vais crier de toutes mes forces...

Yvonne se débattait comme elle pouvait, griffant, mordant le bras du jardinier.

— Ça suffit ! Arrête de gigoter comme ça !

Yvonne ouvrit la bouche. Hermann lui gifla violemment la joue droite. Yvonne tomba sur les fesses, une main sur sa joue rouge. La peur avait monté d'un cran. Ses mains étaient glacées.

Hermann lui fit signe de se taire. Il avait tourné la tête vers le soupirail. Yvonne tendit l'oreille. Les bruits de bottes. Ils arrivaient dans leur direction. Le martèlement résonnait entre les murs de la cave. Comme un battement de cœur qui répondait à celui de leur poitrine. Un rythme sans faille, sans appel.

Et l'orage passa.

Hermann fit signe à Yvonne qu'elle pouvait partir.

Yvonne ferma les yeux. Les troupes SS. Si ce n'était pas cette fois-ci, ce serait la prochaine.

Avant qu'elle eût regagné la porte, il lui adressa la parole d'une voix rauque, sans la regarder.

— Tu passeras le bonjour à tes parents.

— Mes parents sont morts, répondit Yvonne en se retournant sur la dernière marche.

— Ils ont été emmenés ? fit Hermann, l'air préoccupé.

— Non, ils ont eu de la chance, ils sont morts de leur belle mort. Ma mère est morte pendant son sommeil, il y a un mois. Et mon père en bêchant le jardin de Grigny, d'une crise cardiaque, il y a une semaine.

— Je te croyais partie en zone libre. C'est ce qui se disait dans le quartier.

— J'y étais, fit Yvonne en baissant les yeux. Depuis trois ans, avant le début de la guerre. J'étais à Montpellier. À la faculté. Pour ma formation.

— Ta formation ? fit Hermann en ramassant le plantoir qui était à ses pieds.

— D'herboriste. Mais Pétain a supprimé notre diplôme. Avant que j'aie fini ma formation. Il l'a supprimé depuis septembre de l'année dernière. Un coup des pharmaciens. Ils avaient peur de la concurrence. Alors ils ont profité de l'aubaine. Là-bas aussi ce sont les loups qui font la loi.

Hermann haussa les épaules. Non pas qu'il fût indifférent. Mais que pouvait-on contre une puissance militaire comme l'Allemagne ? Il fallait plier et attendre que passe l'orage. Même Pétain n'avait rien pu faire. Il n'avait pas pu les sauver.

— La France va mal. Dommage qu'on ne puisse pas faire d'un pays comme on fait d'un jardin. Enlever les mauvaises herbes, la chienlit, les mauvaises bêtes et retourner la terre...

— Les mauvaises herbes, c'est nous, les Turcs, les Juifs, Hermann ! lança Simone qui sentait la colère la clouer sur la dernière marche alors qu'il était urgent qu'elle s'en aille, qu'elle rejoigne Béthény.

— Tu fais de la politique, Yvonne, maintenant ?

— Et toi, tu as choisi ton camp ? rétorqua la jeune femme perchée sur sa marche, les yeux bleus tels deux glaçons dans la lumière.

Hermann soutint ce regard. Un lac bleu dans une montagne ardue. Un refuge de pureté au milieu de la confusion et du mensonge.

— Non, répondit Hermann, contrarié. Je n'ai rien choisi. Je dis juste que si on soigne un jardin correctement, il nous soigne en retour. Si on avait entretenu la France comme elle le mérite, on n'en serait pas là... Et je n'ai rien contre les Turcs ou contre les Juifs, ni même contre les Allemands d'ailleurs !

Yvonne hocha la tête. À quoi bon se disputer ? C'était déjà beaucoup d'être en vie. De ne pas être violée, ni torturée, ni emprisonnée.

— Pourquoi es-tu revenue ? fit Hermann, un peu perplexe.

— Je voulais revoir mon père. Je voulais être auprès de lui. Il est mort avant que je mette les pieds à Reims. Mais ça change rien. Elle est ici ma vie. La zone libre, c'est juste une illusion. Il n'y a pas plus de liberté là-bas qu'ici. En particulier depuis qu'ils ont voté cette loi contre les herboristes.

— En prenant le risque de te faire tuer ou déporter...

— J'espérais pas que tu comprennes, fit Yvonne en se tournant de nouveau vers la porte. Après tout, on se connaît à peine !

Elle ouvrit la porte et franchit le hall d'entrée de la grande demeure.

Hermann la rattrapa de justesse sur le trottoir.

— Tu as besoin d'aide. Tu retournes chez toi ?

— Chez Simone. Depuis qu'ils ont francisé leur nom et qu'ils ont des arrangements avec la *Polizei*, avec son père tailleur, sa famille est à l'abri. Les patrouilles délaissent un peu sa rue. Simone m'a proposé de m'héberger deux nuits, le temps de récupérer quelques papiers chez mes parents.

» Et d'ailleurs, pourquoi tu veux m'aider ? ricana Yvonne. Tu as pitié ? T'inquiète ! Les gens comme moi s'en sortent toujours, fanfaronna-t-elle.

— Ce n'est pas ça, répondit-il en rougissant, le regard fuyant. Je te retrouve là-bas à 20 h 30. Je sifflerai.

— Hermann, vous avez compté le nombre de fleurs du bouquet de Mme Sépas ? Je crois que c'est un nombre impair, fit une voix lointaine et contrariée.

— C'est ma patronne. Sauve-toi. Normalement, tu devrais être tranquille jusqu'à l'avenue du Docteur-Lemoine. Après, fais attention à toi.

Yvonne regarda la fleur qu'il venait de poser dans sa main, en lui faisant ses recommandations. Un iris blanc en bouton : « *Garde espoir* ». Elle le déposa sous son calicot, les pétales contre sa peau, une douce odeur suave entre ses seins, et partit en direction de son quartier, les sens aux aguets.

Chapitre 3

— Anna ! C'est le courrier !

— J'y vais, j'y vais.

Cinq jours qu'elle était chez les Ardieux et elle était déjà leur boniche. Cinq jours pires qu'une prison dans cette petite maison de vieux. Et elle savait de quoi elle parlait.

Dorothée était gentille. Mais là, il fallait qu'elle retrouve sa liberté au plus tôt, sinon elle allait avoir le meurtre de ces deux petits vieux sur la conscience.

— Bonjour, mademoiselle. Tenez, voilà un colis pour Mme Ardieux.

Charmant le facteur, tout en séduction. Les cheveux grisonnants, les yeux bleus et un sourire à en mourir. Devait être casé. Elle sourit. Il fallait éviter d'envoyer des « scuds » à tout va. Sa vie était déjà une usine délocalisée dont elle avait perdu l'adresse.

Dorothée arriva en trottinant dans le hall d'entrée. Ses yeux brillaient d'excitation.

— C'est pour Eddy ! Je lui ai commandé de nouvelles cassettes. *Le Comte de Monte Cristo* et *Les Lettres de Mon Moulin*.

Mazette ! Le coq en pâte. Elle le bichonnait son petit Eddy.

C'est vrai qu'il n'avait pas eu de chance dans la vie. Chaise roulante depuis ses vingt ans. Maladie neuronale. Il n'avait connu aucun milieu professionnel et n'avait probablement aucun ami. Son seul repère dans sa vie c'était Dorothée. Un veinard.

Et elle, elle l'adulait. Elle parlait de lui en permanence. De son état de santé, de ses nuits de sommeil et, si elle vous aimait bien, de la couleur de ses selles. Anna s'était surprise à le haïr, ce pauvre homme. Il n'était pourtant pas bien méchant. Il lisait le journal. Il aidait parfois à mettre la table. Sa grande passion, c'était de construire des maquettes. Des maquettes de train. Il devait attendre que ses doigts soient reposés. Avec sa tremblote congénitale, rien ne résistait. Dès que sa main tenait à l'horizontale, comme la surface d'un lac tranquille, il se remettait au travail.

Anna l'avait vu faire dans son atelier. Toutes les pièces étaient rangées soigneusement et Dorothée avait tout étiqueté. Le tiroir des buissons, celui des haies en bois, les wagonnets rangés par ordre de grandeur. Anna n'était pas restée longtemps dans son bureau. Une envie irrépressible de sortir ces petits bijoux de leur case et de tout piétiner. Un instinct destructeur aurait dit le psychologue. Mon cul !

Eddy lui avait à peine adressé deux mots depuis qu'elle s'était installée dans leur maison. « Bienvenue » et peut-être « désolé », mais elle n'en était pas sûre. Ça devait être le jour de la mort de la Vieille.

C'était Dorothée qui faisait la conversation pour deux. Voire pour trois. Anna avait renoncé à énoncer des phrases de plus de trois mots. C'était déjà assez dur de vivre chez des étrangers parce qu'elle n'avait pas le sou et avait un enterrement à préparer. Mais, depuis deux jours, quand elle l'ouvrait, elle crevait d'envie de crier des injures. De casser le service en terre cuite ringard de Dorothée, de hurler à Eddy des insanités pour qu'il perde son air de suffisance et de contentement. Sûrement que ça se soignait.

Mais, pour une fois, ce n'était pas uniquement de sa faute. Dorothée lui avait sournoisement interdit de fumer dans la maison. Elle lui avait expliqué que c'était une règle d'hygiène de vie sur laquelle elle ne pouvait pas transiger. Oui, son petit Eddy fumait. Mais avec sa maladie, c'était le seul plaisir qu'il pouvait encore se permettre. Et elle veillait bien à ce qu'il fume à la fenêtre.

Pour Anna, elle avait décrété qu'elle pouvait bien tirer sa clope devant la porte. À la va-vite, comme on tire une prostituée dans une ruelle sombre. Au départ, Anna avait tenté de résister. Sans clope, elle pouvait bien tenir quelques jours. Mais elle avait craqué après le premier soir. Elle était allée trouver Eddy qui lui avait tendu son paquet de gitanes extra-légères avec un sourire condescendant. Puis elle était sortie en pleine matinée, les épaules crispées, la cigarette coincée entre ses doigts et le regard rasant le trottoir.

Au fur et à mesure de ses sorties toxicomaniaques, elle avait trouvé un rebord de fenêtre où s'asseoir et avait osé planter son regard au niveau du trottoir d'en face. Ses épaules avaient baissé d'un cran. Au fond, tout le monde s'en fichait de la savoir là. On s'était fait à elle comme on se faisait au réverbère du coin de la rue ou au panneau « stop ». Il y avait même une voisine qui lui faisait un petit signe de tête chaque fois qu'elle ramenait ses gosses de l'école.

Il fallait tenir encore deux à trois jours. Le temps de pouvoir réintégrer la maison de la Vieille.

La police avait fini les relevés mais l'officier qu'elle avait rencontré l'avait appelée pour l'avertir du retard pris par la procédure. Il lui avait interdit l'entrée de la maison jusqu'à la fin de la semaine. Mesure de représailles ou pas, elle s'était abstenue de tout commentaire.

Depuis que les flics savaient qu'elle avait fait de la prison, ils ne l'avaient pas lâchée d'une semelle. C'était six ans auparavant pourtant. Elle n'aimait pas trop repenser à cette période de sa vie.

Pour les poulagas, c'était tout l'inverse. C'était précisément cette partie de son curriculum qui les intéressait. Toutes ses déclarations avaient été vérifiées dans le détail. Ils avaient ressorti son dossier carcéral, lui avaient posé des questions sur sa réinsertion. Elle avait répondu par monosyllabes. Elle était restée quatre heures au commissariat.

Pourtant, elle n'avait pas eu de mal à leur démontrer qu'elle était dans le train à l'heure supposée de la mort de la Vieille. D'autant que, pour le coup, elle savait que les contrôleurs se souviendraient de sa présence dans le Corail.

Les flics n'avaient pas eu l'air de refuser de croire à sa version. Mais elle avait quand même eu le droit à un régime spécial, un examen de moralité en bonne et due forme. Qu'importe la peine qu'on se donne à dire la vérité ou à être honnête, une fois que la robe de la blanche colombe est salie, c'est pour la vie. Elle payait *ad vitam aeternam* sa virée en enfer et ses conneries de jeunesse.

Au fond, ce n'était qu'une question de temps. Elle savait qu'il fallait tenir encore quelques jours. Ils n'avaient rien contre elle et ils allaient vite se décourager.

Elle regarda par la fenêtre, le temps que Dorothée ouvre les colis. Madame poule trépignait, on aurait dit qu'elle s'était offert une autre de ces affreuses poupées en porcelaine qui décoraient les vitrines de son salon. Des petites filles en miniature, figées, aux visages marbrés de blanc et de rose. Coiffées de chapeaux de paille à rubans. Chacune avec son jupon et son ombrelle assortie. Anna détestait passer devant cette vitrine. Ces putains de poupées lui foutaient les jetons. Elles lui rappelaient « Chuky », la poupée tueuse d'un film d'horreur qu'elle avait dû voir en cachette à quatorze ans. La Vieille l'avait punie pour ça. Combien de jours de grenier ? Deux ou trois. Elle avait eu le temps de se refaire le film en boucle. Plusieurs fois.

Dorothée était partie au salon. Elle discutait avec Eddy du choix des cassettes. Le pauvre Eddy, dont les doigts tremblaient depuis la veille au soir, semblait malheureux comme un enfant privé de dessert.

— Eddy, tu verras, c'est passionnant. Et c'est une manière de se cultiver. Mme Hanneton m'a dit que le roman de Dumas est palpitant.

— Qui est Mme Hanneton ? demanda Eddy qui manipulait tant bien que mal les cassettes en essayant de lire, entre deux spasmes, le commentaire de la quatrième page.

Des lettres recommandées d'huissier n'auraient pas pu lui apporter tant de joie.

— C'est la bibliothécaire, tu le sais bien. Elle m'a dit que sa fille allait beaucoup mieux. D'ailleurs, je l'ai invitée cet après-midi. (Puis, se retournant vers Anna qui entrait dans la pièce, elle ajouta :) Ça ne vous dérange pas ? C'est une femme d'une gentillesse !

Elle a un courage extraordinaire. Avec sa fille qui est malade. Elle connaissait bien votre grand-mère.

— Faites comme il vous plaira, Dorothée. Vous êtes déjà très aimable d'avoir préparé un petit quelque chose.

— Vous verrez, ce sera tout simple…

Mais Anna n'écoutait plus. Elle aurait voulu faire taire ce moulin à paroles. Ou faire fermer ce puits de bonnes intentions. À coups de marteau clouté.

Grâce ou à cause de Dorothée, la Vieille allait avoir droit à un « petit goûter » en son honneur. Ça frisait le ridicule.

Elle doutait qu'il y aurait beaucoup de monde pour venir honorer la mémoire de la Vieille.

Est-ce que la Vieille aurait apprécié ?

Elle était bien obligée, pour une fois, de se plier au programme. Hélas, on ne meurt qu'une fois.

Dorothée faisait le compte des garnitures des petits toasts. Anna l'interrompit pour l'informer qu'elle allait s'habiller. L'enterrement était à 11 heures.

Dorothée sursauta et poussa de petits cris. Il n'était pas question qu'ils arrivent en retard. Elle doubla Anna dans l'escalier. La jeune femme s'écrasa contre la tapisserie saumon à rayures bleues. Sans se préoccuper des dégâts collatéraux, Dorothée bondit comme un cabri jusqu'au premier étage, en faisant ployer chaque marche. Un concert de grincements pour un hippopotame dans l'escalier. Visiblement, c'était un grand jour pour elle. Un jour de consécration.

Comme pour la Vieille.

— Ce que vous faites, Dieu vous le rendra ! déclara le vieil homme à Yvonne qui faisait le guet.

Il avait joint ses mains en signe de prière pour un remerciement approprié dans une église. Dans son pantalon de velours vert, avec cette casquette ridicule à carreaux que lui avait prêtée son hôte pour faire plus couleur locale, il avait l'air d'un benêt. Mais il était vrai qu'elle lui cachait sa tignasse noir et gris pleine de boucles. Il avait rasé son bouc et ses tempes. Yvonne l'avait pris pour un derviche à leur première rencontre. Son dernier lien avec Istanbul et sa mer turquoise. Il avait l'air plus commun ainsi. Depuis qu'elle était allée le chercher chez le Claude, il n'avait cessé de la remercier. En allemand, en turc et en français.

— Taisez-vous, répondit Yvonne, irritée. Si je l'ai fait, c'est uniquement parce que vous m'avez parlé de cet hellébore doré. J'espère que vous ne m'avez pas menée en bateau.

— Vous savez que, là-bas, j'avais ma propre officine. Dans le quartier de Balat. Mes préparations étaient réputées sur toute la côte d'Asie Mineure. On m'avait appelé le Dioscoride d'Istanbul.

— Et pourquoi que vous êtes parti alors, répliqua Yvonne en haussant les épaules, car toutes les déclarations de ce vieux fou l'agaçaient.

— Parce que j'ai rencontré ma femme et elle est allemande. Je l'ai suivie, fit-il en baissant les yeux. J'étais déjà vieux. Avoir une famille, à mon âge, c'était un don de Dieu. J'ai suivi mon destin, ajouta-t-il en embrassant sa croix de David.

— Alors, votre destin, c'est de mourir, commenta froidement Yvonne.

Le vieil homme pâlit subitement.

— Moi, ce n'est pas grave, mais ma famille, mes fils...

— Alors, qu'êtes-vous venu faire ici en France ? Vous saviez pas que les Juifs risquaient tout autant ici que là-bas ?

Yvonne se tut brusquement. Elle avait entendu un bruit provenant de la nef. Elle entrouvrit la porte du réduit. Son contact devait arriver quelques instants plus tard. Elle espérait qu'ils avaient bien fait de choisir cette église. Elle était peu fréquentée en début d'après-midi. Le prêtre ne devait venir se changer pour son office que vers 17 heures.

De nouveau, elle entendit un frottement. Elle fit signe au vieil homme posté à côté d'elle de ne pas bouger.

Elle sentit une main ferme sur le haut de sa robe. Elle ferma les yeux. Elle ne pouvait se résoudre à ce que ce soit fini.

— C'est moi, Yvonne, ne crie pas.

— Hermann, qu'est-ce que tu fiches ici ?

Yvonne regarda la petite porte qui donnait sur l'extérieur. Hermann était entré si discrètement qu'ils n'avaient rien entendu. De vrais débutants. Bloquer la porte avec une chaise. Ça permettait de gagner un peu de temps sur le destin.

— Je ne veux pas que tu fasses ça seule.

— Je risque rien, fit Yvonne en haussant les épaules, sachant parfaitement qu'elle mentait effrontément.

— C'est lui ?

» M. Frémont, se présenta-t-il en tendant la main au vieil homme. Ne me dites pas votre nom. Il ne vaut mieux pas que je le sache, précisa-t-il au vieil homme qui lui souriait, un peu inquiet.

» Et votre famille ?

— Elle est à l'abri à quelques pas d'ici. Nous espérons que cette fois-ci sera la bonne. Vous comprenez, c'est la troisième fois qu'on est obligés de changer de cachette. Je n'ai quasiment plus rien de côté. À Hanover, j'ai dû laisser pas mal de choses...

— Taisez-vous, fit Yvonne en toisant sévèrement le bougre qui parlait trop. Vous n'avez pas compris ce qu'il vous a dit. Il ne faut pas qu'il en sache trop. Celui-là, fit Yvonne, agacée, à Hermann, si les Allemands l'arrêtent, ils seront obligés de le torturer pour qu'il se taise.

Hermann sourit. Comment Yvonne pouvait-elle arriver à plaisanter ? Et pourquoi avait-elle accepté de faire l'intermédiaire ?

Elle lui avait parlé d'un livre que le vieil homme avait en sa possession et qui l'intéressait.

Il ne se faisait guère d'illusions. Yvonne ne faisait pas ça pour la gloire. Seuls l'intéressaient ses recherches, ses papiers. Il avait dû lui en raconter une belle d'histoire pour qu'elle accepte de l'accompagner.

Un homme pénétra dans l'église et déposa un casier près de l'autel. Il ouvrit une trappe près du chœur et rangea le contenu de son casier. Du vin de messe, un sachet d'hosties. Yvonne ne voyait rien de là où elle était. Elle espérait que les bruits de frottement du pantalon de velours de son voisin allaient passer inaperçus, de même que ce petit raclement de gorge qu'il poussait toutes les trente secondes.

L'homme ferma la trappe et repartit d'où il était venu, sans un regard dans leur direction. Une femme entra quelques minutes plus tard.

Elle s'approcha de l'allée et posa sa bible sur la septième, la troisième et la deuxième allée. C'était le signal.

— Attendez-moi, fit-elle aux deux hommes qui lançaient vers elle des yeux interrogatifs.

Elle s'approcha de la femme aux cheveux mi-longs qui se tenait dans l'allée. Elle avait l'air d'une infirmière ou d'une institutrice. Cette manière de se tenir droite, cet air sévère. Et ces dents de cheval.

Elle lui tendit son mouchoir brodé d'un Y et d'un R.

— Vous avez fait tomber cela.

— Merci, fit la dame en prenant soin d'examiner le mouchoir avant de le glisser dans son sac. En ces temps difficiles, les mouchoirs nous sont plus précieux que jamais. Mais gardons espoir ! Tout est dans la Bible, vous savez ma fille. Lisez l'épître de saint Paul, elle est admirable, fit-elle en souriant aimablement.

— C'est une lecture que j'apprécie aussi, à l'occasion, fit Yvonne en lui rendant son sourire.

Son cœur battait fort dans sa poitrine. Elle sentait qu'elle était tétanisée par la peur et l'admiration.

La guerre lui sembla soudain un prétexte. C'était donc ça le sens de cette mascarade. L'occasion de rencontrer ce genre de personnes. Qui n'avaient pas cédé, qui se battaient, qui avaient foi en des valeurs.

Elle prit la bible et fit un signe de la tête. La dame continua sa remontée vers le chœur, fit un signe de croix. Puis elle se recueillit quelques instants devant un autel dédié à la Vierge, après avoir allumé un cierge.

Yvonne se faufila entre les traverses et regagna la cellule où l'attendaient ses compagnons. Elle ouvrit la bible. Les papiers étaient là, le lieu de rendez-vous, et un petit Mauser. Le vieil homme sourit des quelques dents jaunes qui lui restaient.

— Ce n'est pas encore fait, le gronda Yvonne. Il faut encore qu'on vous y conduise, vous et votre marmaille.

Le vieil homme prit la bible éventrée et la caressa, les larmes aux yeux.

Yvonne haussa les épaules. Il fallait surveiller maintenant si personne ne guettait leur sortie.

Hermann s'approcha du vieil homme et lui tapota l'épaule.

— Vous y êtes presque. Il faut tenir maintenant, pour vous et les vôtres.

— Demain, je serai sauvé. Ma Gisèle et mes deux garçons aussi. Et c'est grâce à elle, fit-il en désignant Yvonne qui avait entrouvert la porte donnant sur l'extérieur de la petite église.

Il plongea sa main dans sa veste en laine marron et en sortit un petit fascicule. Il le tendit à Yvonne qui leur faisait signe de sortir.

— Pourquoi vous me donnez ça maintenant, le tança Yvonne. Le marché n'est pas encore rempli.

— Vous avez fait tout votre possible. Maintenant, c'est à Dieu que je m'en remets, fit-il en montrant la Bible. Vous avez droit à votre part.

Yvonne examina le fascicule : *Traité sur l'utilisation de l'Hellébore Doré dans la médecine moderne*. Ses doigts tremblaient d'excitation en manipulant les premières pages. Elle y était. C'était son point de départ à elle.

Hermann lui prit le fascicule des mains pour le ranger dans sa poche.

— C'est pas le moment de rêver, Yvonne. Il faut finir le travail. Tu as eu ce que tu voulais.

Yvonne hocha la tête. Il n'y avait pas de reproche dans la voix d'Hermann. Il était le seul à comprendre pourquoi elle faisait ça. Le seul à l'aimer. Le seul qu'elle aimait.

Ils sortirent sur la grand-route. Le soleil tapait. Les coquelicots s'inclinaient sous la brise chaude de la fin de journée. Yvonne sentait son jupon gonfler sous l'air chaud. Le vieil homme faillit perdre sa casquette en passant sous les branches d'un marronnier. Cela les fit rire. Trois copains qui se rendaient à la guinguette des bords de Marne. Pour profiter de l'air du temps. L'air des temps difficiles.

À 10 h 45, Eddy, Dorothée et Anna entrèrent dans l'église Sainte-Jeanne-d'Arc. L'édifice religieux était de petite taille. Il ressemblait à une crypte ancienne. Les murs blancs, presque nus, étaient entrecoupés de vitraux à motifs simples, posés à intervalles réguliers. Le mobilier en bois de chêne, un peu rustique, évoquait une foi d'un autre temps. Une foi de l'époque de la Pucelle. Rigide et pure. Les sons de leurs pas résonnaient dans l'espace de la nef, rendant plus solennelle encore leur entrée. Le froid était saisissant. Anna leva la tête vers les plafonds, cherchant à comprendre ce qui lui donnait tant l'impression d'être ailleurs que dans cette petite église. Dans un autre espace-temps, peut-être sous des cieux plus cléments.

Seules trois personnes occupaient les bancs du milieu. Dorothée alla les saluer. Anna s'assit au premier rang. La messe était prévue pour 11 heures.

Anna n'avait pas participé à l'organisation de la cérémonie. Elle et la Vieille n'avaient jamais eu de discussion à ce sujet. Et d'ailleurs, elles n'avaient pas eu beaucoup de discussions tout court.

Dorothée avait tout réglé. Avec une précision d'horloger suisse. La Vieille lui avait prétendument expliqué comment elle voyait ses derniers instants avant la mise en bière. Grand bien lui fasse !

Dans ses souvenirs, la Vieille n'était pourtant pas du genre à adorer les spectacles « sons et lumières ». D'un autre côté, déléguer quelqu'un pour satisfaire ses derniers desiderata, ça, c'était la Vieille avec un grand V. Alors : *the show must go on*.

Anna était prête à se contenter de regarder la pièce sans sifflet ni tomate.

Devant l'autel, le prêtre préparait ses lectures. Elle lui fit un vague signe de la tête. Elle avait promis à Dorothée de se montrer reconnaissante. Il s'était fait tirer l'oreille pour caser l'enterrement un samedi. Il répondit par un sourire poli, mais un peu contrit.

Anna ne se sentait pas en odeur de sainteté ici. Elle était baptisée mais ne pratiquait plus. Ce qui était le cas d'une grande majorité de ses concitoyens. Mais, elle, à treize ans, avait refusé de faire sa communion et avait claqué la porte des cours de catéchisme. Ce qui avait marqué toute une génération de vieilles filles bénévoles qui avaient crié au scandale. Ça avait été une période difficile entre elle et la Vieille.

La Vieille était très profondément croyante. Elle allait régulièrement à la messe, s'était toujours confessée, avec le sentiment de faire son devoir, comme on défend sa patrie. Elle portait autour de son cou et sur sa poitrine, tenues par des épingles à nourrice, des médailles de saintes dont Anna avait essayé d'oublier le nom : sainte Rita, sainte Marguerite et sainte Marie-Madeleine. Des femmes qui revenaient souvent dans les histoires qu'elle aimait se raconter. Elle se servait même de ses prières pour ses actes de guérisons.

Une religion un peu bricolée pour les besoins de ses petits trafics, mais authentique.

Anna, quant à elle, n'arrivait pas à déterminer pourquoi elle avait pris en horreur tout ce qui touchait à la religion. Elle avait parlé de « liturgie rigide, de confessions hypocrites, de monde de bienséance où le mot d'ordre est l'amour sans qu'il ne soit jamais appliqué entre ses participants ». Un vocabulaire trop recherché pour une gamine de treize ans qui tentait d'expliquer, en vain, le rejet qu'elle avait pour l'Église, un rejet qu'elle avait surtout pour le reste du monde. Trois ans plus tard, elle quittait la Vieille.

Elle avait repensé à tout ça en prison. D'ailleurs, elle avait eu le temps de penser à plein de choses en prison. De ces méditations carcérales, elle avait retenu que cela n'avait rien à voir avec la religion ou ses pratiques. Cela avait seulement un rapport avec sa mère. Avec sa mère et sa grand-mère.

Elle se leva de son banc et regarda autour d'elle. Elle avait besoin de faire quelques pas. D'autres personnes étaient arrivées. Dorothée continuait d'assommer ses prochains de bavardages. Anna se pencha vers Eddy :

— Je peux vous laisser quelques instants ?

— Bien sûr, bien sûr, répondit le mari de Dorothée, sur un ton obséquieux.

Il avait toujours l'air d'avoir avalé un balai-brosse de travers quand il s'adressait à elle.

Elle se dirigea vers le cercueil. Il avait été laissé ouvert, à la demande de la Vieille. Anna s'approcha.

C'était sa première rencontre avec la Vieille depuis seize ans, et la dernière.

La vue de ce visage la fit sursauter malgré elle. Elle avait tant vieilli. Il lui fallut du temps pour retrouver dans cette silhouette embaumée son visage rond, ses lèvres minces et allongées, ses cheveux filasse toujours bouclés, presque entièrement blancs désormais. De ses yeux, cachés par les paupières, Anna se rappelait leur couleur, un bleu perçant, acide. Comme deux inquisiteurs, parfois cruels, parfois justes, parfois aimants.

Le corps avait vieilli, s'était affaissé, mais elle retrouvait dans ses lignes cette solidité qui lui avait fait croire que sa grand-mère était une force de la nature. Quasi indestructible. Quasi.

Elle eut envie de toucher les mains de la Vieille, mais elle hésitait à entrer en contact avec ce corps mort.

Le prêtre, qui s'était approché discrètement, posa une main sur son épaule.

— Votre grand-mère était très appréciée dans le quartier.

Anna le toisa, le regard dénué de sympathie. Elle avait envie de lui foutre une mandale. *Il avait besoin d'en rajouter, ce con-là ? C'était pas suffisamment minable cet enterrement, millimétré au cordeau, avec trois clampins en spectateurs ?*

— D'ailleurs, elle me faisait un peu concurrence, poursuivit-il avec un rire convenu. Elle recevait sûrement plus de confidences que moi et, à sa manière, elle soignait les maux de l'âme.

Il en était presque lyrique et généreux, le corbac. Les chakras d'Anna se fermaient à triple tour.

— Vous la connaissiez vraiment ? demanda-t-elle, se retenant d'être trop arrogante.

— Je la voyais assez régulièrement. Elle venait prier, mais jamais se confesser. Mes fidèles sont si peu nombreux que j'ai du temps à leur consacrer. Lorsqu'il ne s'agit pas de cérémonie, la vie d'une paroisse est faite de temps calmes. Studieux mais calmes. Nous avons le temps de communiquer d'âme à âme. Et votre grand-mère avait une belle âme.

Et à part vous foutre de la gueule du monde, vous faites quoi dans la vie ?

Anna, ressaisis-toi, tu parles en présence du Seigneur, il voit tout, il sait tout... N'est-ce pas, la Vieille ?

Mais tu n'es peut-être pas au paradis pour en témoigner... Tu es peut-être aussi seule que moi... et l'enfer c'est les autres...

Anna toucha les mains de la Vieille pour oublier ces belles paroles. Tant pis si ce n'était plus qu'un amas de chair sans vie. Elle voulait faire un dernier geste. Un petit geste d'amour. En souvenir du bon vieux temps.

— Tiens, vous voyez ! Regardez tout ce monde. Je savais que les gens du quartier lui témoigneraient leur amitié, s'exclama le prêtre, aussi enthousiaste qu'à un concert de MJC.

Anna se retourna. L'entrée de la petite église bourdonnait comme une ruche pleine. La moitié des bancs affichaient complet, des gens patientaient debout dans la nef. Anna ressentit comme un vertige. Les larmes lui montèrent aux yeux.

Les jambes coupées par l'émotion, elle alla s'asseoir à côté d'Eddy.

Des dizaines de personnes continuaient d'affluer. Anna jetait parfois un coup d'œil par-dessus son épaule. Les visages lui étaient quasiment tous inconnus. Ces gens étaient visiblement venus de leur plein gré. Ils s'étaient habillés en pensant à la Vieille, avaient cotisé pour une des couronnes qui fleurissaient les allées. Le bruit de leurs conversations devenait assourdissant. Le prêtre alluma un micro et commença son homélie. Le silence se posa doucement sur l'assemblée.

Anna avait du mal à se concentrer sur les paroles du prêtre. Elle cherchait la faille. Elle s'était peut-être trompée d'église. Ou d'enterrement. Il fallait peut-être vérifier de nouveau le contenu du cercueil. Ou bien étaient-ce les rumeurs sur les causes de sa mort par empoisonnement qui avaient rendu la Vieille si populaire ?

La cérémonie dura vingt minutes. Les ordres de la Vieille avaient été suivis à la lettre. Des lectures bibliques à la musique qui accompagna le départ du cercueil. Anna trouva l'ensemble assez quelconque mais, en même temps, assez fidèle à la Vieille qu'elle avait connue.

Le corbillard vint récupérer le cercueil vers midi afin de l'emmener au cimetière de l'Est. À la sortie de la messe, Dorothée adressa quelques mots à droite et à gauche. On la sentait maîtresse de la situation. Anna, comme l'étrangère qu'elle était, se contenta de hocher la tête chaque fois qu'on lui présentait une nouvelle personne. Les gens semblaient réellement émus. Anna était déboussolée. Elle avait le sentiment qu'on évoquait quelqu'un qu'elle ne connaissait pas.

Ils lui parlaient de la Vieille comme d'une sainte. La Vieille était une salope, une vacharde, une vicieuse, comme aurait dit son ex-voisine de tôle. Plus sérieusement, c'était une psychopathe qui avait pourri une partie de son enfance et de son adolescence. Une menteuse, une arnaqueuse de première qui avait fait de ses petites activités un commerce lucratif fondé sur la crédulité et la bêtise du genre humain.

Mais ça n'avait pas l'air d'être l'avis général à l'entrée du cimetière. Elle était angoissée d'être en décalage à ce point avec les êtres humains qui piaillaient autour d'elle. Elle avait le sentiment de s'être immiscée dans une secte.

L'enterrement se passa sous un ciel bas, dans le cimetière de l'Est. Les nuages étaient menaçants et le froid transperçait les manteaux les plus chauds. Les personnes venues assister à la mise en terre se serrèrent les unes contre les autres. Au milieu de la mêlée de manteaux sombres, Anna regardait le cercueil descendre dans le caveau. Tout lui semblait irréel.

La pluie n'allait pas tarder à tomber. Le vent balayait les feuilles dans les allées.

Une demi-heure plus tard, elle était seule devant l'entrée du caveau. Sa future demeure à elle aussi, si elle le voulait. La seule qu'elle aurait gratis, *ad vitam aeternam*.

Dorothée était partie préparer sa petite réception. Anna lui avait demandé quelques minutes de répit.

Elle entra dans le caveau. *Bonjour la famille !* La Vieille devait être contente. Elle avait rejoint son cher Hermann. Et Lucie.

Elle aurait voulu dire au revoir à la Vieille à sa manière, mais il y avait trop de monde dans ce caveau. Trop de regards pour dire quelque chose d'intime.

Elle renonça et quitta le cimetière.

En jetant un dernier regard vers le caveau, elle crut voir une ombre, un manteau sombre qui circulait entre les tombes. Mais les gouttes formaient un rideau de plus en plus dense. Elle se pressa. Elle devait rentrer à pied au petit Bétheny.

Lorsqu'elle arriva chez Dorothée, le salon était plein comme un œuf. Dorothée circulait entre les invités, munie de plateaux de toasts. Anna n'avait qu'une envie : s'allonger sur un lit et siroter une bière.

Mais elle devait à Dorothée de faire un effort. Et même à la Vieille qui l'avait élevée seule après la disparition de sa mère.

Elle enleva son manteau et prit un plateau d'œufs mimosa. En faisant le service, elle entendait des bribes de conversations.

— Et vous ?

— C'était pour mes hanches. Elles étaient si douloureuses. Elle avait trouvé un baume. Je devais l'appliquer le soir et le matin. Une vraie merveille. J'ai même pu recommencer à jardiner. Enfin, pas trop longtemps. Il a fallu quand même que je me fasse opérer le mois dernier.

— Et que vous avait-elle dit ?

— Elle était tout à fait d'avis que c'était nécessaire. Elle savait toujours ce qui était bon pour nous et ce qui ne l'était pas.

— Vous savez que je n'allais même plus voir le docteur depuis que je la connaissais. Enfin... seulement pour les infections graves. Et encore, un très bon homéopathe.

Elle avait l'impression d'entendre les mêmes histoires d'un bout à l'autre du salon. Le dos, la rate, l'estomac, les blessures musculaires, les eczémas... La Vieille avait continué ses petites activités de guérisseuse. C'était devenu une petite entreprise de quartier.

Elle avait souvenir des quelques personnes qui venaient voir la Vieille lorsqu'elle était enfant. Elles arrivaient fatiguées par l'angoisse et la douleur. La Vieille leur parlait dans le salon, faisait quelques prières, leur confiait des pots de confiture remplis de mixtures de plantes ramassées sur le bord du canal. Puis elles repartaient.

Au départ, Anna avait posé quelques questions. *Pourquoi elles sont malades ces personnes, Mamami ? Qu'est-ce qu'elles ont ? Qu'est-ce que tu leur as fait Mamami ?* Mais la Vieille avait toujours un mot pour la renvoyer à ses occupations.

À l'adolescence, le discours avait changé. La Vieille l'avait invitée à écouter, à apprendre. Et c'était Anna qui avait préféré fuir. Plutôt que de mentir ou de tricher.

Lorsqu'elle s'arrêta avec son plateau devant un couple assis sur un canapé, le mari lui prit la main.

— Vous êtes sa fille ? demanda-t-il en la regardant de pied en cap.

Il devait avoir la trentaine, mais ses traits étaient tirés et son visage mal rasé. Les cheveux roux et les yeux bleus, Anna le trouva tout de suite sympathique. Il avait quelque chose de profondément humain. Sa femme, une brune toute menue avec un visage de madone, lui adressa le même regard de reconnaissance et de confiance. Anna se sentit un peu mal à l'aise.

— Je suis sa petite-fille. Mais c'est elle qui m'a élevée.

— Nous sommes très heureux de vous rencontrer, dit la jeune femme.

— Moi de même, répondit Anna sans comprendre.

— Votre grand-mère nous a aidés... (le mari se racla la gorge)... à passer des moments difficiles. Notre enfant a eu la leucémie. Elle a apaisé une partie de ses souffrances.

Anna ne sut plus quoi dire. Elle s'assit, cherchant ses mots, cherchant quelque chose de gentil, de pas trop nauséeux, de pas trop geignard. Mais elle n'était capable que de leur rendre leur sourire. Ou, du moins, une grimace aimable.

— Elle est morte cet hiver, précisa le mari en détournant le regard vers le buffet. Et cela valait mieux. Elle souffrait tellement.

La mère essuya ses yeux discrètement. Mais son sourire de madone n'avait pas disparu. Elle ajouta, d'une voix rauque :

— Sans votre grand-mère, cela aurait pu être plus terrible. Elle l'a beaucoup aidée. Et elle n'a jamais essayé de nous faire croire que Jeanne guérirait.

Anna hocha la tête en signe de sympathie. Mais sa mâchoire se crispait sous l'effet de la colère.

Putain de Vieille. Qu'avait-elle essayé de faire auprès de ces gens qui avaient souffert le martyre ? Elle leur avait fait croire qu'elle était capable de diminuer les souffrances d'une enfant bouffée par la leucémie. Quelle gloire espérait-elle en tirer ? Être la vedette du quartier ? C'était pour ça ? Pour qu'il y ait du monde à son enterrement ?

La gorge nouée, elle se leva et salua maladroitement le couple. Elle n'en pouvait plus. Si la Vieille avait joué les saintes Tartuffe après son départ, cela la regardait. Mais, pour elle, pas question de changer d'avis à son sujet !

Comme un automate, elle poursuivit son chemin parmi les invités. Elle ne cherchait plus vraiment à présenter son plateau de petits pains au pâté de sanglier des Ardennes. Elle luttait pour ne pas se sauver. Pour ne pas courir à toutes jambes à Saint-Denis, se réfugier dans son studio miteux. Dire à Serge, son homme, de brancher la *Play Station*. Manger des chips et regarder la télé. Oublier où elle était, qui elle était et ce qu'elle apprenait de la Vieille. Échapper à ces personnes qui l'attrapaient de la main, la touchaient à l'épaule.

— Quelle femme ! N'est-ce pas ?

— Elle m'a soigné mes plaques rouges, cela m'a changé la vie.

— J'avais un psoriasis, il a diminué de moitié en un mois.

— Lorsqu'elle m'a touché le genou, je me sentais déjà mieux.

— Anna ? Anna ? (C'était la voix de Dorothée.) Vous êtes toute blanche. Donnez-moi ce plateau et allez vous allonger.

Anna regarda Dorothée sans la voir. Essaya de sourire sans y parvenir, puis quitta le salon comme les rats quittent le navire avant qu'il ne sombre.

Chapitre 4

En fin de semaine, Anna avait rendez-vous chez le notaire. Elle devait récupérer les clés de la maison de la Vieille dans la matinée. Elle se leva de bonne heure et sortit faire un jogging dans les vieux quartiers industriels situés dans les docks de Reims.

La zone désaffectée lui plaisait bien. Elle avait pris l'habitude d'en parcourir les rues durant son enfance. Elle y avait fait du vélo, du patin à roulettes. À l'époque, elle s'imaginait être dans un vieux décor de cinéma abandonné. Un Hollywood du grand Est perdu.

En vertical, de grandes façades de bâtisses datant des années trente, en brique rouge et en pierre blanche. En horizontal, des rails sur lesquels grimpaient les herbes.

Aujourd'hui, les docks en friche abritaient des clubs de gym, des magasins de peinture destinés aux professionnels et des entreprises de recherche en communication. Et, tout autour, une route toute neuve, au macadam rutilant, aménagée depuis qu'une zone commerciale avait poussé à proximité.

Comme une église dans ce hameau quasi désert, un grand bloc de ciment peint en vert projetait vers le ciel ses cheminées et, vers la terre, ses rampes de déversement des déchets ; l'usine Henkel. Qui ne tarderait pas à fermer ses portes, avait lu Anna dans le canard du coin. Un paysage désolé de zones d'activités sans activité. Les hommes n'avaient pas eu la main industrielle dans ce coin-là.

Elle était seule sur le bitume. Ses baskets un peu éculés lui faisaient mal aux talons, mais la course lui vidait la tête. Elle rentra au bout d'une heure, essoufflée et dégoulinante de sueur. Dorothée était en grand ménage, un fichu marron sur sa tête et dans les mains une serpillière qu'elle tordait sans tendresse.

Eddy avait récupéré ses mains. Il avait laissé tomber Dumas pour s'installer dans son atelier et ses doigts, désormais souples et habiles, manipulaient une maquette de tank de la Seconde Guerre mondiale. La radio allumée diffusait de la musique de fanfare sur une station locale. La matinée battait son plein.

Anna prit une douche, mit un pantalon noir et une chemise en lin et plaqua un peu de gel sur ses cheveux courts coiffés en brosse. Puis elle prit son sac à dos et s'éclipsa.

Elle trouva sans difficulté le cabinet de maître Egrement qui se trouvait dans le centre-ville, rue de Vesle. C'était à lui que la Vieille avait confié ses affaires. Elle entra dans une salle d'attente molletonnée et lugubre, aussi petite qu'inconfortable, aussi laide que soporifique, et attendit. Au bout d'une quinzaine de minutes, une secrétaire la conduisit au bureau du notaire. Elle se retrouva face à un homme d'une cinquantaine d'années, long et sec, vêtu d'un polo bleu marine et d'un pantalon beige impeccable. Un nez oblong et difforme ornementait son faciès, comme une tête de sanglier au-dessus d'une cheminée de salon. Une faute de goût dans un ensemble cosy. Sans cérémonie, il lui fit signe de s'asseoir et lui signifia qu'il allait procéder à l'ouverture du testament.

Il sortit une enveloppe brune d'un des tiroirs de son bureau de style Empire et adressa un rapide regard, plutôt bienveillant, à Anna.

— Vous connaissez peut-être la teneur de ce testament ?

— Nous ne nous sommes pas vues depuis dix-sept ans, dit Anna, laconique.

— Ah... Vous savez qu'il a été modifié depuis 1976 ? Votre grand-mère est venue me voir il y a trois semaines de cela.

— Elle ne m'a jamais dit ce qu'elle comptait me léguer, répondit Anna pour couper court.

— Ah...

Il retourna l'enveloppe entre ses mains.

Anna commençait à avoir des fourmis dans les jambes. Il avait l'air de sous-entendre quelque chose, ce vieux vicelard. Avec son nez en forme de courgette et ses tics en « Ah »... Si la police lui avait donné l'autorisation de révéler la teneur du testament, ça prouvait bien qu'elle n'avait rien à se reprocher.

— Je vais donc vous la lire, dit-il en cherchant du regard son coupe-papier.

Peut-être d'ici la fin de la nuit, eut envie d'ajouter Anna.

Il lui tardait que ce numéro de cirque se termine. Avec l'enterrement, ça faisait beaucoup à supporter, venant de la Vieille qui n'avait même pas attendu son retour pour clamser.

— « Je, soussignée, Yvonne Kaleban, commença-t-il sur un ton monocorde, lègue en toute possession de mes moyens, et suivant »... bla bla bla, je vous passe le jargon juridique...

Un bon point pour toi mon coco. Ou, devrais-je dire, mon Toucan.

— « ... lui lègue mon titre de propriété concernant une habitation individuelle se trouvant au 10, rue du Paul-Bert à Reims ainsi que la somme de cent cinquante mille euros. »

Anna sursauta. Cent cinquante mille euros. C'était une sacrée somme. Bingo ! La Vieille avait épargné ! Ou elle avait gagné au loto. Du gagne-petit, mais du tout à fait respectable pour le portefeuille d'Anna. La Vieille l'avait bluffée sur ce coup, avec ses airs de pauvresse.

— ... blabla... Voilà l'autre passage important : « Je désire que ma petite-fille veille au bien-être de Frédéric Bonolit, son cousin et mon propre neveu, de la façon qui lui semblera la plus appropriée. » Voilà... enfin, il y a un petit *Nota bene* qu'elle a tenu à ajouter, mais qui n'entre pas réellement dans le texte juridique. Il s'agit d'une sorte d'héritage moral. Je cite : « Ma petite-fille étant ma seule héritière directe, j'affirme, car je le sais et je l'ai vu, qu'elle a le don. Déni à celui qui le niera en ce monde. »

Anna resta abasourdie. C'était une farce. On se foutait de sa gueule. Ce notaire était un guignol avec un gros nez rouge, ce testament une farce tragi-comique. Et cette déclaration finale, digne d'un mauvais *x-file*.

— Avez-vous des questions, mademoiselle ?

— Pourrais-je voir le testament ?

— Bien entendu. Ce papier vous appartiendra dès que vous aurez apposé votre signature.

Ce faisant, il lui tendit la missive.

Anna lut une première fois les termes en repassant deux fois sur chaque phrase.

Puis elle jeta le papier sur le bureau. *Zéro pointé. Vous recommencerez ce devoir en respectant bien le sujet. N'est-ce pas la Vieille ? Enfin, l'école, c'était pas ton truc.*

— Y a-t-il des points sur lesquels vous souhaiteriez être éclairée ? fit le notaire en avançant ses deux mains, les doigts joints en avant, en pyramide.

— Je crois, oui... répondit-elle, un peu tendue.

— Si vous me permettez de résumer, minauda-t-il avec un sourire félin, la maison vous appartient, ainsi qu'une somme de cent cinquante mille euros. Cependant, je dois vous prévenir qu'une fois que l'État aura pris sa part sur ce patrimoine, ce gain risque d'être relatif...

— C'est-à-dire ? le questionna Anna, les sourcils froncés.

— Vous êtes son héritière directe. Vous hériterez de tout, mais l'État prend un pourcentage de vingt pour cent sur votre patrimoine mobilier. La somme de cent cinquante mille euros reste vierge de toute taxe. Néanmoins, vous serez quand même obligée de puiser dans votre propre patrimoine pour conserver cette maison dans les mois à venir. À moins que vous ne souhaitiez la vendre.

— Je crois que je vais la vendre.

— C'est sûrement la solution la plus raisonnable, mademoiselle.

Ses « mademoiselle » étaient onctueux à souhait. Un vieux matou en rut en train de laper de la crème de cappuccino.

— Vous perdrez un peu sur la vente, mais avec les cent cinquante mille euros, vous devriez jouir de l'essentiel de cet héritage.

Anna hocha la tête en pensant à cet argent qui lui tombait du ciel. La Vieille avait-elle respecté les liens du sang ou était-ce de plein gré qu'elle avait procédé à ce legs ? Elle entendait encore les paroles de la Vieille avant de quitter la maison, dix-sept ans plus tôt. Ça avait été très efficace pour la faire déguerpir sans éprouver un seul remords. Du genre :

Petite conne. Tu n'existes plus pour moi. N'espère plus rien de moi. J'en ai bien assez fait. Tu n'arrives pas à la cheville de ta mère. J'ai perdu mon temps avec toi. Des imprécations qu'Anna avait eu le temps de méditer en prison, surtout quand elle avait compris que la Vieille refusait de venir la voir dans son cachot de bagnard.

Au fond, si elle était venue à Reims, c'était pour discuter de tout ça avec la Vieille. Mettre les choses à plat. Rouvrir les anciennes blessures et demander réparation. Maintenant qu'elle avait passé le cap de la trentaine, elle se sentait capable de comprendre. Ou du moins d'entendre sans prendre ses jambes à son cou.

Mais la Vieille lui avait posé un lapin. Un lapin généreux. Mais un lapin.

Au bout de quelques secondes de silence, le notaire, psychologue averti des ouvertures de testament, reprit sa litanie d'une voix d'expert.

— La suite est peut-être à éclaircir, concéda-t-il avec une petite moue. Dans la formule « *vous devez veiller au bien-être de votre cousin...* », il est à comprendre que votre cousin ne doit pas se retrouver à vivre dans des conditions indécentes. Sans doute, si vous le connaissez, vous savez mieux que moi ce que cela signifie...

— Je ne l'ai jamais vu, dit-elle en haussant les épaules.

Voilà un autre point qui lui semblait venir d'une galaxie lointaine et assez nébuleuse. Elle avait beau se triturer le cerveau, elle avait souvenir de vagues cousines. Et encore, elle n'était pas très sûre de ces liens familiaux. Mais de cousins, *niet*, pas un seul Frédéric Quelque chose. Pas de trace dans ses souvenirs.

— D'après ce que j'ai compris, c'est le fils en secondes noces du beau-frère de votre grand-mère.

Anna essaya de calculer rapidement. Le beau-frère de sa grand-mère, c'était l'oncle de Belgique probablement. Et ce Frédéric, ce serait son grand cousin.

— Il a quel âge ? demanda-t-elle, de plus en plus intriguée.

— C'est un jeune garçon. La vingtaine. Je ne l'ai jamais rencontré, mais votre grand-mère m'en a souvent parlé. Elle s'inquiétait beaucoup à son sujet.

— Ah bon... murmura Anna, qui se demanda soudain si la Vieille s'était inquiétée à son propre sujet durant son absence.

— Il est, voyez-vous, déficient mental et sujet à des crises d'épilepsie. Ce pauvre jeune homme a été jusqu'à présent placé en institution.

Un gamin handicapé. Voilà ce qui avait amené la Vieille à porter tant d'intérêt à ce garçon, en dehors de son appartenance à la fratrie des Kaleban. Elle n'aimait que les blessés, les malades, les affaiblis, les souffrants, ceux que la vie a rendus faibles. Elle pouvait les dominer, les rassurer et prendre possession de leurs vies comme elle l'avait fait avec Anna jusqu'à ses dix-sept ans.

N'en fais pas trop, Anna. C'est pas Dracula non plus, la Vieille.

— Mais, aujourd'hui, il va atteindre un âge auquel il sera nécessaire de lui accorder une aide à domicile permanente ou de choisir un lieu de vie approprié à ses capacités et à ses difficultés. Néanmoins, un autre cas de figure est envisageable, si vous me permettez. La possibilité de lui faire intégrer une de ces nouvelles institutions qui, elles, s'adressent aux jeunes adultes handicapés. Mais ces institutions sont très onéreuses et fort peu nombreuses en France.

C'était la tuile. Elle avait rêvé de son matelas de billets pendant quelques minutes et voilà qu'elle devait redescendre sur terre et chausser un boulet qui avait le nom de Frédéric Bquelquechose, qu'elle ne connaissait ni d'Ève ni d'Adam. Son grand cousin qui, cela dit au passage, était plus jeune qu'elle. Le résultat d'une saga familiale plus pimentée qu'elle ne l'avait supposé. Mais c'était du côté belge.

— Il n'a pas de famille proche ? demanda Anna.

— Mme Yvonne Kaleban était devenue sa seule famille depuis environ six ans. Elle m'a fait placer de l'argent sur un compte qui est bloqué et dont elle avait la tutelle. Vous serez amenée à signer des papiers à ce sujet.

Anna resta sans voix. La Vieille avait assuré l'avenir de ce gamin en plus de la somme qu'elle léguait à Anna. D'où lui sortait tout ce fric ? Elle n'avait quand même pas gagné au loto ? Ou touché un héritage d'un oncle d'Amérique ? Pourquoi n'en avait-elle rien su ?

Dix-sept ans d'absence pendant lesquels la Vieille aurait roulé sur l'or en sachant parfaitement qu'Anna était dans la dèche. Parce que la Vieille avait eu de ses nouvelles, elle. Au moins par l'avocate qui avait plaidé sa remise de peine, il y avait six ans de cela, et qui avait essayé d'obtenir le témoignage de la Vieille. En vain.

Dix mille questions s'entrechoquaient dans sa tête. Cette situation était si soudaine... Pourquoi la Vieille ne lui avait-elle pas parlé de tout cela ? Pourquoi ne l'avait-elle pas préparée à cet imbroglio qui était aujourd'hui le sien ?

C'était peut-être pour ça qu'elle l'avait fait venir à Reims...

— Avez-vous encore des questions ? Je vous laisse une copie de ce testament. Je ne peux vous laisser l'original. Nous nous verrons dans quelques jours pour la signature de l'acte. Il y a toujours un petit délai nécessaire à la mise en œuvre du testament... et utile aussi aux légataires pour se préparer aux changements apportés par cet acte. Dans le cas particulier de votre grand-mère, nous avons également besoin du rapport de police. Avez-vous eu des nouvelles ?

— Je sais encore peu de chose. Elle est morte d'empoisonnement. C'est le seul élément qui ait été établi en ma présence. J'ai été contactée hier afin de recevoir les conclusions de l'enquête et l'on m'a déjà prévenue de ne pas m'attendre à en apprendre beaucoup plus sur les circonstances de sa mort.

— Bien, asséna le notaire qui ne savait commenter autrement ces informations qu'il avait lui-même obtenues d'un des inspecteurs de l'enquête.

Anna se leva, prit congé du notaire et sortit précipitamment de l'étude.

Elle aurait voulu gommer tout ce qui venait d'être dit, revenir quelques semaines en arrière.

Saint-Denis, son boulot, son mec, la vie sans la Vieille.

Elle remonta la rue de Vesle, traversa la place de la Comédie, bouscula les passants, évita les bus. Arrivée à la place Royale, elle ralentit le pas. Les façades XVIIIe avaient été restaurées. Il était vrai qu'elle s'était absentée durant un bail. La noblesse de l'architecture, la clarté des pierres, les pavés, la statue en bronze de Louis XV au milieu de cet écrin. Même le soleil se mettait de la partie, par petites touches. Elle respira. Ce lieu avait un pouvoir particulier sur elle. Elle y abandonnait les armes, elle y trouvait un réconfort, une noblesse d'âme d'un autre temps.

Mais le froid l'obligeait à avancer. Elle passa devant la rue Cérès puis s'arrêta sous les arcades. Elle cherchait un coin où s'asseoir. Elle regarda en direction du centre. À deux pas, la brasserie sur la place du Forum. Un refuge qu'elle connaissait bien.

À peine entrée, elle commanda un ballon de bourgogne. Elle en avala une gorgée. Un peu piquant, mais tenace sur la langue, comme elle les aimait. Elle put s'asseoir.

La Vieille l'avait bien eue. Elle ne savait pas s'il fallait s'en réjouir ou pleurer.

Il y avait la maison dont le notaire lui avait laissé une estimation. Avec la montée de l'immobilier, ça représentait une jolie somme.

Et il y avait le cousin. C'était à elle que revenait la décision de le placer ou non. C'était à elle de déterminer quel allait être l'avenir de ce grand cousin inconnu.

Aucune indication dans le testament de la Vieille.

Tu dois apprendre à faire tes choix, Anna.

Elle ne connaissait même pas la nouvelle adresse de ce Frédéric de Belgique. Le notaire lui avait conseillé d'appeler le centre où il avait été placé jusqu'alors.

Le tout s'équilibrait plus ou moins. Deuxième gorgée. Pas mal en bouche le bourgogne.

Elle s'alluma une cigarette et regarda autour d'elle. Difficile de s'isoler ici. C'était un véritable palais des glaces. À sa gauche, un homme d'une quarantaine d'années. Elle le voyait sans être vue par le jeu des miroirs. Il était pas mal, brun un peu grisonnant, des yeux marron et une moustache, pas trop bedonnant et pas trop sévère non plus. Sa tenue assez classe lui donnait un petit air mystérieux. Lui aussi était en train de faire l'inventaire de sa personne.

Baisable ou pas ? C'est ce que tu dois te poser comme seule question. Éventuellement, si tu as le temps et où. Encore que, pour l'endroit, tu dois avoir tes habitudes.

Il devait la prendre pour une bourgeoise, habillée comme ça. Elle pouvait se faire passer pour une cadre de PME. Une directrice des ressources humaines dans une boîte d'info, par exemple. C'était comme ça qu'elle avait dragué Serge, son régulier. Ça lui avait semblé mieux que de dire qu'elle était masseuse. Le terme de masseuse avait tendance à provoquer des réactions prévisibles chez la gent masculine. Genre regard vicelard et sous-entendu lourdingue.

Directrice des ressources humaines, ça mettait de la distance. Les hommes la regardaient dans les yeux ou, parfois, n'osaient pas poser leur regard sur elle. Mais Serge n'y avait pas cru. Il l'avait juste prise. Le soir même. Après trois verres de vodka frappée. Comme quoi... elle avait peut-être réellement la gueule de l'emploi.

Une fille facile, voilà pour quoi tu veux passer, Anna. La Vieille, toujours la Vieille, empoisonnante et empoisonnée.

Elle paya sa consommation en jetant un dernier regard à son admirateur éphémère et quitta le bar. Le notaire lui avait donné les clés de la maison de la Vieille. La police avait fait ôter les scellés. Mais ils avaient préféré que ce soit le notaire qui lui annonce la bonne nouvelle. C'était assez cocasse. Quelque part, elle héritait de la Police nationale française.

A peur, Mamami pas rentrée. M'aime plus. Parce que mangé le chien du voisin. Elle plus confiance en moi. Elle envoyé beaucoup d'hommes pour faire peur. Mais moi a trouvé cachette. Même pas entendu ni vu. Plus petit que souriceau, comme dans l'histoire.

Quand Mamami rentrera, lui dirai que pas fait exprès. Trop faim. Oublié ma gamelle. Grave. Responsable. Pas que moi. Triste sans Mamami et abeilles qui bourdonnent dans tête. Abeilles très nombreuses. Deux puis quatre. Aujourd'hui compter huit.

Peut-être ressortir dehors. Après soleil. Chercher Mamami. Peut-être repartie chez Tito. Tito et les moustaches du jardinier. Sauf si Mamami inquiète pour moi. Mamami revenir. Moi encore crier pour toi. Crier fort dans la bouteille et dans l'oreiller. Même prier à Rita. Belle Rita du Grenier. Tout comme a dit Mamami. Alors reviens maintenant.

Anna passa doucement la clé dans la serrure, comme si elle craignait de brusquer la porte d'entrée. Elle avait récupéré son sac, promis à Dorothée de la revoir au plus vite, d'autant qu'elle lui devait de l'argent. Puis elle s'était ruée à l'entrée de la maisonnette.

Ce n'était pas vraiment comme ça qu'elle imaginait le retour au bercail. Du moins elle ne s'attendait pas à se retrouver seule dans cette maison. Elle pénétra dans le petit couloir qui formait l'entrée. Il sentait le renfermé, l'encaustique. La tapisserie usée, rayée de brun et de beige, n'avait pas été changée depuis son enfance. Au mur, des effigies de la Vierge, des dessins naïfs représentant des anges, une photo de l'abbé Pierre. Plus loin, le petit guéridon en merisier, dans le renfoncement du couloir. Le vieux calepin de la Vieille posé dessus. Le calepin à la couverture en cuir noir, toute racornie, où elle inscrivait les adresses et les numéros de téléphone de ses connaissances et de ses clients. Anna ouvrit du bout des doigts le carnet. Sur la couverture intérieure, une fleur, dessinée au crayon à papier, un gribouillis de gosse de dix ans. Maladroit, naïf, accompagné de quelques mots griffonnés à la va-vite. *À Mamami*.

Elle se sentit soudain découragée. Qu'était-elle venue faire ici ? Raviver des souvenirs qui rendent triste, pleurer la Vieille et regretter son enfance.

Elle entra dans le salon. Toujours ce même buffet horrible en Formica. Les encyclopédies « Tout l'univers » empoussiérées, l'éventail de l'arrière-grand-mère représentant la ville de Venise, celui avec les dauphins, offert par La Redoute, le cygne en cristal gagné à la fête foraine. La Vieille n'avait pas modifié d'un iota son décor de vie. Rien d'assorti ou de coordonné. Que des pièces uniques, usées par le temps, démodées, dépareillées. Un patchwork de la vie de la Vieille, avec ses hauts et ses bas.

Elle passa dans la cuisine. Au sol, le corps de la Vieille avait été dessiné à la craie. Anna resta les bras ballants pendant un long moment, fascinée par l'image. Puis elle se saisit d'un torchon et effaça les traits avec un peu d'eau, minutieusement.

Elle voulut se préparer un café. Mais le filtre avait moisi dans l'évier. Personne n'était venu dans cette maison depuis la mort de la Vieille, hormis la police. Elle jeta les deux carafes de café dont les bords étaient couverts de champignons et, par la même occasion, la cafetière électrique, un modèle en plastique de mauvaise qualité.

C'est du gaspillage, aurait gueulé la Vieille. Mais Anna avait la hantise de la mort. Cet appareil devait être le dernier que la Vieille avait touché avant de clamser. Peut-être bien superstitieuse aussi.

Elle monta à l'étage. Il y avait deux chambres, une salle de bains et un petit bureau. La pièce où dormait la Vieille était exclusivement occupée par un lit de grande taille que sa grand-mère avait fait venir d'Allemagne du temps où Anna était gamine. Il était surplombé par une croix en bois de chêne accrochée au mur qui semblait aussi surdimensionnée que le lit. Le vieux dessus-de-lit en patchwork violet et bleu marine, les rideaux marron et la moquette bleue, des couleurs qui lui semblèrent à la fois tristes et pleines de souvenirs.

Ça sentait le renfermé et le vieux détergent. Anna ouvrit la fenêtre puis la penderie qui était le seul autre meuble de la chambre après le lit. Elle passa sa main entre les tringles et examina les jupes de la Vieille. Elle avait fait ce geste des milliers de fois lorsqu'elle était petite. Une odeur de naphtaline emplit la chambre.

Anna s'assit sur le rebord du lit et ferma les yeux. Elle aurait voulu pleurer. Mais elle était aussi sèche qu'une cale de bateau à marée basse. Que de la colère, en barre, à revendre. La Vieille ne lui avait laissé aucune chance de s'expliquer. Elle l'avait bien eue. Anna était seule de nouveau. Ou bien encore plus seule qu'avant. C'était bien ce que la Vieille avait voulu lui enseigner. On est seul tout le temps... Elle était l'unique héritière des Kaleban désormais.

Chapitre 5

Yvonne avait emmené Frédéric au musée. Ce garçon était une bénédiction. Il avait toujours un regard différent sur les choses. Et elle en avait besoin. Elle se sentait rongée de l'intérieur depuis l'hiver. Le remords qui commençait à faire son œuvre.

Elle était allée trop loin. Sans doute était-ce inscrit dans son destin ? Hermann lui avait dit de se méfier de son tempérament. C'était son pire ennemi. Il l'avait menée au-delà de ce qu'elle approuvait au fond d'elle-même. Au-delà des serments qu'elle avait prononcés quand elle avait démarré.

Mais Frédéric, elle ne voulait pas passer à côté. Il ne lui restait que quelques mois. Ils seraient pour lui.

Soit, pour cela, elle faisait des petites opérations pas légales. Mais c'était pour le bien de tous. Pour Anna aussi.

Anna, qu'elle n'avait pas vue depuis plus de quinze ans. La drogue, la prison. Anna avait eu ce qu'elle méritait. Elle n'avait pas su pousser seule. Elle n'avait pas été assez forte. Il lui avait manqué de la volonté.

Mais elle n'avait pas mérité le silence. Yvonne avait pensé que la distance, le temps aideraient la petite à se construire. Loin d'elle. Loin de son influence. Pourquoi avait-elle eu une si mauvaise influence sur elle ? Comme deux atomes qui se repoussent.

Yvonne suivait Frédéric de tableau en tableau. Elle n'avait pas été souvent au musée dans sa vie. Elle avait l'impression d'être dans une église. Tout était si calme, si serein, si grand. Ses pensées avaient l'espace pour former des spirales de tristesse et se noyer dans les traits et les couleurs des tableaux.

Si Anna savait... Si elle apprenait ce qu'elle avait fait ? C'était cocasse. Elle redoutait maintenant son jugement...

En tout cas, elle voulait lui dire en face. Anna méritait ça. Des explications. Avant qu'il ne fût trop tard. Avant de mourir. Parce qu'elle savait qu'elle allait mourir. Bientôt.

C'était pour cela qu'elle avait téléphoné. Et heureusement, elle était tombée sur cet homme. Elle s'était présentée et ils avaient parlé d'Anna. Elle lui avait fait promettre de ne rien dire de leur entretien. Et il lui avait conseillé d'écrire une lettre. Une lettre, il y avait des chances qu'elle parte à la poubelle encore cachetée. Mais il lui avait assuré qu'il saurait s'y prendre. Un bon petit gars. Elle espérait qu'il ferait vite.

Cette discussion était primordiale. Une dernière confession. Anna ne comprendrait pas tout de suite. Mais qu'importait ! C'était maintenant ou jamais. Passé quatre-vingts ans, il est plus sage de se faire à l'idée que la fin est proche. Même si cette mort ne doit pas être naturelle. Se plier à son destin.

Yvonne sourit. Frédéric lui montrait une peinture impressionniste, son doigt quasiment pointé sur la toile. Yvonne lui saisit la main.

— Fais attention, Frédéric, tu vas l'abîmer !

— Des baleines ? demanda-t-il en désignant du menton les petites touches de peinture bleues et marron qui se chevauchaient.

— Non. C'est seulement l'eau. Tu vois des baleines partout depuis que Julien t'a raconté cette histoire ! blagua Yvonne en déposant la main du jeune homme contre ses hanches avec douceur.

— A pas net dessin... fit-il en montrant les impressions qui s'étalaient sur la toile sans suite logique.

— C'est parce qu'il faut le regarder de loin, répliqua Yvonne. De loin, tu comprends l'ensemble.

Ils reculèrent tous les deux. Frédéric s'assit sur le banc qui partageait la salle en deux allées et contempla l'œuvre avec une application exemplaire. La Vieille aimait cette simplicité dans ce qu'elle avait de sincère.

Elle s'assit à côté de lui. La toile représentait un quai et des bateaux dans un ciel orangé et bleu de Provence.

De loin tout prenait sens ?

Peut-être que tout ce qu'elle avait fait jusque-là commençait à prendre du sens, maintenant qu'elle arrivait au bout de sa vie. Une part de sens et une part de non-sens.

Maintenant qu'elle avait tous les éléments, elle était déterminée, plus que jamais. Demain Frédéric emménagerait chez elle. Elle ne risquait plus rien. Elle savait que c'était ce qu'elle avait à faire.

Elle pouvait mourir du jour au lendemain. Avec les forces qui lui restaient, elle mettrait tout en œuvre. Elle trouverait l'argent. À ce rythme, trois mois lui suffiraient, avait dit ce type qu'elle soignait pour qu'il perde son acné. Peut-être quatre. Et après, elle fermerait son cabinet.

Il lui restait peu de temps devant elle. Elle voulait le consacrer à Frédéric. Et à Anna aussi. S'il n'était pas trop tard.

Une sensation de grand froid l'envahit. Elle frissonna. La tête de Frédéric caressa son épaule. Cela lui rappela un chat qu'elle avait eu enfant. Un chat qui venait déposer à ses pieds les souris du quartier, mortes. Puis qui, heureux de son butin, venait se frotter à elle.

Tout est plus clair de loin.

Florence Delacourt hésitait. Elle détestait travailler en solo. Elle aurait préféré en parler à l'officier Cochin, avec qui elle avait l'habitude de fonctionner. Mais là se présentait une chance inespérée pour elle. Une chance de monter en grade. De gagner un vrai bureau au QG. Et de quitter le petit local sordide où on l'avait assignée pour faire ses recherches.

Alors, secrets et bouches cousues. Il fallait avancer seule face au vide. La routine pour une légiste. Une affaire de ce genre, elle en avait rêvé. C'était un cas d'école. Entièrement dans son domaine. Substances toxiques et mauvaises intentions sont dans un bateau. Substances toxiques et mauvaises intentions tombent à l'eau, qu'est-ce qu'il reste ? Un cadavre.

Avant de retomber sur une affaire comme celle-là, de l'eau, il en coulerait sous les ponts.

Mais il lui fallait plus d'informations. Elle aurait bien aimé garder le cahier de la morte. Une mine exceptionnelle d'informations sur l'utilisation des plantes dans le cadre du traitement d'affections courantes.

Elle en connaissait déjà la plupart, son travail de doctorat avait porté là-dessus. Enfin, dans le domaine plus précis de la criminologie : « *Poison et/ou traitements : de l'erreur de dosage à la préméditation* ».

La dame qu'elle avait autopsiée était une préparatrice hors pair. Et peut-être une empoisonneuse... ou bien une empoisonnée... Cela ne changeait rien au propos. Cette femme était une experte. Au Moyen Âge, on l'aurait brûlée sur un bûcher. Aujourd'hui, elle aurait pu devenir un gourou de grande envergure dans une émission de télé-réalité.

En tant que consœur, car elle se sentait proche de cette vieille dame, intellectuellement parlant, elle lui avait rendu un petit hommage tout en l'éviscérant. Un poème de Baudelaire sur la platine CD. De quoi reposer les oreilles des morts et les conduire tout droit au paradis. Et son nœud papillon préféré sur sa blouse blanche, un jaune doré scintillant. Pour apercevoir la lumière tout au bout du tunnel...

Ce bouquin que la vieille dame avait écrit de sa main, il y avait tout de mentionné : temps de cuisson, température, nombre de grammes de chaque élément, nombre d'applications. Et surtout, la guérisseuse avait mis en pratique ses compositions sur des personnes réelles et noté les effets ressentis par ses patients.

Semaine après semaine, année après année. Il y avait près de quinze ans d'archives. D'après les petites notes qui renvoyaient à d'autres cahiers. Un système de classement à initiales qu'elle avait elle-même utilisé durant ses études. Un chiffre romain pour les années, une initiale pour le nom du patient, et un chiffre arabe pour la page.

Il fallait qu'elle ait accès aux autres cahiers. Elle pourrait bosser dessus et faire avancer la science. Et elle-même par la même occasion.

Elle en avait fait quelques photocopies. Elle voulait savoir si tout ce qui avait été noté était fiable. Un copain à Paris, qui faisait des recherches pour un laboratoire pharmaceutique, avait reçu par fax les quelques feuillets qu'elle avait à disposition. Il fallait qu'elle sache si cette bonne femme était une échappée des petites-maisons qui faisait n'importe quoi, une criminelle de génie ou un génie en herbe.

Elle avait eu tort de livrer ses conclusions si vite au Parquet. Elle leur avait donné tout ce qu'elle avait trouvé et eux en avaient fait un non-lieu. Les enquêteurs avaient opté pour le suicide, l'erreur ou l'accident domestique. Blanc bonnet et bonnet blanc. Elle avait donné le bâton pour se faire battre. C'était elle qui avait écrit noir sur blanc, dans son rapport, qu'aucune trace d'intervention étrangère dans les préparations ou le procédé d'injection n'avait été décelée. Et, forcément pour les enquêteurs, il n'y avait pas lieu de se lancer dans un examen plus approfondi.

Sans preuve, pas de meurtre. Les explications les plus banales étaient souvent les plus crédibles.

La légiste travaillait mal sous pression. Ce rapport, il avait fallu le pondre vite et être exacte. Et le premier examen était on ne peut plus honnête et scientifique. Sauf que...

Sauf que plus elle y réfléchissait, plus elle se disait que l'affaire méritait plus de doigté de sa part. Enfin, de coups de scalpel...

Qu'elle avait détaché le contenu du contenant. Qu'elle n'avait pas fait marcher sa petite cervelle. Et que de simples analyses ne suffisaient pas à prouver que l'herboriste du dimanche s'était suicidée, quel que fût son niveau de qualification.

Il fallait revenir à la psychologie du cadavre. Et l'autopsie lui disait... ou plutôt l'autopsiée lui disait que cette Mme Kaleban, elle y connaissait quelque chose aux plantes. D'après l'épaisseur du cahier et les inscriptions, elle pratiquait les compositions depuis longtemps.

Pourquoi se serait-elle trompée cette fois-ci ? Avait-elle l'habitude de commettre des erreurs de dosage ? Si oui, était-elle une attardée qui avait commis des dégâts irréparables dans son entourage en toute âme et bonne conscience sans que quiconque ait eu l'idée de la dénoncer aux pouvoirs publics ? Ou était-ce une tueuse en série d'un nouveau genre ? La première tueuse en série de sa carrière ?

Fallait pas rêver tout de même.

Mais Florence penchait de plus en plus vers la piste criminelle. Comme la tour de Pise.

Le suicide la laissait de marbre. Une bonne herboriste ferait en sorte de partir en douceur. Aurait-elle choisi l'asphyxie et les crampes musculaires alors que la valériane vous emporte dans un sommeil multicolore ?

Non et, d'ailleurs, elle aurait choisi le petit matin ou la fin de journée parce que les compositions s'absorbent plus vite à jeun ou en fin de digestion.

Quant à l'erreur, elle n'en démordait pas. Ça ne collait pas au talent de la dame.

D'ailleurs, la police avait-elle eu des témoignages de personnes se plaignant de remèdes qu'elle avait mis au point ou d'erreur de composition ? Elle avait demandé à Cochin, il avait haussé les épaules.

Pourtant, dans les commentaires rédigés par la guérisseuse, qui succédaient au relevé de la prise du traitement, il y avait, en permanence, l'expression de scrupules. Comment avait réagi le patient, comment la vieille dame avait réajusté la composition. Et très peu d'usage de plantes toxiques proprement dites. C'était plutôt des doses homéopathiques. Seuls les remèdes pris en grande quantité ou en contradiction avec une prescription médicale tuent.

Or, la Vieille était bien placée pour connaître les prescriptions médicales la concernant.

Non, pour Florence, ça ressemblait bien à un empoisonnement par un tiers. Mais comment procéder pour que l'affaire reparte et qu'elle arrive à tirer son épingle du jeu ? Elle était à l'origine du premier non-lieu. Il fallait qu'elle garde une certaine crédibilité.

Elle ne voyait qu'un moyen. Elle réajusta son nœud papillon, ramassa ses affaires et prit les clés de son coupé BMW.

Il y avait une chose qu'elle savait bien faire, c'était manier le bistouri pour extirper d'un corps le renseignement dont elle avait besoin. C'était ce qu'elle comptait bien faire avec l'héritier de sa consœur. Manier le bistouri avec talent. Avec brio, maestro.

Le lendemain de son emménagement dans la maison de la Vieille, il pleuvait des cordes. Fallait-il y voir un signe quelconque ?

La couleur du ciel pouvait déteindre sur les murs, Anna avait d'autres préoccupations. Elle s'affaira toute la journée à ranger les affaires de la Vieille. Elle scotcha, emballa, entassa le bric-à-brac de la Vieille. La partie modeste de son héritage.

Elle avait trouvé des cartons dans le grenier, un tout petit espace sous les toits, qui puait le fauve et des effluves qu'elle n'osait identifier. À se demander ce que la Vieille y avait entreposé pendant des années. Et impossible d'ouvrir les *Velux* par temps de pluie.

Elle commença par débarrasser la chambre de la Vieille. Elle comptait donner ses vêtements à l'hôpital Sébastopol qui était tout proche. Elle avait vu qu'il s'y trouvait une Maison des Petites Sœurs des Pauvres. Sinon, il y avait bien la Croix-Rouge.

La Vieille, contrairement à ce qu'elle pensait, possédait un grand nombre de tenues. Des dizaines de pantalons, de pulls, de jupes. Rangés au fond du placard, Anna trouva même un haut en lamé blanc et jaune à fines bretelles et une longue jupe de soirée assortie. Rien que d'imaginer la Vieille avec...

Aux frontières du réel, se dit-elle en souriant malgré elle.

Elle tomba aussi sur une montagne de chaussettes et de bas neufs encore étiquetés, dissimulés dans un carton posé au-dessus du placard. La Vieille comptait en faire quoi ? Les revendre à la sauvette aux arrêts de bus ?

De tout ce fatras, Anna ne garda qu'un foulard en souvenir.

La Vieille lui aurait dit d'être plus raisonnable. Elle n'avait pas les moyens de faire la difficile. Même avec le pactole qu'elle allait toucher.

On n'est jamais à l'abri d'un coup du sort. Un soir riche, le lendemain mendiant.

Mais la Vieille était morte. Elle était partie avant de régler ses comptes avec Anna. Il était temps de faire les soldes de leur relation.

Tiens pour tes économies. Et encore, tu as de la chance que je ne jette pas tout dans la décharge la plus proche. De toute façon, on est plus en temps de guerre.

Anna se rappelait les dictons de la Vieille. Toujours faire des réserves et prévenir les invasions. À Reims, plusieurs générations de Kaleban avaient appliqué à la lettre ces principes. Mais, Dieu merci, les temps avaient changé. On ne se battait plus pour si peu aujourd'hui en Europe.

Si. Tant pis.

Anna écarta d'un geste le nuage sombre de ses pensées et reprit son activisme fébrile.

Dans un coin de la penderie, six K-Way et trois parapluies. La Vieille déraillait complètement. Elle achetait tout en double ou en triple. C'était peut-être des cadeaux, des dons ? Pourquoi gardait-elle tout ça ? Elle n'avait même pas pris la peine de les déballer. Et elle ne jetait rien. Plus de soixante ans d'accumulation de vieilleries, de tout âge. Anna allait en avoir pour plus d'une semaine à tout trier.

Les parapluies, ça pouvait servir le temps de son séjour, qu'elle espérait le plus court possible. Elle descendit les ranger dans le porte-parapluie en bronze sculpté en forme de chaussure. Un cadeau du grand-père Hermann, du temps où sa mère était vivante.

Elle voulut aller se faire un thé avant de reprendre sa séance de spéléo dans les affaires de la Vieille, mais son regard fut attiré par une enveloppe rouge. Une enveloppe rouge au milieu d'un tas de publicités de supermarchés. Elle gisait à terre, au bas de la fente de la porte d'entrée.

Un peu tôt pour le facteur. Ou c'était son charme naturel qui l'amenait à faire du zèle ?

Elle examina l'enveloppe. Juste son nom. Enfin le sien, pas celui de la Vieille. Ni adresse ni timbre. Anna eut subitement un mauvais pressentiment.

Elle l'ouvrit, en tira une feuille de petites dimensions. Son cœur battait la chamade.

Le message dansait devant ses yeux :

« VOUS ÊTES LA SEULE RESPONSABLE DE LA MORT DE VOTRE GRAND-MÈRE. QUITTEZ LES LIEUX OU DES RÉVÉLATIONS SERONT FAITES. »

Ce message était idiot et sans fondement. On l'accusait de la mort de la Vieille ? Ce n'était pas elle qui avait versé le poison directement dans ses entrailles.

On voulait la chasser du quartier, de Reims. Sueurs froides. Avec le sentiment de revivre des événements passés. Elle avait beau se dire « ce ne sont que des mots... », ce message la touchait comme si on l'avait regardée prendre une douche au travers d'une serrure. Qui lui voulait du mal ? Que savait cette personne sur son passé, sur ce qui l'avait amenée à quitter Reims ? Plus personne ne la connaissait ici.

Alors qu'elle essayait de mettre un peu d'ordre dans le chaos de questions qui l'assaillaient, le carillon de l'entrée retentit. Anna sentit son cœur défaillir. Elle était toute seule dans cette maison, la Vieille avait peut-être été assassinée. Est-ce que les meurtriers frappaient deux fois au même endroit ? Y avait-il une malédiction sur les femmes de sa famille ?

Le carillon sonna de nouveau, insistant, presque autoritaire. Il était 10 heures du matin. Est-ce qu'un pervers peut sonner à 10 heures du matin chez un quidam pour l'assassiner ? Hormis ceux qui vendent des maisons ou des clowns jaunes en plastique en vous faisant croire que c'est pour l'association du quartier, Anna n'en connaissait pas. Elle ouvrit la porte.

C'était le flic qui avait très mal pris qu'elle la ramène au moment où il plaçait les scellés sur la maison et qui l'avait remballée au téléphone toute la semaine. Elle se sentait presque mal de l'accueillir dans cette maison qui n'était pas vraiment la sienne. Surprise comme un cambrioleur en plein rapt. Un rapt de trois parapluies et six K-Way.

— Je suis venu vous rapporter certaines affaires appartenant à votre grand-mère et vous tenir au courant des conclusions de l'enquête.

Le policier souriait comme s'il la connaissait depuis toujours.

Anna le regarda avec méfiance. Mais elle s'effaça pour le laisser entrer. Le couloir avait l'air minuscule face à la largeur des épaules de l'officier Cochin.

— Ce n'est pas dans mes habitudes. Mais je devais intervenir dans un quartier proche et j'en ai profité pour venir vous restituer les dernières pièces de l'affaire. Je crois que nous avons suffisamment abusé de votre temps au commissariat, ajouta-t-il sur le ton de la plaisanterie.

— Et que m'avez-vous apporté, lieutenant ? demanda Anna qui avait déjà envie de lui botter les fesses, même si elle n'ignorait pas que la situation pouvait à tout moment s'inverser.

— Il y a quelques crèmes... enfin remèdes. Je crois que votre grand-mère était ce qu'on peut appeler une guérisseuse, non ? fit-il en lui tendant un carton bardé de ruban adhésif et d'indications sibyllines.

— Peut-être... répondit Anna, qui se rembrunit de plus en plus mais accepta le colis.

— Et deux manuscrits également. Tenez, celui-là, on dirait presque un grimoire. Enfin, ça m'a fait penser aux vieux livres qu'on trouve dans les greniers des grands-parents... Elle écrivait à la plume votre grand-mère. Remarquable, complimenta-t-il, presque pour lui-même

» Il est plein d'indications thérapeutiques, de recettes à base de plantes. Quant à l'autre, ce serait plutôt un genre de journal. Je vous conseille de vous en débarrasser au plus vite. C'est plein de racontars sur les gens du quartier. Si ça venait à se savoir, je ne suis pas sûr que les gens apprécieraient.

L'officier parlait comme un gosse émerveillé par un peu de magie du dimanche. Quand il était inspiré, il avait plutôt la langue bien pendue.

— OK, dit-elle en prenant les écrits et en les posant sur le guéridon du couloir.

Il était face à elle, les bras ballants, s'attendant à ce qu'elle lui fît des révélations. Et elle, elle rêvait de le prendre par la peau du cou et de le jeter dans la rue. S'il n'avait pas été si grand ou si costaud.

Voyant sa froideur, il se raidit et se racla la gorge. Elle ne lui proposait même pas de s'asseoir.

Inconfortable au milieu du couloir d'entrée, il résistait à l'envie de s'emporter. Mais cela aurait signifié lui donner raison sur ce qu'elle pensait de lui. Délit de carrure.

— Pour ce qui est de l'enquête, le juge d'instruction a conclu à une mort accidentelle.

— Je croyais qu'elle avait été empoisonnée ! s'exclama Anna.

— Elle s'est empoisonnée. Le poison, si je puis m'exprimer ainsi, était contenu dans l'un des baumes qu'elle utilisait. Seules ses empreintes étaient dessus. L'enquête a permis de déterminer que votre grand-mère est à l'origine de la composition de cette crème toxique, grâce au grimoire, enfin... je veux dire... à ses notes. Il semble qu'elle ait fait une erreur dans les dosages et qu'elle n'ait pas veillé aux prescriptions d'usage. Nous avons recueilli des témoignages mentionnant que votre grand-mère avait tendance à multiplier les erreurs de ce type. Qu'elle était fatiguée et déprimée. Il est difficile de déterminer dès lors si elle a cherché à se donner la mort ou si c'est véritablement un accident. Elle avait tout de même quatre-vingt-deux ans.

L'officier Cochin fit une pause en guettant un signe approbatif, mais Anna ne le regardait pas. Elle avait croisé les bras sur sa poitrine et fixait d'un air absent la porte d'entrée.

— Un témoin qui lui a rendu visite le jour de sa mort et qui s'est présenté spontanément au poste de police – mais nous sommes encore en train de l'interroger – a déterminé qu'elle s'était passé cette crème quelques minutes avant le drame. Lorsqu'il a quitté la maison, elle était encore vivante. Cela a été affirmé également par certains voisins qui l'ont entraperçue à travers les rideaux. Elle se l'est administrée seule et elle a composé seule cette crème. Je crois que c'est on ne peut plus clair.

— Ce n'est pas possible, commenta Anna, en secouant la tête de droite à gauche.

Elle n'imaginait pas une seule minute la Vieille se donnant la mort. Un accident alors ? Un banal accident...

— Écoutez, j'ai cru préférable de vous tenir au courant parce que l'affaire n'est pas banale et que le personnage ne l'est pas non plus. J'ai entendu dire qu'elle avait eu un enterrement à la hauteur de sa réputation.

En disant cela, il semblait un peu gêné. Anna le vit s'éponger le haut du front. Sans réfléchir, elle lui demanda.

— A-t-on déterminé la cause exacte de sa mort, je veux dire la toxine ?

— De la digitaline. La technicienne du laboratoire m'a expliqué qu'à faible dose cela ne pose aucun problème. Mais il semble que cette crème ait été surdosée. Surtout au regard de son état de santé...

» Ce qui fait penser à un accident, c'est que la digitaline peut aussi être utilisée en cas de brûlure, pour diminuer les tensions causées par une trop forte exposition à la chaleur. Votre grand-mère destinait ce baume au traitement des brûlures. C'était écrit dessus. Mais là, trop de digitaline a pénétré dans le sang.

Anna hocha la tête. Elle était atterrée par l'explication.

— La vie est cruelle, ma bonne petite dame ! fit le policier en écartant les deux bras en signe d'impuissance.

Lui, il avait fini son rapport. Il avait fait son devoir.

Anna ne supportait ni les banalités ni les idiots. Le regard qu'elle lança au policier suffit à exprimer tout l'écœurement que lui procurait sa présence. Il la salua froidement et sortit sans demander son reste.

Empoisonnée par accident. *Une guérisseuse s'empoisonne dans le quartier du Petit Bétheny.* De quoi faire la une des faits divers de *L'Union*. Tous ces gens qui avaient assisté à son enterrement, lorsqu'ils allaient l'apprendre, allaient remercier le Ciel d'avoir été épargnés par une si piètre guérisseuse. Une empoisonneuse en herbe, oui.

Quelque chose ne collait pas. Elle se rappela la lettre anonyme qu'elle avait posée sur la table de la cuisine. Quelqu'un avait l'air de penser que cette mort n'était pas un accident. Et ce quelqu'un avait même l'air de penser qu'Anna avait sa part dans l'empoisonnement de la Vieille. Elle ne pouvait même pas en parler au flic. Et d'ailleurs, elle n'en avait aucune envie. Elle avait déjà été sous les feux des projecteurs…

Qui aurait pu ajouter de la digitaline dans ce pot de crème, hormis un proche ? Et quel proche ? La Vieille s'en serait aperçue ! Même à quatre-vingts ans passés, ce n'était pas la moitié d'une demeurée. Elle avait fait ça toute sa vie. Vérifier, tester, observer.

Non, le flic devait avoir raison. La théorie de l'auto-empoisonnement était plus crédible. La Vieille s'y connaissait trop pour que quiconque lui refile un onguent un peu douteux. Elle n'achetait aucune crème dans le commerce et elle refusait de mettre les pieds dans une pharmacie.

La Vieille avait commis une erreur ? Cela ne lui ressemblait pas. La vie s'était foutue de sa gueule.

Jamais la Vieille ne s'était trompée. Jusqu'à présent. Anna referma la porte d'entrée à clé et remonta à l'étage pour finir les cartons. Dehors, l'orage commençait à gronder.

A cherché partout. Pas de Mamami. A même cherché chez le jardinier. Partout dans la petite cabane. Mamami partie loin. Jamais revenir. A laissé son garçon seul. A même laissé une fille prendre maison. Elle lui a donné tout. Et peut-être garçon avec. Mais sais me défendre. Peux mordre, déchiqueter. Peux tuer.

Peux vivre ici seul dans cette maison. Peux la chasser loin, très loin. Peux me défendre. Déjà fait. Peux la cacher. Là où personne peut la trouver. A trouvé le couteau de Mamami. A sait s'en servir très bien. Pour découper chien facile. Alors là pareil. Presque.

Anna alla se coucher tôt. Sans même allumer la radio ou la télévision. Depuis son arrivée dans cette maison, elle était comme dans un cocon. Elle n'entendait plus les sons de l'extérieur, elle vivait dans les souvenirs de la Vieille. Elle essayait de reprendre le fil. Le lien qu'elles avaient entretenu et qui s'était rompu.

Au lieu de dormir dans la chambre de la Vieille, elle avait préféré son ancienne chambre. Un réduit de moins d'une dizaine de mètres carrés, avec un divan et un petit bureau. Elle n'était là que pour quelques jours. Du lit de fortune sur lequel elle s'était installée, elle appela Serge.

Il n'était pas à l'appartement. Sûrement parti à sa salle de sport. Elle lui laissa un message, aussi clair que possible. Elle espérait rentrer avant la fin de la semaine. Mais il lui fallait revoir le notaire et mettre en vente la maison.

Puis elle passa quelques coups de fil pour son boulot. Elle avait des clients qui l'attendaient en fin de semaine. Elle massait à domicile. Pas un boulot pénible, pas la panacée non plus. Une vague impression de brasser du vide. Mais c'était mieux que le chômage.

Serge essayait de la persuader de tout laisser. De partir à l'aventure. Loin de la grisaille. Faire un tour du monde. Partir en bateau pendant un an. Vivre de petits boulots, d'amour et d'eau fraîche. Comme dans les romans. Il économisait pour ça. Mais avec son boulot de maître nageur, ils risquaient de partir en catégorie senior.

Elle ne lui avait rien dit dans son message. Mais l'argent, il était presque à portée de main. Il fallait un peu de patience. Elle souriait par avance.

Il restait quelqu'un qu'elle devait appeler. Lucien. Lucien le Juge. Lucien son ami, comme elle aimait l'appeler. Mais à l'état civil, c'était plutôt Lucien le Juge.

Un juge qu'elle avait rencontré au cours des évaluations de remises de peine. Un homme peu commun.

Elle aimait bien son air bonhomme. Avec ses cheveux blancs et son bouc, elle avait toujours eu l'impression d'être face au père Noël. Un père Noël qui, en l'occurrence, distribuait les remises de peine comme des bons points.

Vous avez été sage. Pas de père Fouettard, vous sortirez du mitard...

Elle sourit de cette blague qu'elle avait sortie lors du premier entretien. Pendant quelques secondes, il l'avait toisée d'un œil sévère. Elle avait cru l'entretien terminé et s'était levée, un peu mal à l'aise. La grossièreté, c'était une partie d'elle-même qu'elle ne maîtrisait pas.

Il lui avait fait signe de s'asseoir puis lui avait signalé sur un ton pince-sans-rire qu'il ne souffrait pas que ce soient les autres qui fassent des blagues. Puis il lui avait fait un clin d'œil.

Quelque temps plus tard, alors qu'elle était sortie de taule, elle l'avait croisé dans une petite gargote où elle était serveuse. Elle avait pensé qu'il ferait semblant de ne pas la reconnaître, mais il l'avait saluée. Très poliment. Elle lui avait offert un digestif à la fin de son service, et ils avaient discuté. Ils n'étaient ni du même monde ni de la même génération, mais ils avaient parlé un petit moment. Enfin, il avait parlé et, elle, beaucoup écouté.

À la fin, il lui avait demandé où elle en était. Elle lui avait parlé de cette formation de masseuse à domicile qu'elle suivait en cours du soir dans le 15e arrondissement de Paris. Il lui avait promis un petit coup de pouce au démarrage. Et, au moment où elle s'était lancée, il avait vraiment été là. Il lui avait présenté des amis de son ex-femme. Ses clientes actuelles. Et lui aussi avait demandé à faire partie de ses clients. En tout bien et tout honneur. Jusqu'à présent. Parce qu'elle se demandait toujours si un jour il lui demanderait de payer sa dette. Et ce jour-là que ferait-elle ?

En attendant, elle le considérait comme un ami. Si ami voulait dire quelqu'un qui vous parle et vous écoute sans retenue et sans jugement. Sans jugement.

Le juge et la masseuse ex-taularde. La vie réservait parfois de bonnes surprises. Si un homme de sa trempe pouvait sympathiser avec une fille avec son curriculum, c'était qu'il y avait encore un peu d'espoir. Pour elle en tout cas.

Elle entendit la voix un peu rauque du juge lui répondre. Il était rare qu'elle l'ait directement au téléphone.

— Et Reims, c'est comment ? demanda-t-il après avoir été informé que son rendez-vous de fin de semaine était annulé.

— Un peu triste à vrai dire.

— Pas plus que Saint-Denis, quand même ?

— Si, à vrai dire si. Ma grand-mère est morte.

— Oh... désolé.

— Vous ne pouviez pas savoir.

Elle évitait de l'appeler par son prénom. M. le Juge lui semblait toujours plus approprié. Mais il aurait fallu qu'il l'appelle Mme ex-détenue.

— Avez-vous pu la voir avant son décès ? demanda-t-il.

Il connaissait la Vieille par son dossier et ce qu'Anna avait bien voulu lui en dire.

— Elle est morte avant que j'entre en gare. Elle est morte empoisonnée, à vrai dire.

— Est-ce un homicide ? demanda-t-il après un court silence.

Il soupesait chaque mot. Et avançait toujours avec précaution ses pions. Comme un père Noël venu déposer ses codes pénaux au pied de l'arbre.

— Il semble que non. D'après la police, c'est un accident. Et, à défaut de preuve, l'affaire a été classée.

— Souhaitez-vous que je donne quelques coups de fil ? proposa-t-il d'emblée.

Il avait l'air sincère. Anna sentit sa gorge se nouer. Elle avait envie de lui dire à quel point elle l'appréciait, à quel point elle aspirait à cette protection qu'il voulait lui offrir.

— Non, répondit-elle sur le ton le plus dégagé qu'elle pouvait espérer tirer de sa gorge nouée. Non, j'ai l'impression qu'elle s'est vraiment trompée dans ses dosages. Et elle avait l'air d'être très appréciée dans le quartier. Ce que j'aurais voulu savoir, c'est pourquoi elle tenait tant à me revoir. Pourquoi m'a-t-elle fait revenir ?

Le juge n'ignorait pas les relations complexes qu'Anna avait avec sa grand-mère. Pour lui, ce n'était rien que de très banal. La comédie humaine, il la recevait tous les quatre matins dans son bureau, sur la chaise en bois qui lui faisait face.

— Je ne peux pas vous aider. Mais si je peux m'autoriser une remarque… vous permettez ?

— Allez-y, Lucien. J'ai toujours besoin qu'on éclaire ma lanterne.

Elle l'entendit sourire, sa barbe frottait contre le micro du téléphone.

— Vous êtes chez elle actuellement ? demanda-t-il en guise d'introduction.

— Jusqu'à ce que la maison soit vendue.

— Les vieilles personnes comme elle, et moi-même, votre serviteur, nous laissons des tas de pense-bêtes derrière nous. Elle aura sûrement marqué quelque part, sur un bout de papier, un carnet, ce qu'elle souhaitait vous dire. Quand on s'approche de la fin, on redoute de ne pas avoir le temps ou l'esprit de dire ce qui est important à ses proches.

— Et vous, vous avez fait votre Petit Poucet ? demanda Anna, un peu dubitative.

— Moi... c'est une question indiscrète... Mais oui, en quelque sorte... Disons que j'ai fait une liste. De ce que je voudrais faire avec ma fille et mon ex-femme. Et même avec vous...

Anna se sentit rougir. Ce qu'il y avait de bien avec le téléphone, c'était le détachement qu'elle pouvait feindre vis-à-vis de la confusion de ses propres sentiments. Mais ça ne durait pas une fois l'appel terminé.

— C'est une manière d'écrire les dernières lignes du spectacle avant le baisser de rideau... ajouta-t-il en guise d'explication.

— Peut-être, commenta-t-elle, peu convaincue.

— Vous ne me croyez pas ?

— Non. Mais cela n'a pas d'importance, parce que je chercherai, à tout hasard.

— Je suis désolé que votre réunion de famille n'ait pas eu lieu. Elle vous aurait sûrement fait un peu de bien. Mais maintenant, il faut avancer, Anna. Rappelez-moi si vous avez du nouveau. Je dois vous laisser. J'ai encore un coup de fil à passer et, après, j'aurai peut-être droit à une nuit digne de ce nom.

— Passez une bonne soirée, Lucien, chuchota-t-elle tendrement en essayant de chasser de son imagination le juge en pyjama rouge et blanc passant un dernier coup de fil au procureur, assis sur un train miniature tournant à toute allure.

Il fallait qu'elle cesse ces enfantillages. Régresser, c'était pas vraiment ce dont elle avait besoin en ce moment.

Elle s'allongea sur le lit et ferma les yeux. Elle regrettait de ne pas avoir évoqué les lettres anonymes avec Lucien. Elle aurait aimé avoir la certitude que l'empoisonnement n'était pas d'origine criminelle. Mais il aurait fallu faire ressurgir du passé des épisodes honteux de sa vie et elle ne tenait pas tant que ça à ce que la vérité éclate. Pour l'instant.

Chapitre 6

Les bombardements avaient éclaté en plein après-midi du mois d'août. Il faisait une telle chaleur qu'Hermann était torse nu dans le jardin. Yvonne, dans son laboratoire, avait accroché un foulard dans ses cheveux pour éponger les gouttes de sueur qui perlaient sur son front.

L'orage avait grondé, puis ils avaient entendu le bruit des hélices. Les avions avaient décollé. Yvonne sentit un frison lui parcourir l'échine. C'était reparti. Ils ne laisseraient rien au hasard. Avant de partir, ils détruiraient tout. Et eux, ils allaient mourir maintenant. Alors que c'était bientôt la fin. Qu'ils allaient être libérés.

Hermann avait juré tout haut et avait laissé tomber sa bêche. De son laboratoire, Yvonne l'avait vu courir vers la cuisine et remettre sa chemise. Il partait. C'était la deuxième fois qu'il y allait. Les bruits de moteur des avions devenaient de plus en plus assourdissants. Yvonne ferma les yeux. Elle voyait en pensée Hermann courir à travers champs pour rejoindre la grande route de Reims. Elle s'obligea à revenir au présent. Son mélange était là, sous ses yeux. Elle avait eu bien du mal à distiller son essence de menthe et de clous de girofle. Mais c'était mieux que rien. Elle allait pouvoir le proposer à la mère de Simone qui avait une rage de dents.

Elle saisit une éprouvette. Hermann lui en avait rapporté de son travail. Un de ses patrons avait jeté tout son matériel de chimiste avant de se réfugier en Corse.

L'intensité des bruits qui l'entouraient ne cessait d'augmenter. Puis elle l'entendit. La première bombe. La verrière vibra autour d'elle. Elle serra si fort le tube qu'il se brisa entre ses mains. La peur l'envahit.

Elle enleva sa blouse et sortit en courant. Comment avait-elle pu le laisser partir seul ? Elle leva la tête vers le ciel. Il était noir d'avions. Ils allaient tous mourir. C'était peut-être ça l'Apocalypse. Ce dont le vieux fou de Turc juif lui avait parlé avant de prendre le train vers Paris.

S'il était encore vivant, il l'avait sûrement connue, l'Apocalypse. Car elle avait commencé à l'ouest et elle avait pour point de mire la capitale. Mais celle-là, elle apportait un vent de liberté. Tandis que la leur c'était les avions allemands. Ils volaient pour les représailles. Ils volaient pour tout détruire.

Et elle, elle avait laissé passer ces précieuses secondes loin d'Hermann. Mourir sans lui était au-dessus de ses forces.

Elle courait à perdre haleine, ses jambes meurtries par les ronces. Ses sabots la gênaient. Et cette chaleur suffocante. Elle entendit une seconde déflagration. Évidemment, ils visaient la ville. Et Hermann qui était chez les Henry ! Parce qu'il ne restait plus que l'oncle, la mère et le petit dernier. Il se croyait leur grand protecteur. Il allait mourir avant même d'y arriver. Elle passa la grande route et se trouva devant le domaine du cimetière du Nord. Une crampe à la cuisse gauche mais elle devait avancer. À sa gauche, un incendie près du marché, et toujours ce vrombissement omniprésent. Au premier cadavre calciné, elle sentit les larmes couler sur ses joues. Elle s'arrêta. Ce n'était pas Hermann. Elle avançait dans les rues désertes, dans cette lumière jaune d'enfer, la tête pleine de bruits d'hélices. Une nouvelle déflagration la projeta à terre. Des bruits de sirène sur sa gauche. C'était plutôt du côté de la mairie. Elle se releva, essuya ses mains et reprit sa course.

Elle avait du mal à se repérer avec la poussière qui se densifiait et le ciel qui s'était obscurci. Mais elle reconnut le boulevard et la rue des Templiers. Le quartier était encore debout. Pour combien de temps ? Elle entra dans la maison. Des hurlements, une femme en pleine crise d'hystérie. Elle entendit la voix de Julien et celle d'un autre homme. Elle s'apprêta à gravir le grand escalier en marbre. Mais le plafond se fendit au-dessus de sa tête et le grand lustre tomba. Elle vit autour d'elle les zébrures marquer les parpaings, elle se rua vers le couloir d'entrée, tout tremblait autour d'elle. Il ne restait que la cave. L'endroit le plus sûr, lui soufflait la voix d'Hermann dans sa tête.

Elle eut juste le temps d'entrer et un craquement énorme provoqua un éboulement dans son dos. Elle se sentit dégringoler, poussée par une masse de matériaux, jusqu'au sol en terre battue de la cave. Le noir complet se fit autour d'elle. Elle toucha sa robe, ses jambes, ses bras, son visage. Elle n'avait rien.

Dans le silence, dans la pénombre, elle essaya de revenir sur ses pas. Il y avait des gravats tout autour d'elle. Elle appela deux ou trois fois Hermann. Personne ne répondit. Elle devait attendre. Quand la poussière serait à terre, quand les bombardements auraient pris fin, elle y verrait peut-être quelque chose, par le vasistas de la cave. Elle s'allongea comme elle put et ferma les yeux, la tête entre ses bras.

La sonnette de la porte d'entrée retentit, alors qu'Anna était sous la douche. Elle sortit de la baignoire les cheveux shampouinés et se pencha à la fenêtre de la salle de bains qui donnait sur la rue. Elle ne connaissait pas les deux femmes qui venaient lui rendre visite. Comme mues par un instinct commun, celles-ci levèrent de concert leur tête en direction d'Anna. Anna se sentit obligée de dire quelque chose, une main crispée sur la serviette qui cachait ses seins et une autre sur le front, pour retenir les gouttes d'eau et de savon qui lui tombaient sur les yeux.

— Vous souhaitiez voir Mme Kaleban ? Peut-être n'êtes-vous pas au courant ? Elle est décédée depuis peu.

Sa voix tremblait légèrement, la mâchoire raidie par le froid.

— En fait, nous sommes venues vous voir. Vous êtes bien sa fille.

— Sa petite-fille, rectifia Anna. Entrez, je n'ai pas fermé la porte d'entrée. Installez-vous dans le salon, je n'en ai que pour quelques minutes.

Anna referma la fenêtre sans attendre de réponse. Il faisait un froid mortel et elle tremblait de tous ses membres.

Est-ce qu'elles allaient entrer ? Ce n'était pas une invitation commune, ni chaleureuse.

Pas le profil des témoins de Jéhovah en tout cas. Le jet d'eau chaude réchauffait son corps. Encore moins de voleuses.

Mais elle avait agi comme une gamine de douze ans.

Le quartier savait à présent qu'elle ne fermait jamais sa porte d'entrée.

Perdus, ses réflexes de banlieusarde. À Paris, jamais elle n'aurait ouvert comme ça à deux étrangères. Ici, elle perdait tout sens commun. Elle se sécha et descendit après s'être vêtue d'un jean et d'un pull violet. Un autre vêtement qu'elle avait sauvé des affaires de la Vieille.

Elle entra dans le salon, les deux femmes discutaient à voix basse. L'une était grande et mince, quasi anorexique dans son jean délavé. Sa silhouette longitudinale était accentuée par de longs cheveux raides, d'un blond diaphane, qui lui tombaient dans le bas du dos.

L'autre était plus petite, plus râblée. Blonde aussi, mais cheveux courts, avec une mise en plis très soignée. Elle portait un pantalon beige et un pull à large col. Elles avaient un lien de parenté. Quelque chose dans le regard, dans la façon de se tenir, qui les assemblait comme les pièces d'un puzzle. Anna s'avança et elles se levèrent pour la saluer.

— Je ne pense pas vous connaître, dit Anna en leur serrant respectivement la main.

La blonde filiforme se tourna vers l'autre, le visage anxieux.

— À vrai dire, nous nous sommes croisées chez Dorothée, entama la plus âgée. À l'occasion de l'enterrement de votre grand-mère.

— Ah… Je ne m'en souviens pas. Je suis désolée. Asseyez-vous.

— Je vous remercie de nous recevoir. Je suis Mme Hanneton et voilà ma fille, Isabelle. Je me suis permis de venir vous déranger en ces heures pénibles pour une raison précise.

Anna regardait la jeune fille fixer le tapis. Tout était dégueulasse depuis le passage des flics, et le ménage pas fait. Elle se tourna de nouveau vers la mère. Quelques traits sensiblement communs, le nez ou peut-être la forme du menton.

— Ma fille est atteinte d'une maladie orpheline incurable. Une maladie nerveuse qui affaiblit ses muscles. Aujourd'hui, elle marche, mais c'est le résultat d'un long travail de rééducation et de soin. Aucun traitement n'a eu d'effet sur les douleurs qu'occasionnent les spasmes qu'elle subit en permanence. On nous a expliqué que cette maladie était génétique. Mon grand-oncle en avait une assez similaire. J'y ai échappé, mais je ne savais pas que j'étais porteuse du gène, jusqu'à la naissance d'Isabelle.

Anna hochait la tête sans comprendre pourquoi Mme Hanneton se livrait à cet exposé devant elle.

Isabelle n'avait toujours pas levé les yeux du tapis. C'était difficile à présent de s'adresser à elle en faisant semblant de ne pas avoir pitié.

La mère était partie dans un exposé structuré façon rails de grandes lignes. Elle ne s'arrêtait plus. L'habitude de parler de cette maladie et de ses digressions thérapeutiques. Sur un ton aussi émoustillant que celui d'un documentaire animalier.

— Depuis trois ans, nous venions régulièrement voir votre grand-mère, reprit-elle en en venant au fait. Nous avions été conseillées par Dorothée. C'est d'ailleurs elle qui nous a incitées à venir vous voir.

» Lorsque nous avons commencé à consulter votre grand-mère, je dois dire que les résultats n'ont pas été immédiats. Mais, après quelques mois de traitement, Isabelle s'est sentie beaucoup mieux. N'est-ce pas Isa ?

Elle s'était tournée vers sa fille qui regardait le programme TV périmé depuis deux semaines posé sur la table basse, d'un air absent.

— Oui, c'est vrai, commenta-t-elle sans cesser de fixer la couverture du magazine où s'affichait une star de la téléréalité au sourire aussi niais que celui d'un soldat réformé P5.

— Isabelle est un peu fatiguée. Je crois que la disparition de votre grand-mère l'a un peu affectée.

— Je comprends, dit Anna.

Cette manière de parler de quelqu'un de présent à la troisième personne l'irritait. Mais à quoi bon ? La jeune fille s'en foutait. Et c'était elle la principale intéressée.

— En fait, reprit la bibliothécaire, qui ne perdait pas de vue son but, nous sommes venues vous exposer deux requêtes. La première concerne votre grand-mère. Et maintenant vous, puisque vous êtes sa seule famille.

» Votre grand-mère avait élaboré un traitement à base de substances d'origine naturelle et avait fini par mettre au point un baume qu'elle appliquait sur les jambes d'Isabelle. Ce baume a atténué les résistances musculaires. Mais il ne nous en reste qu'un pot. Je pense qu'elle en avait d'avance... Nous souhaiterions vous les acheter... si c'est possible...

— Un baume, répéta Anna en fronçant les sourcils. À base d'essences de plantes ?

— D'essences de plantes, de minéraux et de racines. Vous connaissez les pratiques médicinales de votre grand-mère, je suppose ?

Le ton de Mme Hanneton se craquelait. Sous la couche d'amabilité et de politesse, le désespoir et la colère.

— Les pratiques médicinales ? Ces compositions avaient tout au plus un rôle de placebo. Ce ne sont que quelques plantes mélangées à de la crème fraîche ou à de l'argile. Je l'ai vue faire des centaines de fois ! fit Anna qui perdait patience. Comment pouvez-vous croire...

— Si cela n'a aucune valeur pour vous, cédez-nous les préparations qu'il vous reste et nous ne viendrons plus vous déranger, la coupa la bibliothécaire, hors d'elle.

Anna resta estomaquée. Le ton véhément et méprisant de Mme Hanneton l'avait prise de court.

Comment la Vieille avait-elle réussi à faire croire à ces deux femmes que ses préparations à la noix étaient susceptibles de soulager les douleurs de martyre que devait éprouver la jeune Isabelle ?

Elle les avait hypnotisées. Elle leur avait bourré le mou avec de bonnes paroles.

Quelques plantes ramassées au bord des chemins, de la poussière de caillou. Et abracadabra, sainte Rita ! Des préparations tout juste bonnes à servir en apéritif avec des crudités.

— Vous avez consulté des spécialistes ? Sans doute ont-ils des traitements plus appropriés ? demanda-t-elle à la jeune fille dont les épaules s'affaissaient et les doigts maigres et longs étaient joints avec force.

Elle leva la tête vers Anna et la regarda dans les yeux. Des yeux noirs, fixes, profonds et redoutables. Anna avait déjà vu cette expression chez la Vieille.

— Cela fait plus de dix ans que nous consultons des dizaines de spécialistes. J'ai constitué des classeurs dans lesquels j'ai inscrit le contenu de toutes les ordonnances qui m'ont été faites. Vous savez combien j'en ai de ces classeurs ? Dix exactement. Un pour chaque année. Ne nous prenez pas pour deux idiotes, madame. Cela fait trop longtemps que l'on agit ainsi avec nous. Chacun de mes étés, je l'ai passé en cure. Chacun de mes hivers, dans ma chambre. Je n'ai le droit de ne pratiquer aucun sport. Je n'ai pas pu poursuivre mes études au-delà du bac. J'ai commencé à prendre du *Valium* à douze ans. Alors, conclut-elle en se tournant vers sa mère qui lui avait pris la main en signe de soutien, je me contenterai de reprendre la proposition qui vous a été faite. S'il vous en reste, vendez-le-nous.

Anna rougit. De honte. De la présomption qu'elle avait eue de poser une telle question.

Mais elle n'arrivait pas à croire que ces deux dames s'étaient déplacées jusque chez la Vieille pour deux pots de baume dont elles ignoraient le contenu exact. Parce que la Vieille ne donnait jamais ses recettes. Il fallait juste faire preuve de foi à son égard. Une foi aveugle. Et c'était justement ce dont manquait Anna.

Elle était bien placée pour savoir que les traitements de la Vieille ne fonctionnaient pas. Elle-même en avait été une victime. Depuis, elle gardait les yeux ouverts.

Mais entrer dans un débat sur les pratiques médicales de la Vieille avec deux âmes écorchées à vif n'était pas des plus judicieux. Elle ne tenait pas à avoir raison à tout prix.

— Je suis désolée, s'excusa-t-elle. Je me mêle de ce qui ne me concerne pas. Je vais aller regarder ce que m'a ramené la police ainsi que les réserves de ma grand-mère. C'est au bureau, à l'étage. Mais je peux peut-être vous offrir un café ?

La mère retrouva son sourire poli de façade, la fille fixa à nouveau la couverture du magazine.

— J'en veux bien une tasse. Isa, tu veux quelque chose ?

— Un verre d'eau... si cela ne vous dérange pas, dit-elle à Anna.

Mais le ton qu'elle avait employé signifiait qu'elle était persuadée de l'inverse.

Anna se leva. Elle s'employa à préparer en cuisine tout ce qui avait été demandé, plus quelques biscuits au gingembre et des galettes bretonnes.

Elle porta l'ensemble aux deux femmes qui n'avaient pas bougé d'un pouce et qui restaient étrangement silencieuses.

Puis elle monta à l'étage. Elle espérait que la Vieille avait classé un peu ses remèdes. Elle avait un souvenir confus d'une étagère en bois où la Vieille empilait pêle-mêle les produits de ses promenades dans la campagne de Bétheny. Mais ses méthodes avaient changé depuis son départ.

Elle avait installé une partie de ses affaires dans la pièce qui avait servi autrefois de petit bureau à son mari. Elle l'avait aménagée pour ses activités de « sorcière de quartier ». Le divan, la croix et le Jésus, un petit lavabo, une cruche et un broc. Un grand meuble en bois où étaient répertoriées les essences et les plantes que la Vieille conservait. Deux ou trois livres de planches de croquis des végétaux vernaculaires.

Et, dans sa partie plus moderne, de petits placards réfrigérés dans lesquels Anna avait déjà remarqué quelques plantes coupées, mais surtout des bocaux de toutes les formes et des pots d'argile et de glaise.

C'était sûr, la Vieille avait nettement amélioré son cabinet de guérisseuse. Il ne manquait rien, pas même les chaises pliantes et les magazines *people* pour que les patients prennent leur mal en patience. Pour un peu, on se serait cru chez un vrai spécialiste. Pour un peu. Les yeux fermés.

Anna examina les bocaux et elle comprit en peu de temps le système de classement de la Vieille. Chaque pot portait le nom du patient correspondant, mais les pots étaient regroupés par affection et parties du corps. Les rhumatismes, les pieds, les jambes, les problèmes de circulation, le système lymphatique, la moelle épinière...

Aucune mention sur les bocaux relative à la composition. La Vieille cultivait toujours ses secrets. À ses risques et périls.

Trois portaient le nom d'Isabelle. Elle s'en empara et les rapporta au rez-de-chaussée.

— Voilà ce que j'ai trouvé, dit Anna en déposant le butin sur la table. Je chercherai de façon plus approfondie dans les jours à venir. J'espère que ce sera suffisant en attendant.

— Nous vous remercions, dit Mme Hanneton en prenant maladroitement son sac à main sur ses genoux. (Elle semblait décontenancée par le revirement d'attitude d'Anna.) Combien... ?

— Non, je vous les donne. Il n'est pas question que je vous les vende. De toute façon, ma grand-mère les avait préparés à votre intention.

La mère sourit de nouveau, mais ses yeux exprimaient autre chose que de la simple politesse. Le silence s'instaura entre les trois femmes. Anna se servit un café. Elle n'était même pas étonnée que ses deux hôtes ne fassent pas signe de partir.

— Puis-je vous poser une question, mademoiselle ? demanda Anna à la jeune malade.

À nouveau les yeux noirs se posèrent sur elle, opérant une radiographie de son âme.

— Allez-y...

— Je... excusez ma curiosité... Comment ma grand-mère arrivait-elle à soulager vos jambes ?

La jeune fille regarda sa mère, interdite.

— Vous n'avez jamais vu votre grand-mère pratiquer ? la questionna la bibliothécaire, plutôt surprise par cette idée.

— Si, si. Mais, à l'époque... Je ne sais pas si elle a... Je suis partie il y a dix-sept ans. Je ne l'ai pas vue pratiquer depuis cette époque. Lorsque j'étais gamine, elle appliquait des crèmes, elle apposait ses mains et restait des heures au-dessus des points douloureux en priant. Elle faisait de même avec vous ?

— C'est à peu près cela. Elle me faisait faire quelques mouvements et me faisait prononcer quelques phrases également.

Anna hocha la tête. Ça au moins, ça n'avait pas changé. Comment pouvait-on croire à tout cela ? Ce n'étaient qu'une mise en scène, des singeries qui pouvaient à peine berner un enfant.

— Elle m'a fait énormément de bien, affirma Isabelle. Ce bien-être, je ne l'ai pas rêvé. Je l'ai apprécié. Je me suis sentie moins seule.

Anna hocha la tête de nouveau. Des placebos, une mise en scène de pacotille pour extatiques désespérés. Elle se sentait à des années-lumière de ces deux êtres. Incapable d'apporter un soutien à leur douleur, incapable de comprendre ce qu'elles traversaient. Incapable de partager leur foi.

— Nous allons partir, dit la mère en se levant. Nous vous avons suffisamment dérangée. Si vous le permettez, je passerai en fin de semaine, au cas où vous trouveriez d'autres pots.

— Attendez, dit précipitamment Anna, qui se rappelait la visite de la veille, le con de flic et les conclusions pour le moins originales de l'enquête.

» Il serait peut-être bon que vous fassiez vérifier ces trois pots par un pharmacien.

Les deux femmes, déjà debout, la toisèrent avec mépris. La tension du début de leur conversation refaisait surface.

— Je respecte votre admiration pour ma grand-mère, s'empressa d'expliquer Anna. Mais il faut que vous sachiez que j'ai eu des informations plutôt préoccupantes sur ses dernières préparations.

Isabelle restait drapée dans un silence plein de colère. Mais Anna sentit sa mère plus hésitante.

— Isabelle, tu veux bien m'attendre dehors pendant que je prends congé de Mlle Kaleban ?

Isabelle fit un vague signe de tête. Anna vit avec soulagement ses grands yeux noirs s'éloigner. Le grand corps frêle et allongé atteignit la porte d'entrée en quelques foulées fantomatiques. Un ange qui déserte l'antre du diable. Anna une fois de plus dans la peau du malfaisant qui empêche la vierge effarouchée d'atteindre la Grâce.

Mme Hanneton attendit quelques instants et s'adressa à Anna sur un ton à peine audible.

— Ne vous fiez pas aux rumeurs, mademoiselle ! Laissez les gens du quartier parler. Il y avait beaucoup de jalousie autour des pratiques de votre grand-mère.

— À vrai dire, je n'ai jamais entendu parler de ces rumeurs… fit Anna, interloquée. Je voulais simplement évoquer les conclusions de l'enquête de police. Ils ont établi que la Viei… je voulais dire ma grand-mère, s'est empoisonnée en se trompant dans la composition de l'un de ses remèdes. Elle ne s'est rendu compte de rien et elle s'est administré une dose fatale.

Mme Hanneton se taisait, mais rien dans son attitude ne laissait croire qu'elle était choquée par ce qu'elle entendait. Elle réfléchit un instant puis marqua un temps d'hésitation avant de se lancer.

— Votre grand-mère ne s'est jamais trompée, mademoiselle. Vous pouvez me croire sur parole. Ceux qui ont établi cela ont fait une erreur. Une erreur magistrale.

— C'est quand même la police… voulut protester Anna, mais les mots moururent dans sa bouche. Elle n'avait pas envie de défendre la police, pas plus qu'une autre institution. Au fond, elle préférait rester dubitative. Ni adepte d'un gourou improbable ni cynique au point de se fier à une enquête bâclée. Dubitative à l'égard de toute interprétation tant qu'elle n'aurait pas une preuve absolue. C'est-à-dire saint Thomas jusqu'à la Saint-Glinglin.

— À tout hasard, faites attention, finit-elle par ajouter.

Anna la raccompagna jusqu'à la porte. L'entretien prenait fin et elle se sentait presque soulagée. Pour se débarrasser d'une dernière pointe de culpabilité et ne pas avoir l'air de les chasser de chez elle, elle demanda :

— Vous vouliez me questionner sur autre chose, je crois ?

— Comment ? fit la mère en haussant les sourcils.

— Oui, vous avez dit « deux requêtes ». Vous vouliez d'autres renseignements ?

La mère regarda sa fille, d'un air entendu.

— Allez-vous vendre cette maison ? demanda Isabelle.

— Oui, c'est très probable, répondit Anna sans réfléchir.

— Nous avons eu notre réponse, fit la mère, prévenant ainsi tout commentaire. Je repasserai en fin de semaine, si vous me le permettez, au cas où vous trouveriez d'autres préparations à destination de ma fille. Nous vous remercions encore.

— Aucun problème... Au revoir, mesdames, et bon courage.

Anna les regarda s'éloigner dans la rue. Elles semblaient réellement très proches l'une de l'autre. Comme les deux faces d'une même pièce de monnaie, différentes mais indissociables.

Elle retourna au salon desservir la table basse. Elle se détestait de ne pouvoir apporter autre chose à ces deux femmes que des doutes ou des reliquats de l'activité de la Vieille. Elle n'était pas médecin, elle n'était pas la Vieille. Elle s'assit sur le vieux canapé marron en skaï.

Je n'ai pas le don, je n'ai pas la foi, la Vieille. Sans doute comme toi. Ce n'est pas la peine de l'affirmer dans ton testament ni ailleurs...

C'était ça le contenu de la deuxième question. Est-ce que je reprends le flambeau ? C'était la question que vous vouliez me poser, mesdames ? Mais vous n'en avez pas eu besoin. C'était assez clair.

— Vous ne me faites pas de signe de croix ? fit le visiteur en se relevant à moitié de la table sur laquelle il était allongé.

— Pourquoi, vous êtes croyant ? demanda la Vieille, en rabaissant son torse du plat de la main.

— Non, mais… j'ai entendu dire que vous faites cela avec tous vos patients.

— Eh bien, vous avez mal entendu, répliqua la Vieille. Je fais ça avec les croyants. Pas la peine de déranger Dieu pour des brebis qui ne sont pas les siennes !

Le visiteur la regarda, un peu vexé. Il n'était pas sûr d'avoir fait le bon choix. Il était venu pour Béatrice. Il voulait Béatrice. Elle n'avait posé qu'une seule condition. Voir disparaître cette acné, ces plaques rouges sur son visage. Et ces bubons qui poussaient parfois à la base de son nez. Il avait essayé tous les traitements possibles. On lui avait même conseillé un remède dernier cri à base de corne de rhinocéros. En lui indiquant qu'il y avait un léger effet secondaire. La perte des poils sur son torse. Et, pour lui, il n'en était pas question. Il voulait être au mieux pour Béatrice. Alors, il avait cherché et cherché pendant des mois. Pour lui qui travaillait dans un laboratoire de cosmétique pharmaceutique, il n'y avait rien de plus frustrant que de ne pas trouver la solution.

Puis sa mère lui avait parlé de la guérisseuse. Au début, il avait rejeté l'offre en bloc. Que sa mère ait le dernier mot, il n'en était pas question. Par la suite et de façon insidieuse, cette petite voix qui résonnait souvent dans sa tête avait fini par le persuader que c'était bien la seule et unique solution. Que sa mère avait raison. Que c'était pour son bien qu'elle agissait toujours. Qu'elle l'aimait et que, au fond, elle ne lui voulait pas de mal.

Il avait collecté des renseignements auprès du voisinage. Avec son métier de commercial, ça avait été du gâteau. Puis il avait demandé à sa mère de prendre rendez-vous pour lui. Elle lui avait fait un rapport détaillé des pratiques et des résultats de la guérisseuse. C'était presque du quatre-vingts pour cent de réussite. Il devait tenter sa chance. Pour Béatrice. La belle et sévère Béatrice. Aussi inflexible que sa mère. Aussi belle. Peut-être même plus belle...

Il était déçu que la guérisseuse n'ait pas prononcé de prières. Est-ce que ça n'allait pas réduire ses chances de réussite ?

— Cela ne vous empêchera pas de guérir, fit la Vieille en finissant d'appliquer les bandages sur le visage de son patient.

— Co... Comment ?

C'était une sorcière. Elle lisait dans les pensées. Il mordit ses bandages, croyant se mordre les lèvres. Un goût amer d'amande se distilla dans sa bouche.

— Je vois à votre air inquiet que vous vous dites que je n'ai pas fait ce qu'il fallait. J'essaie seulement de vous rassurer. Un remède n'est efficace que si le patient y croit lui-même. La foi en Dieu aide beaucoup mes patients. Mais pour vous, une foi absolue en moi fera le travail, croyez-moi.

— Comment favez-vous que fe ne crois pas en Dieu, marmonna-t-il, en butée contre les bandages qui bordaient ses lèvres.

— Votre regard, votre manière de faire.

— F'est n'importe fquoi ! protesta-t-il. F'ai fait toutes mes fcommunions, croyez-moi, et fe vais encore à l'église. Fe n'est pas le cas de bien des gens !

La Vieille haussa les épaules. À quoi bon discuter ? Ce n'était qu'une boule de prétention qui avait souffert toute sa vie durant. Elle avait entendu parler de lui par Simone. Simone connaissait tout le monde dans le quartier. Elle pouvait réciter le curriculum vitae de chacun sans le moindre effort. La Vieille n'avait jamais compris comment elle faisait. Dorothée avait des talents similaires mais elle n'était pas aussi douée. Elle devait souvent se contenter d'informations de seconde main. D'où son admiration sans bornes pour Simone.

La Vieille haussa de nouveau les épaules. Ce que ces gens pouvaient l'agacer ! Avec leurs soucis permanents de vouloir tout maîtriser, de vouloir tout faire à la perfection. Ce que son Hermann pouvait lui manquer ! Elle soupira.

Elle n'allait quand même pas le laisser partir comme ça, le petit défiguré. Elle devait lui dire. Hermann aurait dit que non. Mais elle, elle savait que, pour être maître de son destin, il faut posséder toutes les cartes.

— Maintenant, mon petit jeune homme, vous allez vous tenir bien tranquille. L'acidité du baume que je vous ai mis est telle que vous risqueriez d'endommager des organes vitaux si vous faisiez un mauvais geste. D'autre part, cette crème a un effet paralysant pour vos nerfs faciaux. Vous ne pourrez pas parler avant une à deux heures.

Elle vit les yeux terrorisés de son patient rouler dans leurs orbites.

— Vous ne risquez rien. Je vous demande seulement de ne pas bouger pendant une petite heure. Vous avez pris vos dispositions, vous me l'avez dit tout à l'heure. Restez bien tranquille. Dormez si vous le souhaitez. Et, dans une heure, je viens vous retirer vos bandages. Et je vous promets que vous verrez la différence dès la première séance.

La Vieille récupéra ses instruments et les lava dans le lavabo. Elle rangea ses préparations et les enferma à double tour dans le frigo. On n'était jamais trop prudent. Elle avait déjà déploré des tripotages de patients peu scrupuleux.

Et celui-là, elle ne lui aurait pas accordé le Bon Dieu sans confession. Pourtant, Dieu sait s'il avait été martyrisé dans son enfance. Elle l'avait brimé comme une hystérique, sa mère. Simone lui avait parlé de sévices corporels. De telles femmes ne méritaient pas d'être mamans. Elle s'apprêtait à partir quand elle vit son index gauche. Simone en avait parlé aussi. Il avait la forme d'un crochet, un crochet de chair humaine à la deuxième phalange. Comment les services sociaux avaient-ils pu passer à côté de cela ?

Les épaules du jeune homme se détendaient petit à petit sur la table.

Elle s'approcha.

— Peut-être que je me trompe de vous parler de ça de but en blanc. Surtout que vous êtes un peu comme pieds et mains liés. Mais ça sera l'occasion de votre vie de tout remettre à plat dans votre petite tête.

Les yeux du patient changèrent de couleur. La momie était tout ouïe.

— Savez-vous pourquoi votre mère vous a dit que votre père était mort l'année de votre naissance ? Je pense qu'elle aurait dû vous le dire depuis longtemps. La vérité vous empêche de voler de vos propres ailes. Elle a pris trop d'ascendant sur vous. Elle vous a un peu trop abîmé quand vous étiez gamin. Ça n'a pas dû être facile de grandir. Elle vous a mis beaucoup de bâtons dans les roues. Mais, à sa manière, elle vous aimait, reconnut la Vieille, de mauvaise grâce.

» Elle vous a dit que votre père était mort parce qu'elle n'a jamais su où il se trouvait. De même que votre mère. Elle vous a trouvé. Elle vous a trouvé pas très loin d'un square. Je ne sais pas si vous avez été abandonné. En tout cas, elle n'a jamais fait de déclaration aux services sociaux. Ça, j'en suis sûre. Elle me l'a dit.

Elle vit le corps de son patient s'agiter de soubresauts.

— Calmez-vous ! Ça ne va que faire amplifier les effets paralysants. Respirez. Je sais que ce que je vous ai dit est grave. Mais je trouve plus grave d'être au courant, moi, alors que vous, vous ne l'êtes pas. Et moi, je n'ai plus rien à craindre, à mon âge.

Les yeux du patient s'emplissaient de larmes. La Vieille se sentit confortée. La mère de substitution n'avait pas rongé l'âme du blanc-bec. Elle en avait laissé un bout, en forme de crochet.

— Si vous voulez, nous en parlerons tout à l'heure, devant une tasse de café, proposa-t-elle.

Le corps du jeune homme resta inerte, sans réponse. Il avait fermé les paupières. Fin des communications. La Vieille quitta son cabinet, satisfaite. Hermann n'aurait pas apprécié ce qu'elle venait de faire. Mais la Vieille n'aurait pas pu soigner ce jeune homme si elle n'avait pas d'abord posé les bases de son nouveau visage. Et pour cela, la parole était indispensable. Sur le principe, Hermann l'aurait au moins approuvée.

Chapitre 7

Il pleuvait depuis deux jours. Depuis le passage de Mme Hanneton et de sa fille, Anna n'avait pas vu âme qui vive. Même pas Dorothée, qui devait être fort occupée à embêter le reste du voisinage – et des quartiers limitrophes – pour l'organisation d'une tombola à l'occasion de la Toussaint.

Anna se sentait un peu de vague à l'âme. Mettre en ordre les affaires de la Vieille lui prenait plus de temps qu'il n'y avait paru au départ, et encore, elle n'avait pas entrepris de ranger le grenier. L'odeur pestilentielle qui se dégageait de cet espace l'avait fait reculer deux fois derrière la tranchée des marches. Elle avait remis ça à un jour de beau temps improbable ou lointain.

Elle s'était occupée d'une grande partie du rez-de-chaussée, avait viré toute la décoration de la Vieille. Les Vierge Marie bleu pâle, les cygnes en cristal, les napperons en fausse dentelle, les cendriers Ricard. Elle avait hésité entre sac-poubelle ou boîte en carton. Le grand départ pour la déchetterie ou le vide-grenier. Le pourrissement ou la deuxième vie. Un résumé succinct de sa propre biographie.

Les manuscrits que lui avait rapportés le flic étaient sur sa table de nuit. Comme deux chimères veillant sur son sommeil. Elle redoutait le moment de leur lecture depuis que le nounours flicard lui avait annoncé la couleur. Cramoisi dégueulasse.

Elle pouvait très bien les envoyer directement au feu, ces deux-là. Sans que la face du monde en fût modifiée. Mais ces livres, c'était comme une dernière conversation qu'elle devait avoir avec la Vieille avant de raccrocher au néant. Une dernière chance de comprendre un peu mieux le caractère de celle qui avait enfanté sa mère et qui, par la même occasion, lui avait fait office de mère.

La journée était gris pâle, entre deux averses de pluie. La maison de la Vieille semblait plongée dans une pénombre de film fantastique.

La deuxième lettre rouge fit une entrée fracassante sur le palier en début d'après-midi.

Dès qu'Anna l'aperçut, elle courut à la fenêtre. C'était idiot parce qu'elle avait probablement loupé le moment crucial où la lettre avait glissé discrètement sur le paillasson. La rue était évidemment déserte. La pluie battait les trottoirs et les voitures filaient à l'horizon. Anna retourna au pied de la porte d'entrée, le cœur battant. La lettre était écarlate, même au rayon faiblard de l'ampoule de 40 W du couloir. Une tache de sang sur le tapis, une décoration de Noël un peu en avance, une lettre de rupture meurtrière pour la Saint-Valentin.

Non, une deuxième lettre du corbeau, un corbeau à la robe rouge et aux desseins sombres.

« VOUS LAVEZ FAIT CREVER POUR LE FRIC. PARTEZ VITE D'ICI ET EMPORTEZ VOTRE MAGOT AVANT QUE LES FLICS NE L'APPRENNENT. »

Anna contempla la lettre, la gorge nouée. Elle avait envie de la jeter au panier et de quitter la ville sur-le-champ. D'ailleurs, il lui semblait que la lettre était sale, qu'elle puait le graillon.

Prévenir ou non les flics ? Non, évidemment. Ils ne pourraient rien faire de toute façon. Et, au mieux, ils recommenceraient leurs interrogatoires sur sa réinsertion.

Elle reflua vers la cuisine et se prépara un café lyophilisé. Il fallait jeter cette horreur et finir ce rangement au plus vite.

Le carillon de l'entrée tinta deux fois de façon autoritaire. Curieux comme parfois tout pouvait converger. Rien pendant deux jours et, d'un coup, le monde entier venait lui dire merde à la porte d'entrée.

Elle se leva en chassant de son esprit les frayeurs qui tordaient ses intestins. Si elle devait rencontrer le corbeau, s'il avait le courage de sonner à sa porte, elle pouvait en faire autant.

Elle ouvrit et fut surprise de voir une grande femme blonde lui faire face. Plus encore, elle oublia de dire bonjour en apercevant à son cou un nœud papillon jaune doré. Objct féminin non identifié à yeux bleus.

— Madame Kaleban ? Vous êtes la fille de Mme Yvonne Kaleban ?

Les gens n'avaient que cette question à la bouche.

— Sa petite-fille, précisa Anna, hésitant sur le ton qui fallait prendre pour s'adresser à l'ofni.

Elle attendait que la tournure des événements lui donne la marche à suivre.

— Je travaille pour le ministère de la Justice. Comme médecin légiste. C'est moi qui ai procédé à l'autopsie de Mme Kaleban. Est-ce que je pourrais vous dire quelques mots à ce sujet ?

— Vous voulez entrer ? (L'ofni lui adressa un regard condescendant.) Oui, vous voulez entrer, évidemment.

Anna recula pour laisser passer la grande blonde. Décidément, cette maison était un vrai moulin. Tout le monde voulait y entrer et ajouter sa pierre à l'édifice !

Elle la guida jusqu'au salon qui ressemblait à une salle d'attente vide depuis qu'elle en avait retiré tous les objets appartenant à la Vieille. Il ne restait que le canapé, la table basse en verre et deux chaises en bois assez rudimentaires. Le meuble en Formica avait été démonté et attendait dans la petite cour d'être descendu à la cave. Désormais, on voyait la tapisserie rose saumon et la frise vert sapin qui ornaient la pièce centrale de la maison de la Vieille. Un vrai régal pour les nostalgiques des années soixante-dix.

Florence Delacourt s'assit sans attendre d'invitation. Elle était à l'aise partout. Avec elle, le salon de la Vieille prenait des allures de salon de thé des beaux quartiers.

— Je voudrais bien un café, fit Florence en regardant Anna droit dans les yeux.

— Bien, fit Anna, résignée.

L'ofni avait une autorité naturelle qui lui rappelait ses copines de taule. Pourtant, pour sûr, elles ne venaient pas du même monde.

— Lyophilisé, ça vous va ?

— S'il n'y a que ça, je m'en accommoderai !

La princesse. Lady Ofni. Elle commençait à lui échauffer les oreilles. Elles ne se connaissaient ni d'Ève ni d'Adam, elle avait accepté de la faire entrer dans les entrailles de la maison de la Vieille et c'est tout juste si elle ne devait pas s'excuser de n'avoir pas du café de marque à lui servir.

Elle prépara deux tasses et rapporta l'eau chaude dans une casserole. Pas question de faire d'efforts pour Barbie instructeur d'armée.

— Qu'est-ce que vous voulez ? demanda Anna d'une voix dénuée de toute empathie.

— J'ai fait l'autopsie de votre grand-mère. C'est moi qui ai établi l'empoisonnement. Mais les indications que j'ai données ont produit par défaut un non-lieu. Or, je ne pense pas qu'il s'agisse d'un auto-empoisonnement ou d'une erreur de dosage.

Oh, le scoop ! Alors l'ofni était capable d'erreurs et, qui plus est, de les reconnaître devant autrui ?

— Vous pensez qu'elle a été empoisonnée ? Et vous vous appuyez sur quoi, madame ?

— Mlle Florence Delacourt. Ce serait un peu long à expliquer, fit-elle en croisant ses jambes.

— Vous êtes venue pour quoi, au juste, si vous ne voulez pas m'expliquer quoi que ce soit ?

— Excusez-moi... Je ne suis pas très douée pour vulgariser les données que je tire de mes recherches. D'autre part, il est hors de question de divulguer des informations confidentielles qui font l'objet d'une instruction.

— Vous pouvez me dire ce que vous êtes venue foutre ici ? demanda Anna dont les mains n'avaient pas quitté le manche de la casserole d'eau bouillante.

— Vous êtes très belle quand vous êtes énervée. Les petites ridules qui se forment au-dessus de vos arcades sourcilières, c'est pas mal sur vous. Ça vous donne beaucoup de charme...

Les yeux bleus s'étaient rivés sur ceux d'Anna, insistants, caressants, pleins de propositions.

— Mais hélas, je ne suis pas là pour ça. Vous avez raison d'être insatisfaite. Je ne peux pas vous en dire beaucoup pour l'instant, mais j'aurais besoin que vous fassiez une requête auprès du Ministère pour que l'affaire soit rouverte.

— Et pourquoi je ferais ça, selon vous ? Vous savez, moi, c'est plutôt la catégorie « hommes » qui m'intéresse. Et encore, j'ai du mal à leur accorder ma confiance, même lorsque je baise avec eux. Alors vous, vous pensez !

— Pour votre grand-mère, répondit Florence, que le langage d'Anna était loin de choquer – elle avait l'habitude que l'on réponde à ses provocations par des propos vulgaires. C'était même une forme de réjouissance pour elle. Je suppose que vous avez envie de savoir comment elle est morte.

Les yeux bleus semblaient chercher une réponse dans le regard d'Anna qui fuyait.

— Faut voir...

Anna se sentait piégée par cette poupée manipulatrice.

— J'ai des éléments qui pourraient convaincre le juge de rouvrir le dossier. Mais je ne veux pas qu'il sache que ça vient de moi. Vous écrivez une lettre, je reprends mon travail où je l'ai laissé et, cette fois-ci, je saurai où chercher.

— Je ne vois vraiment pas pourquoi je ferais cela... pesta Anna

— Parce que vous êtes un beau brin de nana... Je rigole, se reprit Florence. Parce que vous êtes comme moi, vous n'avez pas envie qu'un salopard se promène en toute impunité en ayant assassiné votre grand-mère. Et je suis sûre que vous n'êtes pas contre le fait que j'aie un peu d'avancement ?

Florence avait l'air de plaisanter ouvertement, de se jouer des sentiments des gens, mais Anna sentait une incroyable honnêteté chez elle. Une poupée pas si factice que ça.

Une incorrigible séductrice, avec un caractère de dominatrice. Mais une fille bien, très probablement.

Florence avait posé un feuillet sur la table. Il y était noté quelques indications sur la composition d'une préparation et quelques observations.

Anna s'en saisit.

— Vous n'aurez qu'à dire que vous avez fait réaliser cette étude par un expert indépendant. Je vous donnerai un nom.

— Pourquoi faites-vous cela ?

— Disons un mélange de honte et d'ambition. Et, depuis que je vous connais, un peu de concupiscence.

— Je vois. Je ne vous promets rien.

— Prenez le temps de réfléchir. Mais j'ai une autre demande à vous faire.

Les gens avaient toujours quelque chose à lui demander. Il n'y avait pourtant pas marqué « à vos bonnes âmes » sur le palier de la porte de la Vieille.

— Je sais que votre grand-mère a archivé une grande partie de ses observations médicinales. Je voudrais y avoir accès.

— Les cahiers... Je ne sais pas où ils sont. Enfin, j'en ai un sous la main, mais les autres... peut-être au grenier.

— Laissez-moi y jeter un coup d'œil.

— Non… répondit Anna en se levant précipitamment. Enfin, pas tout de suite. Je voudrais faire un peu de ménage.

— Il ne vous reste plus qu'à me réinviter, fit Florence en souriant et en se levant.

Elle avait à peine touché à sa tasse. Délicate poupée à poigne de fer.

Elle se dirigea vers la sortie, suivie par Anna qui secouait la tête. L'autodérision. L'arme des perdants. Elle s'était fait embobiner, voire draguer. En toute impunité et de bon cœur.

La jeune femme lui fit un signe de tête et disparut sous un parapluie sombre dans le gris de la rue. Anna ne lui avait donné aucun rendez-vous, mais elle s'attendait à la revoir avant deux jours.

Mamami ne revient plus. Mamami a laissé seul Jonas pour toujours. Elle lui avait promis pour la vie. Elle pas tenu ses promesses. Aller en enfer.

A mal à la tête, a mille abeilles dans la tête qui crient. A faim. Doit partir d'ici, loin. La nuit noire mange les petits garçons. Partirai au petit jour. Avec Rita contre Jonas. A le couteau pour la fille qui a volé la maison de Mamami.

Reviendrai avec Tito, lui ferai payer. À Mao aussi.

Avant de partir, toujours faire provisions. Connaît une recette bonne de Mamami. Tient au ventre tous le mois, qu'elle disait Mamami. Après part loin. Mais petit jour. Peur du loup aux lettres rouges. Doit pas parler. Peur Mamami. Où es-tu Mamami ? Où te caches-tu ? Avec le loup aux lettres rouges ?

Yvonne souleva sa tête endolorie. Elle s'était assoupie. Le bruit n'existait plus autour d'elle. Une faible lueur venant de la droite éclairait d'énormes blocs entassés pêle-mêle, érigés en murs de forteresse. Elle était piégée. Elle était entrée dans la cave au moment de l'explosion. Puis le chaos. Elle avait l'impression d'être dans une crypte. Sauf qu'il n'y avait plus de chemin de retour.

Emprisonnée au milieu de ces blocs. Dans le silence. Elle appela plusieurs fois Hermann, puis lança les cris les plus stridents que lui permettait d'émettre sa gorge chargée de poussière. Elle avait soif.

Elle s'assit. La réalité s'abattait sur elle, aussi lourde et incompressible que les blocs qui l'entouraient. Elle allait mourir. De faim, de soif, d'asphyxie. On pouvait tout imaginer. Elle se sentit petite, minuscule au milieu de cet amas de pierres de géant. À quoi bon pleurer ? La réalité était plus absurde que tout ce qu'elle aurait pu imaginer.

Comment était-il possible, après avoir échappé trois fois aux Allemands, avoir réussi à se cacher et à vivre paisiblement auprès d'Hermann en dépit de son identité, qu'elle finisse ainsi, emmurée vivante sous les décombres d'une maison de maître bombardée ?

Est-ce qu'Hermann était vivant ? Elle l'espérait. Non pas qu'elle croyait qu'il pourrait la sauver. Personne ne savait où elle était. Mais parce qu'elle voulait qu'il vive pour elle. Pour voir autre chose que la guerre. Peut-être aurait-il une famille, des enfants ?

Avec Simone. Simone, qui lui tournait autour, n'hésiterait pas une seconde à tout faire pour l'avoir. Yvonne sentit son ventre se tordre de rage.

Il ne fallait pas qu'elle pense à Simone. Elle n'allait tout de même pas mourir en hurlant sa jalousie.

Elle voulait mourir dignement. Elle y avait beaucoup pensé durant les trois années précédentes. Quand elle entendait les nouvelles arriver des fronts orientaux. Mais, depuis quelques mois, ces spéculations avaient perdu de leur intérêt. Les Alliés progressaient. L'espoir avait fait son chemin. Et voilà qu'il s'arrêtait au pied des blocs.

Yvonne se força à s'allonger de nouveau. Il fallait dormir. Si elle faisait l'effort d'être paisible en son for intérieur, la mort serait moins terrible à affronter. C'est ce que le vieux fou lui avait expliqué.

Le vieux fou et sa famille. Qui avaient pu partir sains et saufs. Au moins jusqu'à Paris.

Lui et Yvonne avaient eu le temps de discuter en attendant le passage du train vers Paris. Là-bas, il y avait un autre contact, pour l'amener jusqu'à Dunkerque. Et, de Dunkerque, peut-être vers l'Angleterre. À condition de descendre avant la gare de l'Est, dans la campagne parisienne et de rejoindre Meaux à pied. Puis de trouver la personne qui pouvait les conduire par camion jusqu'à Dunkerque. Avec deux enfants. Le chemin pour la survie était tortueux.

Pour sa part, Yvonne avait réussi à savoir où la locomotive devait stopper pour le ravitaillement dans la montagne de Reims. Ils avaient eu trois minutes pour grimper dans le wagon. Mais il avait fallu s'y rendre une demi-journée à l'avance. Pour tromper les curieux et les troupes en faction.

Sur le terre-plein, dans l'attente du convoi, la femme et les enfants s'étaient endormis. Le Turc lui avait d'abord parlé d'Istanbul. Des bateaux qui ramenaient les épices, de la mosquée de Sainte-

Sophie, des couleurs de l'Orient, de son officine, des Chinois qui venaient lui porter des plantes encore inconnues en Europe et qui faisaient des merveilles.

Yvonne avait cessé de le rabrouer. Elle était fascinée. Voir Istanbul. Rencontrer les marchands asiatiques. Un rêve, un lointain qui prenait forme sous ses mots. Elle n'avait de cesse de lui poser des questions. Ils avaient parlé guérison, et surtout religion. Il était juif, mais elle avait la même approche que lui de la place de la religion dans la thérapeutique par les plantes. Il lui avait conseillé quelques lectures et l'avait encouragée à poursuivre ses recherches et sa pratique. Yvonne était heureuse que le fait d'être une femme n'eût pas empêché le vieux fou de la prendre au sérieux. C'était vraiment un homme remarquable. Elle aurait voulu le revoir, lui et les siens.

Boire un verre d'anis bien frais avec eux.

Yvonne se retourna sans ouvrir les yeux. Elle se demanda combien de temps il lui faudrait pour mourir, deux à quatre jours ? Cela dépendait de ce qu'elle trouverait autour d'elle pour subsister. Peut-être, en déblayant un peu, une pomme de terre. Hermann avait rempli les casiers quelques jours auparavant.

Elle revoyait la figure du Turc. Son visage fripé, ses bouclettes sous sa casquette. Ses yeux noirs, vifs et rieurs. Ce qu'il lui avait raconté de l'histoire de la fleur de la passion.

Il lui en avait montré une esquisse. *Passiflora caerulea*, une fleur qu'Yvonne connaissait peu. Contrairement à ce qu'on pouvait imaginer, cette passion n'était pas de chair et de luxure. C'était la Passion du Christ. Du moins, c'est ce qu'y avaient vu les jésuites espagnols. Elle leur avait servi de livre de catéchèse dans les jungles d'Amazonie. Les fleurs avaient participé elles aussi à la *Conquista*, aussi sûrement que des armes de combat contre un peuple qui les vénérait.

Si l'on observait la fleur attentivement, on identifiait ce que les religieux appellent les instruments de la Passion. Les coronules et les filaments figuraient une couronne d'épines, les cinq étamines les plaies du Christ, le pistil formait une croix, jusqu'aux stigmates, au nombre de trois, comme les clous de la crucifixion.

L'architecture si extraordinaire de cette fleur, qui pouvait avoir des effets sédatifs, ce qui n'était pas sans rappeler la phrase de Marx : « la religion est l'opium du peuple », était-elle un hommage de Dieu à son fils dans la Création ou une simple coïncidence de l'ordre des mathématiques ?

Toujours est-il qu'elle était fascinante, car elle soulevait bien des mystères sans en révéler aucun.

C'était étrange d'entendre disserter le vieux fou sur le christianisme, lui qui n'hésitait pas à questionner sans relâche l'origine et la raison de sa propre foi.

À la fin de son exposé, il avait scruté le visage d'Yvonne comme pour sonder son âme.

Pourquoi voulez-vous soigner les hommes, Yvonne ?

Elle avait fait dix réponses différentes. Le vieux fou avait secoué la tête. L'amour du prochain ne suffisait pas, la volonté de faire avancer la science était un leurre, la reconnaissance de ses semblables une farce.

Non, il n'y avait qu'une seule réponse selon lui. Mais Yvonne devait la chercher par elle-même.

Quand elle l'aurait, elle serait prête. Elle pourrait accueillir ses patients et les guérir.

Yvonne se massa le front. La soif et la faim lui donnaient mal à la tête. Pourtant, là, elle pouvait y réfléchir. La trouver, sa réponse. Même si c'était pour mourir avec. C'était mieux que de penser à la mort ou à Hermann.

Deux jours durant, Yvonne resta prisonnière de cette pensée, perdant le goût, la langue enflée par la soif, grattant les blocs, essayant de mâchonner les bouts de tapisserie qu'elle récoltait. Elle avait trouvé une minuscule pomme de terre. Elle s'était obligée à n'en manger qu'une bouchée à la fois et à dormir immédiatement après. Elle arrivait parfois à s'assoupir, d'autres fois elle s'évanouissait d'épuisement. Elle avait survécu une nuit. Elle n'était pas sûre de pouvoir tenir la deuxième. Si ce n'était qu'elle se sentait prête. Le jeûne avait éclairci ses pensées. Elle n'avait cessé de repenser à ce que lui avait dit le vieux fou. Elle avait écarté toutes les réponses évidentes. Elle regrettait d'être si jeune, de ne pas avoir pratiqué davantage, de ne pas en avoir parlé avec Hermann dont la sagesse la surprenait. Elle s'accrochait à cet espoir d'atteindre la réponse. Mais son corps peinait plus que son esprit. Il lui faisait faux bond, disjonctait. L'obligeait à se déconnecter, lui faisait perdre le sens des réalités.

Peu avant que le soleil ne se couchât pour la deuxième fois, elle entendit un bruit. Elle aurait juré un aboiement. Mais elle savait que les hallucinations étaient parties promises. La nuit venant, l'esprit s'égarerait. Elle serait peut-être obligée de mettre fin elle-même à ses jours. Pour éviter cette souffrance insupportable de voir s'approcher la mort, sans armes, de guerre lasse.

Elle se sentit de nouveau partir. Mais son rêve était étrange, plus coloré que d'habitude. Elle se voyait au chevet d'un patient. C'était le vieux fou. Il était dans un piètre état. Yvonne cherchait ce qu'elle pouvait lui administrer. Le vieux fou, le flanc ouvert sur des intestins purulents qui puaient la moisissure, se relevait de la table de médecine et lui demandait de donner sa réponse. Yvonne essayait de parler, mais sa langue trop sèche refusait de remuer. Et cette sensation d'humidité sur son visage, une humidité baveuse qu'elle aurait voulu essuyer, mais aucun de ses membres ne voulait obéir à ses ordres. Elle se sentit transportée dans les airs, puis emportée par une vague multicolore.

Dans un abandon complet.

À son réveil, elle était dans une chambre d'hôpital. Hermann dormait à son chevet. Elle se sentait trop faible pour parler, mais elle pleura de joie. Elle était vivante. Hermann l'avait sauvée. Dans la pièce, il y avait aussi un petit garçon aux genoux cagneux qui s'était endormi en chien de fusil sur une chaise en fer d'hôpital.

C'était un miracle. Elle n'était pas morte dans ce monceau de gravats. Elle avait encore la vie devant elle. Elle fit une prière pour elle-même, pour Hermann, pour le gosse et pour le vieux fou qui lui avait permis de tenir. Pour l'hôpital qui la soignait.

Les larmes ne cessaient de couler et elle s'entendait renifler bruyamment, comme une gamine. Elle n'avait que vingt-cinq ans. Elle avait envie de rire. Hermann se réveilla. Il s'approcha d'elle et lui embrassa le front. Tout commentaire était inutile. On leur avait accordé un miracle. À eux de savoir le mériter.

Le mérite. Elle se rendit compte qu'elle avait désormais une partie de la réponse. Le serment d'Hippocrate. Elle savait l'amour du vieux fou pour les Grecs. C'était sûrement ça qui l'avait guidé. Elle aussi se devait à son métier. À son activité de guérisseuse. Utiliser son art, ses connaissances pour soigner. Dans n'importe quelle circonstance, avec n'importe quel être humain, sans distinction, avec le souci de conserver les vies. Sans honte, sans gloire.

Elle sourit. La vie était belle. Elle avait Hermann. Elle l'interrogea du regard en désignant le gosse qui dormait.

— C'est le petit Julien. Le fils des Henry. Il nous a bien aidés pour les recherches. C'est lui qui a eu l'idée pour le chien. Il l'a fait fouiller dans les décombres.

— Réveille-le, je voudrais le remercier avant que les infirmières ne reviennent. Elles vont le chasser à la première occasion.

— Attends !... Ne lui parle pas de ses parents, Yvonne. Il est le seul à avoir survécu, avec moi.

— Il ne le sait pas ? chuchota Yvonne en se redressant.

— Il s'en doute. Il m'a juste dit qu'il plaignait les gamins qui se retrouveraient à l'Assistance après la guerre. Mais il n'a pas pleuré.

— Pauvre gosse, fit Yvonne, attristée.

Un silence s'établit entre Yvonne et Hermann. Hermann regardait le garçon. Il y avait quelque chose dans ses yeux qui ressemblait à ce qu'elle avait vu à leur première rencontre.

— Oui, Hermann, nous le ferons, lui dit-elle en lui caressant la main.

Hermann se tourna vers elle et sourit. Julien émit un grognement, il était sur le point de se réveiller.

La nuit était tombée vers 19 h 30 trente. Les journées raccourcissaient désormais. L'automne s'installait et Anna pensait à son minuscule appartement à Paris. La maison de la Vieille avait besoin d'un nettoyage de fond en comble et d'un peu de décoration qui la fît sortir des années soixante-dix. Mais elle était autrement vivable que le deux pièces qu'ils se partageaient, elle et Serge.

Encore qu'il n'y venait pas toutes les semaines. Il avait gardé une chambre de bonne et il lui arrivait d'y passer quelques soirées entre potes ou bien de préparer son grand voyage.

Grand ou hypothétique tour du monde. Il rêvait éveillé, ce mec-là, et elle aimait le voir échafauder des plans de gamin. Parfois elle s'y incluait. La plupart du temps, non. Ce n'était pas son rêve à elle. Les cales d'un bateau, c'était plus petit que son deux-pièces à Paris.

Elle avait fait déjà pas mal de voyages depuis sa sortie de prison. Elle avait vu des paysages extraordinaires, elle avait eu ses galères, s'était perdue, s'était fait dépouiller, avait connu des personnes généreuses, ouvertes, mais aussi quelques fanatiques à œillères intégrées. Mais elle ne s'était pas trouvée. Elle avait trente-cinq ans et besoin de se construire.

Serge lui aurait dit qu'elle s'embourgeoisait. Qu'elle se ramollissait. Qu'elle ne faisait plus rien d'intéressant de sa vie. Mais, en fait, elle avait des doutes sur tout. Sur ce qui était intéressant dans une vie, justement, ou sur sa place et sa fonction dans la société, sur ce qu'elle en avait reçu, sur ce qu'elle allait lui apporter.

Même la mort de la Vieille semblait tout remettre en question. Même cette maison qui lui foutait un peu le bourdon.

Elle avait eu tort de croire, en venant à Reims, que seuls les plus mauvais souvenirs remonteraient à la surface. Chaque coin de pièce, chaque détail de tapisserie était l'évocation d'une conversation avec la Vieille, d'un mot qu'elle avait eu. D'une fête ou d'un chagrin. D'un fou rire partagé, d'une prise de bec impitoyable.

Elle se coucha sur le divan, un vieux polar entre les mains. Elle avait un peu de mal à se concentrer. Il fallait encore qu'elle fasse du rangement. Elle ne savait pas quand repartir. Elle ne savait même pas comment. Elle tourna quelques pages. Elle avait déjà lu ce passage, elle en était sûre. Et puis, le livre était plein de longueurs.

Elle le posa et éteignit la lumière. Elle attendit dans le noir, les yeux grands ouverts. Il n'y avait pas trop de bruits de circulation, le quartier était resté calme en dépit de l'urbanisation galopante de l'agglomération. La maison avait ses petits grincements. Mais c'était comme renfiler un vieux pyjama. Elle était en pays connu.

Elle n'avait pas tellement envie de dormir. Et il y avait ces manuscrits. Plus particulièrement le journal de la Vieille, qui l'attendait.

Ne jamais remettre au lendemain une dispute qui peut éclater dans l'instant. Quand il faut que ça sorte, il faut que ça déménage comme avec l'huile de ricin, aurait dit la Vieille.

Elle ralluma et s'empara du journal posé sur sa table de nuit. C'était un vieux cahier d'école qui avait dû appartenir à sa mère. L'écriture de la Vieille était toute serrée, sans doute par souci d'économiser les pages, avec des déliés et des pleins. Elle regarda la première date. Juin 84, à peu près quatre ans avant son départ.

Les paragraphes étaient plutôt insignifiants au départ. Genre éphéméride et compagnie. La pleine lune, le crachin plus ou moins gros et les légumes de saison.

Il fallait attendre deux ans pour voir les premières annotations personnelles.

5 septembre 1986

Anna ne me dit plus un seul mot depuis une semaine. Elle est aussi ingrate et aussi discrète que sa mère. Elle devrait comprendre que j'ai raison. Mais elle est si têtue.

Hermann, je voudrais que tu sois auprès de moi. Tu saurais lui faire entendre raison. Moi, je n'ai plus l'énergie de résoudre la crise d'une adolescente attardée. Pourquoi met-elle tant de temps à devenir adulte ?

Le paragraphe couvrait à peine dix lignes sur le même ton. Il ne devait pas y avoir plus de quatre paragraphes par an, un par saison environ. De quoi noter les faits remarquables et ressasser les mêmes amertumes.

Deux ans plus tard, le ton se modifiait légèrement. Elle parlait davantage de ses activités et de ses patients. La solitude, ou l'agacement, lui faisait prendre la plume à peu près une fois par mois.

Le 10 décembre 1988

Le Joseph de la famille Deforges me pose de plus en plus de problèmes. Je lui ai pourtant bien expliqué que je ne pouvais pas guérir sa femme. Seulement la soulager d'une partie de ses douleurs. Il est persuadé que je lui mens. Il a entendu parler du petit Jérémy avec qui j'ai réussi à faire du bon travail et qui avait une maladie similaire. Mais les êtres sont si différents. La volonté de vivre n'est pas la même, l'essence vitale ne fonctionne pas pareil à 55 ans et à 13 ans. Il m'a menacée à plusieurs reprises de me dénoncer aux services sanitaires. Mais j'ai su le faire taire. J'ai connu son père durant la guerre. Enfin, Hermann surtout l'a connu. Il m'a raconté. Je ne crois pas que le Joseph aimerait que les autres habitants du quartier sachent ce que son père a fait. Surtout qu'il y a une forte communauté d'Espagnols qui ont vécu la guerre civile ici.

Anna se sentait un peu mal à l'aise. Visiblement, la Vieille n'avait pas que des adorateurs dans le voisinage. Dieu sait si elle avait réussi à se protéger de ses détracteurs tout aussi fanatiques ? Et comment elle s'y était prise ?

Tiens ! Ça recommençait quelques lignes plus loin avec une bonne femme.

Le 3 février 1989

Simone F. a fait courir le bruit que je lui avais préparé une crème avec des œufs passés. Elle raconte partout que ça lui a provoqué des boutons sur tout le corps. Moi, d'abord, je sais bien où ils sont ses boutons et je sais d'où ils viennent, du coin de la rue, de chez Gilbert. Qu'elle raconte encore des salades et j'écrirai l'adresse en gros sur sa porte d'entrée, à cette salope.

Et, deux ans plus tard :

Le 18 juin 1991

Janine T. est venue chez moi hier. Il paraît que sa mère est mourante. Elle voudrait que je fasse quelque chose pour elle mais, d'après ce qu'elle m'a raconté et ce que j'ai vu sur la pauvre vieille dame, Dieu ait son âme, il ne lui reste pas beaucoup à vivre.

Mais ce matin, ô surprise, c'est le mari qui est venu me voir. Il voulait pas que je prolonge la vie de sa belle-mère. Le con. Il croit peut-être que je peux ressusciter ceux qui ont un pied dans la tombe ? En tout cas, il a bien insisté. C'était pas à cause de l'héritage qu'il m'a dit. Il voulait pas que sa femme s'épuise, c'est tout. Il m'a vraiment prise pour une imbécile. Je lui ai quand même dit que je pourrai pas faire grand-chose. Il m'a fait promettre de rien dire à sa femme. Rapport qu'elle comprendrait pas. Je lui ai dit qu'il était un bon électricien et que ça tombait bien, vu que je voulais installer la lumière au grenier.

Anna leva la tête. Sacrée bonne femme, la Vieille. Elle n'avait pas son pareil pour manipuler les gens à son avantage. Elle était vraiment très intelligente. À sa manière.

Enfin, elle connaissait bien les gens.

Quelques pages plus loin, elle tomba sur la première mention de Dorothée.

Décembre 1992

J'ai une nouvelle voisine. Dorothée qu'elle s'appelle. Un cadeau de Dieu, on va bien voir. En tout cas, elle a l'air plutôt courageuse. À quatre dans la masure du père Bertrand, ça doit pas être commode. J'espère que le mari est bricoleur...

Anna leva le nez du journal. Il lui semblait avoir entendu un bruit de casserole. Silence radio.

... parce qu'il paraît que le père Bertrand, il a négligé les fondations. Je lui avais dit que c'était pas bien. Mais il avait un si bon champagne que j'ai préféré pas trop insister...

De nouveau, un petit bruit de grincement au rez-de-chaussée. Elle tendit l'oreille, agacée. C'était sûrement un des voisins. Elle pensa à Dorothée et à sa maison construite en carton-pâte. À cette heure-ci, les époux malchanceux devaient être dans leurs lits respectifs.

Le grincement perdurait. Agaçant, interrogatif. Elle s'assit dans le lit. Elle n'était même pas sûre que ce fût à l'intérieur ou à l'extérieur de la maison.

Des rongeurs ? La Vieille avait peut-être laissé les souris infester les placards de la cuisine. Quand Anna était enfant, elle avait bien accepté qu'une colonie de fourmis s'installe au grenier. La Vieille avait prétendu qu'elles étaient inoffensives et que l'on pouvait tout à fait cohabiter, sans pour autant entrer dans un conflit bactériologique.

Il fallait se décider. Ou bien elle lisait, ou bien elle essayait de savoir. Elle se leva et enfila un vieux peignoir qui la suivait partout. Une sorte de doudou pelucheux plein de trous, d'une couleur orange indéfinissable. Puis elle descendit, pieds nus, les escaliers.

Plus elle se rapprochait du bruit, plus elle était perplexe. Cela ne ressemblait à rien de connu. Arrivée sur le palier, elle faillit crier. La lumière de la cuisine était allumée. Elle repensa à toutes les histoires que lui avaient racontées ses copines au mitard. Ces cambriolages en pleine nuit qui finissent en bain de sang.

Elle n'avait rien pour se défendre. Elle regarda autour d'elle. Il n'y avait que le miroir de l'entrée, les manteaux, les parapluies. Elle s'accroupit, retira les vieux pépins et s'empara du porte-parapluie, le grand pot en bronze en forme de botte, aussi laid que lourd. Puis elle avança à pas de loup.

Lorsqu'elle arriva à hauteur de la porte de la cuisine entrouverte, elle vit l'intrus. Il était affairé sur le plan de travail, à côté d'une pile de casseroles.

Cachée derrière l'embrasure de la porte, elle se pencha pour examiner son voleur. C'était un jeune. Un peu maigre. Les cheveux noir de jais. Elle l'entendait marmonner. Avec un outil plat et long, il raclait quelque chose sur le plan de travail. Il semblait vraiment très concentré, un peu hors du temps.

Elle s'avança au milieu de la pièce, le cœur battant, les oreilles bouchées et la gorge nouée. Elle n'était plus qu'à quelques centimètres de lui. Il arrêta son grincement. Il allait se retourner. Mue par un instinct de défense quasi primitif, elle lui assena un coup de porte-parapluie. Il s'effondra sans même se retourner. Elle s'assit immédiatement à ses côtés. Elle sentait ses propres tempes vibrer. Il fallait se calmer.

Les jambes pleines de fourmillements, elle retourna le corps de l'intrus. Il était plus jeune qu'elle ne l'avait pensé. Son visage était celui d'un adolescent. Il respirait, mais le haut de son crâne saignait. Elle le regarda, effrayée.

Qu'était-il venu faire dans la maison de la Vieille ? Elle jeta un coup d'œil sur le plan de travail sur lequel il s'était affairé. La râpe, le presse-purée. Une odeur de chocolat et de pomme de terre bouillie. Il bougea légèrement la tête sans ouvrir les yeux. Elle faillit en tomber à la renverse. Il fallait faire vite avant qu'il ne reprenne conscience.

Elle se saisit du téléphone. La police. Même scrupule qu'avec les fourmis, se dit-elle pour se moquer d'elle-même. C'était sûrement héréditaire. Un mec qui vient se préparer une espèce de purée au chocolat et à la pomme de terre germée, c'est plutôt un animal acculé et inoffensif.

Elle décida d'appeler Dorothée. Elle avait déjà beaucoup de dettes, morales et matérielles, à son égard. Mais c'était la seule véritable personne qu'elle connaissait à proximité et qui était susceptible de lui prêter main-forte.

Une voix ensommeillée répondit au bout de la cinquième sonnerie.

— Dorothée, c'est Anna. Je suis désolée de vous réveiller. Mais j'ai besoin de votre aide.

— Anna ? Mais quelle heure est-il ? Vous allez bien ?

— Moi, très bien. Mais je suis face à un problème épineux.

Elle ne savait même pas comment raconter ça au téléphone.

— Je ne sais pas comment procéder... Il est dans ma maison...

Elle se perdait dans les formulations.

— Qui, il ? Je n'y comprends rien. Mais j'espère que vous ne me faites pas lever pour rien !

Elle raccrocha avant qu'Anna ait pu préciser sa réponse. Dorothée était vraiment une drôle de bonne femme. Elle lui faisait penser à la Vieille. Venir mais menacer. Toujours se fâcher mais tendre la main.

Un paradoxe ou un moyen de conserver l'avantage dans les échanges humains ?

Au bout de quelques minutes, Anna, qui attendait toujours auprès du corps du gamin qui, s'étant endormi, ronflait généreusement, entendit Dorothée pénétrer dans la maison. Elle lui cria de se rendre dans la cuisine, mais dut réfréner avec force le sourire que provoqua l'entrée dans la pièce de sa salvatrice voisine.

Dorothée avait une tête aussi grosse qu'un ballon de basket, couverte de bigoudis et enfournée dans un tissu rose fuchsia transparent. Elle portait une robe de chambre à fleurs mauves dont on voyait s'échapper une nuisette noire ornée de dentelle et des mules jaunes à pompons. Dorothée n'était peut-être pas aussi sage que le laissait supposer son âge. Anna écarta les images indécentes qui assaillaient sa vie nocturne déjà chargée et lui montra le corps du jeune homme.

— Il n'est qu'assommé, ne vous inquiétez pas, fit-elle à Dorothée qui la fixait avec des yeux ronds comme des soucoupes. Il est entré par effraction, je suppose, et il traficotait je ne sais quoi dans cette cuisine. Je ne sais pas quoi faire de lui. Il a l'air si paumé.

Elle avait tout débité d'une seule traite. C'était la première fois qu'elle disait autant de mots en suivant à Dorothée.

— Eh bien, fit Dorothée en s'accroupissant à côté d'Anna autant que le lui permettaient ses larges cuisses et en tendant la main vers le corps du gamin. Je vous présente votre cousin, Frédéric Bonolit.

C'était la première fois que Dorothée en disait aussi peu à Anna.

Chapitre 8

— Vous êtes revenu, fit la Vieille, un peu surprise.

— Eh oui, vous le voyez bien ! C'est bien la preuve que j'ai confiance en vous, fit le visiteur en empruntant le petit couloir qui menait au salon.

— J'en suis très flattée, jeune homme. Mais j'avais cru comprendre après notre dernière conversation que vous n'aviez plus trop envie de me voir, fit-elle en le fixant de ses yeux bleus.

Elle avait toujours ce regard perçant. Il fallait s'en méfier. Pour une vieille, elle était toujours alerte. Or, il voulait garder un avantage. Un coup d'avance sur la partie qui allait se jouer.

— Je suis parti sans vous dire au revoir parce que j'étais fatigué. Mais je suis revenu vous régler la séance et vous demander de poursuivre le traitement.

— Bien... commenta la Vieille qui semblait réfléchir à la situation nouvelle qui se présentait à elle. Pour ce qui est du règlement, il n'y a rien d'urgent. Attendez de voir les premiers résultats. J'aime bien que mes patients soient satisfaits avant de mettre la main à la poche.

— Votre commerce marche à merveille, fit le visiteur en faisant mine de se frotter les mains sur un ton goguenard.

— Mon commerce... vous appelez ça un commerce !

Il vit les yeux bleus se rembrunir. Il avait touché un point sensible. Mais il ne cherchait pas à la mettre en colère. Juste l'amadouer un peu. La mettre en confiance.

— Excusez mon langage, s'inclina-t-il devant la Vieille. Je n'use pas toujours du bon vocabulaire. Mes mots dépassent souvent ma pensée quand je cherche à faire de l'humour. C'est pour ça que, dans mon boulot, je n'essaie pas trop de faire des blagues. Et d'ailleurs je sais bien que ce n'est pas du commerce. Moi, je suis un commercial, je sais ce que c'est, une transaction commerciale. C'est du donnant, donnant. On n'attend pas toujours que le client soit satisfait pour le faire raquer !

Elle lui tourna le dos. D'une démarche chaloupée, elle quitta le salon. Avait-il réussi à rattraper le coup ? C'était un faux pas mais l'affaire n'était pas encore conclue. Il savait que si elle revenait dans les deux minutes suivantes, il n'avait pas encore perdu la partie.

Trois minutes après, la Vieille refit surface. Le visiteur sentit son palpitant reprendre un rythme de croisière.

— J'ai préparé un café. Vous en boirez bien avec moi.

— À vrai dire, je préfère ne pas en boire dans l'après-midi. Mais je vous accompagnerai volontiers.

Le registre garçon de bonne famille, il le connaissait sur le bout des doigts, il revenait en terrain connu.

— J'imagine que ma petite histoire de la dernière fois a dû vous occuper toute la semaine, fit la Vieille en s'asseyant dans un des fauteuils.

— Je dois dire que ça m'a pas mal remué. Ce serait difficile de pas l'être à ce niveau-là. D'apprendre que la femme qui vous a élevé n'est pas votre mère. Et qu'elle vous a menti depuis que vous êtes gamin. Mais bon, je commence à digérer tout ça.

Les yeux de la Vieille avaient l'air de se moquer de lui. Elle ne le croyait pas. Il fallait qu'il soit plus convaincant. Ou qu'il ait l'air naïf. Sinon, il l'aurait sur le dos avec ça pendant tout l'entretien et ce n'était pas ce qu'il recherchait. Au fond, il s'en foutait de savoir qui étaient ses vrais parents. Sa mère avait avoué après une belle crise d'hystérie. Ce qu'elle lui avait dit lui avait suffi. Deux poivrots qui habitaient des roulottes. Il préférait être le fils d'une veuve de militaire mort au champ d'honneur en Indochine. Pour Béatrice, il savait que c'était préférable. C'était le genre de détail qui la rebuterait d'emblée. Elle aimait les hommes de bonne éducation, nés dans de bonnes familles. Une garantie pour sa future progéniture. Alors, ses parents pouvaient bien crever d'une cirrhose du foie sur les plates-bandes à l'entrée de l'autoroute, qu'ils le fassent en silence, sans plus se préoccuper de lui qu'ils ne l'avaient fait jusque-là.

S'il était revenu, c'était parce qu'il savait que la Vieille faisait du bon boulot. Mais il en voulait plus. Sans doute était-ce un trait de caractère très marqué chez lui. Mais cela plaisait aux femmes. À Béatrice.

Et ce « plus », la Vieille pouvait le lui apporter sur un plateau d'argent.

— À vrai dire, poursuivit-il en prenant un visage un peu fermé, je n'ai pas très envie d'en parler pour l'instant. Il me faut encore du temps. Pour comprendre ce qu'il m'arrive. Mais j'ai besoin que vous me guérissiez. Pour mon travail. Je suis commercial. Avec ce visage... c'est un handicap...

— Jusqu'à présent, vous avez eu l'air de plutôt bien vous en sortir, à ce qu'on dit dans le quartier, lui fit remarquer la Vieille, qui se rappelait ce que lui avait dit Simone.

Elle savait qu'il était à la recherche d'un appartement de grande superficie en centre-ville. Et qu'il s'était acheté une nouvelle voiture. Ce gamin visait haut. Plus haut que ses origines. Mais, au fond, c'était la dure loi de Darwin. Seuls survivaient ceux qui étaient ambitieux. Ceux qui résistaient le mieux à l'emprise de leur milieu.

Si elle l'aidait, il irait encore plus loin.

— Vous ne devinez pas tout ce que j'ai enduré pour arriver jusque-là. Je suis sûr qu'avec un visage normal on me laisserait plus de responsabilités.

La Vieille hocha la tête. Ne pas être juge. Juste soigner. Elle se rappelait ce qu'elle s'était promis autrefois.

— Vous avez raison, jeune homme. Vous avez le droit d'avoir un visage moins abîmé.

Elle se leva de son siège et repartit de sa démarche de dindon égaré. Le Visiteur la regarda s'éloigner, un peu surpris. Au moins, il avait remporté la première manche. Et cette première manche était essentielle.

Mais il était capable de mieux. La Vieille revenait en s'essuyant la bouche du revers de la manche.

— Je l'ai bu en cuisine, commenta-t-elle pour elle-même. Suivez-moi. Mettons-nous tout de suite au travail. Il faudra bien une dizaine de séances pour venir à bout de vos petits problèmes.

Il la suivit à l'étage. Ils entrèrent dans son cabinet. Il se sentait mal à l'aise dans cette petite pièce. Les croix, les gravures de saintes et les bocaux. Ça avait un côté froid, dur. On avait déjà l'impression d'être à nu avant même de se déshabiller.

— Allongez-vous. Je prépare ma mixture. J'en ai pour une petite dizaine de minutes. Relaxez bien votre visage, massez-le un peu. Il faut qu'il soit le plus réceptif possible.

Le visiteur obéit. Il enleva sa chemise Pierre Cardin et la posa délicatement sur un des tabourets. Puis il se coucha en faisant mine de se concentrer.

— Ma mère m'a dit qu'il y a une dizaine d'années elle vous a consultée pour un problème de santé assez grave et que vous l'avez soignée sans lui demander quoi que ce soit. C'est un acte d'une grande bonté.

La Vieille sortait des bocaux de graisse de son réfrigérateur et des flacons d'huiles essentielles.

— C'est vrai. C'était il y a longtemps, commenta-t-elle d'une voix lointaine, en continuant de fouiller les placards à la recherche des flacons d'alcool et de son bol à mixture.

— J'ai entendu dire que vous l'avez souvent fait et que vous continuez à le faire. Je ne sais pas comment vous faites pour arriver à vivre correctement de votre activité. Je travaille pour un laboratoire de cosmétologie. Je sais à quel point les produits naturels de bonne qualité sont chers.

— Je fais avec les moyens du bord, répondit la Vieille qui n'avait pas l'air d'écouter.

Elle avait réuni les ingrédients dans le bol à mixture et avait commencé à les broyer finement pour les incorporer à la graisse. Elle avait mis des gants pour manipuler l'acide qu'elle dosait goutte à goutte.

— C'est sûr. Mais, avec votre nouveau protégé, cela va devenir de plus en plus difficile.

La Vieille s'arrêta net. Elle darda un œil inquisiteur sur son visiteur.

— Vous connaissez Frédéric ? lui demanda-t-elle sur un ton glacial.

— Je l'ai vu et j'ai croisé votre voisine qui m'a expliqué votre dévouement pour ce pauvre garçon.

La Vieille maudit Dorothée. Cette langue pendue était capable de révéler vos secrets les plus intimes au premier venu. Si encore elle faisait une distinction entre les inoffensifs et les hargneux.

— Ce n'est pas un pauvre garçon, répliqua la Vieille en reprenant son pilon d'une main ferme.

— Excusez mon langage. Je veux dire. C'est la situation dans laquelle il va être dans peu de temps. Votre voisine m'a dit qu'il n'avait pas de fortune. C'est très dur pour ces gens-là. Et si vous le gardez à demeure, je doute que vous receviez des aides et des remerciements de la part de l'État qui sera trop heureux de ne plus payer, fit-il d'un air offusqué.

La Vieille poursuivit son travail de mixtion avec une application soutenue. C'était la partie délicate. Elle ne voulait pas endommager les tissus du visage, si délicats à certains endroits.

— Vous savez que notre laboratoire est à la recherche de nouveaux produits. Ils veulent à tout prix conserver le label éco mais ils cherchent des produits plus performants. Je suis sûr qu'avec votre savoir… si je m'y prends bien. Vous pourriez gagner des sommes conséquentes. Pour voir venir.

Il l'avait ferrée. Maintenant, il devait attendre. Il posa ses mains sur ses joues et les massa fébrilement. Il détestait ce moment où le client ne disait rien. Où sa décision restait illisible. Mais ensuite, quelle libération !

La Vieille s'approcha de lui et badigeonna les premiers bandages. Elle les appliqua soigneusement sur son visage. En prenant soin de les faire se chevaucher légèrement. Une fois son travail réalisé, elle lava ses instruments et rangea ses matériaux. Puis elle s'approcha de l'oreille gauche de son patient.

— N'oubliez pas ce que je vous ai dit la dernière fois. Surtout, ne bougez pas et ne touchez pas à votre visage. Reposez-vous et essayez de vous concentrer sur votre guérison.

La voix un peu rauque de la Vieille résonnait dans les tympans du visiteur.

— Quant à votre proposition, je vais y réfléchir. Mais avant, je vais avoir besoin que vous me rendiez un petit service. Mais nous verrons ceci tout à l'heure.

Elle quitta son cabinet, laissant le visiteur frémir intérieurement de joie sous ses paupières closes.

Anna s'éveilla le lendemain avec un mal de tête coriace. Elle s'était couchée à près de 3 heures du matin, le temps de faire le lit de la Vieille et d'y coucher son cousin de fraîche date.

Elles avaient eu du mal, elle et Dorothée, à remonter le jeune homme à l'étage. Il avait été plutôt récalcitrant au réveil. Apeuré. Comme un gibier de chasse à courre. Et même s'il avait l'air de reconnaître Dorothée ou de l'assimiler à quelqu'un de fréquentable, il n'en était pas de même pour Anna qu'il avait fuie jusque dans les toilettes. Il leur avait fallu plus d'une heure pour qu'elles parviennent à le faire sortir du petit réduit, après avoir essayé à peu près tout ce qu'elles savaient du répertoire de la persuasion. Menaces, cris de colère, voix d'hôtesses de l'air, promesses de maman désespérée...

Épuisée, Anna avait envisagé de faire passer un coussin et une couverture par la fente laissée par la porte gondolée des toilettes pour qu'au moins le garçon dorme au chaud. Mais cela semblait irréalisable, aberrant.

Puis, un éclair de génie ou une inspiration soudaine et heureuse, motivée par l'envie puissante d'aller se coucher. Elle était allée récupérer l'assiette de pommes de terre-chocolat posée sur le plan de travail et l'avait réchauffée au micro-ondes.

Elle l'avait posée devant la porte et l'avait proposée à Frédéric. En moins de cinq minutes, il était sorti et s'était empressé de tout avaler.

Les deux femmes s'étaient regardées et avaient ri de bon cœur, soulagées que la crise n'eût pas duré plus longtemps.

Frédéric s'exprimait mal, peu, et parlait toujours de lui à la troisième personne. Mais Dorothée avait réussi à tirer de son charabia qu'il occupait le grenier depuis deux semaines, avec l'accord de la Vieille.

— Il n'a mangé que des biscuits pendant deux semaines ! cria Anna en posant ses mains sur son front, choquée par cette information.

— Je ne savais pas, Anna, je croyais qu'il était retourné en institution. C'est ce qu'Yvonne m'avait dit.

Dorothée avait l'air atterrée.

— Ce n'est pas vous qui l'avez maintenu dans cette situation, Dorothée, la gronda Anna. La Vieille avait perdu la tête.

— Il n'a pas pris une douche depuis assez longtemps, observa Dorothée en reculant et en essuyant ses mains sur sa robe de chambre.

— Il dormait dans le grenier ! Il n'y a rien là-haut, ni matelas ni chauffage. Ni sanitaire ! C'est du Zola ! Comment la Vieille pouvait-elle le laisser vivre dans ces conditions ?

— Mamami très gentille. Toi méchante. Cœur serré. Pas dire mal de tout.

Il s'était énervé, avait agité ses mains à la recherche d'un objet dans ses poches de pantalon, avait voulu partir. Dorothée s'était faite l'avocat d'Anna. Elle avait parlé à Frédéric comme à un enfant et avait pris ses mains pour le retenir, en dépit de sa répugnance pour ses ongles noirs, la crasse de ses vêtements et l'odeur de pisse qui tenait au corps du jeune homme.

Elle et Anna avaient réussi à coups de biscuits à le faire monter à l'étage. Entre le dressage de cirque et le chantage puéril.

Elles l'avaient déshabillé et l'avaient douché. Anna s'était sentie mal à l'aise. Il avait le corps d'un jeune homme, mais des mouvements brusques de jeune chien. Elle essaya de se concentrer pour le maintenir d'une main ferme sous le jet d'eau, en essayant d'oublier l'intimité qu'elle violait.

Dorothée était beaucoup plus pragmatique, plus efficace. Elle parlait à Frédéric sans gêne, le savonnait sans fausse pudeur.

Après le bain, elles lui avaient enfilé un vieux jogging de la Vieille, à défaut de pyjama. Et elles l'avaient couché dans le lit de la Vieille.

Frédéric ne cessait de parler de sa Mamami, comme si elle allait revenir dans la seconde qui suivait. Anna ne savait pas quoi lui dire. Il était adulte en apparence. Mais de là à comprendre que la disparition de la Mamami était inéluctable ?

Elle éluda ses questions en lui racontant des anecdotes sur leurs familles respectives. Du moins, les seules bribes d'informations qu'elle avait sur sa famille de Belgique.

Mais Frédéric ne cessait d'être inquiet à propos de la présence d'Anna dans la maison. Elle avait le sentiment qu'il lui en voulait d'occuper les lieux. Anna ne se sentait pas blessée. Il n'avait pas tort. Ce n'était plus chez elle depuis longtemps ici. Elle lui caressa la main, mais il la retira aussitôt en détournant la tête.

Il lui faisait penser à un moineau, tout maigre dans le jogging gris usé de la Vieille. Trop grand dans ses nippes de deuxième main, avec ses poignets fragiles et ses chevilles en arcs tordus à chaque extrémité. Son visage, blessé par ses propres coups de griffes, était déformé par des rictus qui mangeaient ses joues à répétition. Et surtout, il avait de ces grands yeux d'enfant, encore pleins d'innocence, inconscient que l'amour auquel il aspirait lui était bel et bien inaccessible.

D'où venait ce cousin ? Pourquoi n'en entendait-elle parler que maintenant ? Que faisait-il chez la Vieille ?

Dorothée avait refusé de participer à l'introspection d'Anna. Elle avait plié bagage en bâillant et en promettant de revenir aux nouvelles dans la matinée. Elle avait laissé Anna en compagnie de son cousin et de ses questions sans réponses.

Il était donc normal que, le lendemain, Anna s'en tire avec une migraine de taille et un désarroi encore plus grand.

La nuit avait effacé les tempêtes de la soirée mais avait laissé un naufragé : Frédéric.

Anna avait passé une partie de la matinée à effacer les traces de cette tornade au rez-de-chaussée, puis était allée le voir dans sa chambre. Il avait fini par s'endormir au pied du lit, sans couverture. Couché en chien de fusil sur la descente de lit en poil de mouton synthétique. Son visage détendu faisait oublier son handicap. Il avait l'air d'un jeune homme de vingt ans qui a passé une nuit mouvementée. Elle le trouva même beau. D'une beauté un peu romantique.

Elle voulut profiter du calme revenu, dans sa tête et son abri rémois, pour jeter un œil au journal de la Vieille. Il fallait qu'elle en sache un peu plus sur ce cousin. À quand remontait l'arrivée de Frédéric dans la vie de la Vieille ? Pourquoi logeait-il chez elle ? Pourquoi dans cette situation de clandestin, puisque personne n'était venu le récupérer ?

Mais il n'y avait pas un mot sur lui. Elle avait parcouru à toute vitesse les lignes d'écriture de 1989 à 1999, il n'y apparaissait aucun Frédéric. D'ailleurs, la Vieille ne parlait quasiment pas de sa famille. Et même assez peu d'Anna, qui était sa plus proche parente. Elle n'avait repéré que trois paragraphes où la Vieille citait son nom. Mais ce n'était guère le moment de s'apitoyer sur son propre sort. Le journal de la Vieille était trop dense pour qu'elle le parcoure en entier. Elle laissa ses recherches de côté et descendit préparer un petit déjeuner.

Dorothée sonna vers 10 heures. Elle était enveloppée dans un grand manteau rouge qui, avec son bonnet noir, donnait l'impression à Anna qu'elle avait ouvert sa porte sur la place Rouge de Moscou.

— Il fait si froid dans ce pays, frissonna Dorothée. Jamais je ne m'habituerai, ajouta-t-elle en confiant son manteau à Anna. Il fait à peine 5 °C en plein soleil au mois de novembre !

— Vous avez vu du soleil en venant ici ? demanda Anna, incrédule.

— Non, c'est une manière de parler. Mais quand même, quel froid.

— Vous voulez un café ?

— Votre nouveau protégé est réveillé ?

— Pas encore. J'ai le temps de vous en faire un. Mais lyophilisé, car je me suis débarrassée de la machine à café de la Vieille.

— Elle était cassée ?

— Non, mais elle a été témoin de la mort de la Vieille, c'est suffisant pour moi, commenta Anna en préparant deux tasses.

Dorothée se tut pendant quelques instants, ce qui n'était pas dans ses habitudes. Elle semblait préoccupée. Anna attendit. Si Dorothée avait besoin de se confier, elle le ferait d'elle-même. Elle posa les deux tasses. Dorothée s'assit sur une chaise de cuisine en Formica bleu à moitié dévissée qui accueillit son postérieur avec une rare bienveillance.

— J'ai un service à vous demander, fit-elle à Anna.

Mais Anna ne l'écoutait pas. Elle avait levé la tête vers le plafond.

— Vous avez entendu ?

— De quoi ? dit Dorothée, surprise d'être interrompue dans ses aveux de faiblesse.

Des coups répétés retentissaient. Des meubles que l'on déplaçait. Anna grimpa à l'étage en volant au-dessus des marches. Frédéric avait vidé tous les cartons de vêtements qu'Anna avait rangés dans la penderie et les avait placés contre le mur du fond, sous la fenêtre. Il était de nouveau très agité.

Anna s'avança vers lui, mais il se précipita sous le lit. Essoufflée d'avoir gravi les marches aussi rapidement, Dorothée, affligée, regardait le spectacle à l'entrée de la chambre.

— On dirait que c'est reparti pour un tour, commenta Anna, abattue, en s'asseyant sur la moquette.

— Laissez-le dans son coin. Il viendra quand il sera prêt. Pour l'instant, avec tout ce qu'il a vécu ces derniers jours, et avec votre arrivée, il a de quoi être agité. Et si nous le titillons trop, il nous fera une crise.

Anna s'assit à côté du lit. Elle se sentait dépassée par les événements.

— Frédéric, je suis la petite-fille de la Vieille… Je veux dire la petite-fille de Mamami, se reprit-elle. Je suis ta cousine. Tu n'as pas à avoir peur de moi. Hier, je ne t'ai pas fait de mal.

Elle passa sa tête sous le lit. Il était recroquevillé contre un des pieds du lit, un tissu serré contre son visage. Anna crut reconnaître une des chemises de nuit de la Vieille. Elle avait dû échapper au grand nettoyage par le vide.

Un caprice de gosse pour un vieux bout de tissu imprégné de l'odeur de la Vieille. Il faisait un caprice de gamin de cinq ans. Pour un doudou.

Dorothée avait raison. Elle allait perdre patience, s'énerver et lui faire encore plus peur que nécessaire.

Elle se releva et fit signe à Dorothée de redescendre.

Elles se retrouvèrent de nouveau face à face dans la cuisine.

— Je n'ai aucune idée de ce qu'il faut faire, fit Anna en se massant la nuque de la main droite.

— Ce n'est pas du long terme, la rassura Dorothée.

— Que voulez-vous dire ?

— Eh bien, il ne pourra pas rester longtemps ici. Il doit être pris en charge par des gens compétents, expliqua Dorothée.

— Oui, reconnut Anna. Je ne peux pas grand-chose pour lui. Et pourtant, c'est à moi que l'on demande de trouver une solution.

— Vous n'êtes pas toute seule, fit observer Dorothée.

— Vous êtes adorable, Dorothée, mais je ne peux pas vous demander…

— Je ne parlais pas de moi ! J'ai déjà mes propres problèmes. Non, je me souviens parfaitement que Frédéric était suivi par un éducateur. Je l'ai rencontré plusieurs fois en venant voir votre grand-mère.

— Un éducateur ? Et pourquoi n'est-il pas venu aux nouvelles depuis ? s'offusqua Anna.

— Je ne peux pas vous dire. Il s'entendait bien avec votre grand-mère. C'était un jeune homme tout à fait convenable. Mais je crois qu'il y a deux semaines, c'était le lundi il me semble, il a eu une petite altercation avec votre grand-mère. C'est peut-être la raison pour laquelle on ne l'a pas vu depuis ?

— Comment savez-vous cela, Dorothée ? Vous êtes une vraie sorcière.

— C'est votre grand-mère qui m'en a parlé, fit Dorothée en souriant tristement. La veille de sa mort.

Anna hocha la tête. Il fallait reprendre le fil là où il avait été coupé. Il y avait encore quelques mystères à éclaircir avant de repartir. Pourtant, elle aurait donné cher pour prendre le train dans la journée et rejoindre Saint-Denis.

— Ses coordonnées doivent être dans les affaires de votre grand-mère. Il s'appelle Matteo quelque chose. Il doit être d'origine italienne, supposa Dorothée.

Anna tendit l'oreille. La maison était silencieuse. Elle imaginait Frédéric terré sous le lit, le nez dans son carré de tissu de Mamami, comme un chien abandonné, un enfant battu.

— Vous vouliez me parler de quelque chose tout à l'heure, fit Anna qui souhaitait changer de conversation.

— Ah oui ! J'allais oublier, s'excusa Dorothée, un peu gênée. Mon mari a de nouveau une crise de tétanie. Vous savez, ses doigts. J'ai besoin... Je ne sais comment vous le demander, fit Dorothée en rougissant.

Anna se leva.

— Vous voulez ses pommades ! s'écria-t-elle, soulagée de pouvoir rendre un service qui était à sa portée. Aucun problème. J'en ai vu quelques-unes, crayonnées « Eddy », dans le bureau de la Vieille. De toute façon, je dois tout liquider.

— Je vous remercie, dit Dorothée. Mais, à vrai dire, ce n'est pas suffisant.

— Ah ?

— J'ai besoin de la composition exacte de cette crème. Je ne veux pas tomber à court. Sa santé est fragile. Le stress causé par la douleur l'affaiblit beaucoup. Si je venais à ne plus avoir de quoi le soulager, cela pourrait être désastreux.

— Mais je ne connais pas la composition… Enfin je veux dire, aucun des pots n'est annoté. Je ne sais pas si la Vieille… (Elle regarda Dorothée, en se tapant le front du plat de la main.) Excusez-moi Dorothée, je déraille. Je sais très bien où elle écrivait ses recettes maison. Les cahiers des herbes.

— Les cahiers des herbes ? C'est le nom que vous donnez à ses notes ?

— Excusez-moi, Dorothée. C'est toute une partie de mon enfance qui remonte à la surface. Ce cahier que le flic m'a ramené hier, ma grand-mère l'avait appelé « le Cahier des Herbes ». Je n'avais pas le droit d'y toucher. Mais parfois, elle me laissait le regarder. Malgré tout, je crois qu'elle n'aimait pas que je farfouille dedans. Elle en a rédigé pas mal. Il doit y en avoir une dizaine. Elle reprenait les compositions d'un cahier à l'autre, les annotait, les corrigeait. Ils étaient toujours pleins de notes, à droite, à gauche. Et de dessins.

— On vous les a rendus ? s'inquiéta Dorothée.

— Oui, la police n'en a emprunté qu'un seul. Celui qui a servi à réaliser le baume qu'elle utilisait pour ses mains. Ils voulaient déterminer ce qu'elle avait utilisé comme composant.

— Ah ! émit Dorothée qui regardait Anna avec intérêt.

Ses yeux globuleux, fardés de rouge et d'orange, ressortaient encore plus que d'habitude sur son visage rond, mis en appétit par la bonne odeur des informations croustillantes.

— Ils ont retrouvé la composition exacte. En comparant avec les analyses réalisées sur la crème, ils ont compris qu'elle avait commis une erreur sur le dosage de la digitaline. Et comme elle avait visiblement quelques faiblesses au niveau du cœur, cela lui a été fatal. Elle ne le savait peut-être pas qu'elle était fragile, affirma Anna tout en pensant à Florence et à sa requête.

— En tout cas, elle ne m'en a jamais parlé.

— Et elle est morte en croyant soulager ses maux, conclut Anna sur un ton ironique.

Dorothée hocha la tête mais n'ajouta rien. Elle avait repris son visage soucieux, si peu en accord avec cette personnalité en perpétuels mouvements joyeux.

— Qu'avez-vous, Dorothée ? Vous semblez étrangement triste aujourd'hui. C'est Eddy qui vous inquiète à ce point-là ?

— Oui et non. À vrai dire, je pense beaucoup à votre grand-mère en ce moment.

— Ah oui ?

— Anna, ne le prenez pas mal. Je ne veux pas vous affoler. Enfin, je ne sais pas comment vous le dire. Je ne suis pas sûre que...

— Que quoi ? explosa Anna. Ne tournez pas autour du pot, Dorothée, sinon je vais péter un plomb.

— Vous allez quoi ? Qu'est-ce que vous me dites là ?

— Je vais m'énerver, traduit Anna. Mais n'en profitez pas pour changer de sujet. Dites ce que vous savez !

Dorothée baissa les yeux vers le sol, lorsqu'elle releva la tête vers Anna, ils étaient gonflés de larmes.

— Jamais au grand jamais votre grand-mère ne commettait d'erreur dans la réalisation de ses crèmes, décréta-t-elle avec des tremblements dans la voix.

Anna haussa les épaules. Dorothée lui semblait à la fois pathétique et ridicule. Une grosse poule qui se noie dans un verre d'eau.

— Dorothée, je comprends très bien que vous ayez été attachée à ma grand-mère. Mais une erreur de ce type est tout à fait envisageable. Je veux dire pour une personne de son âge.

— Non, vous n'y êtes pas. Elle n'a jamais commis d'erreur, asséna Dorothée en se redressant et en essuyant le coin de ses yeux avec un Kleenex tout fripé tiré de son sac.

— Alors, comment expliquez-vous sa mort ? la défia Anna, que cette conversation finissait de mettre mal à l'aise.

— Je ne me l'explique pas.

Anna se leva et rangea les tasses à café. Elle les passa sous l'eau et, d'un geste brusque, les posa sur l'égouttoir. Lune d'entre elles roula dans l'évier et se brisa en deux en un claquement désagréable.

— Et merde.

Elle se rassit face à Dorothée, les bras ballants.

— Vous êtes trop brusque, Anna.

— Oh, Dorothée, avec tout le respect que je vous dois, et tout l'argent dont je vous suis redevable en plus, je ne dirai rien. Mais sachez que je suis à deux doigts de vous prendre par la peau du cul et de vous jeter dehors.

Dorothée leva la tête et sourit.

— Votre grand-mère crachée. Le même caractère de cochon. Des grands coups de griffes mais un cœur d'or. C'est pour cela que j'aimerais vous parler et que j'hésite tout à la fois.

— Dorothée, vous êtes adorable de me faire des compliments qui ressemblent à des coups de pied aux fesses, mais pourquoi vous ne me dites pas tout en une seule fois ? Après, nous saurons encore de quoi parler !

— Bien, admit la voisine d'Anna en soupirant. Je crois que votre grand-mère a mis fin à ses jours. Elle s'est trompée volontairement.

— Qu'est-ce qui vous permet de dire une chose pareille ? cria Anna en se levant, hors d'elle. Mais c'est pas vrai. Vous avez le don de me mettre en colère en moins de deux. Vous dites n'importe quoi ! Est-ce que vous réfléchissez au moins avant d'ouvrir la bouche ?

— Calmez-vous, Anna, et ne me parlez pas sur ce ton. J'ai quasiment l'âge de votre grand-mère.

Ses yeux avaient pris une couleur noir métallique.

— Au fond de vous, vous savez très bien pourquoi je dis cela. Vous savez sûrement mieux que moi pourquoi elle était si triste. Et je peux vous dire que, seule comme elle l'était, elle avait bien du mal à trouver le courage de vivre parfois.

Anna se sentit pâlir. Brusquement, envie de vomir. Comme si Dorothée lui disait en clair ce que ses yeux avaient vu sur le corps de la Vieille avant l'enterrement. Un corps maigre, usé, triste, sans volonté. Un corps seul, qui n'avait plus été aimé ni étreint.

— Et tous ces gens à l'enterrement ?

— Ses patients, pas ses amis. Des gens qu'elle a soulagés mais qui ne l'ont pas soulagée.

— Elle vous en a parlé… Je veux dire : elle a évoqué le désir d'en finir devant vous ?

Les mots lui semblaient artificiels, coupants comme une lame de canif rouillée.

— Non, jamais, démentit Dorothée. Si cela avait été le cas, j'aurais tout fait pour l'en dissuader. Mais c'est hier, en pensant à cette crème et à la santé d'Eddy que j'ai repensé à votre grand-mère et à ce qu'elle me disait sur la chance que j'avais.

Anna essayait d'imaginer la Vieille soupirant après le couple idyllique que formaient Dorothée et Eddy. Elle avait sûrement beaucoup perdu de sa superbe pour en arriver là.

— Elle vous parlait... de moi ? hésita Anna.

— Elle m'a juste dit qu'elle regrettait de vous avoir perdue. Qu'elle aurait tout donné, même ce don qu'elle avait, pour vous avoir auprès d'elle.

» Ces dernières semaines, elle semblait plus pensive. Elle me disait qu'elle attendait un signe. Ses phrases étaient plutôt nébuleuses pour moi. Je n'ai pas tout retenu. J'ai cru que c'était la fin de l'été qui la rendait nostalgique. Elle me disait qu'elle voulait rejoindre votre mère. Qu'elle souhaitait rejoindre son Hebert, ou je ne sais qui d'autre.

— Son Hermann, corrigea Anna, les yeux dans le vague. C'était son mari. Il est mort le même jour que ma mère. Je devais avoir deux ans.

Anna se tut. Elle n'avait plus tellement envie de partager ces mots avec Dorothée. Il fallait juste réfléchir à tout ce qu'elle lui avait dit. Reprendre le fil là où il avait été coupé.

— Merci, Dorothée, de m'avoir parlé de tout ça. Je vais vous chercher son cahier de notes. C'est bien du dernier dont vous avez besoin ?

Dorothée hocha la tête, la bouche pleine de biscuits. Anna quitta la pièce.

À son retour, Frédéric était assis à côté de Dorothée et mangeait lui aussi les galettes Saint-Michel posées sur la toile cirée.

— Je suis contente que tu te sois décidé, Frédéric ! fit Anna en essayant de sourire bien que le cœur n'y fût pas.

Frédéric regarda distraitement l'assiette aux bords éraflés, sans répondre. Dorothée se leva et prit le cahier et le baume que lui tendait Anna.

— Je vais vous laisser tous les deux. Frédéric, sois gentil avec ta cousine. Elle a beaucoup de soucis en ce moment.

Frédéric hocha la tête. Anna suivit Dorothée qui prenait le chemin de la sortie.

— Anna, je voudrais vous présenter une personne qui a bien connu votre grand-mère. Elle habite le quartier, la maison rose qui fait le coin.

— Pourquoi voulez-vous que je voie cette dame, la questionna Anna qui se disait qu'elle avait autre chose à faire que de suivre Dorothée dans ses pérégrinations de discussions sans fond.

Ou plutôt d'extorsion de fonds contre tickets de tombola.

— Parce qu'elle pourrait vous expliquer certaines choses sur votre grand-mère que vous devez savoir.

— Et qu'est-ce que cette dame sait sur la Vieille que je ne pourrais apprendre de votre bouche ? demanda Anna dont l'humeur devenait aussi exécrable que le temps qui virait de nouveau à la pluie.

— Elle connaît les rumeurs du quartier, elle sait ce que disent les gens, expliqua Dorothée en ouvrant grand ses yeux, expression, chez elle, du plus profond des mystères.

— On verra, on verra, fit Anna qui n'avait aucune envie d'entamer une lutte à mort avec Dorothée.

Une certaine subtilité dans le choix des réponses pouvait lui épargner de discutailler sous la pluie pendant des heures.

— Je peux vous demander quelque chose, Anna ?

— Si vous me le demandez pas, Dorothée, vous me l'extorquerez de toute façon ! fit Anna, encline à l'autodérision autant qu'au désespoir.

— Pourquoi appelez-vous votre grand-mère « la Vieille » ?

— J'ai du mal à me défaire de cette habitude. Faut pas y voir du mal, Dorothée. J'ai eu mes périodes de galère. Des périodes où j'ai été très seule et très mal. Ma grand-mère était alors ma seule famille. Elle n'a pas bougé d'un pouce. Je crois que je l'ai appelée ainsi pour ne pas trop la haïr.

» Mais ça me passe. Ne vous inquiétez pas.

— On ne voit que ça, Anna ! rétorqua Dorothée en souriant.

— Quoi ?

— Que vous l'aimiez comme une mère ! fit Dorothée en s'éloignant.

Anna ferma la porte. « Satané vieux dindon. De quoi je me mêle ! Est-ce que je cherche à comprendre pourquoi tu restes auprès de ce miteux d'Eddy qui a les capacités d'amour d'un vulgaire pissenlit pour la pisse qui l'arrose ? »

Elle retourna à la cuisine. Frédéric la regarda entrer avec ses yeux immenses et perdus. Bon sang, il avait déjà renversé du café sur la table, deux biscuits s'étaient écrasés sur le sol, et son pantalon était maculé de grandes taches opaques. La journée s'annonçait bien.

Chapitre 9

Anna reposa le combiné en se mordillant les lèvres. C'était la troisième fois qu'elle essayait de joindre Serge, sans succès. Elle n'avait pas voulu laisser de message. Mais elle aurait aimé entendre le son de sa voix. Elle aurait aimé l'entendre plaisanter sur les affres de l'enfant prodigue en province. Sur la maison d'Anna-Cosette dans le Petit Bétheny fleuri.

Frédéric était installé sur le canapé. Il se portait bien celui-là. Il s'était habitué à elle. Ses journées étaient simples, reposantes. Il mangeait, dormait beaucoup, regardait la télévision. Il n'était plus aussi agité que le premier jour. Elle arrivait à lui faire prendre une douche tous les soirs. Son seul regret : elle n'avait pas réussi à le faire redormir dans la chambre de la Vieille. Il avait peut-être, au fond, le même problème qu'elle avec la machine à café.

Alors, elle avait pensé à son petit coin dans le grenier, le seul endroit où il semblait suffisamment détendu pour s'assoupir. Elle avait fait un ménage d'enfer, avait descendu tous les cartons dans la petite cour intérieure.

L'espace qu'elle avait réussi à dégager, une fois les odeurs de fauve et consorts évacuées, était tout à fait respectable. Plus grand que sa chambre en tout cas. C'était pas Byzance niveau décoration, mais cela ressemblait presque à une chambre d'ado en révolte. Un matelas usé posé à même le sol, des tentures pour cacher les murs à nu, un valet en plastique pour accrocher les quelques vêtements qu'elle avait retrouvés pêle-mêle et deux lampes pour éclairer son antre. Elle avait même acheté un petit chauffage branché à une rallonge qui descendait à l'étage du dessous. Et, enfin, elle lui avait offert un pyjama. À rayures.

Frédéric avait observé tous ces préparatifs avec attention. Il semblait comprendre qu'une partie de ce remue-ménage lui était destiné. Mais il n'avait rien dit. Pas même un merci. Il parlait si peu qu'elle avait l'impression d'avoir invité un moine trappiste à partager sa vie.

Affalé, il regardait la télévision depuis près d'une heure quand elle alla chercher le courrier. Entre deux factures, une énorme enveloppe marron adressée à la Vieille. Anna sentit l'angoisse refluer. Tout ce qui n'était pas commun lui semblait désormais suspect. L'enveloppe était adressée à la Vieille. La Vieille était morte. Elle déchira le papier kraft. C'était pas comme si elle risquait de se faire gronder comme quand elle avait dix ans. *Touche pas à ça petite, mets pas tes mains où il faut pas. C'est des affaires d'adultes, ça.*

L'enveloppe contenait un petit boîtier en plastique transparent divisé en cases de différentes tailles. Certaines cases accueillaient des spécimens végétaux. Anna identifia de la camomille et de la bardane. Deux autres plantes dont elle ignorait le nom et trois sachets de poudres de couleur ocre et bleu.

Elle jeta un coup d'œil sur l'enveloppe. Pas d'adresse ni de mention du mystérieux expéditeur. Le boîtier contenait seulement un carton signé « Avec toute ma tendresse, Julien ».

Anna sursauta. La Vieille avait un admirateur herboriste ?

Elle se souvint des recommandations de Lucien. Les vieux notent tout. De peur d'oublier. De peur qu'on ne les oublie. Elle partit à la recherche du petit carnet. À la lettre J, il existait bien un Julien H. La Vieille détestait appeler les gens par leur nom. Il y avait un numéro de téléphone.

Anna hésitait. Cet envoi arrivait presque une semaine après l'enterrement.

Elle jeta un coup d'œil dans le salon. Frédéric était toujours occupé à regarder la télé. Elle entendait les commentaires du présentateur de jeu et les rires préenregistrés. L'émission venait de démarrer. Cela lui donnait le temps d'essayer.

Ensuite, elle avait prévu de faire une sortie. Un petit tour à la découverte du monde extérieur en compagnie de son nouveau cousin.

Elle composa le numéro et attendit. Les sonneries s'égrenaient sans atteindre âme qui vive. Anna voulut renoncer mais, à l'autre bout du fil, on finit par décrocher le combiné.

— Allô !

Une voix bourrue, sèche, impatiente.

— Allô... Bonjour, monsieur. Vous êtes bien Julien ?

— Qui le demande ?

Anna sursauta. Ce n'était pas la question à laquelle elle s'attendait.

— J'ai reçu un paquet de votre part... ou de la part de ce monsieur ?

— Qui êtes-vous ?

— Ce paquet contient des extraits de plantes...

— Vous allez me dire qui vous êtes ou je raccroche ! aboya-t-il.

— Anna Kaleban.

Il y eut un long silence. Et le bruit d'une respiration, d'un souffle dans le combiné. Elle s'attendait à ce qu'il raccroche, mais elle ne voulait pas être la première à le faire.

— Vous êtes sa petite-fille ? demanda-t-il pour avoir confirmation.

— Oui. J'habite chez elle depuis une semaine.

Il se racla la gorge.

— Je suis désolé.

— Ne vous excusez pas. Vous ne pouviez pas savoir.

— Je ne parle pas de ça. Je suis désolé pour votre grand-mère.

Il n'avait pas l'air commode ce Julien. Un peu mufle.

— Vous avez reçu mon colis ?

— C'est pour cela que j'appelle justement. Je voulais vous le restituer. Vous avez peut-être d'autres clientes.

— Des clientes ? De quoi parlez-vous ?

— C'est une commande, je suppose... vos clients... Vous voulez peut-être récupérer votre marchandise ?

— Ma marchandise ? Je ne lui vends pas ces plantes ! répondit-il, irrité.

— Ne vous énervez pas ! Je ne suis pas censée connaître vos arrangements !

— Nos arrangements ! cria-t-il, encore plus en colère.

Anna sentit son sang-froid se retourner comme une crêpe. Et là, elle avait tendance à perdre le contrôle. Genre Hulk.

— Putain, calme-toi, mec ! Je ne sais rien de tes relations avec ma grand-mère. Tu ne veux pas récupérer tes merdes. C'est pas grave, je les fous à la poubelle.

Un nouveau silence se fit. C'était l'homme des silences, pensa Anna. Enfin, il passait des cris aux silences comme un coup de tempête en pleine mer.

— Je viendrai les chercher demain.

— Bien. Je bouge pas de la maison, répondit Anna, se sentant redevenir elle-même.

— Vous êtes bien telle qu'elle me l'a décrit, dit-il en guise d'au revoir, avant de raccrocher.

— Pauvre con, fit-elle en reposant le combiné.

La prochaine fois qu'elle se surprendrait à vouloir régler certaines affaires de la Vieille, elle y repenserait à deux fois.

Les fréquentations de la Vieille étaient à chier. Au moins autant que son goût pour le papier peint marron à rayures.

Elle alla s'asseoir à côté de Frédéric. Elle rêvait d'aller fumer une clope. Mais l'arrière-cour était impraticable comme un jour de soldes au magasin chinois d'informatique du 15ᵉ.

Elle allait finir par s'arrêter de fumer.

Frédéric semblait hypnotisé par l'écran de télévision. Elle le voyait faire quelques mimiques, lever un bras de temps à autre. On aurait dit qu'il imitait le présentateur. Elle compara de nouveau les gestes de l'un et de l'autre. Bon sang, ce gamin reproduisait chacune des simagrées de ce guignol.

Elle aurait voulu comprendre ce que cela signifiait. Histoire de partager un peu de chaleur humaine avec son moine trappiste.

Comme s'il avait lu dans ses pensées, il s'était retourné vers elle.

— Gentille Nana aussi !

— De qui tu parles ? demanda Anna en souriant. C'est une présentatrice ?

Lui parler doucement, en articulant bien, avait dit Dorothée. Ça sonnait faux dans sa bouche.

Il se pencha vers elle et poussa doucement sa tête sur son épaule, comme un cerf qui fait ses bois sur un arbre, pensa Anna.

— Nana gentille ! Moins gentille que Mamami, mais gentille aussi.

— Nana c'est moi, Frédéric ?

Mais il ne répondit pas. Il s'était replongé dans le jeu télévisé.

— T'es bien un mec, commenta Anna. Tu réponds jamais aux questions qu'on te pose.

Elle se leva et le laissa à ses occupations. Il fallait qu'elle se prépare à leur grande sortie de l'après-midi.

Le visiteur sonna chez Dorothée Ardieux. Il aimait bien cette femme un peu boulotte qui était toujours tout sourire. Une cliente idéale. Mais il n'était pas là pour affaires. Enfin, pas pour ce genre d'affaire.

Dorothée vint ouvrir. Elle avait revêtu un ensemble bleu turquoise en lin sur lequel elle portait une ceinture large, en cuir rose, frappée de cœurs et d'étoiles de métal. Étrangement, cette ceinture rappela au visiteur celle de son père défunt, et militaire de surcroît, celle qui était exposée dans la vitrine du salon de chez sa mère.

— Je me suis permis de sonner chez vous. C'est pour Mme Kaleban. Comme elle n'est pas là. Je préfère vous le remettre à vous.

Il lui montra un petit paquet emballé de kraft. Dorothée le regarda avec curiosité. Elle n'osait pas lui dire qu'elle n'était pas au courant. Cela lui aurait ôté l'occasion de pouvoir inviter le jeune homme à boire un café. Ce qu'il accepta sans mauvaise grâce.

— Mon mari est occupé avec ses petites maquettes, fit-elle en minaudant, tout en le conduisant au salon. Quand il manipule ses divisions, je préfère le laisser tranquille. Il a si rarement l'occasion d'assouvir sa passion.

Le visiteur hocha la tête. Il demanda un thé et attendit patiemment le retour de son hôtesse. Le salon un peu empesé de Mme Ardieux sentait la vanille, de celle qu'on distille dans les produits ménagers. Il ne détestait pas cette odeur, mais cela lui semblait un peu prolétaire. Béatrice n'était pas le genre de femme à utiliser ce genre de désodorisant. Elle devait utiliser...

— Je vous ai fait un thé à la bergamote. Yvonne m'a dit que vous ne preniez pas de café l'après-midi. C'est sage. Mais moi, je ne peux pas m'en passer. Avec Yvonne, on prend toujours notre petit café en début d'après-midi. Ça nous permet de nous voir un peu et de satisfaire notre péché mignon, gloussa-t-elle.

— Vous travaillez avec Mme Kaleban désormais. Vous devez apprendre des choses passionnantes à ses côtés.

— Vous savez cela, fit Dorothée, se sentant soudain sur la défensive. Qui vous l'a dit ?

— Ne vous inquiétez pas. Je n'ébruiterai pas ce secret, fit-il en lui tapotant la main. J'ai mes sources moi aussi, ajouta-t-il en clignant de l'œil.

Dorothée tripota nerveusement la cuillère de sa tasse à café. Elle était sûre que la fuite émanait de Simone. On ne pouvait pas lui faire confiance. Pour se tenir au courant de tout, Simone faisait du marché noir d'information. Sauf qu'elle oubliait parfois que les informations qu'elle échangeait dépassaient largement en valeur celles qu'elle récoltait.

— Vous savez, je débute. Mais c'est vrai que ses activités m'ont toujours passionnée. Mais il me faudra des années avant d'atteindre son niveau. Heureusement que j'ai du temps libre ! s'écria-t-elle, enthousiaste.

— Je suis l'un des admirateurs les plus fervents de Mme Kaleban. Depuis qu'elle a commencé à me soigner, j'ai l'impression de revivre. Regardez le résultat, fit-il en lui montrant une partie de son visage sur laquelle de petites cicatrices remplaçaient désormais les difformités qui l'avaient caractérisé.

— C'est vrai que ça commence à se voir. J'en suis heureuse pour vous. Mais vous étiez déjà charmant avant, minauda-t-elle. Je suis sûre maintenant que les propositions doivent pleuvoir.

— Vous êtes aimable, madame Ardieux. À vrai dire, je n'ai qu'une seule femme en vue. Et je ne crains pas de dire qu'elle sera à moi à l'issue du processus, annonça-t-il fièrement.

Dorothée sourit franchement. Que ce jeune homme revive grâce à Yvonne, c'était bien la preuve indubitable qu'elle avait le don. Comment Yvonne pouvait-elle douter aujourd'hui ? Après tant d'années d'expérience.

— Et ceci fait partie d'un « arrangement », fit-elle en désignant le colis.

— Oui, disons que nous usons tous les deux de nos talents. Je lui organise la livraison de ses plantes et de tous ses produits et elle me soigne. Je crois que nous sommes gagnants tous les deux.

Dorothée scruta le jeune homme avec un peu de moquerie. Yvonne n'était vraiment pas une imbécile. Celui qui la roulerait n'était pas encore de ce monde. Que le jeune homme contribue à la pérennisation de leur activité, ce n'était que justice. De cette manière, il s'amendait des bienfaits qu'on lui rendait.

— On m'a dit que vous étiez une élève particulièrement douée, fit-il, enjôleur. Excusez-moi d'insister. Je tenais juste à vous dire que, dans quelque temps, je serai amené à créer ma propre boîte. Je serai ravi de vous compter parmi nous, madame Ardieux. L'âge est un atout dans ma conception de l'entreprise. L'expérience et le savoir-faire sont des trésors en cosmétologie pharmaceutique. Et, avec votre mari souffrant, je sais qu'il n'est pas si facile que ça de s'en sortir. Et puis, je saurai être un patron arrangeant.

Dorothée se mit à rire, d'un rire pigeonnant, toute gorge déployée.

— Vous êtes un jeune homme adorable. Quelle chance a votre maman ! Et je suis très flattée par votre proposition. Mais vraiment, vous ne vous rendez pas compte !

» Il me faudrait des années de formation. Et d'ici là, je serai bien vieille pour retourner au travail. Mais croyez-moi, avec dix ans de moins, je n'aurais pas hésité une seconde. Et pas que pour ça, ajouta-t-elle en lui rendant son clin d'œil. Mais là, j'ai atteint un âge où on n'a plus de volonté pour soi-même.

J'accompagne Mme Kaleban plus par distraction que par ambition de l'égaler.

— Comme vous voulez, répondit-il en cachant sa déception. Mais vous savez que ma proposition reste valable au moins pour l'année à venir. Les événements peuvent vous faire changer d'avis.

— Les événements, répéta tout bas Dorothée en hochant la tête, devenant soudainement sérieuse.

Elle se leva, se sentant soudain très lasse. Elle n'aurait pas dû inviter ce jeune homme à entrer chez elle. Elle savait très bien que c'était un jeune loup. Elle n'avait pas d'énergie à consacrer à ce jeu de stratège. Elle avait d'autres chats à fouetter. Et Yvonne allait croire des choses.

Elle raccompagna le jeune jusqu'à la porte et lui dit au revoir avec le sourire. Il avait sûrement plein d'idées derrière la tête. Elle se demanda avec sincérité s'il avait atteint son objectif en venant chez elle.

De la fenêtre du bus, Anna regardait défiler les trottoirs gris des boulevards. Frédéric, assis à côté d'elle, les deux mains sur les genoux, était absorbé par la contemplation d'un chien tenu en laisse par une petite vieille. Il n'avait pas bougé d'un cil et Anna s'obligeait à le regarder de temps à autre, car elle n'était pas sûre qu'il respirait correctement. Une telle concentration, entièrement dédiée à un petit chien, qui résistait tant bien que mal sur ses quatre pattes au roulis du bus. Il en bavait.

Ils descendirent dans une rue peu éloignée du quartier Croix-Rouge. C'est là qu'était le centre d'accueil pour handicapés dont lui avait parlé

Dorothée. Et, surtout, c'était probablement là que travaillait l'éducateur qui avait prêté main-forte à la Vieille.

Anna n'avait pas réussi à trouver son nom de famille. Il ne restait que ce prénom, Matteo.

Ils arrivèrent devant le bâtiment. Pas très folichon de l'extérieur. Un cube de béton posé sous un toit en fausses tuiles. Un panneau à l'entrée annonçait les réjouissances pour les visiteurs : « Lieu d'accueil pour les patients souffrant de handicaps moteurs et psychologiques ».

Anna avait déjà la nausée. Cet endroit lui rappelait la prison. En plus aseptisé.

Bon sang, elle ne savait pas ce qu'elle voulait. Ni responsabilité ni remords. C'était un peu facile. Frédéric n'était pas un chien qu'elle allait abandonner à la fourrière. C'était un homme, ou presque, qui avait besoin d'un soutien qu'elle ne pouvait pas lui offrir.

Ils franchirent les portes vitrées de l'accueil et se retrouvèrent devant un comptoir. Le téléphone sonnait en permanence, mais pas de personnel. Anna n'osait plus tourner la tête vers Frédéric. Elle avait peur de ses grands yeux de biche.

Ils attendirent quelques minutes puis une femme blonde, la quarantaine, apparut au comptoir d'accueil. Elle vaquait à ses occupations sans tenir compte de la présence d'Anna et de Frédéric.

— Bonjour, madame. Nous souhaiterions rencontrer l'un des éducateurs qui travaillent dans votre centre.

L'employée leva la tête. Elle semblait prise au dépourvu, cherchant à se rappeler la raison pour laquelle elle se trouvait là.

— Excusez-moi mais nous sommes très occupés ce matin. La dame qui est chargée de l'accueil est absente et j'essaie de la remplacer comme je peux. Je suis infirmière, pas secrétaire.

— Nous voudrions juste rencontrer l'éducateur qui est en charge du dossier de mon parent, fit Anna en désignant Frédéric qui se tenait à ses côtés.

Il fallait garder son calme. Ramer dans la confiture. Gluant mais poli.

Frédéric semblait se désintéresser complètement de la situation. Il avait enfoncé sa tête dans ses épaules et avait croisé ses mains sur son bas-ventre. Un petit vieux en voyage organisé. Manquait que l'appareil photo en bandoulière.

— Quel est son nom ?

— Il s'appelle Frédéric Bonolit. Il a vingt et un ans. Je pense qu'il est déjà venu dans ce centre, expliqua Anna.

— Non, je veux dire, quel est le nom de l'éducateur, fit l'infirmière, un peu agacée, le nez sur l'écran d'ordinateur branché sur le réseau de l'établissement.

— Matteo... heu... À vrai dire, c'est incroyable. Je ne me souviens plus de son nom. Il est frisé... brun... vous voyez...

L'infirmière leva les yeux vers Anna et la toisa comme si elle la découvrait pour la première fois. Anna avait l'impression de s'enfoncer dans le sol de la salle d'accueil.

Et si elle partait, là, tout de suite ? Elle pourrait revenir un autre jour. Ou jamais. Ou elle pouvait forcer le passage et s'engouffrer dans le couloir avec Frédéric avant que l'infirmière ne la rattrape.

— Matteo Restretot ? C'est un éducateur qui travaille pour nous depuis cinq ans.

— C'est cela. C'est sûrement cela. J'ai vraiment une mauvaise mémoire...

N'en fais pas trop, Anna, tout en douceur, tu y es presque.

— Vous avez rendez-vous ?

— Non.

À nouveau coincée. Regard de travers.

— Je vais aller le voir. Vous pouvez vous asseoir de ce côté, en attendant.

Anna se retourna vers la rangée de sièges que désignait l'infirmière. Des chaises en fer et quelques revues datant du millénaire précédent.

Il fallait faire pénitence, visiblement, pour être reçu sans rendez-vous.

Ils attendirent quelques minutes. Anna n'avait aucune envie de s'asseoir et Frédéric observait les tableaux accrochés au mur. Il avait l'air fasciné par le système d'accroche des œuvres d'art. Deux baguettes fines tenues par des pinces. L'infirmière refit apparition dans le hall d'entrée.

— Il vous attend. Il est dans son bureau, fit-elle d'une voix un peu essoufflée.

Elle se rassit et tapota sur le clavier. Anna se pencha vers l'infirmière.

— Ce couloir ? fit-elle en pointant un couloir sur la gauche.

— Oui, deuxième porte à droite, madame, fit l'infirmière sans la regarder.

— Merci, répondit Anna. Au revoir.

Elle prit Frédéric par le bras et l'entraîna vers le couloir. Elle frappa à une porte peinte en vert vif et entra.

L'éducateur était en train de lire. Il portait des dread-locks. C'est ça que Dorothée appelait les cheveux frisés. Anna se promit de lui faire un cours sur « la coiffure après les années soixante ». Il leva son visage. Il avait l'air très jeune, à peine vingt-cinq ans. Très mince, il arborait un jean et un tee-shirt à manches longues sur lequel s'étalait le nom d'un groupe qu'Anna aimait bien, Tryo. Un peu baba nouvelle tendance, le Matteo. Alors, il y avait peut-être une chance qu'ils communiquent en des termes polis.

— Bonjour. Je vous remercie de nous recevoir. Je suis Mme Kaleban. La petite-fille de Mme Yvonne Kaleban, que vous connaissiez.

— Bonjour, Frédéric, fit Matteo en se levant. Tu as l'air de te porter bien. Est-ce que tu te sens prêt pour une petite séance ? Il y a justement une place libre. On a beaucoup de chance, ce matin. Et c'est Léandra qui commencera la séance avec toi, ajouta-t-il avec un sourire d'encouragement, en lui passant un bras sur les épaules.

— Léandart gentille ! commenta Frédéric, visiblement ému.

— Oui, tu as raison. Vous voulez bien attendre ici quelques minutes, madame, fit-il en s'adressant à Anna qui, durant quelques instants, avait cru à son invisibilité parfaite.

Ils disparurent derrière une autre porte verte, laissant Anna seule. Elle ne savait même pas comment elle allait pouvoir discuter de Frédéric. Elle ignorait tout du traitement qu'il suivait.

L'éducateur fut de retour rapidement. Il portait dans ses mains un dossier de couleur beige. Il semblait un peu pensif. Peut-être à cause de ce sourire qui lui donnait des airs d'ange et qui avait disparu. Un ange rasta.

— Il semble très calme. C'est une bonne chose.

— Depuis hier, en fait, fit Anna en s'asseyant face à Matteo.

— Qui êtes-vous ? fit-il en se penchant vers elle. Je vous pose la question parce que je n'ai pas très bien compris quel rôle vous tenez dans la vie de Frédéric.

— Dans la vie de Frédéric ? répéta Anna.

— Dans ce centre, c'est la seule chose qui nous préoccupe.

— Eh bien… je comprends… mais je n'ai rien à vous dire à ce sujet. Vous n'avez pas à savoir qui je suis exactement. Cela ne vous regarde pas.

Le visage de l'éducateur se crispa, mais il ne fit aucun commentaire. Il ouvrit un dossier posé devant lui et écrivit quelques notes. Des pattes de mouche sur un papier vierge.

— Nous allons devoir procéder à un bilan de la situation actuelle de Frédéric, reprit-il sans la regarder. Je vous préviens d'ores et déjà qu'une assistante sociale se présentera à votre domicile d'ici peu.

— Une assistante sociale ? Qu'est-ce que c'est que ce charabia ?

— Si vous avez décidé de veiller sur Frédéric à plein temps avec Mme Kaleban, il est nécessaire que nous établissions si son environnement est favorable.

— Je n'ai jamais pris cette décision, s'énerva Anna en se levant presque de sa chaise.

— J'ai dans ce dossier une demande de prise en charge émanant de Mme Kaleban, fit-il en lui montrant un papier qu'il posa ensuite sur le bureau face à elle.

Elle saisit la feuille. C'était l'écriture de la Vieille. Elle regarda la date apposée à côté de la signature.

C'était au début du mois de septembre. Cela faisait plus d'un mois. Elle posa la feuille.

— Cette demande ne peut plus être valide aujourd'hui, fit-elle en s'adossant à son fauteuil.

Il la regarda, interloqué. Ses doigts se crispèrent à nouveau sur la chemise du dossier.

— Mme Kaleban est décédée. Quant à moi, je n'ai entrepris aucune demande. Je crois qu'il va falloir tout réexaminer.

— Mme Kaleban est morte ? demanda-t-il en blêmissant. Je n'ai pas été… Je n'étais pas au courant. Depuis combien de temps ?

Il n'avait pas l'air réjoui d'apprendre la nouvelle.

— Cela fait un peu plus d'une semaine.

— Vous êtes sa fille ?

— Sa petite-fille, rectifia-t-elle.

— Vous connaissez la situation de Frédéric, sa maladie ?

— Je n'ai fait sa connaissance qu'il y a quelques jours. Je n'étais pas au courant de son existence auparavant.

Il la regarda un long moment puis poussa un soupir en se frottant la lèvre supérieure du revers de son index.

— Savez-vous s'il existe d'autres membres de sa famille dont la parenté soit plus directe ?

— Le notaire que j'ai rencontré, qui était en charge des affaires de ma grand-mère, a affirmé que non.

— Ce sera donc à vous de prendre une décision concernant l'avenir de Frédéric puisque vous souhaitez en devenir tutrice devant la loi. En attendant que le dossier passe devant le juge des tutelles au tribunal d'instance, je suppose que vous ne souhaitez pas garder Frédéric auprès de vous.

Anna baissa les yeux et se sentit rougir de honte. Il était vrai qu'elle avait protesté lorsqu'il lui avait parlé du placement et du dossier social. Ce n'était qu'un juste retour des choses.

— Pour que la mise sous tutelle soit effective, il faut que vous nous fournissiez tous les éléments du dossier administratif. Nous avons accepté de faire entrer Frédéric dans ce centre parce que nous savions qu'à long terme votre grand-mère voulait l'adopter et le prendre en charge avec votre aide. Mais vous avez changé d'avis. En attendant que la situation se clarifie, vous aurez tout de même un certain nombre de démarches à accomplir afin que Frédéric puisse mener une existence correcte. Que ce soit dans un centre d'accueil ou dans un appartement avec une aide à domicile. Il y a également le coût de cette prise en charge qui n'est pas négligeable tant que cette situation ne sera pas clarifiée et subventionnée par l'État.

Anna se leva, blême de rage.

— Vous n'avez pas le droit de me parler comme ça. Vous ne savez pas pourquoi je suis obligée de prendre cette décision.

— Mais je ne vous juge pas, fit-il en la regardant droit dans les yeux. Et d'ailleurs, la teneur de vos décisions m'importe peu. Seul le devenir de Frédéric me préoccupe, ajouta-t-il en dardant sur elle un regard acéré et limpide.

— Vous êtes dégueulasse de faire ça. Vous croyez peut-être que c'est facile ? Je ne le connais pas. Je ne suis pas la personne qualifiée dont il a besoin pour se... se développer. Il a besoin de quelqu'un qui puisse le comprendre, qui puisse l'aider. Je ne le fais pas pour m'en débarrasser.

— Je vous répète que je ne suis pas là pour vous juger. Que vous soyez ou non à l'aise avec cette décision, ce n'est pas mon problème. Frédéric va avoir vingt et un ans dans un mois. Pour qu'il continue de bénéficier d'un suivi médical et psychologique entièrement gratuit et qu'il ait accès aux éducateurs et médecins de ce centre ou d'un autre, il faut agir vite. Nous devons mettre en place une solution viable pour qu'il puisse démarrer sa vie d'adulte dans un environnement favorable. Et quelle que soit votre situation, cette décision doit être prise dans l'urgence maintenant, avec ou malgré vous.

Anna le regarda. Il avait la dégaine d'un jeune étudiant en thèse. Ses nattes de *dreads* brunes descendaient jusque dans son cou. On aurait pu penser qu'il était cool. On aurait pu le penser. Mais ses yeux noirs la fixaient sans concession. Il n'y avait plus rien à ajouter, sinon de l'envoyer en enfer.

— Allez-vous faire foutre, dit-elle avant de se retourner et de quitter son bureau en claquant la porte.

Elle avait récupéré Frédéric, tout guilleret, deux portes plus loin et avait fui le centre aussi vite qu'elle se sentait capable de tirer Frédéric qui était, lui, très détendu.

Elle s'en voulait de troubler son état euphorique, mais elle voulait rentrer rapidement chez la Vieille. Il fallait qu'elle relance l'agence pour vendre la maison et qu'elle parte à la recherche d'une structure d'accueil au plus vite pour Frédéric. Si elle restait une semaine de plus à Reims, elle n'était pas sûre de repartir en bonne santé mentale. Après vingt minutes d'attente à un arrêt de bus, dans le vent glacial, et deux changements, Anna se retrouva à l'entrée de la rue du C. Frédéric arborait toujours un air béat et ses tics avaient diminué de moitié. Il fallait qu'elle assiste à une des séances données par Léandra. Cette bonne femme, pour sûr, était une fée aux doigts d'or.

Alors qu'elle sortait les clés de sa poche, elle entendit un remue-ménage qui lui était devenu familier. Dorothée était sortie en hâte et courait après elle. Sa toque posée de travers menaçait de tomber et son manteau rouge était ouvert au vent glacial.

— Attendez, Anna ! fit-elle en rejoignant la jeune femme sur le pas de la porte et en posant une main sur son bras.

C'était une manie chez elle de vouloir toujours l'entraver physiquement.

— Bonjour, Dorothée, comment allez-vous ? Très bien. Nous aussi. Nous sommes un peu fatigués, et elle fit mine de s'engager dans l'entrée, entraînant Frédéric qui s'était tourné vers le côté opposé de la rue.

Mais l'effort était vain.

— Simone nous a invités, déclara Dorothée sur un ton sentencieux.

— Simone ? demanda Anna en essayant de pousser Frédéric à l'intérieur de la maison.

— L'amie dont je vous ai parlé, fit-elle en roulant des yeux mystérieux, ce qui équivalait chez Dorothée à l'honneur que lui eût valu une invitation à Matignon.

— Écoutez, Dorothée, j'apprécie ce que vous faites, mais je vous assure que je n'ai aucun besoin de...

— Simone nous a invités, répéta Dorothée, en regardant Anna comme si elle commettait une faute de goût.

— C'est bien gentil à elle, mais vous m'excuserez. Frédéric, fais un effort s'il te plaît. Je ne vais quand même pas te porter à l'intérieur, fit-elle à son cousin qui tentait d'échapper à ses assauts en tournant sur lui-même.

Dorothée prit Frédéric par la main et lui tapota gentiment l'épaule.

— Et toi Frédéric, tu veux voir Tatie Simone ? Elle nous a invités ! Tu te rends compte ?

Anna en déduisit que ce qu'elle percevait comme la tuile du moment était considéré comme un honneur dans le monde de Dorothée. Mais il fallait au moins reconnaître que Dorothée savait y faire. Frédéric avait cessé ses mouvements circulaires et semblait intéressé par l'idée de rendre visite à une Tatie Simone.

— 1-0 Dorothée. À ce jeu-là vous êtes forte. Allons voir Tatie Simone !

Dorothée évita le regard d'Anna mais son sourire narquois en disait long. Elle entraîna Frédéric sans difficulté vers le bout de la rue, en lui racontant des histoires sur une famille de moineaux sur le compte desquels Anna trouvait que Dorothée avait beaucoup d'informations.

Elles sonnèrent et ce fut une dame toute menue, aux cheveux blancs à reflets mauves, qui vint leur ouvrir.

Elle portait un tablier et sa maison sentait la tarte aux pommes. À l'intérieur, le rose était aussi présent que sur la façade. La dentelle avait trouvé un lieu où s'exposer sans concurrence. Qu'elle fût faite au crochet ou brodée.

Les meubles sentaient la cire et il y avait des fleurs séchées dans les vases. Anna compta près de six fauteuils Louis XVI dont la couleur devait varier entre le blanc cassé et le rose pâle. Sur un petit guéridon en acajou attendaient un service à thé blanc à liseré or et quelques pâtisseries qui devaient être destinées à accueillir la reine d'Angleterre et, à défaut, eux-mêmes, puisqu'ils étaient invités.

Simone avait désigné du regard une rangée de patins et Anna, imitant Frédéric et Dorothée, en enfila une paire avec des franges bleu ciel.

Depuis qu'elle était revenue chez la Vieille, elle révisait ses classiques en matière de décoration des plus de soixante-dix ans. Elle aurait donné cher pour voir un meuble design de chez Ikea ou un intérieur parisien du 5e arrondissement. Juste pour se rappeler que ça existait encore.

Simone s'activait dans sa cuisine et Dorothée installa Frédéric devant la télévision qui n'avait pas échappé, comme tout le reste du mobilier, au napperon en dentelle à titre de couvre-chef. Simone devait ignorer qu'il était peu recommandé de déguiser son poste de télévision, à moins de vouloir défier les lois de la physique ou réduire en cendres son intérieur douillet tout plein.

Dorothée intima des yeux à Anna de venir s'asseoir à ses côtés. Anna allait protester contre cet autoritarisme peu à propos mais elle se retint car Simone entrait magistralement dans le salon avec la tarte aux pommes qui avait embaumé toute la maison.

Dorothée déborda de compliments sans fin, Simone protesta pour la forme et Anna se tut, un sourire poli figé sur ses lèvres. Tout allait pour le mieux dans le meilleur des mondes. Même Frédéric semblait y mettre du sien puisqu'il avait déjà embrassé deux fois Simone qui l'appelait « mon chéri » à tout va et avait mangé presque parfaitement son morceau de tarte aux pommes.

Anna se demandait déjà comment elle allait se tirer de ce guet-apens et surtout comment elle allait s'y prendre pour effacer ce nouvel épisode de gloire de sa mémoire. À coup de gin ou de vodka... mais la conversation prenait un tour qui l'intéressa davantage.

— Quel bel enterrement a eu votre grand-mère, susurra Simone en coulant un regard vers Dorothée qui rougit de plaisir.

— Vous savez, Simone, après tout ce qu'elle a fait pour moi, c'était la moindre des choses. Et la pauvre Anna avait tant de peines et de tracas à régler... avec la police, murmura Dorothée.

Anna se demandait qui pouvait ne pas le savoir dans la pièce, mis à part Frédéric qui s'en foutait royalement et préférait de loin un épisode d'*Alerte à Malibu*.

— Oui, il paraît qu'ils ont conclu à un empoisonnement par erreur, fit Simone en se redressant et en regardant Anna, les yeux brillants.

— Oui, en effet, concéda-t-elle, offrant en pâture le peu d'informations dont elle disposait.

Nourrir l'animal pour qu'il accepte de faire le tour qu'on lui demande. Le flatter jusqu'à ce qu'il lève la patte.

— L'officier qui a réglé l'affaire a l'air sûr de lui. Elle a fait une erreur dans les dosages. De la digitaline.

— Jamais, jamais Mme Kaleban ne faisait d'erreur, tonna Dorothée, dont la voix sembla soudain tonitruante dans le petit salon victorien. Dites-lui, Simone !

— Eh bien, je peux vous dire que je connais du monde ici, mademoiselle. C'est bien mademoiselle ? reprit Simone, qui semblait pourtant sûre de son fait.

— Oui, fit Anna qui se demandait si c'était une insulte ou une simple vérification de son état civil.

— Jamais personne n'a eu à se plaindre de votre grand-mère. C'était une grande dame. Elle savait parfaitement ce qu'elle faisait lorsqu'elle préparait un traitement et plusieurs personnes de mon entourage lui doivent la vie.

— Je vous remercie de lui témoigner une si loyale affection, mais cela ne permet pas d'établir qu'elle ne s'est pas trompée.

— Vous savez, il ne faut pas croire les rumeurs, fit Simone en regardant Anna de travers. Certaines personnes ont prétendu qu'elle avait été responsable des douleurs de M. Jean. Comme quoi elle lui aurait jeté un sort. Quant à la disparition de son chien...

» Et puis, il y a eu cette affaire avec la jeune Laetitia. Mais les gens sont méchants. Ils ne cherchent qu'à ternir une réputation sans faille.

— M. Jean ?

— Oui, c'est le monsieur qui habitait la troisième maison en partant du bas de la rue. Une petite maison avec un grillage. Il a contracté un psoriasis, le pauvre. Il prétend que c'est votre grand-mère qui le lui a transmis. En lui soignant un genou. Il n'a cessé de lui chercher des noises. Surtout après la disparition de son chien. Cela date d'un mois environ. Votre grand-mère avait même reçu des menaces de sa part. Heureusement, l'affaire s'est réglée d'elle-même.

Anna hocha la tête. Encore une histoire avec un patient. Ça avait l'air de coller avec ce qu'elle lisait dans le journal, un peu du même acabit en tout cas.

— Et la jeune fille ?

— Oh, une situation pas banale. Elle avait la mononucléose. Votre grand-mère a essayé de la soigner. Mais elle a fait une mauvaise réaction à une composition qu'elle avait réalisée. Votre grand-mère ignorait que Laetitia était allergique à certains pollens. Il a fallu l'amener aux urgences. Ses parents ont prétendu que votre grand-mère l'avait empoisonnée. Ce n'était pas vrai, évidemment. Mais vous savez comment sont les gens.

» Pourtant ces Varennes sont des gens bien. Mais leur fille a failli mourir. Ils ont eu tellement peur qu'il leur fallait un responsable.

— Et ma grand-mère, comment s'est-elle défendue de ces accusations ?

— Elle ne s'est pas défendue. Elle a laissé faire. Mais on peut dire qu'elle était bien triste de cette situation. Cela lui pesait beaucoup. Je crois qu'elle comptait arrêter ses activités.

» Elle supportait de plus en plus mal les critiques injustifiées que je lui rapportais. Et puis, elle se sentait si seule. J'étais sa confidente. Elle se déchargeait sur moi de beaucoup de ses petits tracas.

— Elle vous confiait beaucoup de choses ? fit Anna, un peu sceptique.

Simone rougit violemment, ce qui, à côté de ses cheveux mauves, créait un contraste intéressant pour un adepte du fauvisme.

— Nous avions quelque chose en commun, mademoiselle, reprit-elle d'un air pincé en continuant de fixer Anna. Nous avons toutes deux souffert d'avoir dans notre famille un proche ayant séjourné en prison.

Le silence se fit soudain. Même la série qui tournait en exclusivité pour Frédéric avait mis une sourdine, comme attentive aux déclarations qui se faisaient dans le petit salon. Anna vit en une seconde toute sa patience et ses bonnes résolutions voler en éclats. Elle sentait Dorothée se trémousser à côté d'elle, sans doute à la recherche d'une parole d'une banalité profonde pour relancer la conversation, comme il se doit entre gens du monde.

— Et vous pensez avoir souffert plus que les personnes emprisonnées en question ? demanda Anna, prête à donner un coup de pied dans la bonbonnière de Lady Simona.

— Nous sommes toutes deux d'origine turque. Les Turcs de la famille des Uçurtma. Vous savez que, dans notre culture, c'est un déshonneur d'avoir un membre de sa famille en prison. Un déshonneur que l'on porte sur soi toute sa vie. Un déshonneur qui nous tue à petit feu. Dont nous devons rendre compte à nos ancêtres, lorsque nous mourons.

— Alors celle-là, c'est la meilleure, fit Anna en se levant, offusquée. De turc, il n'y a bien que le nom. Ma grand-mère et sa famille vivent dans la Marne depuis trois générations. Jamais au grand jamais il n'a été question de revendiquer à la maison nos origines turques. Même pas une tradition, une recette, une photographie, un mot ou même un voyage... Vous me faites rire !

— C'est dans le sang, vous ne pouvez pas comprendre, fit Simone qui avait l'air d'être aussi turque que la statue de la liberté française.

» Et cela a tué votre grand-mère !

— Quoi donc ? Le fait qu'elle ait été en contradiction avec sa culture prétendument turque ? fit Anna en riant jaune.

— Non, que vous l'ayez reniée, que vous ayez fauté et déshonoré sa famille. Que vous ayez avorté à seize ans. Elle aurait pu avoir un petit-fils. C'est pour ça qu'elle a mis fin à sa vie !

Anna stoppa son va-et-vient nerveux. Une puissante envie de vomir sur le service à thé l'accablait. La rage écumait et elle se sentait capable de mettre en pièces le petit salon de Miss Marple et la Simone avec. Si ce n'était son casier judiciaire... dont on lui rappelait en permanence l'existence.

La Vieille avait osé tout lui raconter. Quelle honte. Quelle pétasse. De quel droit avait-elle pu...

— Viens, Frédéric, on s'en va...

— Nanna, pas fini télé...

— Je m'en fous. Fais pas chier... Il y en a une à la maison, ajouta Anna en adoucissant exprès sa voix.

Elle ne voulait pas s'en prendre à Frédéric qui n'avait rien à voir avec ce ramdam.

— Je vous remercie, Dorothée, ajouta Anna en se tournant vers sa voisine tétanisée qui avait l'air d'être tombée au champ d'honneur. Mais la prochaine fois que vous avez une invitation pour moi, décommandez...

Elle quitta le salon en virant ses patins d'un geste rageur et en les envoyant valser dans son dos. Frédéric la suivit, pas mécontent de jeter lui aussi ses patins à travers le salon.

La guerre avait éclaté. Ça allait saigner dans le quartier.

Chapitre 10

Dans la petite cour de la maison, Julien faisait les cent pas. À dix-huit ans passés, rien ne pouvait le retenir ici. Il savait qu'Hermann ne dirait rien. Yvonne pleurerait peut-être. Mais sa vie était ailleurs. Après son tour de France, il voulait faire son tour du monde. Partir en exploration, comme Paul-Émile Victor en Terre Adélie. Découvrir de nouveaux mondes. Conduire des bolides. L'Austin « Healy » à fond sur une piste désertique. Ou piloter un planeur. Monter dans un Boeing et franchir le mur du son. Ou faire comme les Soviétiques, partir dans l'espace. Aller vers des horizons inconnus. C'étaient les plus forts pour ça les Soviets. Même qu'ils avaient envoyé un chien dans l'espace.

Il avait choisi la verrerie parce qu'il fallait bien commencer par quelque chose. Mais, au fond, il n'était pas mécontent de son choix. Les gars avaient été sympas à l'atelier. Et cette masse flamboyante qu'il fallait étirer. Il avait l'impression d'être le dieu Vulcain. Lorsque le patron lui avait dit qu'il pouvait commencer son tour, il avait bondi comme un cabri. Être compagnon, c'était pas si mal. Mais partir sur les routes. Il allait faire de vraies expériences. Avec Hermann et Yvonne, c'était bien. Mais ils ne s'intéressaient qu'aux plantes et aux jardins.

Et puis, il avait fait son temps avec eux. Maintenant que la petite était née, c'était plus pareil.

Il était parti la fleur au fusil. Il en avait bavé sur les chemins de France. C'était beaucoup de boulot. Mais il avait appris ce qu'un homme doit savoir. À se débrouiller seul, à vivre seul. Ce n'était pas qu'il n'aimait pas les autres, mais il n'avait pas besoin d'eux. Il était content d'échanger des histoires avec les gens qu'il rencontrait. Sur le chemin, il y avait toujours un paysan pour tenir le crachoir et raconter les légendes du pays. Mais il voulait aller plus loin.

Vers l'Afrique. Il suffisait de prendre le bateau à Marseille et, en quelques jours, il serait à Alexandrie et, de là, il irait vers l'Afrique noire. Il voulait voir de ses yeux ce qu'il avait vu dans les revues d'Hermann. Des vieux numéros de *L'Illustration* qui racontaient les expéditions de Livingstone. Lui aussi il avait commencé par être ouvrier, dans une usine à coton. Et même, dans le *Paris Match* de Simone, il avait lu un article sur les chutes Victoria. Il n'avait pas besoin de beaucoup d'argent. Juste le prix du billet de la traversée. Et après, il saurait se débrouiller.

Il regarda la façade de la maison d'Hermann et d'Yvonne. Cela devait les changer du petit appartement dans lequel ils avaient vécu après la guerre. Et Lucie avait sa propre chambre. Lui, non. Il n'avait plus sa place ici. Mais c'était dur de le dire, de leur dire.

Il s'avança vers la porte de la cuisine. Hermann et Yvonne parlaient fort. Ils se disputaient. Julien eut un mouvement de recul. C'était la première fois qu'il les entendait se disputer réellement. Il tendit l'oreille.

— Elle vivra comme les autres, tempêta Yvonne.

— Je n'ai jamais dit le contraire, Yvonne. Je te dis simplement qu'un jour le problème se posera et que peut-être nous regretterons notre choix.

— Si on l'amène à l'hôpital, ils la garderont pendant des mois et ils ne sauront pas quoi faire d'elle. Elle n'est pas malade. Elle a un poumon déficient mais elle n'est pas malade. Ils la rendront malade avec tous leurs examens.

— Yvonne, essaie d'être raisonnable. Elle n'est pas malade pour l'instant. Mais elle peut développer n'importe quelle maladie grave dans cette situation de faiblesse respiratoire. Laissons une chance à la médecine classique.

— Pour que les docteurs la bousillent, hurla Yvonne hors d'elle. Pour qu'ils la rendent plus malade qu'elle n'est. Jamais, tu m'entends. Jamais. Il faudra me passer sur le corps pour me prendre ma fille.

— C'est aussi ma fille, répondit Hermann en colère. Et si tu crois que tu peux faire mieux que la médecine, vas-y. Mais je te préviens... s'il arrive quelque chose à Lucie, je ne sais pas de quoi je serai capable...

Yvonne resta bouche bée. Elle n'avait jamais entendu Hermann élever la voix ou perdre son sang-froid. Il lui sembla soudain étranger.

Hermann tapa du poing sur la table et jura. Puis il quitta la pièce.

Julien tapa des pieds contre les pierres de la cour pour signaler sa présence et ouvrit la porte de la cuisine.

Yvonne avait le visage défait. Elle ne pleurait pas. Elle était comme une statue de sel. Immobile, immuable. Julien s'assit à côté d'elle et lui prit la main.

— Tu es là, toi ? fit-elle d'une voix un peu rauque, comme surprise au milieu d'une réflexion. Tu as tout entendu, je suppose.

Elle le regarda de ses yeux bleus sévères et pointus. Il hocha la tête. À quoi bon feindre ? Elle avait toujours su lire en lui comme dans un livre ouvert. Comme la fois où il était retourné dans son ancienne demeure, à la recherche de souvenirs, et que, voyant que tout avait été restauré, il avait peint sur les murs avec du sang de rat « voleur et assassin ». Elle, elle l'avait su le lendemain même, alors que la police n'avait pas encore fait le lien entre sa visite et l'inscription.

— Je te demande de ne rien dire à Lucie. Elle ne sait rien et c'est mieux. Si elle savait, elle s'angoisserait. Ce serait mauvais. Il faut attendre le bon moment.

Julien hocha de nouveau la tête. Puis il ajouta, en essayant de prendre un ton léger :

— Je m'en vais demain, Yvonne. Je pars pour Marseille.

— Alors, tu t'en vas pour de bon, cette fois-ci. C'est logique. Tu as l'âge, commenta-t-elle, un peu mélancolique.

— Oui, cette fois-ci, je m'en vais pour un bon bout de temps. Mais, tu sais, je reviendrai vous voir. C'est juste que j'ai besoin d'aller loin, vraiment loin cette fois-ci.

Yvonne le regarda attentivement. C'était vrai qu'il avait grandi à toute allure. Il était plus grand qu'Hermann. Il avait du charme. Un long nez, des cheveux blonds, des yeux verts. Une énergie formidable à déployer. Il avait juste besoin d'espace. Elle espérait seulement une chose : le revoir. Il était devenu comme son fils. Elle était vraiment très attachée à lui. Elle n'avait jamais réussi à s'avouer qu'elle préférait les garçons aux filles, mais c'était la réalité. Il lui semblait qu'elle l'aimait plus que sa propre fille. Mais sa fille, c'était sa chair, c'était viscéral. Alors que, Julien, c'était son cœur. Son ange qui l'avait sortie des décombres.

— Pars, Julien. Et ne te préoccupe pas de nous. On est sur la pente descendante. Toi, c'est l'inverse, il faut que tu grimpes.

Julien sourit. Dans ses yeux, elle voyait qu'il retenait ses larmes.

— Va vite voir Hermann. Pour lui dire. Tu sais que ce vieux bourru a besoin de temps. Et une fois qu'il est à son jardinage, il n'est pas plus accessible que le pape.

Julien se leva et franchit en une enjambée le seuil de la cuisine.

— Attends ! Avant de partir, prends ça. (Elle lui glissa au creux de la main une médaille.) Et dis à Hermann que, maintenant, il va être obligé de le faire installer, le téléphone, si on veut avoir de tes nouvelles.

Julien quitta la pièce. Il courut sur la route de Bétheny, vers les jardins où travaillait Hermann. Au moment de passer de l'autre côté de la rue, il jeta discrètement un œil sur la médaille. C'était celle de sainte Rita. La préférée d'Yvonne. Il se remit à courir. Il valait mieux ça que de pleurer.

— Je vais partir ! Tu ne te rends pas compte ! cria Serge, tout excité, dans le téléphone.

Si, elle se rendait tout à fait compte. Et elle se sentait vexée. Vexée qu'il ait trouvé une solution sans elle.

— Tu m'écoutes toujours, Anna ?

— Oui, oui. Excuse-moi, je suis un peu crevée. Combien de temps ça va prendre ?

— Comment ? demanda Serge dont elle entendait la voix s'éloigner.

Il avait mis le haut-parleur, elle l'entendait faire son sac.

— Pour organiser le départ... précisa Anna, en tirant sur le fil du combiné.

— Ça va être hyper rapide. Il faut une semaine pour la préparation du matériel. Patrice m'a dit qu'il avait déjà mis au point la première partie de l'itinéraire !

Le Patrice en question, il revenait à chaque fin de phrase. Serge en parlait comme d'un gourou ou d'un demi-dieu. Elle lui devait une fière chandelle à ce connard. Si Serge était sur les starting-blocks, c'était grâce à lui. Il avait surgi depuis un mois dans leur vie et déjà c'était le foutoir. Serge avait commencé à passer plus de temps dans sa garçonnière. À chaque fois qu'il rentrait, il semblait revenir d'une autre planète. Les yeux brillants, le sourire distant.

Puis Patrice était entré dans leurs conversations. Il savait tout faire. Il était sûr de lui. Il était bricoleur, sportif, ingénieux, plein d'humour. Et, surtout, il allait toujours au bout de ses projets.

Serge lui avait raconté les deux expéditions organisées par Patrice en Nouvelle-Calédonie et en Australie. Anna ne l'avait écouté que d'une oreille. Mais, maintenant elle comprenait ce qui s'était passé. La séduction avait fonctionné à bloc et ce

Patrice lui avait piqué son mec avec plus d'efficacité qu'une belle blonde à forte poitrine.

— Le bateau est encore en préparation. Mais Patrice a des potes qui lui ont promis de jeter un œil sur le dériveur. Parce que c'est la partie sensible...

Anna éloigna le combiné. Le dériveur, il pouvait se le carrer où il voulait. Il ne lui avait même pas proposé de venir avec elle. Comme il ne lui avait jamais proposé de rencontrer Patrice. C'était son joujou à lui. Il était hors de question, depuis le début, qu'il le partage avec elle.

— Écoute, lui dit-elle, profitant d'une accalmie verbale, c'est pas que c'est pas intéressant ce que tu me racontes. Mais il faut que je... j'ai rendez-vous... je dois m'occuper de mon cousin...

— Oui, oui pas de problème. Je suis hyper énervé. Il faut que je me calme. Depuis qu'on a pris cette décision avec Patrice, j'arrive presque plus à dormir.

— Je m'en doute. Bon, je te laisse.

— Attends, Anna.

Il avait repris le combiné, elle le sentait angoissé.

— Tu veux venir avec nous ?... On avait dit qu'on partirait ensemble. Je... il y a suffisamment de place pour nous trois. Et même quatre, ça dépend de Bernard, s'il peut se libérer.

Anna sentait ses lèvres trembler et sa gorge se nouer. C'était la première fois qu'ils avançaient aussi loin dans leur relation. Et merde, elle n'allait pas se mettre à chialer ! Il ne fallait pas qu'elle ait la voix qui tremble, ni qu'il sente qu'elle était quasi dépressive.

— Je sais pas, Serge. Je sais pas combien de temps ça va me prendre de régler les affaires de la Vieille...

— On doit se retrouver à Saint-Malo dans cinq jours. On démarre de là...

— Tu m'as dit que tu partais dans deux semaines...

— Oui mais, en fait, on fait une première escale à Portsmouth pour retrouver des copains de Patrice. Là, on prendra quelques jours pour compléter notre matériel parce qu'il y a du super matériel en Angleterre, mieux que...

— Attends, c'est pas la peine de rentrer dans les détails. Je ferai ma formation de matelot sur le tas. Rappelle-moi deux jours avant, je te dirai si je peux vous suivre. De toute façon, je ne ferai qu'un petit bout de chemin avec vous.

— OK. (Il avait l'air presque soulagé.) Allez, je te laisse. Je te rappelle très bientôt, mamour. Ce serait génial si tu venais...

— Oui, oui...

Elle entendit le clic de fin d'appel.

Quelle conne... Jamais elle ne serait prête à temps pour le suivre. Elle avait perdu Serge au poker contre ce connard de Patrice. Perdu pour de bon. Quel enfoiré... Quel enfoiré de mec. Elle alla s'asseoir dans la cuisine et pleura la tête entre les bras.

La matinée n'était pas encore terminée, il fallait qu'elle prépare à manger pour Frédéric. Elle se leva et alla jeter un œil au jeune homme installé sur le canapé.

C'était ses horaires de télé. Son emploi du temps était d'une précision extrême. À en faire frémir de plaisir un maniaque.

Le matin, une douche pendant laquelle il prenait soin d'inonder innocemment le tapis et la porte de la salle de bains. Puis un petit déjeuner, où il passait quasiment une demi-heure à beurrer des tartines qu'il ne mangeait pas. Et, après une petite heure d'observation de la rue par la fenêtre du salon, il regardait la télévision. L'après-midi, après une sieste plutôt grasse, une sortie n'était pas pour lui déplaire, à condition de ne pas déroger à deux règles. Pas de trop longues marches et pas de pluie. Il craignait les intempéries au point de refuser de mettre les pieds dans une flaque. De retour à la maison, il reprenait son poste d'observation, parfois de la chambre de la Vieille, voire de sa propre chambre, accroché à son *Velux*.

Il lui arrivait aussi de jouer aux cartes. Anna n'avait pas compris à quel jeu il s'adonnait. Frédéric comptait les cartes, les posait, deux par deux ou trois par trois, puis les recomptait et les posait de nouveau. De temps en temps, il poussait des cris de mouette et il jetait les cartes à terre. Pas très reposant mais assez jouissif, imaginait-elle.

Après le souper, qui était extrêmement frugal chez Frédéric, il regardait de nouveau la télévision. Mais il fatiguait si vite que ses paupières se fermaient avant la fin des publicités. Le seul film qu'il voyait c'était « Au lit on dort ».

Et chaque jour en tout point pareil.

La thérapeute qu'elle avait rencontrée lui avait bien expliqué. Il fallait à tout prix assurer cette régularité des horaires si l'on souhaitait qu'il reste calme. La moindre perturbation et il pouvait péter les plombs.

Cette femme, qui s'appelait Léandra Lepinson et s'occupait des séances d'entraînement de Frédéric, c'était vraiment une fille bien. Au lieu de la culpabiliser, comme le Matteo machin-chose, elle lui avait donné quelques trucs. Elle avait répondu à ces questions pratiques dont Anna avait du mal à se dépatouiller. Il pouvait se laver seul mais il fallait qu'elle soit dans la pièce. Il mangeait comme tout le monde mais avait du mal à avoir de l'appétit. Il fallait éviter qu'il ne mange trop sucré. Regarder la télévision faisait travailler sa concentration. Sortir lui permettait de se confronter à la réalité.

Une vie un peu à part, avec ses normes et ses modes de fonctionnement.

Du coup, elle avait décidé de retourner au Centre aussi régulièrement que possible. Tous les deux jours.

Elle avait claqué la porte à l'éducateur mais n'avait pas renoncé à prendre en charge Frédéric jusqu'à son placement. Elle pouvait au moins faire ça pour lui. Jusqu'à ce que la situation s'éclaircisse.

Elle l'appela de la cuisine, il la rejoignit et picora dans son assiette. Anna tâtonnait encore en matière de cuisine. Il aimait si peu de choses et, en même temps, avait l'air si faible. Elle se sentait un peu frustrée qu'il n'ait pas plus faim. En refusant de manger ce qu'elle préparait, c'était un peu elle qu'il rejetait.

Pendant sa sieste, elle décida que leur sortie de l'après-midi serait destinée à Dorothée. Elle avait besoin de parler à quelqu'un. À quelqu'un d'autre que Frédéric dont les paroles étaient aussi rares que les jours de soleil. Elle avait pardonné à Dorothée son entrevue avec la grande Simone. D'ailleurs, cela faisait un bout de temps qu'elles ne s'étaient pas vues et cela l'inquiétait. Si Dorothée n'était pas venue se mêler de ses affaires, c'était que les siennes devaient être mauvaises.

Elle sonna chez sa voisine en tout début d'après-midi. Dorothée ne répondit qu'au troisième appel. Lorsqu'elle ouvrit, Anna comprit que ce n'était pas un bon jour. Les yeux bouffis, l'absence de maquillage, le vieux jogging jaune couvert de taches.

Elle suivit Dorothée qui avait mâchonné un vague bonjour dans leur direction. Dans la cuisine, deux énormes cocottes bouillaient sur le feu. Anna installa Frédéric dans un coin et lui confia un magazine à dépouiller. Il était capable de lire pendant des heures. Elle l'avait découvert depuis peu alors qu'elle n'avait jamais imaginé qu'il sût lire. C'étaient des a priori qui lui collaient à la peau et qui lui jouaient parfois de mauvais tours.

— Comment va Eddy ? demanda-t-elle tout à trac à Dorothée, en voulant éviter de tourner autour du pot, pratique à laquelle pourtant la Dorothée qu'elle connaissait aimait bien se prêter.

— Eddy ne va pas bien, ma petite, dit Dorothée en passant ses mains dans ses cheveux ébouriffés à moitié décolorés. (Elle n'avait pas eu le temps de faire ses racines et une frange de cheveux gris ourlait outrageusement son front.) Il ne va vraiment pas bien du tout. Je regrette tant que votre grand-mère ne soit plus de ce monde.

Anna resta silencieuse à cette évocation. Non pas qu'elle eût beaucoup d'amitié pour Eddy, mais il lui semblait injuste que le sort s'acharnât sur lui.

— Je sais ce que vous pensez, Anna, reprit Dorothée en la défiant du regard. Mais nous sommes allés deux fois à la clinique depuis vendredi. Son état empire et je lutte pour qu'il ne soit pas hospitalisé. Il a vu trois spécialistes et les avis divergent.

— Que disent-ils ? Pourquoi ne voulez-vous pas d'une hospitalisation ?

— Je sais ce que c'est, moi, un hôpital, cria Dorothée en se levant brutalement de sa chaise, manquant de renverser les bocaux de sucre et de farine posés sur le rebord du plan de travail, dans son dos. J'ai failli y rester. Quand on y rentre, c'est le début de la fin. Je ne veux pas qu'il y meure.

— Dorothée, vous ne pouvez pas dire cela ! Ils vont lui apporter une aide, un soutien. Ils pourront l'aider à supporter la douleur.

— Taisez-vous, Anna, fit Dorothée hors d'elle-même. Vous ne savez pas de quoi vous parlez, petite sotte. Vous ne savez pas à quel type de souffrance il est confronté. C'est inhumain, c'est au-delà du supportable, hurla-t-elle avant de s'effondrer en sanglots sur la toile cirée de la table.

Au milieu de cette tempête verbale, Frédéric semblait imperturbable. Il lisait avec minutie son *Point de vue*, épluchant les potins des têtes couronnées du monde entier. Mais Anna redoutait tout ce qu'elle ne voyait pas.

Dorothée était néanmoins prioritaire. Elle se leva et lui entoura les épaules de ses bras.

— Ressaisissez-vous, Dorothée. Eddy a encore besoin de vous. Je vais vous garder Eddy pendant quelques heures, si vous le voulez, avec Frédéric. Profitez de ce temps pour sortir un peu, vous arranger. Vous ressemblez à une mémère qui aurait dix fois votre âge.

Dorothée releva la tête. Son visage était rougi par les pleurs et son nez bouffi. Sans rien ajouter, elle saisit la main d'Anna.

— Alors, vous ne m'en voulez pas pour la visite chez Simone ?

— Mais non, vous savez que je suis un peu soupe au lait. Aussitôt gueulée, aussitôt oubliée, ma colère.

— La Vieille n'est pas partie tout à fait, Anna. Elle est en vous.

— Poltergeist aussi, fit Anna. Je ne suis pas hantée, Dorothée, et vous n'êtes pas Madame Irma.

Elle dégagea sa main de la paluche aux doigts boudinés de Dorothée et marcha de long en large dans la cuisine pour se donner une contenance. Elle détestait ce côté étrange de Dorothée qui semblait lui dire les choses qu'elle ressentait tout au fond d'elle. Des impressions qu'elle n'avait pas envie de formuler tout haut et que Dorothée savait toujours lui mettre sous les yeux comme un panneau de signalisation réfléchissant les phares des voitures.

— Vous cuisinez, demanda-t-elle à Dorothée en désignant les cocottes en pleine ébullition.

— Je prépare un onguent pour Eddy. Votre grand-mère savait en préparer un qui le soulageait de ses crises. Aujourd'hui, il ne lui fait plus beaucoup d'effet. Mais c'est mieux que rien.

— Il a un traitement ? osa timidement Anna.

Elle vit Dorothée devenir cramoisie.

— Vous ne lâchez pas le morceau, Anna. Vous campez sur vos positions. L'allopathie triomphe ! La médecine traditionnelle exulte ! Pourtant, vous devriez avoir compris depuis le temps. Vous avez vu de quoi était capable votre grand-mère. Vous êtes assez âgée pour comprendre qu'il est certaines maladies pour lesquelles la médecine traditionnelle est impuissante. Venez voir Eddy, ma petite.

Elle entraîna Anna en la tirant par la main jusqu'à la chambre du malade.

Eddy était recroquevillé dans son lit. Couché, il semblait anormalement petit, son visage amaigri et crispé par la douleur semblait avoir lui aussi rétréci. Seuls ses yeux restaient immenses et suppliants. Anna eut envie de vomir et de pleurer à la fois. Elle avait envie de quitter la pièce, mais ses pieds restèrent collés au sol. Dorothée lui lâcha la main et se dirigea vers la table de nuit située à gauche du lit. Elle prit les boîtes qui se trouvaient dessus et les jeta dans un petit carton posé à terre, puis ouvrit le tiroir et en sortit également une dizaine de médicaments, suppositoires, cachetons, sirops, pilules, doses... Enfin, elle passa la main derrière la porte du petit placard et en tira une dizaine de feuillets. Des ordonnances. Elle renversa le tout aux pieds d'Anna, les plaquettes et les sirops roulant sur ses pieds, les ordonnances planant doucement avant de se poser.

— M. Jean, c'est moi qui l'ai soigné avant qu'il ne quitte le quartier. Il avait un psoriasis aggravé d'une sclérose en plaques. Il y en avait autant dans sa table de chevet. Je l'ai vu partir à l'hôpital, j'ai vu son regard qui me suppliait. Il n'est jamais rentré.

Anna hocha la tête et posa son bras sur celui de Dorothée.

— Venez avec moi, Dorothée. Eddy n'a pas besoin de ce genre de spectacle. Il n'a peut-être pas envie de nous voir nous battre.

Dorothée enveloppa Eddy de son regard. Elle voulait le protéger mais elle était sans armes. Il était sûr qu'elle l'aimait, démesurément. En tout cas comme un être dont elle ne pouvait envisager la mort.

Elles firent quelques pas côte à côte jusqu'à la cuisine. Anna n'arrivait pas à enlever de sa tête l'image d'Eddy broyé par la douleur. Dorothée semblait devenue apathique.

— Je ne partage pas votre croyance en ma grand-mère, Dorothée, mais ce serait inutile de nous fâcher pour cela. Vous êtes devenue plus qu'une voisine pour moi. Je veux vous aider.

— Alors, essayez de me comprendre, Anna. Ici, j'ai encore une chance de le sauver. Eddy, depuis que je le connais, est malade. Sa dégénérescence de la moelle épinière était programmée. Mais elle arrive plus rapidement que prévu et les docteurs n'y peuvent rien. La seule chose qu'ils peuvent faire, c'est atténuer la douleur. Votre grand-mère pouvait ralentir la progression de cette maladie et faire quasiment disparaître la douleur. Elle lui a évité beaucoup de moments difficiles comme celui-ci. Maintenant qu'elle n'est plus là, je ne peux qu'essayer de reproduire ce qu'elle faisait. Mais je le fais mal parce que je n'ai pas son don.

Anna hocha la tête sans y croire. Il lui semblait absurde que Dorothée ait réussi à se persuader que la Vieille avait un quelconque pouvoir sur l'évolution de la maladie de son mari. Et que ce pouvoir puisse résider dans le cahier des herbes lui semblait encore plus aberrant. C'était comme de vouer un culte à un livre de cuisine lorsqu'on réussit une béchamel.

Elle parla encore avec Dorothée du quotidien et la persuada d'aller faire un tour pendant qu'elle resterait avec Frédéric à garder Eddy. Après maintes recommandations et après avoir rempli ses cocottes d'herbes, de graisses et d'huiles essentielles, Dorothée s'éclipsa non sans inquiétude, laissant son cher et tendre Eddy entre les mains peu expertes et peu sensibles d'Anna et de Frédéric.

Anna plaça Frédéric dans un gros fauteuil, dans lequel Raymond Souplex aurait pu résumer les indices avant les « cinq dernières minutes », et lui confia un magazine appartenant à Eddy. Une revue sur les maquettes dont elle se demandait si elle n'avait pas contribué à l'état de fatigue et d'énervement du pauvre agonisant.

Elle s'approcha du malade et lui proposa à boire. Mais le pauvre Eddy, blême, les lèvres serrées, n'avait même pas la force de tourner les yeux vers elle.

Anna s'enfonça dans un abîme de réflexions douloureuses et Frédéric s'assoupit dans la revue d'Eddy.

Au bout de deux heures, Anna avait fini elle aussi par s'endormir sur son siège. Elle sentit une pression sur sa main. C'était Eddy qui s'était approché d'elle. Il avait avancé l'une de ses mains vers Anna et ses efforts l'avaient mené à frôler les doigts d'Anna.

— Vous voulez quelque chose, Eddy ? s'inquiéta Anna en se redressant.

— Mmmh... annnnnnna...

Eddy avait la mâchoire contractée et la langue collée au palais. Anna lui tendit un verre d'eau. Mais il le repoussa maladroitement et son contenu se déversa sur les draps.

— Annnna sauva... suppli eecart...

— Je ne comprends pas ce que vous me dites, Eddy... Allez-y plus doucement.

— Dodo... doro...

— Vous voulez que j'appelle Dorothée...

Il remua la tête de droite à gauche, aussi rapidement que le lui permettaient ses muscles endormis et fatigués. Il s'agrippa plus fort à sa main et Anna sentit ses ongles s'enfoncer dans sa chair. Elle aurait bien voulu se lever mais quelque chose dans l'expression d'Eddy la retenait et la mettait mal à l'aise.

— Vous voulez me parler de Dorothée...

— Mal... malade... dur... résis... résister... monsieur... Je...

Il haletait et ses yeux clignotaient à chaque nouvelle syllabe. Anna regarda en direction de l'entrée. Elle souhaitait que Dorothée ait fini sa petite balade parce qu'elle se sentait incapable de venir en aide à l'infirme.

— Vous avez peur pour Dorothée qu'elle ne puisse pas résister ? essaya-t-elle de traduire. C'est ça que vous essayez de me dire ?

Il hocha la tête négativement et accentua la pression de sa main sur celle d'Anna.

— Vous me faites mal, Eddy, fit Anna en retirant sa main.

— Ca... cahier... herbes... gr... mère... secret... reprit-il sans tenir compte de la plainte d'Anna.

— Vous voulez me parler du cahier des herbes. Je l'ai prêté à Dorothée. Elle l'a bien en main, ne vous inquiétez pas.

Il lâcha d'un seul coup la main d'Anna et s'enfonça dans son coussin en détournant la tête.

— Qu'y a-t-il, Eddy ?

— Tout va bien, Anna ?

Dorothée venait d'entrer dans la pièce. Elle s'était changée. Elle avait revêtu un ensemble rose fuchsia qui ressemblait à un emballage de sucette Pierrot.

Mais l'ensemble était beaucoup plus aimable que son survêt' poisseux jaunâtre. Elle portait un sachet de papier kraft dont émanait une odeur qui éveilla chez Anna un sentiment de déjà vu. Un souvenir lointain.

— Eddy est un peu agité. Il voudrait communiquer, mais je ne comprends pas ce qu'il veut me dire.

Dorothée s'approcha du lit d'un pas rapide. Elle prit le pouls de l'infirme d'une main d'experte.

— Il est un peu fiévreux.

Son visage se décomposa. Elle semblait prête à fondre en larmes de nouveau.

— Tenez le choc, Dorothée. Il a besoin de vous. J'ai même l'impression qu'il s'inquiète pour vous. N'est-ce pas Eddy ?

Eddy regarda Dorothée, mais son expression était redevenue celle d'un homme souffrant plus que de raison.

Dorothée épongea ses larmes du revers de sa manche et partit dans sa cuisine. Elle en revint et tendit un verre en direction d'Eddy.

Il le repoussa tout doucement.

Dorothée avait le visage livide.

— Il faut être raisonnable, fit Anna. Vous devez vous battre, Eddy. Elle vous aime terriblement votre Dorothée. Accrochez-vous.

— Non, laissez tomber, Anna. Il est épuisé. Il en a assez. Et moi aussi.

Anna sentit la tristesse fondre sur elle comme une pluie d'orage. Elle était là et elle ne pouvait rien faire. C'était ça le *deal*. Regarder les autres souffrir et attendre la fin. C'était ce que la Vieille avait fait sa vie durant. Comme une sainte. Ou une folle. Parce qu'il fallait être folle pour supporter toute cette tension et renifler la mort à plein nez. Il fallait être peu attaché à sa propre vie. Mais elle, Anna, elle n'était pas comme la Vieille. La vie, sa vie, elle y tenait. Elle ne voulait pas être le corbeau du quartier et se poser auprès des malades pour attendre qu'ils aient rendu leur dernier souffle. Elle se leva et recula pour laisser la place à Dorothée.

Celle-ci reprit son rôle de garde-malade. Ses épaules dodues avachies dans cette robe fuchsia, aux côtés d'Eddy recroquevillé et souffrant. Ils formaient un tableau surréaliste qu'Anna n'était pas près d'oublier.

Ils ne discutaient pas mais leurs respirations semblaient se répondre. Le souffle chargé et rauque d'Eddy, aussi irrégulier que ténu, la respiration sifflante et agitée de Dorothée à laquelle se mêlaient des soupirs qui résumaient tout ce qu'elle ne disait plus.

Anna reprit le verre des mains de Dorothée. Elle se plaça de l'autre côté du lit et posa sa main sur la nuque d'Eddy.

— Faites-le pour Dorothée, Eddy. Je sais que vous l'aimez plus que tout au monde. Je vous ai vus tous les deux. Vous êtes un des couples les plus unis que j'aie rencontrés.

Anna n'avait même pas le sentiment de mentir. Tout en parlant, elle passait en revue ses amis, ses propres expériences. Elle était obligée de reconnaître que c'était le seul exemple de sacrifice absolu mutuel – lui à son destin, elle à sa maladie – qu'elle avait vu jusqu'alors. C'était un couple fusionnel, degré zéro de la perte du moi, l'un ne vivant plus que dans le regard, le souffle de l'autre.

Eddy leva les yeux vers Anna. Pour la première fois, elle eut le sentiment de voir l'homme qu'aurait pu être Eddy sans cette maladie, sans la souffrance et la peur de mourir. Elle le trouva beau avec sa tête chauve, ses grands yeux globuleux, ses rides prématurées, son teint jaunâtre. Ce n'était pas vraiment de la beauté, c'était plutôt qu'il rayonnait. Il fit mine qu'il était prêt. Anna, surprise, approcha le verre de sa bouche. Il avala quelques gorgées puis, satisfait, il se renfonça dans le lit et ferma les yeux.

— Venez avec moi, Anna, fit Dorothée, la voix rauque. Je crois qu'il veut se reposer.

Elles quittèrent la pièce en entraînant avec elles Frédéric. Ce dernier, après s'être réveillé, s'était remis à lire sa revue comme s'il s'était trouvé dans une salle d'attente. Des plumes de canard, pensa Anna. Frédéric avait des sortes de plumes de canard qui le protégeaient des émotions dégoulinantes extérieures.

C'était pratique. Elle l'enviait un peu, même si elle supposait que ce n'était pas gratuit.

— Vous m'avez beaucoup aidée, Anna. Avec tous les problèmes que vous avez, on peut dire que vous ne défaillez pas à la réputation de votre grand-mère.

Dorothée avait la lèvre inférieure qui tremblait. Anna détourna son attention vers les pots à onguent et le sachet en papier kraft posé sur le plan de travail.

— Disons que je règle mes dettes avec vous, Dorothée. Pour ce qui est de l'argent, en revanche… ça va être plus difficile…

— Vous ne me devez plus rien. Ce que je vous ai prêté, c'est ce que je devais à votre grand-mère pour toute l'aide qu'elle m'a apportée.

— Non, Dorothée, je ne peux pas accepter. Cet enterrement, je ne veux pas qu'il soit payé par une étrangère.

Anna se mordit la lèvre.

— Ne vous méprenez pas. Vous n'êtes plus une étrangère. On pourrait même dire qu'on est quasiment des amies. Mais cet enterrement, c'est l'histoire de ma famille. C'est tout ce qu'il me reste du passé. C'est à moi de le régler, au sens propre comme au sens figuré.

— Je respecterai votre choix, Anna. Finalement, vous avez plus de principes que vous ne le laissiez supposer. Depuis notre rencontre, je vais de surprise en surprise.

— Je suis aussi surprise que vous, Dorothée. Cette ville a une mauvaise influence sur moi, vous ne trouvez pas ? fit Anna avec un petit rire forcé censé réchauffer l'atmosphère. Nous allons rentrer et vous laisser tranquille avec Eddy, ajouta-t-elle en se rapprochant de Frédéric. Je peux récupérer le cahier ?

— Le cahier ? Le livre de notes de votre grand-mère ? répéta Dorothée en rougissant.

— Oui, celui que je vous ai prêté il y a quelques jours.

— C'est-à-dire... je ne peux pas. Pas tout de suite. Laissez-le-moi encore un peu.

Anna resta silencieuse quelques instants. Curieusement, elle se sentait un peu contrariée par cette requête. Ce cahier, elle aurait voulu le rapporter chez elle. Le mettre en lieu sûr. Elle découvrait à quel point elle y était attachée.

Mais quelle valeur avait-il réellement ? Elle qui avait craché à la face de tous que la Vieille était un charlatan de première. Elle chassa ses vieux fantômes et ses démons. Il était peu à propos d'être impitoyable avec Dorothée.

— OK, gardez-le tant qu'il vous sera utile. Je me demande... Non, ça ne me regarde pas après tout, mais... Ce sont des herbes ? finit-elle par demander en désignant le sachet de papier kraft.

Ça la turlupinait depuis que Dorothée était rentrée avec dans la chambre d'Eddy.

— Ça ? demanda Dorothée en rougissant comme une pivoine. Oui, confirma-t-elle, étrangement laconique.

— C'est étrange... cette odeur m'est très familière... mais j'arrive pas à me rappeler le nom de cette plante...

— C'est pour le traitement d'Eddy, répondit rapidement Dorothée en rangeant le sachet dans un placard.

— Je suis sûre que je connais cette plante. Mais ça me rappelle quand j'étais à Paris, dans le 8e. Bon sang, c'est du cannabis, Dorothée !

— C'est pour le traitement d'Eddy, répéta Dorothée, rougissant de plus belle. Ça le soulage.

Anna avait envie de rire, mais la situation n'avait rien d'une bonne blague belge. Ni hollandaise d'ailleurs.

— Comment vous l'êtes-vous procuré ? Vous ne *dealez* pas tout de même ?

— C'est Simone, répondit Dorothée en faisant mine de ranger la vaisselle posée sur l'égouttoir. Mais vous n'avez pas besoin d'en savoir plus. Vous avez assez de problèmes comme ça.

— Et ma grand-mère était au courant ?

— En quelque sorte... disons qu'elle n'y était pas opposée quand elle a compris quel usage on pouvait en faire concrètement.

Anna sourit étrangement. La Vieille avait dû sacrément changer. Elle avait l'impression de ne plus vraiment la reconnaître en écoutant les dires des uns et des autres. Comme si elle avait rajeuni après son départ, comme si elle avait brisé toutes les règles qui avaient été les leurs durant quinze années de vie commune et isolée.

— Vous allez partir ? demanda Dorothée qui souhaitait changer de sujet.

Elle s'en voulait d'avoir donné à Anna de quoi déboulonner la statue d'Yvonne et d'avoir dénoncé Simone, la dame aux cheveux mauves et à la morale droite comme un i.

— Laissez-moi votre adresse et je vous enverrai le cahier de notes par la poste.

— Non, non, je ne suis pas prête à partir. Même si c'est ce que je désire le plus au monde, je suis coincée ici. Sans boulot.

— Ah...

La bouche de Dorothée était restée ouverte comme pour laisser échapper des millions de questions intrusives. Mais rien ne venait. Elle regarda Frédéric.

Anna sortit dans la rue, accompagnée de son cousin, et fit un signe de la main à Dorothée en guise d'au revoir. La porte se referma.

Anna emmena Frédéric avec elle faire quelques courses, puis ils rentrèrent peu avant la tombée de la nuit. Les gouttes commençaient à tomber et le ciel était noir de nuages. Anna pressa le pas. Cette pluie était une quasi-provocation pour Frédéric. Anna n'avait aucune envie qu'il fît une crise à deux pas de la maison. Elle traversa la rue pour rejoindre leur trottoir. Frédéric fit tomber sa revue, celle qu'il avait chipée à Eddy. Anna la ramassa. Frédéric grogna.

— Qu'est-ce qu'il y a, Frédéric ?

— Regarde, Nana ! Méchant, très méchant. Là-bas. Rouge.

Frédéric désignait le trottoir d'en face. Un homme, une capuche remontée sur la figure, faisait le pied de grue en regardant sa montre. Il avait l'air d'un pauvre type.

— On se dépêche, Frédéric. Il ne reste plus que quelques mètres. C'est pas le moment de flancher. Surtout qu'il va...

Elle avait failli dire le mot fatidique. Elle le tira de toutes ses forces, mais les pieds de Frédéric n'avançaient plus. Il tremblait comme un cheval qu'on mène à l'abattoir.

— Bon sang, Frédéric, c'est pas le moment ! supplia Anna en prenant ses deux mains entre les siennes.

— A fait mal à Mamami. Méchant. A fait mal à nous.

— Mais qu'est-ce que tu racontes, on ne le connaît pas ce type.

Elle se tourna dans sa direction. L'homme semblait immobile comme une statue. Il suivait la scène avec attention mais elle n'arrivait pas à voir son visage. D'instinct, elle détourna la tête. Il fallait rentrer au plus vite. Se mettre à l'abri de la pluie et faire oublier ses visions paranoïaques à Frédéric.

L'homme changea de position et se rapprocha du bord du trottoir. Il attendait, la tête toujours baissée. Frédéric se rua en avant, si bien qu'Anna tomba par terre. Il courut jusqu'à la porte et tapa dessus comme un forcené.

Anna se releva et lança un regard noir en direction de l'homme. Il se croyait malin, ce connard, à les laisser patauger dans la semoule comme ça ? Il ne pouvait pas faire un petit geste pour montrer qu'il était juste un connard sous la pluie, un connard inoffensif quoi !

Elle courut après Frédéric et, en évitant la pluie de coups que subissait la porte, elle glissa sa clé et poussa le battant. Frédéric monta les escaliers comme s'il fuyait la peste. Anna referma la porte sur une vraie pluie, une pluie battante qui avait eu l'amabilité de ne s'exprimer qu'après leur retraite.

Elle s'assit dans le salon sans allumer les lumières. La maison était sombre et on entendait les gouttes d'eau crépiter sur le trottoir comme des rafales de mitraillette. L'orage n'était pas très loin.

Ou il était déjà passé et il s'était noyé dans les trombes d'eau.

Un éclair illumina la pièce. Il fallait qu'elle monte voir Frédéric. Il devait être terrorisé. Elle avait eu tort de penser qu'il avait des plumes de canard. C'était plutôt une éponge en matière de sensibilité. Il s'imbibait jusqu'à ce que ça déborde. Et, visiblement, la pluie et la peur avaient eu raison de son self-control.

La sonnette retentit avant qu'elle ait réussi à se lever. Elle alluma le couloir et ouvrit, de guerre lasse.

Un homme encapuchonné se tenait dans l'encadrement de la porte. Il était si grand qu'elle voyait à peine son visage. Juste deux yeux, brillants et fixes. Elle en eut un coup au cœur si violent qu'elle faillit lui claquer la porte au nez.

— Qui êtes-vous ? finit-elle par articuler.

— Julien, répondit une voix rocailleuse et très basse.

— Julien ? Je suis censée vous connaître ? demanda Anna qui reculait malgré elle, tout en s'agrippant à la porte.

Il retira sa capuche. Il devait avoir dans la soixantaine, un gros nez et des moustaches de fumeur de pipe. Les yeux verts, des boucles grises et blondes et une carrure de déménageur. C'était pas un type à qui on pouvait dire merde comme on dit bonjour. Ou, du moins, il fallait prendre ses précautions. Et courir très vite.

— Je suis un ami de votre grand-mère. C'est vous qui m'avez dit de venir.

— Oh, excusez-moi, fit Anna toute penaude. Je suis désolée, ajouta-t-elle en s'effaçant pour le laisser entrer. J'avais complètement oublié que vous deviez passer ce soir.

— Vous avez l'air passablement effrayée, commenta-t-il en parcourant le couloir.

Il prenait déjà des airs supérieurs. Ce que ce mec pouvait l'énerver. Plus encore qu'au téléphone. Il devait penser que toutes les femmes sont fragiles et ont peur du noir.

— C'est Frédéric, vous le connaissez, je suppose, si vous fréquentiez ma grand-mère.

L'homme bourru hocha la tête.

— Il est très agité ce soir. On rentrait, il a vu un type dans votre genre et il a eu peur. Et je pense qu'inconsciemment il me transmet ses peurs. Quand je vous ai vu avec votre capuche...

Voilà qu'elle se mettait à faire de la psychologie de comptoir. C'était vraiment un con de première pour la mettre dans cet état. Plus de justifications minables ni de compromis.

— Où est-il ?

— Au grenier je suppose, répondit-elle sèchement.

— Vous permettez ? dit-il en s'engageant dans l'escalier.

— Je ne pense pas que vous ayez besoin de ma permission, cria Anna en direction du visiteur qui avait déjà gravi un étage sans attendre l'autorisation.

Elle le retrouva dans les combles. Frédéric était blotti sous une pile de couvertures. Il marmonnait des mots incompréhensibles. Anna remarqua les gouttes de sang qui maculaient son oreiller. Il avait dû se blesser en grimpant comme un dératé.

Julien s'était mis à genoux pour être à hauteur de la boule d'édredon qui tremblait.

— Frédéric, c'est Julien. C'est Tito.

Elle entendit un remous sous les couvertures.

— Frédéric, je suis venu voir si tout va bien pour toi.

Il n'était pas gonflé ce type ! Il avait l'air de supposer qu'elle s'occupait mal de son cousin.

Elle l'attendait au tournant. Il allait le payer très cher.

Frédéric se dégagea de son cocon et regarda son interlocuteur. L'imperméable dégoulinait, la capuche était mal rabattue et lui recouvrait encore la nuque, les mains étaient glacées et les pieds boueux. Elle vit Frédéric avoir un mouvement de recul. Elle s'approcha dans un réflexe de défense.

Julien enleva son ciré et retira ses bottes. Puis se glissa aux côtés de Frédéric sous les couvertures. Frédéric se jeta contre lui et s'accrocha à ses épaules.

Envahie par une sensation étrange que tout allait bien en cet instant, en dépit de la pluie, du froid, des emmerdes et des problèmes de santé des uns et des autres, Anna se sentit brusquement relevée de ses fonctions. De trop. Elle pouvait prendre ses quartiers.

Elle quitta le grenier, laissant à Frédéric ce qu'elle n'arrivait pas à lui procurer depuis qu'elle l'avait rencontré. Le sentiment d'être en sécurité dans cette maison qui aurait dû être la sienne.

Chapitre 11

Julien était un curieux personnage. Anna n'avait jamais rencontré d'homme comme lui. Même le juge semblait ordinaire en comparaison.

Il cultivait des terres en bordure d'agglomération. Des fleurs, des plantes et quelques fruits. Il vendait une partie de ses plantes à des pépiniéristes haut de gamme et il tirait de l'autre partie des huiles essentielles qu'il vendait sur les marchés. Il passait sa vie les mains dans la terre et le nez dans les feuillages et les parfums. Cela faisait de lui quelqu'un un peu à part dans sa façon de parler avec son entourage. Et il avait sans doute perdu l'habitude d'être contredit dans cet écrin végétal qu'il protégeait aussi bien que celui-ci l'isolait du reste du monde.

Il était très attaché à Frédéric. Il le traitait comme son propre fils. Il lui parlait de ses jardins, de ses bêtes, quelques poules qu'il élevait dans des B&B et qui mouraient dans leur sommeil, de vieillesse et du trop d'amour et de soin qu'il leur portait.

La Vieille et Frédéric, elle les voyait bien dans le repaire de cet original. Ils devaient se marrer comme des bonnes sœurs à un pique-nique et appeler les volailles par leurs prénoms.

D'ailleurs, cet attachement était réciproque. Frédéric le suivait partout dans la maison et, pour la première fois, elle l'avait vu renoncer à sa chère télévision pour écouter Julien raconter ses histoires. Le jardinier sortait de sa mémoire, sans trop d'effort, des récits, des légendes des quatre coins du monde. Il en connaissait même de la montagne de Reims. Des histoires de villageois un peu étranges, de bêtes qui savent parler, de paysans aussi sages que le dalaï-lama et, évidemment, de femmes sorcières belles à en mourir. Il y avait quelque chose d'hypnotique dans le rythme qu'il donnait à sa voix, au ton qu'il donnait à chaque mot, à chaque phrase. Anna s'était laissé prendre au jeu.

Mais cela n'avait duré que le temps de la chansonnette. Elle ne pouvait pas le blairer, le sexagénaire. Il était froid, voire hautain envers elle. Elle pressentait que la Vieille avait dû lui faxer une bonne partie de son curriculum vitae. Jugée d'office et sans remise de peine.

Après le coucher de Frédéric, auquel Anna n'avait même pas voulu assister tant elle se sentait de trop dans cette relation fusionnelle – avec celle d'Eddy et de Dorothée, cela devenait une habitude, peut-être une histoire de karma de quartier –, elle avait échangé quelques paroles avec Julien. Et ça ne s'était pas très bien passé.

Il était trop entier. Elle n'aimait pas les négociations et lui ne voulait pas faire de concessions. C'était biaisé d'avance. Elle avait essayé de lui expliquer ce qu'elle voulait faire de la maison et ce qu'elle projetait pour Frédéric. Elle n'avait eu droit qu'à un silence méprisant. Elle lui avait posé quelques questions sur ses jardins, il lui avait répondu avec si peu de politesse qu'elle s'était levée, sans masquer sa contrariété, en déclarant qu'elle allait se coucher.

Au dernier moment, il l'avait retenue en lui demandant comment elle avait vécu la mort de sa grand-mère et c'était elle qui s'était tue et avait abandonné Julien dans son lit de fortune aménagé sur le canapé du salon. Lui non plus ne voulait pas dormir dans la chambre de la Vieille.

Arrivée dans sa chambre, elle s'était roulée dans ses couvertures, la rage au ventre, déterminée à se débarrasser de cet énergumène au plus tôt. Il avait l'habitude de dormir chez la Vieille et elle aurait bien eu du mal à refuser ce plaisir à Frédéric. Mais, au réveil, elle avait en tête de le jeter dehors sans plus de ménagement. Elle était chez elle désormais.

Le lendemain, elle se leva vers 6 heures du matin. Elle se réveillait de plus en plus tôt. Le sommeil un peu trop agité par des soucis qui phagocytaient son existence. À cours de fric alors qu'elle venait d'hériter, son mec sur le point de la laisser tomber pour une course en barque avec un enfoiré de première, alors qu'elle était coincée avec son cousin sur les bras. Les lettres du corbeau qui clignotaient comme des alarmes incendie dans son esprit. Même Dorothée était source d'inquiétude.

Ses pensées ne cessaient de faire des révolutions dans sa tête. Elle avait la sensation de ne ressentir que de la tristesse ou de la colère. Les deux dernières semaines qu'elle avait passées à Reims, elle n'avait parlé qu'à des gens inconnus. Qui lui rappelaient en permanence ce qu'elle était à l'état civil. Un casier noirci, une femme seule.

Elle descendit se faire un café en cuisine. Elle avait fini par racheter une cafetière italienne bon marché avec ses dernières économies. *Un sens certain de l'à-propos dans la gestion de ton budget, aurait dit la Vieille.*

En attendant qu'il fût prêt, elle sortit dans la petite cour à l'arrière de la maison. Elle avait fini par la débarrasser en portant les cartons qui l'encombraient chez les Petites Sœurs des Pauvres. Une autre partie des affaires de la Vieille avait été descendue dans la cave, faute de mieux. La petite terrasse en béton qui faisait face à un grand mur était déserte et piteuse. Anna se demanda pourquoi la Vieille l'avait fait bétonner au lieu de conserver un petit bout de terrain. Cela datait d'avant sa propre naissance.

Elle s'alluma une clope. La porte s'ouvrit dans son dos. Julien, en tee-shirt, s'étirait dans le vent froid du matin qui devait faire chuter les températures au-dessous du niveau de la mer. Anna détourna son regard. Ne pas lui donner des raisons de lui adresser la parole. Chacun sa vie, chacun ses problèmes.

Il repartit dans la cuisine sans un mot. Anna tremblait de froid à présent. Mais elle avait besoin de fumer ce matin. Elle était capable de se passer de nicotine quasiment toute la journée, mais pas le matin. Pas cette semaine du moins.

Elle entendit la porte battante grincer de nouveau. Elle espérait que Frédéric n'était pas encore levé. Elle avait besoin de ce petit moment à elle, avant de reprendre la grande course.

— Je ne sais pas si vous le prenez sucré, fit Julien en se postant à ses côtés et en lui tendant un mug fumant.

— Sans sucre, merci, répondit-elle en prenant la tasse entre ses doigts glacés.

— Je crois que nous sommes partis sur de mauvaises bases tous les deux, entreprit Julien de sa voix calme et profonde.

— Je crois que nous ne sommes pas partis du tout. Mais ne vous inquiétez pas, cela ne m'empêchera pas de veiller sur Frédéric.

— Pourquoi êtes-vous toujours à cran lorsqu'on essaie de parler avec vous ?

— Vous pouvez parler ! Vous vous croyez le chantre de l'amabilité sur terre peut-être ? On peut pas dire que vous ayez fait des efforts pour dialoguer jusqu'à présent, fit Anna en le regardant droit dans les yeux.

Ses genoux tremblaient dans son pantalon. Le froid et un rien d'agacement.

Julien regarda le mur qui clôturait la terrasse avec sympathie et réserve. Il avait l'air de vouloir engager la conversation avec lui plutôt que de répondre aux provocations d'Anna.

Mais, après un court silence, il se tourna vers Anna qui l'observait avec irritation.

— Vous avez raison. Je ne suis pas toujours d'un abord facile. Disons que nos premiers contacts n'ont pas été « conventionnels ». C'est peut-être la raison pour laquelle j'avais du mal à vous parler. Mais hier soir j'ai eu le temps de vous observer, de vous connaître un peu mieux...

— Vous m'avez classée dans quelle espèce ? Mauvaise herbe récalcitrante ? ricana Anna. Dommage que vous ayez oublié votre bêche à la maison !

Le vieil homme eut un mouvement de recul. Anna crut qu'il allait la laisser en plan dans le froid, avec son café qu'elle trouvait trop fort. Et elle prit conscience qu'elle n'avait pas envie qu'il s'en aille.

Depuis son arrivée à Reims, c'était la première personne qu'elle rencontrait qui ne souffrait pas et qui semblait avoir une activité normale, hormis le notaire qu'elle ne classait pas dans la catégorie des êtres vivants. Elle mâchonna le bout de son index en poussant un soupir du genre « et merde... ».

Mais Julien ne décollait pas et continuait à offrir ses avant-bras aux morsures du froid.

— J'ignore la raison pour laquelle vous êtes à cran, mais vous devriez essayer un mélange de camomille et de sureau. C'est très bon pour l'apaisement des nerfs. À moins que vous ne soyez en pleine menstruation et, dans ce cas-là, je vous dicterai mon propre mélange d'huiles essentielles à appliquer sur les zones subcapillaires.

Anna s'en mordit l'index et poussa un petit cri.

— Lâchez-moi avec vos conseils à la noix ! Je suis désolée de vous avoir blessé, dit-elle en massant le bout de son doigt endolori, mais c'est mon caractère. Je n'aime pas... les remarques. J'ai le sentiment que vous portez des jugements à l'emporte-pièce sur moi et je n'apprécie guère.

— Je ne porte aucun jugement sur vous, pour la simple raison que je ne vous connais pas assez bien, Anna. Mais j'ai l'habitude de dire toujours ce que j'estime être nécessaire. Et ces conseils que je vous donne ne sont pas des idioties, mais une façon pour vous d'aider votre corps à supporter toutes ces épreuves. Vous en faites ce que vous voulez.

— Bien. Vous m'excuserez mais je n'en ferai rien. C'est pas mon truc tous ces remèdes à base de plantes. Mon médecin est un allopathe convaincu et je ne me soigne qu'aux antibiotiques.

— Vous aimez bien provoquer, Anna.

— Moi aussi j'aime dire ce que je pense, Julien. Et depuis que je suis arrivée ici et que je rencontre les amis de ma grand-mère, j'ai l'impression d'être tombée dans une secte. Alors, excusez-moi de ne pas être en accord avec vos théories sur le bien-être du corps et de l'esprit. Pour moi, un bon verre de vin ou une boîte de chocolats, ça fera l'affaire.

— Vous qui n'aimez pas être jugée, vous avez déjà fait de moi un intégriste qui ne serait pas en mesure d'apprécier un bon vin ou de fumer un cigare ! Vous êtes un peu immature, Anna.

Anna jeta un coup d'œil sur Julien. Elle brûlait de lui rétorquer que la sénilité n'était pas un atout. Mais Julien la regardait en souriant. Elle n'avait pas remarqué qu'il avait un très beau sourire. Rare mais beau.

Il avait dû en séduire plus d'une au détour d'un pommier, le Julien, avec sa fourche.

Elle lui rendit son sourire.

— Vous avez raison, Julien. J'ai la trentaine mais je me sens encore en pleine crise d'adolescence. Il faudra bien un jour que je grandisse.

— Votre grand-mère m'a raconté un peu votre parcours. Vous n'avez pas eu beaucoup de chance dans votre vie jusqu'à présent.

— Je me demande bien ce que la Vieille vous a raconté, ironisa de nouveau Anna, sur la défensive.

— Rien qui puisse nous empêcher de nous connaître mieux. Seriez-vous d'accord pour que je repasse vous voir d'ici la fin de la semaine ?

— La maison vous est ouverte. Je veux dire, Frédéric a besoin de vous, rectifia-t-elle.

Il finit sa tasse et rentra dans la maison. Anna le suivit. Elle voulait réveiller Frédéric avant que le jardinier ne reparte à son compost. Elle se surprit à sourire en montant à l'étage.

Après le départ de Julien, la journée s'écoula sans surprise. Anna avait accompagné Frédéric au Centre pour une séance de rééducation. Léandra lui plaisait de plus en plus. Elles avaient eu le temps de discuter et Anna complétait ses informations sur l'état de santé de Frédéric.

Son cerveau avait subi des dommages pendant la petite enfance et il avait de faibles capacités de mémorisation. Quels dommages ? On ne savait pas exactement, parce que le Centre n'avait pas de dossier médical antérieur à l'année en cours concernant Frédéric. D'ailleurs, Léandra doutait qu'il en existait un. Elle avait le sentiment qu'il s'agissait d'un cas de maltraitance infantile qui n'avait jamais fait l'objet d'enquête. On avait dû s'apercevoir des dégâts lorsque Frédéric avait eu dix ans, lorsque ses capacités à l'école avaient été plus sérieusement évaluées. Et là, il avait dû être placé.

Mais comment savoir ? La Vieille leur avait juste dit qu'il lui avait été confié par un parent belge disparu. Rien d'autre.

Alors Léandra s'appuyait sur ses observations cliniques. Elle l'avait testé, ses connexions cérébrales étaient plus rapides et plus intenses que la moyenne. Il était capable de ressentir et d'enregistrer énormément d'informations sur ce qu'il se passait autour de lui. Il témoignait assez peu d'émotions et manifestait peu de réactions à ce que lui disait son entourage. Ses souvenirs sur ce qui s'était passé une semaine, un mois, quelques années auparavant étaient brouillés, voire inexistants. Et puis, il y avait ces contractions musculaires qui comprimaient son visage mais aussi son corps lorsque le stress était trop important. Trop de tensions, trop d'anxiété et il faisait une crise de tétanie ou d'épilepsie.

Il ne pouvait pas être autonome. Il avait la maturité d'un gamin de dix ans. Et cela irait en régressant. Surtout s'il était confronté trop souvent au stress. En cas de fatigue, sa santé pouvait se dégrader brutalement et entraîner des lésions plus graves.

Une bombe humaine, pensa Anna. Une bombe humaine qui n'exploserait que pour déclencher des déflagrations internes.

Mais Léandra semblait très optimiste. Elle avait suivi des patients qui avaient réussi à canaliser ces moments d'anxiété et à vivre dans de relatives bonnes conditions. Dans des environnements favorables et protégés.

Sur le chemin du retour, Anna s'immergea dans des pensées opaques et lourdes comme un temps de Toussaint. Frédéric devait s'installer dans un de ces établissements spécialisés. Ce n'était pas l'existence qu'elle menait ici qui pourrait allonger son espérance de vie.

La Vieille avait dû marquer quelque part ce qu'elle comptait faire de Frédéric. Quelles étaient ses intentions. Lucien avait sûrement raison. Il fallait qu'elle reprenne le fil de ses recherches.

Elle profita de la sieste de Frédéric pour se plonger dans le journal de la Vieille, un café à la main, aussi mauvais que celui du matin. Il fallait chercher dans les dates les plus récentes.

Début 2005. La Vieille parlait pour la première fois de Frédéric. Visiblement, elle en savait assez peu sur lui. Elle ne parlait pas de sa famille, ni de son lieu de vie. Elle ne l'avait pas encore invité à vivre dans le grenier, l'âme charitable !

C'était à partir de juin 2005 que la Vieille avait commencé à voir régulièrement Frédéric. Et, comme Anna l'avait un peu deviné, c'était par l'entremise de Julien que les deux lascars avaient fait connaissance. Apparemment, au début, c'était Julien qui conduisait Frédéric au Centre. Ce qui signifiait qu'il avait été le premier à venir en aide à Frédéric, bien avant la Vieille. L'histoire était étrange. S'il connaissait Frédéric depuis plus longtemps que la Vieille, s'il connaissait sa famille, pourquoi était-ce la Vieille qui avait fini par prendre Frédéric sous son aile ?

L'attachement de la Vieille pour Frédéric n'avait cessé de croître au fil des semaines. Elle parlait de ses yeux, de ses expressions, du « Mamami » qui était venu si naturellement. Avec le Julien, ils semblaient avoir formé une famille, le temps d'un été.

Mais la Vieille ne s'était pas laissé bercer d'illusions. Elle avait compris ce qu'il allait advenir sous peu de son Frédéric.

Alors, elle l'avait hébergé chez elle, en septembre. Décision mûrie au début de l'automne, avec l'autorisation de l'administration. Et elle avait ouvert un dossier pour une mise sous tutelle à long terme.

L'éducateur n'avait pas menti. La Vieille avait bel et bien l'intention de prendre chez elle Frédéric, et ce jusqu'à sa propre mort.

Après, elle avait compté sur Anna pour assurer la suite. S'il y avait une suite pour le jeune homme...

Ce que n'avait pas deviné la Vieille c'était que, de suite, elle, elle n'en avait pas eu.

Anna referma le journal et ferma les yeux pour réfléchir dans le silence de la maison. Tous les détails étaient là : le dossier, les garanties financières, les lettres d'appui. Et d'ailleurs, il y en avait une de Simone. La Vieille expliquait comment elle avait vendu des terres dans les Ardennes, dont une exploitation de sapins. Elle avait tout placé sur un compte et fait les démarches auprès du notaire. Anna ignorait l'existence de ces terres. Pourquoi la Vieille lui avait-elle fait tant de secrets ? Frédéric, Julien, l'argent, les terres...

Elle ne savait plus qui était cette femme qui l'avait élevée. Pourquoi s'était-elle évertuée à tout lui dissimuler ? Quinze ans d'absence et elle était devenue une autre personne, avec une autre famille, une nouvelle situation. Alors qu'Anna, elle, n'avait pas changé.

Elle reprit la lecture du journal, de dépit. C'était frustrant. Qu'allait-elle découvrir encore ? Que la Vieille était en fait une transsexuelle qui avait fait carrière à Hong Kong dans les arts martiaux avant de prendre sa retraite dans la Marne comme guérisseuse de quartier ?

Non, seulement que la réponse administrative à cette adoption devait tomber au mois d'octobre.

À peu près au moment où Anna avait été contactée elle-même par la Vieille.

Pourquoi l'éducateur n'avait-il pas fait allusion à cette première demande ? Anna compulsa de nouveau le mois d'octobre. La lecture du journal était pénible. Les pattes de mouche de la Vieille se succédaient sans interruption, sans respect pour la marge, pour les interlignes.

Mardi 13 octobre 2005

J'ai reçu la lettre officielle. Ma demande a été rejetée. J'ai couru voir le Matteo. Je voulais savoir. Il n'a rien voulu me dire. Mais ça m'est égal. J'ai appris des choses sur lui. Les salles d'attente, c'est plein de gens qui ont de la rancœur. Il suffit de savoir écouter et d'avoir des heures à tuer, comme mardi dernier.

S'il ne fait pas en sorte de modifier la demande du tribunal, je dis tout sur lui. Je suis sûr qu'il est à l'origine de ce refus. Il a toujours mis en doute mes capacités à m'occuper de Frédéric. Comme quoi, je suis trop âgée et que je suis seule. Quelle idée aussi j'ai eu de lui parler d'Anna. Mais bon, je peux retourner cet élément en ma faveur. Si je ne devais pas obtenir la garde de mon Frédéric, je ne sais pas ce que je serais capable de faire. En tout cas, je ne pourrais plus me regarder en face.

Anna referma le cahier avec violence. Enfin elle l'avait trouvée la raison de son retour au pays... La Vieille avait besoin d'elle pour la parade. Pour garder Frédéric. Le cynisme de la Vieille – et son dévouement à Frédéric – balayaient tout ce qui lui restait d'amour-propre. Dans l'histoire, elle était le prisonnier que l'on échange contre l'otage.

Elle avait espéré quoi au fond ? Que la Vieille l'appelle pour se réconcilier ? Pour la prendre dans ses bras et l'appeler « ma fille » de nouveau ? Pour recoller les morceaux d'une vie qui se désagrégeait comme une falaise livrée au vent et au sel marin ?

Elle avait trente ans tout de même. Pourquoi cela avait-il tant d'importance à ses yeux d'apprendre que la Vieille se foutait complètement d'elle ?

Ni mère, ni père, ni frère ou sœur, ni mari, ni enfant, avait dit le psychologue de la prison...

Dans sa bouche, ça sonnait comme une chanson des années soixante. Un marteau et ce serait le bonheur... Pour se briser le crâne avec, évidemment.

Enfin, ce n'était pas tout à fait exact, elle avait Frédéric. Et elle avait encore un peu de temps devant elle. Pas toute une vie, mais pas mal de temps en fait. Pas comme la Vieille.

Les informations, des nouvelles aux anciennes, des cafardeuses aux surprenantes, jouaient au billard dans sa tête. Il fallait qu'elle y mette de l'ordre. Il lui fallait quelqu'un d'impartial.

Elle s'empara de son portable et composa le numéro du juge. Elle n'était pas seule, n'est-ce pas ? Il le lui avait dit.

Elle entendit deux sonneries puis une secrétaire l'avertir d'un temps d'attente aléatoire. C'est alors que quelqu'un sonna à la porte. Il fallait faire un choix. La musique de Mozart interprétée par un soliste de renom à l'orgue « Bontempi ». Ou l'inconnu et le mystère de ces rencontres impromptues avec un voisinage exécrable.

Comme la musique en boucle lui plaisait moyennement, elle raccrocha. Elle avait toujours préféré les pochettes-surprises.

— Vous êtes revenue ! fit-elle, un peu étonnée de se retrouver face à Florence Delacourt.

— Eh oui ! Même si vous ne m'avez pas envoyé de carton d'invitation. Je ne vous dirai pas que j'ai vu de la lumière ou que je passais dans le quartier. Puisque vous savez pourquoi je viens. Vous les avez retrouvés ?

— Quoi donc ?

— Les cahiers de notes de votre grand-mère, répondit Florence, agacée, en franchissant le pas de la porte. Petite coquine, vous croyiez que j'étais venue pour vous. Vous avez de très beaux yeux mais tout de même ! Avant de m'intéresser, je cherche à faire un peu mieux connaissance !

— Oui, oui, je vous les ai mis de côté.

Et voilà qu'elle se mettait au garde-à-vous pour la poupée à la poigne de fer. Il fallait qu'elle travaille son mur anti-mines. La Florence était un vrai stratège en matière de déstabilisation.

Anna la conduisit à l'étage, dans le petit bureau de la Vieille. Elle avait posé les cahiers sur la table de soin de la Vieille. Une vingtaine. C'étaient des cahiers à spirale, comme on en utilise à l'école. Du même type que pour le journal. À couverture rouge brillante. La Vieille y avait collé ses recettes, annotées et corrigées, des articles de revues, des extraits de correspondance, des photos et, surtout, quelques planches de dessins. Certaines réalisées par Hermann, d'autres par Julien. Ces dernières étaient datées des années soixante-dix. Elle avait découvert ça en les disposant sur la table de soin après le départ de l'intéressé. Julien avait connu la Vieille bien avant la naissance d'Anna. C'était vraiment surprenant qu'elle n'en ait jamais entendu parler jusqu'à son départ. Elle aurait donné cher pour les voir réunis tous les trois, Hermann, Yvonne et Julien, sur une même photo. Trois êtres dont les vies tournaient comme des héliotropes autour du règne végétal.

— C'était son cabinet ? fit Florence en furetant partout. C'est très mignon.

Elle ouvrait les tiroirs, contemplait les bocaux avec une satisfaction évidente, jetait un œil torve sur les reproductions des saintes.

— Et très éducatif, ajouta-t-elle.

— C'est là du moins qu'elle accueillait ses patients, répondit Anna, que l'inspection de Florence laissait indifférente.

Florence passa la main sur les cahiers d'école, dardant ses yeux sur les couvertures, essayant d'en sonder le contenu par avance.

— Vous pouvez m'en prêter quelques-uns ?

— Pourquoi pas ? Mais je veux les récupérer, et en bon état.

— Vous avez fait la démarche que je vous ai suggérée ?

— Non. Je ne sais pas si j'ai vraiment envie de relancer toute la machine judiciaire.

— Vous me décevez, fit Florence, un peu dépitée et peu habituée à ce qu'on ne lui obéisse pas. (Mais le dépit ne durait pas chez cette nature conquérante.) Si je peux au moins consulter les cahiers, j'arriverai à vous convaincre.

C'était une poupée inoxydable. Qui plus est, elle avait mis un nœud papillon vert, la couleur de l'espoir.

Anna haussa les épaules. Elle doutait d'être encore là lorsque Florence aurait fini ses recherches. Elle serait du côté de Gibraltar, ou bien au large des îles du Cap-Vert.

— Vous allez en faire quoi, exactement ? Publier un énième livre sur l'art de vivre en se soignant par les plantes ?

— Mais elle est caustique, la demoiselle. Jolie et rigolote, fit Florence en la toisant de ses yeux verts, du haut de ses talons de douze centimètres.

» Petit un, je vais m'informer. La science acquise par votre grand-mère n'ira pas tout de suite aux oubliettes. Petit deux, j'établis les statistiques en m'appuyant sur une équipe d'enquêteurs choisis soigneusement par mes soins, qui ira sur le terrain vérifier les bilans de santé. Petit trois, je reviens avec un rapport qui sera de la bombe, croyez-moi. Et si, avec ça, je n'arrive pas à faire rouvrir le dossier, je change de carrière et je me fais juge d'instruction.

Anna ne savait pas qu'elle parlait sérieusement. Sinon, elle aurait pu être effrayée.

— Et vous ne pensez pas que ça pourrait être un suicide ?

— Pourquoi, vous si ?

— Je ne sais plus très bien – Anna pensa soudainement au journal et à Frédéric –, elle avait quelques raisons d'être fatiguée, moralement disons...

Florence fixa son regard émeraude sur celui d'Anna. Son sourire ironique avait disparu. Bas les masques de provocatrice de service.

— Des raisons sérieuses, Anna ?

Elle l'appelait par son prénom. Cette fille n'avait aucune limite. On était sa sœur de lait ou son ennemie jurée.

— Je n'en sais rien, capitula Anna. Je n'y vois plus très clair, ces temps-ci. Tout le monde y va de sa petite théorie. Et je vous avouerai que, parmi toutes les propositions que j'ai eues, vous êtes plutôt minoritaire avec celle du meurtre prémédité. Disons que, plus j'avance, plus le suicide ou l'erreur, voire un mélange des deux, me semblent être les explications les plus vraisemblables.

Florence ramassa quelques cahiers. Puis suspendit son geste, perdue en pleine introspection. Après son sourire ironique, voilà qu'elle perdait sa superficialité confiante. Si ça continuait, elle allait perdre son statut de poupée du mois.

— Si je vous donne une raison de vous battre, une raison concrète. Vous me suivrez ?

— Il faudrait vraiment que ce soit une raison extraordinaire parce que, pour l'instant, je n'ai qu'une envie, c'est de me casser d'ici et pas d'entamer l'enquête du siècle.

— Et vous comptez aller où ? demanda Florence sur un ton goguenard.

Le sourire ironique avait refait son apparition, ainsi qu'un beau lot de présupposés sur les potentialités d'Anna de sortir de son trou à rat.

— Un peu partout dans le monde, si vous voulez savoir, répliqua Anna, contente de pouvoir lui en mettre plein la vue. Je dois partir dans une semaine rejoindre mon ami sur un catamaran qui va faire le tour du monde.

— Passionnant, commenta Florence qui avait l'air de trouver le programme aussi alléchant qu'une séance de Weight Watcher. Et sur votre bateau, quand vous aurez fait trois fois le tour de la cabine et que vous aurez vomi votre petit déjeuner quotidien par-dessus le bastingage, à quoi penserez-vous ? Moi, je peux vous le dire. Vous serez obsédée par cette question : comment est morte ma grand-mère ?

Anna refusa d'aller plus loin dans la conversation. Elle fit signe de la tête que l'entretien était terminé. Pourquoi tout le monde s'obstinait à vouloir lui faire entendre raison ? Pourquoi ne la laissait-on pas libre de penser ce qu'elle voulait ?

Les talons de Florence claquèrent dans l'escalier, pendant qu'Anna se désespérait de la nature humaine. Notamment celle qu'elle côtoyait à Reims.

— C'est un parent à vous, demanda Florence en désignant Frédéric qui, alternativement, regardait la lucarne télévisuelle et la fenêtre, comme un coucou d'horloge suisse.

— Oui, c'est un cousin.

— Il est handicapé… fit Florence en fronçant les sourcils.

— Finement observé, commenta Anna laconiquement.

Surtout, ne pas relancer de débat. Elle avait eu sa dose de conversation stérile aujourd'hui.

— Voilà un morceau du puzzle qui se met en place… L'enquête à domicile, il n'y a que ça de vrai, murmura une Florence rêveuse.

— Oui, Sherlock… J'étais quasiment ravie de vous accueillir chez moi, fit Anna en poussant la jeune légiste, qui n'écoutait pas, vers la porte d'entrée.

— Nicodrine, laxatif et un brin de linoléum… Votre grand-mère avait du génie.

— De quoi parlez-vous ? demanda Anna qui s'interrogeait sur ses propres tendances masochistes.

Celles qui la poussaient à faire parler les gens à tort et à travers.

— Votre grand-mère avait mis au point un calmant à base de plantes pour votre cousin. Très léger, très peu nocif mais très efficace. Je me demandais à qui il était destiné. Ce n'est pas très courant, voire un peu limite au niveau de la législation. Mais c'est idéal pour gérer des handicaps à tendance paranoïaque.

— Eh bien, je suis contente que vous ayez des réponses, fit Anna en ouvrant grand la porte pour inciter la Barbie Science à quitter les lieux.

— C'est votre partenaire ? demanda Florence en désignant le jeune homme qui s'apprêtait à sonner à la porte.

— Mon partenaire ?

Matteo Restretot, l'éducateur de Frédéric, semblait parfaitement à l'aise, presque détaché sur le pas de la porte, en dépit des deux paires d'yeux féminins qui le toisaient. Anna maudit sept fois la Vieille, sept fois la ville de Reims et sept fois les portes d'entrée.

— Oui, pour le tour du monde dans un mouchoir de poche flottant... poursuivit Florence qui se gaussait.

— Non, ce n'est pas lui.

— Bonjour, madame Kaleban. Puis-je vous voir quelques instants ?

Pas un regard pour la grande et belle blonde, pas un sourire. Direct, poli, professionnel, le Matteo.

— Entrez, je vous rejoins tout de suite.

Et elle s'effaça pour laisser passer l'éducateur. Elle regarda Florence qui s'éloignait dans son tailleur vert anis sur ses talons de douze centimètres. Même les cahiers de la Vieille qu'elle portait négligemment dans ses bras semblaient élégants sur elle. Les cahiers, Matteo... Anna se mordit la lèvre supérieure. Un vague pressentiment.

Elle courut après la légiste avant que celle-ci ne pénètre dans sa voiture, un joli coupé Mercedes.

— C'est quoi votre raison ?

— Vous vous décidez enfin...

— Faites-la courte, s'il vous plaît... il y a quelqu'un qui m'attend.

— Elle n'a pas été empoisonnée en une seule fois. Mais progressivement.

Anna encaissa l'information. Le cauchemar prenait forme.

— Vous en êtes sûre ?

— C'est ce que je vous ai dit en partie tout à l'heure. Je dois enquêter, établir des statistiques pour mieux écarter les autres hypothèses, notamment celle de l'erreur de fabrication. En ce qui concerne le suicide, votre grand-mère était suffisamment instruite et saine d'esprit, j'imagine, pour ne pas s'empoisonner à petit feu. Elle aurait choisi un poison plus rapide. La particularité de celui qui a été utilisé, c'est qu'il peut être distillé progressivement. Cela permet notamment de dissimuler le crime.

» Ce n'était pas la première dose de poison qu'elle recevait. Celle-là était seulement plus forte. Quand l'enquête aura repris, je pourrai partir à la recherche des moyens qui ont été utilisés par le meurtrier… ou la meurtrière, pour l'empoisonner à petite dose.

Anna resta bouche bée un instant.

— Et il n'est pas trop tard ? demanda-t-elle tout à trac.

— Peut-être, peut-être pas. Le fait que vous ayez habité la maison assez rapidement après la fouille de police a peut-être empêché le criminel de venir faire le ménage.

— Mais moi je l'ai fait, le ménage…

— Eh, c'est peut-être vous le criminel, s'esclaffa Florence. (Elle tourna la clé de contact et ferma sa portière.) Je vous recontacte dès que j'ai réussi à mettre le doigt sur quelque chose.

— Florence, fit Anna en posant la main sur la portière comme pour retenir les 360 chevaux, merci.

La voiture démarra et Anna revint sur ses pas en courant. Un autre combat l'attendait dans son salon.

Matteo avait pris place à côté de Frédéric. Il avait l'air étrangement silencieux et pensif.

— Vous voulez un café ? fit Anna en soufflant.

— Oui, si ça ne vous fait rien, fit-il en parlant tout doucement, je voudrais vous voir en privé.

Ils s'installèrent dans la cuisine, sur la vieille toile cirée jaune de la Vieille.

Le café servi, Anna attendit que l'éducateur prît la parole. Il remuait sa cuillère dans la tasse. Le petit tintement résonnait étrangement entre les deux.

— Je suis venu vous dire que je suis désolé. Pour votre grand-mère. Et pour la façon dont l'entretien s'est terminé.

Anna sourit, presque soulagée. Enfin un qui s'excusait. Elle n'avait donc pas toujours tous les torts.

— Et je suis revenu vous dire à quel point il est urgent de prendre une décision pour Frédéric. Son dossier est en attente depuis trop longtemps. Il reste à peine deux mois.

— Je suis prête à coopérer, posa Anna. Mais je dois d'abord comprendre certaines choses. Pourquoi la demande de ma grand-mère a-t-elle été rejetée ?

— Alors, vous le saviez... fit Matteo en regardant Anna, surpris.

— Oui, mais pas lors de notre dernier entretien. Pourquoi ne pas me l'avoir dit ? Elle l'a très mal vécu. Pourquoi n'a-t-elle pas tenté de faire appel ?

— Cela devait se faire... répondit Matteo en baissant la tête.

Ses *dreadlocks* pendouillaient dans le vide, accompagnant son balancement de tête.

— J'ai cru comprendre que c'était parce qu'elle était trop âgée...

— Ce n'est pas une entrave à ce type de tutorat, à condition que la personne puisse prouver qu'elle est autonome et en bonne santé. Ce qui était le cas de votre grand-mère.

— C'était à cause de l'absence de famille... Mais je suis là... Je veux dire : je constitue une part de cette famille suffisamment proche pour...

— Ce n'est pas ça non plus, la coupa Matteo.

— Mais alors pourquoi ? s'énerva Anna en repensant aux paroles de la Vieille.

— Je ne peux pas vous le dire... un dossier de ce type est confidentiel...

— Même si je reprends le flambeau ?

— Même si.

— Vous savez que je pourrais aller trouver les flics et leur expliquer que vous avez harcelé ma grand-mère et que vous l'avez travaillée au corps avec cette histoire d'adoption, au point qu'elle a préféré se donner la mort, fit Anna en montant sur ses grands chevaux.

Il fallait qu'elle fasse une fois pour toutes un sort à cette théorie du suicide.

Matteo la toisa comme s'il la voyait pour la première fois. Et, au grand étonnement d'Anna, il ébaucha un franc sourire.

— Ça c'est la meilleure, fit-il en hochant la tête. C'est votre grand-mère qui me faisait chanter ! C'est d'ailleurs une des raisons pour lesquelles j'avais décidé de passer la main à un de mes collègues. Elle me harcelait et me faisait chanter. Elle a obtenu de moi les autorisations pour faire venir vivre Frédéric chez elle sans avoir déposé de dossier médical, sans même nous avoir fourni un papier permettant d'identifier Frédéric. C'est moi qui suis dans la merde maintenant, j'ai les services sociaux sur le dos. Ils me demandent des comptes et, si ça continue, je vais devoir passer en commission...

Anna se sentit dégringoler au trente-sixième dessous. Elle l'avait bien méritée celle-là. Bon sang, la Vieille avait vraiment déconné. Il ne lui restait plus qu'à faire profil bas...

Pourquoi ne pouvait-elle pas avoir une grand-mère comme tout le monde ? Confiture, repas du dimanche et broderie, quoi !

Chapitre 12

Mamami pas revenir s'occuper de Jonas. Même Tito a dit. Qui va s'occuper de Jonas ? Nanna partir bientôt. Jonas pas rester seul. Avec le loup aux lettres rouges. Se cache pour pas que Nanna le voie. Mais Jonas l'a bien vu. Il attend son heure. L'heure du noir.

Veut disparaître. Tout est ma faute. Si pas Jonas, pas problème. Veut partir. Tout doucement. Sans avoir peur du noir. Demande à Tito ou à Dorothée. À Dorothée.

Tout est faute Mao. Mao n'a pas voulu de Mamami. Maintenant veut pas de Nanna. Mao méchant. Mao violent parfois. A fait écraser Sylvain une fois. Jonas veut pas partir avec Mao.

Tito a dit peut pas prendre Jonas. A déjà Rebecca et Drusilla. Et Berthe et Janine. Beaucoup à s'occuper. À donner à manger. Mais aime beaucoup Jonas.

Doit montrer loup aux lettres rouges à Nanna et après partir. Dorothée sait comment partir. Doit montrer loup à Nanna. Nanna forte… Doit montrer loup aux lettres rouges…

— Frédéric ! Frédéric ! Tu m'écoutes ? Tu n'as rien mangé encore ! Il faut que tu avales quelque chose pour tenir la matinée. Sinon, tu vas être trop fatigué...

Anna se désespérait. C'était le troisième repas que Frédéric laissait de côté. Elle n'avait rien contre le grignotage désorganisé. Mais lui, il picorait moins qu'un rouge-gorge mineur. Il fallait qu'elle en parle à Léandra. Il allait y perdre la santé. Depuis le départ de Julien, il passait son temps à jouer avec ses cartes et à dormir. La télévision ne semblait même plus l'intéresser. Il regardait à la fenêtre puis faisait quelques pas dans le salon. Anna lui demandait en général s'il voulait sortir. Mais il ne l'écoutait pas et finissait par s'allonger sur le canapé.

Était-il déprimé ? Il avait peut-être compris que la Vieille était morte.

Elle s'approcha de lui. Il étalait ses cartes à jouer devant lui. Elle lui saisit les mains.

— Tu es triste, Frédéric ? Il ne faut pas. Là où est la Vieille... ta Mamami, elle est heureuse.

Frédéric gardait la tête baissée. Si Anna avait cru que des paroles niaises pouvaient aider, elle se trompait. Il n'était pas idiot. Il comprenait l'hypocrisie. Il avait comme un radar pour capter les mensonges à deux balles.

— Tiens, tu n'as sorti que des carreaux et des cœurs. C'est marrant ! fit Anna en regardant les cartes étalées sur la table basse.

Frédéric se leva comme un ressort. Il se posta à la fenêtre, souleva le rideau et tapa sur la vitre avec son index. Anna soupira. Pourquoi n'arrivait-elle pas à communiquer avec lui ? Il avait l'air de la fuir. Ses grands yeux étaient plus vides que d'habitude.

La Vieille avait mal choisi son moment pour disparaître. Quelqu'un avait vraiment besoin d'elle.

Bientôt, il irait vivre dans un centre spécialisé. Il allait s'habituer, c'est sûr. On allait bien s'occuper de lui. Si ses souvenirs s'effritaient au fur à mesure qu'ils s'éloignaient, alors, il valait mieux qu'il parte le plus tôt possible.

Ici, il s'étiolait. Il vivait dans les relents de la Vieille. Il essayait de s'inscrire dans une ombre qui avait disparu. Il devenait transparent.

Même elle, elle sentait cette présence. La maison était hantée. Il fallait abandonner le vaisseau fantôme le plus vite possible. Avant que tout le monde se retrouve sous anxiolytiques.

Anna repensa à Florence. Était-il nécessaire de connaître la vérité sur la mort de la Vieille pour continuer à avancer ?

Cela avait un prix. Elle avait commencé à chercher et, pour l'instant, cela ne lui avait rapporté que des ennuis.

Mais si Frédéric avait lui aussi besoin d'une réponse, autant qu'Anna, pour revenir parmi les vivants ?

Anna jeta un œil sur la table basse couverte de cartes à jouer rouges.

Quelle était la probabilité que toutes les cartes rouges du paquet aient été tirées par Frédéric à la suite ?

La mort de la Vieille par empoisonnement...

Une coïncidence ? Le hasard ? La tartine beurrée et la loi de Murphy.

La Vieille pouvait-elle s'être trompée plusieurs fois de traitement au point de menacer sa propre santé ?...

Elle avait choisi un poison lent pour mettre fin à ses jours et avoir le temps de dire à Anna ses dernières volontés avant de partir en paix...

Et elle avait raté son coup à quelques heures près ?

C'était aussi peu convaincant que la table couverte de cartes rouges par magie. Ce n'était pas le résultat d'un hasardeux doigt de Dieu sur un jeu de dominos.

La Vieille était morte ce jour-là, et il devait y avoir une raison à cela. Une personne l'avait voulu, lui en avait voulu...

La Vieille s'était défendue comme une tigresse contre ceux qui s'opposaient à ses décisions.

Lequel d'entre eux, frustré et en colère, avait entrepris de l'empoisonner ?

Quelqu'un de proche ? De ses relations régulières ? Qui l'aurait piégée sans qu'elle ne se méfie ?

Frédéric s'était de nouveau endormi. Dans le fauteuil de la Vieille. Elle posa une couverture sur ses genoux. Il avait l'air fragile. Une tour de Pise en cristal, un château de cartes à jouer. Le lendemain, elle verrait Léandra.

En attendant, elle avait une idée en tête. Et ce n'était pas rien, avec son cerveau en survoltage !

Elle se saisit de son téléphone portable.

Toujours la même secrétaire, toujours la même petite musique de nuit en boucle. Mais elle avait le temps, cette fois-ci.

Si elle voulait partir d'ici peu, il fallait qu'elle se fabrique une bonne conscience. En lançant quelques lignes de pêche...

— Bonjour, Anna... Cette fois-ci vous m'avez attendu ! lui reprocha Lucien.

— Je suis désolée, mais j'ai été prise de court la dernière fois. Mais, cette fois-ci, j'ai été patiente et je vous tiens. Je sais que vous avez peu de temps à m'accorder... mais j'ai besoin de vous... de vos relations de juge...

Anna sentait sa voix trembler. Elle n'aimait pas ce qu'elle était en train de faire. Cela lui coûtait. Il l'avait déjà propulsée vers une vie normale. C'était beaucoup. Le père Noël pouvait-il offrir un autre cadeau à la même foutue gamine pas sage ?

— Dites toujours, fit Lucien.

Le ton de sa voix lui sembla plus dur, plus lointain.

Anna hésitait. Elle avait tout à perdre à lui faire cette requête ridicule.

— Je voudrais faire rouvrir l'enquête concernant ma grand-mère...

— Vous savez que je ne peux rien faire, Anna. Ce n'est pas moi qui ai l'affaire en main. Et je n'ai pas beaucoup de relations à Reims.

Ça sentait le roussi. Il fallait avancer avec des arguments logiques, des phrases claires. Pas de bredouille, pas de « je crois » ou « je souhaiterais ». Un mur de brique indestructible.

— Je ne vous demande pas cela. J'ai quelqu'un qui est prêt à m'aider à le faire. Il faut que je fasse une démarche auprès du procureur. La personne dont je vous parle m'a donné des arguments sur lesquels m'appuyer...

— Alors allez-y, foncez, Anna ! Si vous pensez que votre grand-mère a fait l'objet d'un acte criminel... mais la dernière fois que vous m'en avez parlé, vous m'avez dit qu'elle s'était probablement trompée... Cela avait l'air établi...

— Je sais... Je me rappelle ce que je vous ai dit, Lucien, répondit nerveusement Anna. Mais ce que m'a dit cette femme... Elle a raison. Rien n'est logique dans ce qui est arrivé à ma grand-mère...

— Qui est cette femme ? demanda un Lucien suspicieux.

— Une légiste... Elle s'appelle Florence Delacourt...

— Connais pas. Elle ne travaille pas depuis longtemps dans la région. J'ai fait un séminaire à Reims il y a trois ans. Je suis sûr de ne pas avoir entendu parler d'une légiste de ce nom. Faites attention, Anna ! Les raisons qui peuvent pousser les gens à vous accompagner dans ce genre de démarches ne sont pas toujours honnêtes et respectables.

— Je sais. Elle ne m'a pas caché cet aspect des choses. Mais j'ai rencontré une autre personne qui m'a révélé quelque chose de troublant.

— Bon, attendez, Anna. Je vais dire à ma secrétaire de me donner une demi-heure de battement. Ensuite, vous me raconterez tout par le menu.

» Et vous m'expliquerez ce que je viens faire là-dedans... Ne fondez pas trop d'espoir sur moi. D'une part, j'ai peu de moyens d'action... D'autre part, je ne suis pas prêt à entreprendre n'importe quoi. Je vous le dis par avance. Ma réputation est le dernier bastion qui me reste à défendre. Je ne la mets pas en jeu pour n'importe qui ou pour n'importe quoi.

Anna attendit quelques minutes dans le silence, honteuse, angoissée. Qui était-elle pour aller embêter un juge de cet acabit ? Ni de la famille ni une ancienne connaissance. Juste une ex-taularde qui essayait de sortir la tête de l'eau.

Ne pas penser à ça. Essayer de rassembler des mots, des idées. Se concentrer sur l'objectif. Elle jeta à nouveau un œil sur Frédéric. L'étau se resserra dans sa gorge. Pire que ce qu'elle pouvait imaginer. Dans ses pensées, un vide aussi parfait que celui qu'on trouve dans un trou noir au fin fond de l'espace.

Lorsqu'il reprit l'appel, elle raconta tout d'une traite. Comme on se désaltère après une marche un peu longue. Dans le désordre, avec une voix qu'elle trouva étrangère à elle-même, qui résonnait de façon métallique dans le combiné.

Elle lui parla de Simone, de Dorothée, de la digitaline, du dossier de mise sous tutelle, de Matteo, de Frédéric et de ses crises, de la maison, du journal de la Vieille, des cahiers des herbes, des lettres anonymes...

— Ce n'est pas d'une demi-heure dont nous aurions besoin, Anna, mais d'une bonne journée de conversation pour démêler tout cela.

— Je suis désolée...

— Comprenez que si vous faites cette démarche, il vous faudra du temps devant vous. Et vous devrez rester sur place pour vous tenir au courant et réagir à temps aux informations que vous aurez. Il va falloir également que vous vous investissiez un peu plus dans la recherche d'informations. Vous m'avez parlé de ce journal. Pourquoi ne pas faire une liste des personnes avec qui votre grand-mère s'est fâchée ? Vous pourriez la confier aux enquêteurs.

— Vous voulez que je mène une enquête... à la place de la police ?

— Mais non, Anna, ne me faites pas dire ce que je n'ai pas dit.

Son ton n'avait plus rien du bonhomme père Noël. Plutôt à deux doigts du père Fouettard.

— Quand vous aurez fait votre requête auprès du procureur, vous allez être de nouveau interrogée par la police. Là, il va falloir être convaincante... pour que les enquêteurs aient envie de se remettre au travail. Vous vous sentez réellement prête à faire tout cela ? demanda-t-il, un peu excédé.

Anna garda le silence. Ça sentait la condescendance à plein nez.

En même temps, il n'avait pas complètement tort. Cette histoire de rouvrir l'enquête, ça n'allait pas être une partie de plaisir.

— Il y a beaucoup de personnes... Ce n'est pas récent... reprit-elle en s'embrouillant. (Une femme à la mer, s'accrochant aux débris de conversation les moins pourris.) Je veux dire : ces personnes-là se sont parfois fâchées il y a longtemps avec ma grand-mère...

— Eh bien, ne prenez que les quatre dernières années, cela peut être un point de départ, répondit le juge, un peu agacé.

Il devait se préparer à une audience. Avoir les idées claires. Avec Anna au téléphone, et sa saga de Reims Champagne, c'était comme compter des billes les yeux bandés. On attrapait vite la migraine.

— Bien, Lucien, ne vous énervez pas. Je vais vous laisser. Attendez... Imaginez que j'appuie sur vos trapèzes tout en suivant la colonne vertébrale et vous soufflez à fond... Relaxez-vous... Je dois juste vous dire un dernier truc...

Elle n'entendit que le souffle du juge en guise de réponse, elle supposa qu'il avait commencé sa séance de massage virtuel. Du moins elle l'espérait, sinon, elle n'était pas près de l'avoir de nouveau au téléphone.

— L'éducateur de Frédéric m'a dit une chose curieuse hier. Je l'avais accusé d'avoir poussé ma grand-mère au désespoir...

Le souffle du juge devenait plus poussif. Elle tirait sur la corde.

— Et, en fait, il m'a révélé que ma grand-mère faisait pression sur lui en exerçant une sorte de chantage.

Le souffle s'obstruait de plus en plus mais il était toujours là.

— Elle voulait savoir pourquoi son dossier n'avait pas abouti. Il lui a dit une partie de la vérité. Et il me l'a dite aussi. Peut-être parce qu'il se sentait coupable...

Le souffle diminua en intensité. Peut-être était-il en train de décrocher ou bien de s'assoupir. Fin des digressions, il devait lui rester quelques secondes...

— Une partie du dossier a été rejetée à cause de deux témoignages extrêmement négatifs à l'égard de ma grand-mère. Qui faisaient état de plaintes passées. Si elle avait voulu obtenir la garde de Frédéric, il aurait fallu, en plus d'un dossier, accepter une enquête des services sociaux plus poussée qu'une enquête classique. Les deux lettres étaient sévères à l'égard de ma grand-mère. Mais elle ne pouvait rien remettre en cause, car tout était basé sur la vérité, du moins ce qu'on aurait pu percevoir comme telle. Il n'a pas voulu me donner les noms de ces deux personnes. C'est évidemment totalement confidentiel.

Elle n'entendait plus rien. Ou il s'était endormi, ou il avait renoncé à l'écouter.

Elle soupira, glissa un petit « au revoir Lucien et merci » et raccrocha.

Il avait d'autres chats à fouetter. Qu'elle raconte ses histoires à d'autres. À Frédéric...

Frédéric dormait toujours dans le fauteuil de la Vieille. Un pantin à demi enseveli sous une couverture plus épaisse que lui.

Et elle, elle devenait schizophrène.

La « Anna n° 1 » se tenait prête à convoler avec son Jules sur des mers émeraude, avait mis en vente la maison, avait gardé la lettre destinée au procureur dans son sac.

La « Anna n° 2 » lisait le journal de la Vieille, appelait le juge, cherchait à comprendre le pourquoi du comment et était prête à croire Florence.

La camisole allait être le vêtement à la mode cet hiver.

Elle aurait aimé avoir Dorothée auprès d'elle pour quelques réflexions de bon sens. Mais Dorothée avait fort à faire. Et Dorothée était au plus mal. La dernière fois qu'elle l'avait croisée dans la rue, elle l'avait trouvée amaigrie, presque fadasse. Comme si la maladie de son mari arrivait à la rendre plus commune. Moins poule extravagante quoi.

Anna porta les yeux sur le journal gratuit qui était distribué tous les jeudis. Son annonce était toujours bien placée et visible. Cela faisait à peine quatre jours qu'elle avait mis la maison en vente mais elle avait bon espoir d'être contactée avant la fin de la semaine. Ici, les prix flambaient et le quartier avait pris de la valeur. Elle pouvait espérer s'en tirer avec un joli pactole. Peut-être arriverait-elle à persuader Serge de ne pas faire un tour du monde complet... et de faire une halte sur une de ces îles paradisiaques et désertiques...

Simone venait de s'asseoir. Elles étaient toutes présentes autour de la toile cirée de la cuisine. La séance pouvait commencer. Il manquait Julien. Mais Julien ne disait jamais rien. Il hochait la tête et il était toujours d'accord avec tout le monde. Et, surtout, il avait l'air de s'emmerder. C'est pour ça qu'Yvonne l'avait dispensé de venir.

Dorothée avait préparé son stylo et son agenda. Simone avait apporté son calepin.

Yvonne aurait rêvé avoir vingt ans de moins. Elle n'avait plus l'énergie de poursuivre ses activités et voilà qu'elle avait réussi à réunir les personnes les plus appropriées pour l'épauler. La vie se moquait d'elle. Elle n'avait aspiré qu'à ça durant toute son existence. Et elle ne pouvait même pas en jouir.

Qu'allait devenir cette association après son départ ?

Elle ne leur avait même pas dit qu'elle partait. Pourtant, c'était une bonne chose. Elle devenait trop connue dans le quartier. Trop de patients, alors qu'elle n'avait plus de temps.

Pendant des années, elle avait tourné avec un à deux patients par semaine. Et cela suffisait. Maintenant, Dorothée lui découpait habilement des demi-journées et Simone faisait patienter ceux qui étaient les plus pressés.

C'est pour ça qu'elle les avait formées. Parce qu'il fallait une relève. C'est vrai que ce n'était pas pareil que si elles avaient eu une formation d'herboriste. Mais ces deux femmes-là n'étaient pas n'importe qui. Elles étaient faites pour ça. Elles étaient douées.

Simone, qu'elle n'avait jamais pu piffrer. Il avait fallu que Julien lui montre qu'elle était forte au jeu de la distillation et du diagnostic.

Quant à Dorothée. Elle ne pouvait pas s'empêcher d'être fière de Dorothée. Après tout, c'était elle qui l'avait découverte. Dorothée était inventive et intuitive. Elle savait se mettre dans la peau du malade et le soulager.

Non, c'était la belle équipe. Et il ne lui restait que quelques mois de survie.

Les deux commères papotaient. Dorothée échangeait ses informations avec Simone, qui avait comme toujours un jeu d'avance. À elles deux, elles couvraient le quartier Jamin et le quartier du Chalet. Rencontrer les gens était un hobby qu'elles pratiquaient avec une aisance de golfeur handicap 9 sur un terrain de football.

Elles les rencontraient au marché, au supermarché, à l'arrêt de bus, à la bibliothèque, chez le marchand de journaux du coin, chez le boucher, chez le coiffeur. Et elles bavardaient sans cesse. Ne pas connaître la personne n'était pas un handicap. Elles étaient capables de discuter de tout et de rien avec n'importe qui.

Les gens leur répondaient par politesse. Certains fuyaient, d'autres, immobilisés par cette même politesse, n'osaient interrompre ces dames un peu âgées qui leur parlaient pluie et beau temps, dents de bébé et rhumatismes, coût de la vie et durée d'attente dans les administrations.

Et, subtilement, dans la mesure du possible, elles trouvaient ceux qui souffraient et elles se renseignaient habilement. Les médicaments, les nouvelles techniques, les docteurs, les spécialistes. Qu'est-ce qui marchait ? Ce qui était trop cher, trop difficile à atteindre, les effets secondaires, les rechutes et les remises en état miraculeuses...

C'était leur gazette médicale. Faite de « on-dit » et d'expériences individuelles et uniques, et non de règles générales.

Cela leur permettait de renseigner les patients qui venaient chez Yvonne. De leur montrer qu'elles savaient.

Et elles en tiraient une confiance absolue dans Yvonne et ses pratiques. Parce que, à force d'écouter les gens, elles avaient le sentiment que la médecine traditionnelle était toujours perdante. Elle était victime de ses qualités. Trop efficace, elle abîmait autant qu'elle soignait rapidement. Trop prisée, elle laissait peu de place à l'individu qui souffrait. Les médecins, les infirmières étaient compétents et pourtant il y avait toujours un facteur humain sur lequel ils butaient, il y avait toujours des échecs, des vies broyées, des corps mis en charpie par le système.

Yvonne n'était pas d'accord avec elles. Sans doute parce qu'elle avait vécu plus d'échecs que de succès. Et elle pensait que les systèmes pouvaient cohabiter. Et que, dans une autre vie, elle aurait rêvé être docteur ou grand spécialiste à la Salpêtrière. Si elle avait vécu à une autre époque.

Ses méthodes à elle n'étaient pas sans faille. Il lui arrivait de renvoyer des patients vers les spécialistes.

Elle se contentait de prendre ceux qui n'avaient plus d'espoir, ceux qui avaient le sentiment d'avoir été trompés, ceux qui ne croyaient plus à leur guérison, ceux qui souffraient et que cela révoltait. Et elle les écoutait. Longuement. Et ensuite, elle les faisait passer sur sa table. Et elle les manipulait, leur appliquait les mélanges qu'elle trouvait les plus appropriés et essayait de leur redonner foi en leur guérison.

Cela pouvait marcher. Pas toujours. Parfois, il s'agissait d'accompagner les gens dans leur maladie, et de le faire avec simplicité. Parce que ces gens ne voyaient plus autour d'eux de personnes à qui parler de leurs symptômes, de leurs maux. Et que cela au moins les soulageait de le faire en venant chez elle. Même si, au bout du chemin, il n'y avait plus d'espoir. Même s'ils devaient en mourir.

Yvonne tenta de se concentrer sur ce que disait Dorothée qui comptait les patients éventuels de la semaine. Ses pensées lui échappaient. De même que ses nuits. Elle se réveillait en sursaut, persuadée d'entendre les bombardements. Elle tâtait les draps pour voir si ce n'était pas de la pierre, elle allumait la lumière, persuadée d'être à côté d'Hermann. Il lui fallait du temps pour reprendre ses esprits. Et, après, le sommeil inaccessible.

Et puis, il y avait Frédéric. Elle se tracassait beaucoup pour lui. Elle en perdait l'appétit. Elle cherchait un moyen. Il lui fallait cet argent. Vite. Elle ne pouvait plus attendre. Sans cela, Frédéric allait être placé d'autorité. Le temps, les relations lui manquaient. Il fallait qu'Anna revienne. Après tant d'années, ça n'allait pas être chose facile. Mais elle se sentait usée. Elle avait besoin d'aide.

— Vous m'avez entendue, Yvonne ? demanda Dorothée en posant sa main sur celle d'Yvonne qui tremblait sur sa cuillère.

— Excusez-moi, Dorothée, je ne vous écoutais pas. Je me sens si fatiguée en ce moment. Dites-moi ce que vous avez prévu, avec Simone.

Dorothée lança un coup d'œil perplexe en direction de Simone. Simone soupira.

— Il y a cinq patients pour cette semaine, répondit Simone à la place de Dorothée.

Elle parlait doucement à Yvonne. D'un ton neutre. Faisant comme si de rien n'était.

Mais elle voyait bien qu'Yvonne déclinait. Elle avait le teint gris. Et ces absences qui duraient de plus en plus longtemps.

— Cinq, reprit la Vieille. C'est trop, je ne pourrai pas.

— Mais on ne peut pas les décommander, risqua Dorothée.

— Dites-moi de qui il s'agit, demanda Yvonne en essayant de sourire pour rassurer Dorothée qui était toujours fébrile durant ces réunions.

— Je vous l'ai déjà dit, fit Dorothée en laissant mourir la phrase entre ses lèvres.

— Vous avez ce cher M. Raicon. Vous savez, celui qui a des problèmes de peau et qui est allé faire du charme à Dorothée pendant votre absence, enchaîna Simone en grondant Dorothée du regard.

Dorothée rougit et baissa la tête sur son agenda.

— Ensuite, Mme Destébande, qui souffre de ses hanches. La fille de Mme Hanneton. C'est juste histoire d'entretenir le mieux de ce mois-ci. Mme Denis, la femme du coiffeur de la rue Dauphinot, qui a des nausées et des échauffements. Mon avis, la ménopause, même si elle prétend que non. Et la petite Léa.

— Ah oui, la petite Léa. Je dois la voir, fit Yvonne en hochant la tête.

La petite avait une leucémie à neuf ans. Yvonne ne pouvait pas penser à elle sans avoir le cœur retourné. La petite lui faisait penser à Frédéric. Les mêmes grands yeux. Sauf que la petite ne verrait pas ses vingt printemps. Ni même ses dix.

— Mais je ne peux pas les prendre tous. Je prendrai aussi M. Raicon et Isabelle. C'est tout. Les deux restants, je vous les confie, Dorothée.

— Mais ce n'est pas possible, Yvonne. Je n'ai pas suffisamment d'expérience.

— Arrêtez de tergiverser, Dorothée. Il faudra bien que vous vous lanciez à un moment ou un autre. Nous en avons déjà discuté. Simone vous aidera. Pour le diagnostic. Et vous m'avez déjà vue faire.

— Laissez-moi au moins les cas les plus simples, protesta Dorothée. M. Raicon, il y a juste un bandage à faire. Et la petite Isabelle, je serai plus à l'aise avec elle.

— Non, vous ferez comme j'ai dit, répondit Yvonne d'une voix autoritaire qui ne laissait pas de place à d'autres protestations. Il faut que je parle à M. Raicon et quant à Isabelle, j'ai promis à sa mère de la voir encore une dernière fois.

Dorothée rougit de nouveau. Simone soupira en regardant par la fenêtre du salon. Elle rangea son carnet dans son sac et embrassa Yvonne sur le front.

Dorothée se leva elle aussi et rangea les tasses à café.

Yvonne lui attrapa le bras avant qu'elle ne fût hors de sa portée.

— Si je vous le demande, Dorothée, c'est que je sais que vous en êtes capable. Si vous voulez, accompagnez-moi demain pour voir la petite Léa. On révisera un peu les positions. Et la petite vous aime bien.

Dorothée hocha la tête. Elle avait les yeux bouffis de larmes et n'osait ouvrir la bouche tant sa gorge se serrait. Elle fit un geste de la main à Yvonne et sortit à la suite de Simone.

Dans la rue, les deux femmes firent quelques pas côte à côte.

— Elle décline plus vite que prévu, commenta Simone, plus pour elle-même que pour entamer une conversation avec Dorothée.

— Il faudra revoir les dosages, répondit Dorothée d'une voix rauque. J'aurais voulu que cela ne se passe pas ainsi.

— Ne vous mettez pas à pleurer, Dorothée, la gronda Simone. Cela ne servira à rien. Nous devons agir vite.

— Oui, mais j'aurais voulu qu'elle soit au courant.

— Et vous croyez qu'elle aurait été d'accord ? ironisa Simone.

Elle embrassa Dorothée et lui fit un signe de sa main gantée en s'éloignant vers son domicile. Dorothée, sur le trottoir, la regarda enjamber les trottoirs avec la grâce de la reine d'Angleterre en visite officielle. Elle n'aimait pas cette tristesse qui l'envahissait et qui l'empêchait de réfléchir et de respirer. Il fallait qu'elle agisse. Promptement.

Anna faisait une liste de ce qu'il lui restait à faire avant de partir. Elle avait mis en tête : voir Mme Hanneton avec Frédéric dans l'après-midi. Et lui parler. Cette dame avait bien connu la Vieille. Elle connaissait bien les gens d'ici. Mais pas comme la Simone.

Et elle, elle n'avait pas de compte à régler avec Anna. Elle pouvait lui donner une piste, un point de départ… À condition de trouver un moyen de la faire parler.

Voilà qu'elle se mettait à raisonner comme la Vieille.

À 15 heures, elle se rendit avec Frédéric chez Dorothée. Elle récupéra ce qui l'intéressait dans le cahier des herbes et fit promettre à Dorothée de le lui rendre avant la fin de la semaine.

Dorothée était à bout de nerfs. Elle avait cassé deux verres pendant qu'Anna noircissait son bout de feuille et avait failli embrocher Frédéric avec un couteau à viande d'une taille non réglementaire. Elle ne souriait plus, ne parlait plus d'Eddy et ne répondait que par monosyllabes. Anna ne s'attarda pas mais elle insista pour que Dorothée accepte de se faire remplacer durant quelques heures le lendemain après-midi. Celle-ci accepta comme on capitule devant une erreur évidente de calcul. Sans commentaire.

De la maison à la bibliothèque, il devait y avoir deux kilomètres. C'était la première fois que Frédéric et Anna faisaient une aussi longue marche ensemble. Si le ciel était clément, tout irait bien. Si Frédéric ne tombait pas, aussi. Avec son ossature de cristal.

Et il faisait tellement froid dans ce pays que les chaussées avaient à moitié gelé.

Ils arrivèrent en sueur place Alfred-Brouette. Anna pénétra dans le bâtiment du XIXe siècle, écru, qui faisait office de bibliothèque de quartier. Le local lui sembla minuscule. Très différent de ce que ses yeux d'enfant avaient pu enregistrer.

Il était encore tôt dans l'après-midi et peu de monde circulait entre les allées de livres et de magazines.

À gauche de l'entrée, un espace d'exposition assez rudimentaire avait été aménagé. Avec des photographies en noir et blanc. L'une d'entre elles montrait le marché du Boulingrin, les étalages encore couverts, au petit matin, dans les brumes de l'hiver. Les marchands qui tapent des pieds pour se réchauffer, les premiers cabas qui hésitent entre les étals...

Une autre, le musée de l'automobile. Une salle, un hangar éclairé par des néons criards, dans lequel les voitures alignées en rangs de sardines, comme une rangée de cercueils sur roues, prenaient la poussière, attendant des visiteurs trop rares.

Il y avait aussi une série de portraits. Des adolescents qui manifestaient devant la sous-préfecture, assis sur les pavés, le visage bariolé, la bouche grande ouverte.

Un épicier de l'avenue Jean-Jaurès, la main tendue devant un étalage d'ananas, face à une petite dame, la tête penchée en avant, le nez dans son vison.

Et le choc.

Elle était là, elle aussi. La Vieille, en photographie. Elle était devant sa table de massage. Droite, ses yeux bleus fixes dirigés vers le bas. Les deux mains croisées sur un corps malade dont le visage sortait du cadre. Les lèvres entrouvertes. En arrière-plan, un des fameux portraits de sainte Rita, le double spirituel de la Vieille. Elle en avait un exemplaire pour chaque pièce de la maison.

Anna se pencha sur la photo. Signée Isabelle H.

Cela lui rappela soudainement qu'elle était venue accompagnée. Frédéric avait disparu. Elle s'apprêtait à partir à sa recherche quand elle entendit une voix douce dans son dos.

— Ne vous inquiétez pas, mademoiselle Kaleban. Il est au rayon bandes dessinées. Il lit bien tranquillement.

— Bonjour, répondit Anna, en se tournant vers son interlocutrice.

— Vous êtes venue la voir, fit la bibliothécaire en montrant la photographie. Elle est très belle sur ce portrait. Je trouve que ma fille a su faire ressortir cette concentration forte qui émane d'elle lorsqu'elle soigne ses patients. Et cela a permis à Isabelle de lui rendre un petit hommage. C'était l'occasion ou jamais.

Anna hocha la tête et continua de regarder le portrait. Elle ne savait pas comment poursuivre la conversation. Elle n'était pas douée pour les mondanités.

— Je n'ai pas trouvé d'autres remèdes destinés à votre fille, fit-elle en se tournant vers Mme Hanneton. Mieux valait éviter les circonvolutions. Mais j'ai ceci pour vous.

Mme Hanneton saisit les feuillets tendus par Anna.

— C'est l'ensemble des observations et des traitements réalisés par ma grand-mère pour Isabelle. Ça vous aidera peut-être. Si vous connaissez un bon préparateur en pharmacie.

La bibliothécaire tenait l'ensemble des feuillets entre de longs doigts soignés et nerveux. Ses yeux s'étaient de nouveau portés sur le portrait de la Vieille.

— Votre grand-mère était une femme extraordinaire. J'ai mis du temps à m'en rendre compte.

C'était reparti pour un tour. Anna détestait ces témoignages spontanés de sympathie. Bienvenue dans notre secte. Vous aimerez notre gourou, il est sympa.

— Vous inquiétez pas pour ça ! Je doute qu'elle se soit vraiment occupée de ce que les autres pensaient d'elle au cours de sa vie.

— C'est vrai, concéda Mme Hanneton. Au fait, vous pouvez m'appeler Francine, ajouta-t-elle en tendant la main à Anna. (Façon calumet de la paix moderne.)

— Anna, répondit-elle en lui rendant sa poignée de main. Vous avez changé d'opinion sur moi. J'en suis flattée. Mais je vais peut-être vous décevoir quand je vais vous avouer pourquoi je suis venue.

— Hâtez-vous de tout me dire car je suis encore dans l'euphorie du présent, fit la bibliothécaire en agitant les feuillets. Il me tarde d'apporter tout ça à Dorothée. Après, j'aurai l'esprit tranquille.

— À Dorothée ? Que va-t-elle... Vous n'allez pas vous en servir ? demanda Anna, un peu déçue.

— Mais si, évidemment. Mais c'est ma préparatrice en chef. Elle fait ça très bien. Presque aussi bien que Mme Kaleban...

— Je l'ai vue faire pour son mari, mais je ne savais pas qu'elle le faisait pour les autres, remarqua Anna.

— Vous saviez que c'était son métier au départ ? fit Francine Hanneton sur le ton de la conversation polie.

On la sentait pressée de retourner à ses occupations mais désireuse de ne pas froisser son interlocutrice.

— Son métier ?

— Oui, elle était préparatrice dans une pharmacie, qu'elle tenait avec son mari.

— Eddy ? fit Anna, sidérée.

— Non, pas Eddy mais son premier mari, Anton. Le pauvre est mort assez jeune, d'un cancer à l'estomac. Elle n'a rencontré Eddy que quelques années plus tard.

Anna resta silencieuse. Pourquoi avait-elle imaginé que ces deux-là étaient ensemble depuis toujours ? Comme des inséparables, un Laurel fatigué et une Hardy exubérante.

— Et Eddy et Dorothée, depuis combien de temps sont-ils mariés ? demanda Anna en suivant la bibliothécaire qui avait pris un chariot pour ranger dans les rayons une pile de livres en retour.

— Depuis une dizaine d'années environ...

— Comment Dorothée et ma grand-mère se sont-elles rencontrées ? questionna Anna en tendant les livres successivement à Francine Hanneton.

— Je crois bien que c'est votre grand-mère qui est allée à sa rencontre. Tout le monde savait dans le quartier qu'Eddy souffrait terriblement. Mais il y avait aussi la mère d'Eddy et son grand-oncle. Eux aussi n'étaient pas en grande forme. Votre grand-mère a aidé Dorothée à soigner ce petit monde.

— Et ils ne vivent plus ensemble depuis longtemps ?

— Je crois que la mère d'Eddy est dans une maison de retraite depuis cinq ans. Quant au grand-oncle, un sacré caractère celui-là, il est allé s'installer dans une autre branche de la famille d'Eddy. Les pauvres... le couple n'était plus en mesure d'entretenir tout ce beau monde dans une si petite maison.

Anna essayait d'imaginer Dorothée au milieu d'une smala hétéroclite en hypotension dans une boîte à chaussures de mauvaise qualité. C'est sûr qu'ils avaient dû en baver.

— Elles s'entendaient bien, Dorothée et ma grand-mère ?

— Pourquoi me posez-vous toutes ces questions sur Dorothée ? fit Francine en s'arrêtant tout net, une pièce de Shakespeare dans la main.

— À vrai dire, ce n'est pas sur elle précisément que je voudrais en savoir plus mais sur ma grand-mère.

» Je cherche à savoir comment ma grand-mère est morte. Je ne crois pas qu'elle ait fait une erreur de dosage, comme le prétend la police. Je voudrais faire rouvrir son dossier. Mais j'ai besoin d'informations concrètes.

— Et vous me demandez ça à moi ! Je ne sais pas grand-chose... Je ne crois pas qu'elle se soit trompée. Et je ne crois pas non plus qu'elle ait été empoisonnée. Personne ne pouvait lui en vouloir au point de s'en prendre à elle.

— Elle avait pourtant pas mal d'ennemis. J'ai parcouru un journal qu'elle tenait. Croyez-moi, elle n'était pas considérée comme une sainte par tout le quartier, loin de là.

— Peut-être. Mais vous vous trompez si vous pensez à Dorothée. Dorothée lui était entièrement dévouée. Mme Kaleban l'a guérie d'un psoriasis galopant. Elle a failli y rester. Non, elle aurait donné sa vie pour elle. Elle lui rendait visite tous les jours, lui organisait son emploi du temps, un peu comme une secrétaire médicale, ajouta Francine en souriant de bon cœur de la comparaison.

— Et avec Frédéric, est-ce qu'elle s'entendait bien ?

— Votre grand-mère considérait Frédéric comme son propre fils, si je peux vous dire ça sans vous offenser. Pour l'avoir visitée plusieurs fois cet été, je peux vous dire qu'elle s'en occupait parfaitement bien. Je l'ai d'ailleurs aidée à rédiger une des lettres nécessaires à la constitution du dossier de mise sous tutelle. Je ne l'avais jamais vue si émotionnellement impliquée. Si seulement cela avait marché...

Anna regarda la rangée de livres qui s'alignait face à elle. Proust, *À la Recherche du temps perdu*... Sartre, *L'Être et le néant*. Les livres lui répondaient des tas de phrases que la Vieille et elle auraient pu échanger.

— Avez-vous envisagé, Anna, que votre grand-mère ait pu se donner la mort ? Elle était très déprimée. Ni moi, ni Dorothée, ni même Simone n'arrivions à lui faire oublier cette histoire. Elle en était complètement obsédée. Elle mangeait de moins en moins. Elle avait beaucoup maigri, elle était moins alerte qu'auparavant cet automne.

— Excusez-moi, Francine, mais j'ai du mal à croire à un suicide. Vu la liste de personnes qui lui en voulaient. Regardez, je me suis amusée à relever les noms sur les quatre dernières années. Il y a vingt personnes qui ont proféré des menaces à son égard. Regardez, c'est quand même assez édifiant !

Francine examina la liste. Elle secoua la tête en signe de négation.

— Vous pouvez en enlever une bonne dizaine de ces noms. Certains ont déménagé, d'autres sont devenus des adeptes plus convaincus que moi. Quant à ceux qui restent, je crois qu'elle les a tous guéris ou ils se sont guéris tout seuls.

Elle lui posa la main sur le bras.

— Vous devez faire votre deuil et vous décharger de votre colère. Je ne sais pas ce qui s'est passé entre vous et votre grand-mère. Mais vous lui manquiez terriblement.

Anna haussa les épaules et reprit sa liste pour la ranger dans son sac.

— Vous savez, il y a des regards et des phrases qui ne trompent pas, reprit Francine. Un soir elle m'a invitée à boire un café pendant qu'Isabelle se reposait d'une séance particulièrement éprouvante. Je me souviens qu'elle m'a regardée avec ses yeux bleus. Vous savez, de cette couleur de ciel d'hiver par ici en Champagne. Elle m'a dit, je me souviens bien de ses mots : « Une fille c'est comme une partie de soi-même qu'on a mise au monde, c'est notre envers et notre endroit. Notre plus fidèle soutien dans la vie. Mais aussi la personne qui a le plus besoin de s'éloigner de nous. La garder auprès de soi, en tant que mère, sans qu'elle se sente emprisonnée ou inaboutie est la chose la plus extraordinaire que l'on puisse accomplir au cours de sa vie. » Elle me parlait de moi et d'Isabelle. Je crois que c'était une manière de me dire qu'elle m'enviait... Mais je crois aussi qu'elle me parlait de vous. Et de votre mère...

Anna baissa les yeux. Elle ne voulait pas qu'on lui parle de sa mère. Personne n'était autorisé à lui parler de sa mère. Mais les gens l'ignoraient et s'évertuaient à lui ramener ça à la figure comme un *Jokari*.

Francine lui pressa le bras en signe de soutien et s'éloigna. Sa collègue était venue la chercher. Le monde affluait dans la petite bibliothèque.

Anna soupira. La conversation qu'elle avait eue avec Francine lui avait foutu le bourdon. Elle regarda dans la direction de Frédéric qui, affalé sur un banc, lisait une BD de Lucky Luke. Elle l'enviait. En sachant parfaitement que cette apparente insouciance n'était que façade.

Elle eut du mal à le faire sortir de son nid douillet. Mais il le fallait. Elle redoutait que l'affluence de personnes ne le rende instable et irritable.

Dehors, le vent glacé lapait leurs visages et jouait à cache-cache dans les interstices de leurs vêtements. Les nuages gris masquaient le peu de lumière qu'apportait la fin de journée. Ils avançaient dans la lumière des réverbères. Il n'était que 17 heures.

— Pourquoi Nanna triste ? lui demanda Frédéric en lui tenant le bras comme on se tient à une rambarde du *Titanic*.

Anna hésita avant de lui répondre. Que pouvait-elle lui dire sans lui faire de peine ou l'affoler ?

— Je suis triste à cause de Mamami. Comme toi, Frédéric.

— Mamami gentille, très gentille. Elle aurait pas dû partir.

— À qui le dis-tu, Frédéric ! Je suis la première à le déplorer.

— C'est à cause du loup. Mamami gentille mais pas le loup.

— Le loup ?

Anna se tut. C'était encore un délire de Frédéric. C'était à cause de Julien et de son histoire à dormir debout de loups rouges et de loups gris qui se battent dans la montagne de Reims. Il ne fallait pas l'encourager dans cette voie.

— Le loup dangereux pour Mamami. A aidé Mamami à partir. Mamami ne voulait pas. Jonas le sait.

Anna soupira. Tenir une conversation avec Frédéric, c'était comme parler à l'oracle de Delphes. On comprenait un mot sur deux. Elle acquiesça et poursuivit la route sans mot dire.

Il y avait au moins un point sur lequel ils étaient d'accord tous les deux. C'était que quelqu'un avait aidé la Vieille à partir.

Parce que la Vieille, elle était fondamentalement contre le suicide. Anna était bien placée pour le savoir. Elle crevait d'envie de le hurler à la face du monde. Mais ça ne voulait pas sortir. Parce que ça lui plombait l'existence depuis trente ans quasiment.

La mère d'Anna s'était donné la mort, emportant avec elle son père, le cher Hermann de la Vieille.

Il y avait de quoi être idéologiquement contre le suicide après un tel coup du sort...

Chapitre 13

— Allô, Anna ?

— Nanna ?

— Anna, c'est toi ?

— Nanna ? C'est toi ?

— Qui êtes-vous ? Est-ce qu'Anna est là ?

— Frédéric, donne-moi le combiné, fit Anna en apercevant son cousin aux prises avec le vieux fil enchevêtré du téléphone de la Vieille.

— Nanna ? C'est toi ? répéta Frédéric d'une drôle de voix, en essayant de dégager l'une de ses mains des nœuds qui s'étaient formés sur son avant-bras gauche.

— Frédéric, arrête de te tortiller, tu t'emmêles encore plus.

La voix à l'autre bout du fil achevait de s'énerver. Anna essayait de dégager le bras de Frédéric qui était enserré jusqu'au coude.

— Mais quelle idée d'avoir un téléphone avec fil ! Y a que toi pour avoir de telles antiquités, la Vieille !

— Pas parler comme ça de Mamami, Nanna.

Anna le voyait serrer le combiné si fort qu'elle se demandait qui, de la main ou de l'appareil, allait céder en éclatant en mille morceaux sur le sol. Elle aurait misé cent billets sur le téléphone.

— T'énerve pas, Frédéric... Je ne voulais pas te fâcher. C'est sorti tout seul. Assieds-toi par terre. On va tout dégager tranquillement.

Frédéric plongea longuement ses yeux dans ceux d'Anna. Elle détestait cette introduction inopportune dans son âme. Mais Frédéric se rassurait ainsi. Après une longue minute de contemplation où Anna s'obligea à penser à la liste des courses et à son rendez-vous avec l'agent immobilier, pour canaliser sa peur, Frédéric s'assit en tailleur devant elle.

D'avoir tiré le fil dans tous les sens, son avant-bras était tout zébré. Anna le frotta du plat de la main et ramena à elle l'appareil téléphonique, combiné griffé, traumatisé et fil distendu sur ses genoux. Le correspondant avait raccroché. Qui sait s'il n'était pas en train d'appeler les urgences psychiatriques ?

Frédéric s'était levé entre-temps et était allé ouvrir la porte d'entrée. Julien fit son entrée dans la maison de la Vieille, comme un roi désabusé dans le troisième acte d'une pièce de théâtre. Anna n'avait pas eu le temps de bouger. Comment faisait-il ? Avait-il un sixième sens ?

Frédéric n'ouvrait jamais la porte. Il avait peur des gens en général.

— Il savait que vous deviez venir ? demanda Anna en essayant de redonner au fil distendu du téléphone sa forme initiale.

— Je lui avais dit que je repasserais dans peu de temps, répondit Julien, visiblement peu préoccupé par les tours de passe-passe de Frédéric.

Anna reposa le téléphone sur le guéridon. Elle maudit l'appareil qui lui avait donné l'occasion, une fois de plus, de passer pour une demeurée aux yeux de Julien et suivit les deux hommes qui avaient pris place dans le salon.

— Puisque vous êtes venu voir Frédéric... Je vais vous laisser... J'ai quelques courses à faire justement... Vous aurez le temps de discuter...

— Que cherchez-vous à faire exactement, Anna ? la coupa Julien.

— Quoi ? fit Anna, surprise.

Le jardinier enflait de colère dans le salon. Le dieu des herbes, sa fourche à la main et son arrosoir de l'autre, la bouche pleine de hargne et de terreau.

— J'ai vu Simone. Elle m'a raconté votre visite. Et d'autres choses. J'ai besoin de savoir ce que vous cherchez à faire.

— Ça ne vous regarde pas, Julien.

— Vous voulez ternir sa réputation ? Vous cherchez à vous venger d'elle ? demanda-t-il en la scrutant de haut en bas, comme il devait examiner une limace en train de bouffer une de ses chicorées, avant de verser l'acide citrique fatal.

— Je vous ai dit que ça ne vous regardait pas, Julien. Ne m'obligez pas à être désagréable avec vous. Quoi qu'ait pu vous dire Simone, j'en ai rien à foutre. Et si je dois mettre en jeu la réputation de la Vieille, c'est moi avant tout que ça regarde...

— Pas exactement, Anna... fit Julien.

Il semblait étrangement déterminé et calme. Comme si lui aussi n'avait rien à perdre.

— Que vous ayez été ami avec ma grand-mère ne vous donne aucun droit sur elle, à mes yeux... répondit Anna qui sentait son sang-froid s'échapper vitesse grand V

— Je n'étais pas que son ami... Anna. Disons que je faisais partie aussi de sa famille. Et, à ce titre, je suis prêt à faire n'importe quoi contre ceux qui s'en prendront à elle. Même si ça doit être contre un des membres de sa famille « officielle ». (Il insista avec mépris sur le dernier mot.) Alors, dites-moi ce que vous avez derrière la tête, Anna. Quel est votre but dans cette histoire ? Je pensais que l'argent vous suffirait.

— L'argent...

Les mots s'étranglaient dans la gorge d'Anna. Elle aurait voulu lui sauter dessus et lui régler son compte à coups de tatane dans le ventre, façon mafia dans les séries B américaines. Mais s'il avait plus de cinquante-cinq ans, il avait aussi une salle de musculation dans une cabane au fond de son jardin. Aucun doute là-dessus.

— Yvonne me disait tout. Je n'ai pas eu besoin de Simone pour savoir ce qui vous attendait à sa mort. Vous feriez mieux de vous casser d'ici tant qu'il en est temps. Retournez d'où vous venez, vous n'avez rien de mieux à faire ici. Retournez dans votre banlieue...

— Que je me casse.

Anna se sentit blanchir. Julien parlait sérieusement. Simone avait dû lui dire un truc vraiment salace pour qu'il lui en veuille à ce point.

Le téléphone se mit à sonner. Deux coups, trois.

— Allez répondre, fit-il en désignant de la tête le guéridon. Nous reprendrons cette conversation plus tard.

Frédéric n'avait pas bougé. Il était assis sur le rebord de la fenêtre, imperturbable. Anna posa son regard de l'un à l'autre. Inutile de combattre un vent de face, aurait dit son prof de yoga. Attendre que la tempête se calme pour envisager de reprendre la barre.

Elle alla décrocher le combiné et se réfugia dans l'obscurité du couloir d'entrée.

— Anna, c'est quoi ce bordel ? J'ai essayé de te joindre au numéro que tu m'avais laissé et je suis tombé sur un mec bizarre.

— Calme-toi, Serge. C'était mon cousin...

— Il est complètement starbé ton cousin. Il répétait tout comme un neuneu. Et toi, tu faisais quoi pendant ce temps-là. Tu te marrais bien ?

— Ça va, OK ? Ne me casse pas les pieds ! Tu m'as maintenant. Qu'est-ce que tu as à me dire d'important ? Le foc a un accroc, la mer refuse ton passeport ?

Il y eut un long silence à l'autre bout du fil. Il était vexé, évidemment. Il pensait que tout tournait autour de sa petite aventure, de son tour du monde dans le bassin du square voisin.

— Je pars après-demain.

C'était le coup de massue. Ils s'étaient donné le mot, les hommes. À celui qui lui ferait le plus de mal. Et Serge prenait une bonne tête d'avance dans la chasse à courre. Il voulait sa peau, son cœur. Tout quoi...

— Mardi ?... Je croyais qu'il restait encore une semaine ? demanda Anna d'une voix blanche.

— On a fini plus tôt que prévu pour la partie française. Il restera quelques ajustements à faire à Portsmouth. On risque d'y perdre une nuit de plus. Alors, autant partir maintenant.

Il marqua un temps d'arrêt. Comme un plongeur qui reprend sa respiration. Ou un tueur qui s'apprête à donner le coup de couteau fatidique.

— J'ai besoin de savoir si tu viens...

Anna se mordit la lèvre inférieure pour ne pas crier. Il n'était pas question qu'elle se laisse faire.

Elle avait encore de l'énergie. Elle pouvait se débattre, se débrouiller. Tiens, la débrouille, c'était son truc.

— Je viens. À quelle heure il faut que je sois là, mardi ?

— À 22 heures. On a rendez-vous sur le quai numéro 3. C'est à gauche lorsque tu entres dans le port…

Mais elle ne l'écoutait plus. Frédéric passait devant elle sur la pointe des pieds. Il avait l'air ravi, persuadé d'être discret. Elle le vit se pencher puis se relever. Quand il croisa ses yeux, il poussa un petit cri d'excitation et s'échappa en courant vers le salon. C'était encore un de ses jeux dont la règle semblait totalement obscure à Anna. Du genre : salutation à la porte et « Oh ! Je me sauve. »

— T'inquiète, je me débrouillerai, répéta-t-elle à Serge. Je serai là.

— Tu sais, bébé, je pensais pas que tu viendrais. J'étais persuadé que tu te dégonflerais à la dernière minute. T'avais l'air de prendre ça à la rigolade. De t'en foutre de partir avec nous.

— Serge, je m'en fous de ce tour du monde. Ce que je veux, c'est partir avec toi…

— OK, OK. Mais tu changeras d'avis quand tu seras dans les mers du Sud.

— Je dois te laisser… J'ai plein de trucs à régler…

— Ciao, bébé…

La voix s'éteignit en même temps qu'elle raccrochait. Elle allait se débrouiller. Tu parles. Elle allait plutôt fuir le plus loin possible en laissant tout en plan. Avant, il fallait régler cette histoire avec le jardinier. Il allait être le premier ravi de cette grande nouvelle.

Juste un petit café et une petite clope, histoire de se remettre les idées en place et se préparer au deuxième round.

À son retour dans le salon, elle se sentait plus rauque, plus abrupte. Prête pour le combat de boxe à un million de dollars.

Mais Julien avait filé. Frédéric s'était posté de nouveau devant la fenêtre. Et, sur la table, il y en avait une dizaine. Anna en eut le souffle coupé.

Les lettres anonymes et leur enveloppe rouge. Elle reconnaissait les deux qu'elle avait reçues parce qu'elles étaient froissées et que quelqu'un les avait récupérées dans la poubelle de sa chambre.

Mais, toutes les autres, elle ne les avait jamais ouvertes.

Elles étaient dans le même ton que les deux premières. On lui demandait de partir, on la jugeait responsable de la mort de la Vieille. On la traitait d'empoisonneuse. Il y en avait même une qui rappelait qu'elle avait fait de la prison. Qui était ce putain de corbeau ?

— Frédéric, pourquoi ces lettres sont-elles sur la table ?

Elle ne reconnaissait plus sa propre voix. Un mélange de peur et de colère, d'impuissance et de désespoir.

Frédéric se tourna vers elle. Il souriait. Un sourire d'un seul côté, un côté macabre, moqueur.

— Toutes les lettres rouges du loup. Tout montré à Tito.

— Où tu les as trouvées, Frédéric ?

— A pris dès que le loup passait.

— Pourquoi je ne les ai pas eues, Frédéric ? Pourquoi tu les as montrées à Julien ?

Elle se rapprochait de lui, la rage au ventre. Elle lui en voulait. Dans quel camp jouait-il ?

Frédéric se balança sur une jambe. Une partie de son visage continuait de sourire. Mais ses yeux filaient d'Anna à la fenêtre.

— Nanna pas gentille. Pas gentille avec Mamami.

— Il ne faut pas croire ce qu'il y a d'écrit sur ces lettres. Le connard qui les a rédigées veut me faire du mal, tu comprends, Frédéric ?

— Nanna pas gentille. Nanna négosiste.

— Arrête ce petit jeu avec moi, Frédéric. Je me suis occupée de toi. Je veille sur toi comme l'a demandé la Vieille. C'est moi qui vais trouver ta future maison. Ton petit Julien, il fait quoi pour toi en ce moment ?

Elle se rapprochait de lui de plus en plus. Et lui se balançait d'autant. La colère avait franchi la ligne invisible. Pourquoi tout le monde avait décidé de la faire chier ce matin ?

— Nanna pas gentille. Nanna veut tout prendre et partir.

— Mais c'est pas vrai, putain ! Mais je fais ce que je veux, tu m'entends, Frédéric ? Je fais ce que je veux ! Je pars quand je veux, je prends le fric de la Vieille si je veux. Je dis ce que je veux sur elle. C'est ma vie. Personne n'a à me dire ce que j'ai à faire. Surtout pas toi, demeuré !

Le mot était sorti. Elle avait hurlé, crié. Elle avait senti sa main frémir, avec une envie de taper démente. Et le mot avait fini par sortir.

Frédéric ne la regardait plus mais elle sentait ce qu'il était en train d'éprouver. Une descente aux enfers. Elle mit une main devant sa bouche, redoutant que d'autres mots ne sortent et finissent d'achever le travail. Les larmes lui montaient aux yeux, elle partit se réfugier à l'étage. Dans la chambre de la Vieille. Pour y mourir de honte.

Quelques heures plus tard, elle n'était pas morte. Juste mortifiée. Frédéric refusait de la regarder. Il obéissait à ses ordres, acceptait de la suivre. Mais plus un seul regard. Elle n'existait plus pour lui.

Anna, qui n'en était pas à sa première connerie en matière de communication, se consola en se disant qu'il lui fallait du temps. Beaucoup de temps. Exactement ce qu'elle n'avait pas. Il lui restait moins de quarante-huit heures pour trouver quelqu'un de confiance et de compétent pour s'occuper de Frédéric avant son placement, compléter les papiers d'inscription pour son entrée en institution, avertir l'agence immobilière qu'elle quittait la ville, dire au revoir à Dorothée, récupérer une partie du fric sur le compte en banque qu'elle avait ouvert, faire ses bagages...

C'était impossible. Pourtant, elle allait le faire. C'était une question de survie. Ici, elle n'avait plus rien à faire. Julien avait raison. Même la réouverture de l'enquête était une belle connerie. Qui allait croire que la Vieille avait été empoisonnée ? Même les personnes qui avaient été les plus proches d'elle niaient cette possibilité. Simone, Dorothée, Francine Hanneton et maintenant Julien.

Il n'y avait que la légiste. Mais le juge n'avait pas tort. Qu'est-ce qui comptait le plus pour cette poupée surdouée ? L'enquête ou la vérité ? Son travail ou la victime ?

Anna n'était plus une gamine. Ce n'était pas la première fois qu'elle se faisait manipuler par quelqu'un. Enfin, c'était la première fois qu'une jolie blonde préférant les filles se foutait de sa gueule. Mais elle avait assez vécu pour savoir quand il fallait s'incliner devant une prouesse psychologique de cet ordre. C'était une fille brillante. Hypnotique.

Anna devait se retirer du jeu.

Les faibles, elle avait déjà joué dans leur équipe. Ils perdaient tout le temps. Et elle avait envie de gagner, pour une fois. De faire quelque chose uniquement pour elle. Partir avec Serge et laisser ce merdier.

Parce que ce n'était pas le sien. C'était celui de la Vieille. Et c'était pas parce qu'elle avait hérité de la Vieille quelques biens qu'elle devait se plier à tous ses désirs post-mortem.

Cet héritage, ce n'était que le droit du sang qui le lui donnait. C'était pas vraiment la Vieille. La Vieille n'avait aucune idée de qui elle était. Elle ne l'avait jamais su. Elle lui en avait voulu de la mort de sa mère. Puis, elle avait reporté tous ses espoirs sur elle. Des espoirs de quoi au fond ?

Pour qui se prenait-elle ? Anna avait le droit de tracer son propre parcours. Tant pis si elle s'était pris les pieds dans le tapis plusieurs fois. Ça faisait partie du jeu. Et là, elle lançait ses dés dans une autre direction.

En moins de temps qu'il n'en faut pour le dire, Frédéric et elle se retrouvèrent de nouveau dans le bus, en direction du centre de rééducation. Anna devait régler ce problème en priorité. Les nuages au-dessus de sa tête étaient changeants. Les feuilles mouillées et pourrissantes masquaient le bord de la chaussée, là où le bus charriait des flaques d'eau croupie. La lumière ambiante lui donnait l'impression que l'ampoule de l'Éternel avait claqué.

Frédéric avait posé sa tête contre la fenêtre du bus, la buée faisait comme une bulle de BD devant sa bouche. Une bulle vide. Il n'était pas vraiment présent.

Ses yeux regardaient ailleurs.

Ils descendirent en évitant la foule d'étudiants qui repartaient vers le centre-ville. Puis ils longèrent un petit parc jusqu'à arriver devant le Centre. Le blockhaus était plus sinistre que jamais, sans lumière et avec cinq degrés de température ambiante.

Anna mena Frédéric directement à la salle de rééducation de Léandra puis s'en retourna au bureau d'accueil. Matteo était absent et c'était tant mieux. Depuis leur dernière rencontre, elle se sentait mal à l'aise.

Avec une assistante sociale, elle compléta le premier volet d'une demande officielle pour le placement de Frédéric. Il existait une institution à Rethel. Ce n'était pas un déracinement complet pour Frédéric, et même pour Julien ou Dorothée. Ils pourraient lui rendre des visites sans avoir à parcourir des milliers de kilomètres.

Mais l'inscription allait prendre du temps. Il fallait qu'elle retrouve les papiers d'identité et le dossier médical de Frédéric. Elle pouvait tout faxer ou envoyer un scan par e-mail, lui avait assuré l'assistante. Elle pouvait se débrouiller quoi. Surtout sans ordinateur et sans fax.

Quant aux droits d'inscription, il était clair que l'argent était un sacré moyen de sélection. Heureusement que Frédéric en était pourvu. Sinon, elle n'aurait pas pu remplir le quart d'un demi-imprimé du tas de papiers que la jeune femme lui tendait, sans relâche.

Après ces opérations administratives et un certain découragement parce qu'elle savait qu'elle n'était pas au bout de ses peines, elle alla rejoindre Frédéric dans sa salle d'entraînement. Là-bas, on lui indiqua qu'il faisait une séance de bassin avec Léandra.

Frédéric ne prenait pas toutes ses séances en tête à tête avec Léandra. Il y avait deux jeunes filles, qui devaient avoir une quinzaine d'années, et un garçon plus jeune qui pataugeaient avec lui.

À les voir rire et se lancer des ballons, on aurait pu croire à un groupe de jeunes s'amusant à la piscine municipale du quartier. Mais il fallait rester distant ou être myope comme Mister Magoo. L'illusion était éphémère. Les sept différences étaient grossières : les tics, les déformations, les retards de développement, les difficultés motrices, les handicaps de langage, une perception réduite du monde qui les entourait et les phobies multiples et inexplicables. Le carton était plein.

Assise sur un tabouret, Anna suivait les mouvements de Léandra. En bonnet rouge et maillot une pièce, elle allait de l'un à l'autre, les stimulait, riait quand ils riaient, les engueulait lorsqu'elle voyait qu'ils se refermaient sur eux-mêmes.

Le spectacle l'apaisa. De voir quelqu'un mettre tant d'application à produire de si infimes résultats, cela lui faisait oublier ses tourments personnels. Son esprit s'était vidé, son cerveau s'était entièrement consacré à lire entre les lignes de la vie de Frédéric et de ses compagnons de jeux. À essayer de comprendre une partie infinitésimale de l'énigme.

Avant la fin de la séance, Léandra quitta le bassin pour s'approcher d'elle. Elle avait revêtu un peignoir et se séchait les cheveux avec une serviette.

— Je suis en pause. Vous voulez prendre un café avec moi ? demanda-t-elle.

Anna jeta un regard vers le bassin. Un gaillard bodybuildé avait remplacé Léandra. On recrutait chez les anciens champions de natation d'Allemagne de l'Est dans ce centre. Mais elle suivit Léandra dans les vestiaires.

Avec envie, elle vit la jeune fille s'allumer une cigarette. Elle avait fini son paquet le matin même. Même en fumant parcimonieusement, elle arrivait à finir ses paquets. La vie était vraiment injuste.

— Vous en voulez une ?

Anna accepta et prit une cigarette qu'elle s'empressa d'allumer avec un briquet Camel posé sur une table en plastique.

La pièce dans laquelle elles se trouvaient faisait à la fois office de vestiaire et de salle de repos.

— C'est votre coin fumeurs ?

— Ne le dites pas, mais de coin fumeurs ou non-fumeurs, il n'y en a pas encore ici. Comme on est tous fumeurs ou presque tous, on s'est arrangés comme ça. On aère entre chaque clope.

— Vous avez intérêt à bien en profiter et peut-être même à le faire visiter au public, ce local. Parce que ce doit bien être le dernier en France... ricana Anna.

— Surtout ne dites rien, dit Léandra à demi nue, en enfilant une culotte et un pantalon sans se soucier de la présence d'Anna, c'est encore le statu quo avec l'administration. Dès qu'ils le sauront, on va avoir le droit non seulement de perdre notre coin fumeurs mais, en plus, à tout un panel de séances de prévention. Des séances de prévention pour du personnel qui a fait cinq ans de médecine...

Léandra riait à cette évocation. D'ailleurs, en général, Anna se demandait à quel moment Léandra ne riait pas ou ne souriait pas. Elle avait dû naître les lèvres entrouvertes, en poussant des fous rires plutôt que des cris, cette nana.

— Ça n'a pas l'air de vous contrarier outre mesure...

— De toute façon, il faut que j'arrête. Je profite juste des derniers instants du condamné !

Léandra finit de s'habiller et prépara un café. Anna se mit brusquement à penser à Serge et à l'ultimatum qu'il lui avait lancé. Il devait lui rester une quarantaine d'heures pour régler ses affaires et partir. Autrement dit, c'était pas gagné.

— Vous savez que Frédéric a fait des progrès depuis une semaine ? fit Léandra en reboutonnant sa blouse. Bon, il reste encore nerveux, mais sa concentration s'est nettement améliorée. On dirait que la sauce a bien pris entre vous deux.

Anna goûta au café et réprima une grimace. Ce café avait la saveur d'un café d'administration, un goût insipide et infâme.

— Disons qu'il y a des hauts et des bas... (Anna repensa à leur dernière conversation inavouable)... mais il ne va pas rester avec moi. Je viens de remplir un dossier d'inscription pour le centre de Rethel.

Anna guetta une réaction sur le visage de Léandra qui était en train de refaire son maquillage sur un miroir de poche. Pas de main qui tremble ou de coup de rimmel sur la paupière.

— C'est un bon centre. J'ai une ancienne collègue qui est allée travailler là-bas. C'est une structure moderne, avec du personnel jeune. Frédéric va se plaire là-bas.

— Je l'espère. En tout cas, c'est pas facile d'y entrer. Il faut montrer patte blanche et carte bleue. American Express même.

— Oui, c'est sûr, commenta Léandra sans s'apitoyer. Être pauvre au royaume des handicapés, c'est comme être aux portes du paradis. Vous voyez bien tout ce qu'on pourrait faire pour vous mais on vous laisse devant la grille si vous n'avez pas les moyens.

— Oui, mais enfin, l'État donne pas mal d'aides...

— C'est toujours pareil, répliqua Léandra sans passion. (Elle récitait le texte d'une pièce de théâtre cent fois jouée.) Certains handicaps sont mieux pris en charge que d'autres. Il y a des abus d'un côté et des injustices de l'autre... C'est notre monde quoi, ajouta-t-elle en souriant à pleines dents à son miroir.

Cette fille avait un optimisme indestructible. En acier inoxydable. Elle était capable de parler de toute la merde qui l'entourait sans avoir l'air de souffrir des désagréments qu'elle occasionnait. Cela tenait de l'inconscience ou de l'héroïsme.

— Vous savez combien de temps ça va prendre ? Je veux dire l'inscription dans le centre et l'intégration ?... Vous devez avoir l'habitude...

— Eh bien, si le dossier est rempli et que le RIB a été transmis aux affaires sociales... il y a la visite médicale, l'avis des différents thérapeutes qui l'ont suivi et une dernière visite de l'assistance sociale... Vous en avez pour trois ou quatre semaines... pour recevoir la réponse, positive ou non. Ensuite, je crois qu'il y a une semaine d'adaptation.

— Et merde... fit Anna.

Évidemment, elle n'avait pas pensé tout régler en une quarantaine d'heures. Mais elle avait misé sur une petite semaine. Elle aurait pu se débrouiller avec Dorothée et Julien. Peut-être même Simone. Quitte à les payer. Mais quatre semaines au minimum. C'était trop long pour des personnes qui devaient juste rendre un petit service.

— Ça vous pose un problème ?

— À vrai dire... je dois partir demain. Mais les personnes qui doivent s'occuper de Frédéric ne pourront pas le prendre en charge aussi longtemps... il va falloir que je trouve une autre solution.

Léandra s'était assise en face d'elle. Elle sirotait son mauvais café mais avait ouvert une plaque de chocolat de cuisine. C'était une technique comme une autre pour annihiler le goût du liquide.

— Je peux vous indiquer quelqu'un... si vous le souhaitez. Mais ce sera au tarif maison. J'ai quelques collègues qui sont en attente de nouveaux stages avant leur qualification. Ils ont besoin d'argent. Ils gardent chez eux des handicapés. Mais ils le font pour des durées très courtes. Tenez, Matteo, l'éducateur de Frédéric. Il l'a fait dernièrement pour une de mes amies qui a une petite fille trisomique de quatre ans. Elle devait partir pendant deux semaines en voyage. Le jour, il l'amenait ici. Le reste du temps, ils ont vécu comme un petit couple, ajouta-t-elle en gloussant.

— C'est pas Matteo que vous me proposez ? fit Anna sur la défensive... parce que nos rapports ne sont pas au beau fixe. Avec ma grand-mère, ça ne s'est pas bien passé... et avec moi non plus, d'ailleurs.

— Oui, je sais tout cela. Matteo m'en a parlé. Votre grand-mère le faisait chanter.

Anna la regarda avec des yeux ronds. Elle se demandait s'il fallait qu'elle disparaisse six pieds sous terre ou faire semblant de trouver ça très « *funny* ».

— Vous êtes au courant ?

— Matteo me l'a dit. Mais je l'aurais su sans cela. Votre grand-mère lui a fait une scène devant tout le personnel. J'ai cru que Matteo allait tomber en syncope tellement il était blanc. Le lendemain, il a décrété qu'il passait le dossier et qu'il ne voulait plus avoir affaire à Mme Kaleban. Et, finalement, il a repris le dossier il y a deux semaines, comme si de rien n'était.

— Ma grand-mère n'avait pas des méthodes que j'approuve, avoua Anna. Disons qu'elle voulait réellement obtenir le tutorat de Frédéric. Je ne comprends pas pourquoi c'était si difficile.

— Eh bien, le cas de votre grand-mère était un peu particulier. Elle s'occupait bien de Frédéric. Mais il manquait des pièces administratives pour constituer son dossier. Et à ça se sont ajoutées des lettres. Je ne sais même pas pourquoi elles sont apparues au moment de la constitution du dossier. Matteo était aussi surpris que votre grand-mère. Mais leur contenu n'était pas équivoque. Votre grand-mère était accusée d'avoir euthanasié des personnes dans des situations de faiblesse extrême, et notamment une personne atteinte d'un handicap grave. Vu ses activités et le fait qu'elle n'avait pas de statut officiel, sur le plan médical, je m'entends… cela mettait en doute sa crédibilité. La personne qui a écrit la lettre prétendait qu'une enquête était sur le point de s'ouvrir et que, en conséquence, il fallait n'autoriser aucun placement.

— Et vous savez qui a écrit ces lettres ?

— Non. Mais si je le savais, je ne vous le dirais pas, mademoiselle. Je crois qu'il vaut mieux éviter de remuer tout ça. Le passé est le passé. Maintenant, Frédéric a un avenir devant lui.

— Et vous trouvez ça juste que Matteo ait ralenti la procédure pour des putains de lettres fondées sur des rumeurs ?

— Matteo est moins idiot que vous avez l'air de le penser. Il est un peu coincé dans la toile de ses principes. Ça l'empêche parfois de voir le monde tel qu'il est, mais ce n'est pas un bureaucrate. Il connaissait bien le dossier et était prêt à faire confiance à votre grand-mère. Le point délicat du dossier ne portait pas là-dessus, d'après ce qu'il m'a dit. Il s'agissait d'un document administratif que votre grand-mère ne pouvait pas lui fournir. Et là, il ne pouvait rien faire.

— Qu'a dit ma grand-mère exactement lorsqu'elle lui a fait une scène ? Ce serait plus facile à comprendre pour moi si je savais exactement ce qu'il y avait entre les deux.

— En public, pas grand-chose. Plus de bruit que de réelles raisons d'inquiéter Matteo. Disons qu'elle a fait juste une allusion à un enfant qui s'appelait Sylvain et cela a suffi pour qu'il se sente mal. Mais, après, j'ai questionné Matteo. Il n'avait pas tellement envie d'en parler. Il m'a juste dit que votre grand-mère faisait allusion à l'un de ses anciens patients.

» Un gamin qui est mort l'année dernière en s'échappant du centre. Un horrible accident. Il s'est précipité sur la chaussée et s'est fait percuter par un automobiliste qui roulait trop vite.

Anna hocha la tête. La Vieille savait remuer le couteau dans la plaie comme pas deux. Elle savait quelque chose sur cet incident et elle s'en était servie contre l'éducateur pour obtenir l'avancement du dossier. Pourtant, le dossier était revenu à son point de départ. Ou Matteo avait la dent dure, ou la Vieille n'avait pas été assez maligne sur ce coup-là...

Alors qu'Anna se débattait avec une nuée de questions qui cherchaient désespérément des réponses et que Léandra finissait de nettoyer la table, le gars bodybuildé de la piscine fit irruption dans la salle de repos, en maillot de compétition, tout dégoulinant.

— Léandra, il faut que tu viennes. Angèle a remis ça dans les vestiaires.

Léandra se précipita. Anna suivit le mouvement, comme hypnotisée par l'évocation du grabuge.

— Tu es resté avec eux tout le temps ?

— Oui, tout le temps. J'aidais Steven à relacer ses chaussures et elle a bondi sur Frédéric.

Après un couloir et deux portes, ils arrivèrent devant un petit vestiaire. Anna sut tout de suite qu'ils étaient à l'épicentre du séisme. Des cris, des pleurs. On aurait dit qu'on égorgeait un cochon. Un infirmier avait bloqué de ses bras l'une des filles, qui hurlait de rage. L'autre pleurait comme une hystérique. Le petit garçon s'était recroquevillé dans un coin et se tapait la tête contre un banc. Frédéric était à terre. Des taches de sang maculaient le petit tapis de bain, à l'entrée du vestiaire.

Léandra se précipita vers lui.

— Ce n'est rien. Quelques égratignures. Il est prostré. Je vais l'amener dans mon bureau et lui administrer un sédatif.

» Pour Steven, emmène-le avec toi, Stéphane. Il vaut mieux les séparer. Brigitte, tu veux bien prendre Lola ? Tu lui donnes un petit tranquillisant et tu la couches. Idem pour Steven.

— Et Angèle ? demanda l'infirmier qui contenait la jeune fille blonde qui se débattait à coups de griffes, en poussant des cris d'enragée.

Léandra soupira.

— À l'isolement pendant dix minutes, mais sous surveillance. Tu ne la lâches pas.

— OK.

— Jean-Charles, tu m'aides à transporter Frédéric ?

En quelques minutes, le calme était revenu. Mais Anna sentait son cœur battre la chamade. Les cris avaient fait remonter tout un lot d'angoisses à la surface. Ça ressemblait à ce qu'elle avait vécu en prison. Et c'étaient pas des souvenirs hyper joyeux. De la grosse Babette qui hurlait comme une démente dès que sa voisine de couche lui découpait ses photos de famille. Elle avait fini par se couper les veines. Ils l'avaient transférée dans le service psychiatrie. Mais les cris avaient continué de retentir dans leurs cellules. Des cris fantômes, comme emprisonnés dans l'espace.

Anna se retrouva dans le cabinet de Léandra. Frédéric avait ouvert les yeux mais il était inerte, une statue de sel. L'infirmière lui fit une piqûre. Puis elle s'affaira à son bureau.

Anna s'approcha de Frédéric. Ses membres commençaient à se détendre. Anna hésitait à se rapprocher de lui. Elle n'osait pas faire de geste devant lui. Il se tourna doucement vers elle. Ses yeux plongèrent en elle. Anna tenta un sourire. Il était vrai qu'elle avait dit que c'était un demeuré. Mais elle n'en pensait pas un mot. Et même si... elle s'en foutait qu'il soit comme ça. Elle aurait voulu qu'il comprenne. Mais c'était pas simple à expliquer. C'était comme dire au revoir.

Frédéric ferma les yeux. Ses membres s'affaissaient progressivement.

— Il va dormir une petite heure et vous pourrez partir.

» Tenez, c'est le numéro d'une copine. Elle s'appelle Suzanne. Je crois qu'elle est libre. Elle pourra l'amener ici régulièrement avant son transfert. Mais ne tardez pas pour son dossier.

— Merci. Il pourra recevoir des visites chez elle ?

— Vous lui demanderez. Maintenant je vous laisse. Je dois aller voir les autres membres du groupe. Enfin, je devrais peut-être dire du gang. Je rigole, faites pas cette tête-là. C'est pas bien grave ce qui s'est passé tout à l'heure. Une petite dispute. C'est sûr que ça fait pas mal de bruit. Mais vous en connaissez beaucoup des gens qui se disputent en silence ?

Quelques heures plus tard, Anna retrouvait la rue Paul-Bert. Il faisait nuit et elle se sentait complètement groggy. Elle s'était endormie dans le bureau de Léandra. Il avait fallu le passage d'un infirmier pour qu'elle sorte de sa torpeur. Ensuite, il avait fallu réveiller Frédéric. Un Frédéric tout contusionné. Et complètement shooté au sédatif. La maison de la Vieille était à quelques pas, mais il semblait à Anna qu'elle devait être à Vladivostok, ou pas loin. Elle serra son blouson en jean sur ses épaules tremblantes et tira un peu plus fort sur le bras de Frédéric, qui semblait aussi mou qu'un morceau de guimauve.

Arrivée à mi-parcours, elle sentit un brusque changement dans l'attitude de Frédéric. Elle ressentit elle-même un frisson dans le dos. Elle ne savait pas si c'était le froid ou le brouillard qui se formait autour d'eux, mais elle se sentit brusquement en danger. Elle ignorait pourquoi, mais elle savait que Frédéric ressentait la même chose. Il ne restait que quelques pas. Mais Frédéric était beaucoup moins docile. Sa tête était tournée vers le trottoir opposé. Anna jeta un coup d'œil, avec un pressentiment. De nouveau ce mec à capuche. Elle détourna la tête pour ne pas avoir l'air de le dévisager. Mais elle avait eu le temps d'apprécier sa silhouette. Ce n'était pas Julien. Elle en était sûre. Julien était plus grand, plus baraqué. Ce mec-là, il était petit. Tout maigre. Et son visage restait caché sous la capuche. Alors que Julien avait un pif qui dépassait d'une toise au moins.

Pourquoi ce type traînait dans le coin ? Elle n'avait pas réalisé, la première fois qu'elle l'avait vu, mais il était posté face à la maison de la Vieille. C'était peut-être l'ambiance façon rue coupe-gorge, mais elle pressa le pas. Frédéric pouvait devenir incontrôlable. Elle entendit le type se déplacer. Ou alors c'était un chat. Pour les cinq mètres qui restaient, elle courut. Elle était peut-être ridicule. Mais elle tenait à sa vie. Si c'était un paumé qui était prêt à la tabasser pour vingt euros, elle ne voulait pas courir de risque. À Paris, elle avait vu trop souvent le cas se répéter.

Elle avait réussi à pousser Frédéric jusque dans le couloir d'entrée. Elle claqua la porte et la ferma. Puis, elle plaça l'énorme chaussure en bronze qui servait de porte-parapluie devant l'entrée. Celui qui tenterait une entrée inopinée et inopportune chez elle en serait pour ses frais.

Frédéric était affalé dans le couloir. Il tremblait de tous ses membres. Elle avait peur qu'il fasse des convulsions. Elle le força à se relever et essaya de le tirer jusqu'au salon. Mais Frédéric se débattait. Il essayait d'atteindre la rampe d'escalier.

— Tu veux aller dans ta chambre. Pas de problème, Frédéric... On y va. Tout doux. Il ne va rien nous faire...

Elle le transporta jusqu'à sa chambre et le déposa sur son lit. Elle le recouvrit d'une couverture et resta assise à côté de lui, la main posée sur son dos. Petit à petit, il se calmait. Comme un pur-sang qui se remet d'une course. Ses paupières se fermaient. Il était encore sous l'effet des sédatifs. Elle pouvait les remercier, ceux-là, sans quoi elle aurait eu droit à une bonne crise avec convulsions.

Elle se pencha pour éteindre la lampe qui lui servait de chevet. Il grogna.

— Très bien, je te la laisse.

Il lui attrapa la main, juste une petite pression.

— Qu'est-ce que tu veux, Frédéric ?

Elle sentit dans le creux de sa main une grosse boule de papier. Elle la prit. Un ronflement et il dormait. Elle se retira sans bruit.

Arrivée en bas, elle ferma les volets. Elle voulait juste être sûre que le type était bien parti. Et il l'était. Elle sortit de sa poche la boule de papier que Frédéric lui avait confiée.

C'était une enveloppe rouge. Comme les autres. Elle la déballa.

« QUITTEZ CETTE MAISON SINON VOUS MOURREZ TOUS LES DEUX. »

Elle ne pouvait plus faire semblant.

Il fallait qu'elle fasse appel à la police. Pour sa sécurité et celle de Frédéric.

Mais qu'est-ce qu'ils allaient faire avec cette lettre ? Comment pouvait-elle expliquer qu'elle était arrivée aujourd'hui ?

Il n'y avait ni cachet de la poste ni date. Ça pouvait très bien être une blague. Personne ne la croirait.

Le juge ne lui était plus d'aucune aide. Depuis qu'elle lui avait téléphoné, il n'avait plus donné signe de vie. Il n'avait plus rien dans sa hotte pour elle, le père Noël.

Restait-il quelqu'un qui pouvait la croire ? Dorothée. Mais Dorothée était au chevet de son mari. Elle ne pouvait pas se libérer en soirée. Et, la journée, elle faisait des allers-retours entre l'hôpital et sa maison pour voir des spécialistes qui la confiaient à d'autres spécialistes qui ne savaient pas à quels autres spécialistes la recommander.

Non, elle était dans un putain de merdier, seule... Merci la Vieille. Elle appréciait de plus en plus la valeur de ce qu'elle lui léguait...

Il restait quelqu'un qui pouvait croire à son histoire : c'était Julien.

Elle prit le téléphone et composa le numéro du jardinier. Dans sa main, le papier froissé de la lettre anonyme tremblait. En combien de temps passait-on de corbeau à loup sanguinaire dans le monde des criminels ?

Chapitre 14

Il restait à peine dix-huit heures avant le départ de son train pour Saint-Malo. Avec la correspondance à Paris à 17 h 57. Elle triturait les billets de train entre ses doigts.

Ses valises, c'était une question de minutes.

Elle choisit un autre chocolat de la boîte laissée par Simone. Une Simone toute penaude qui était venue la voir en fin d'après-midi. Une Simone beaucoup moins à cheval sur les principes puisqu'elle lui avait demandé comment on faisait pour envoyer un colis à la prison de Fresnes. Une Simone repentie qui aimait sa fille plus que ses principes et sa culture turque.

Quelques minutes plus tard, elle avait eu une autre visite surprenante. Une Dorothée redevenue guillerette. Eddy allait mieux. Enfin, un tout petit peu mieux. Anna lui avait promis de passer avant de partir.

Chocolat praliné ou chocolat noir… La question était plutôt : est-ce qu'elle allait partir ? Est-ce qu'elle allait laisser ce foutu merdier derrière elle ? Si elle voulait se prouver qu'elle était libre, c'était le moment ou jamais.

La fameuse Suzanne, dont elle avait eu le numéro par Léandra, avait accepté de venir chercher Frédéric le lendemain, deux heures avant son départ. Moyennant finances, on pouvait facilement obtenir de l'aide en ce bas monde.

Les astres étaient en sa faveur. Le coyote qui faisait le guet devant sa maison se lasserait. Surtout quand le petit vendeur péteux de l'agence immobilière viendrait poser son panneau « À VENDRE » dès le surlendemain.

Julien allait être soulagé. Anna lui avait écrit une lettre pour lui expliquer son arrangement avec Suzanne. Il pourrait voir Frédéric autant qu'il voudrait avant son départ. Pour le reste, elle le verrait une heure plus tard. Il avait promis de passer entre 22 h 30 et 23 heures. Le Julien était un nocturne en dépit de son grand âge. Aussitôt après son coup de fil, il avait accepté de venir écouter son histoire. Histoire à dormir debout, comme il se doit en fin de soirée.

Alors, qu'est-ce qui la retenait ? Des détails administratifs avant tout. Elle n'arrivait pas à mettre la main sur les papiers de Frédéric. Et son dossier médical commençait seulement en juillet 2005. Mais elle pouvait confier cette partie au notaire. Il devait savoir où étaient les papiers du jeune homme.

Le portable était une invention formidable. On pouvait passer des coups de fil de partout, même d'un train en partance vers la mer.

Qu'est-ce qui la retenait alors ? Elle essaya de ne plus y penser. Elle avait le vague à l'âme de partir. Et un monstrueux paquet de culpabilité sur les épaules. Mais ça, c'était à cause de la Vieille. Elle se croyait redevable envers elle.

Et pourtant, tout le monde s'évertuait à lui démontrer l'inverse. Julien, Simone, Léandra et même Dorothée lui avaient conseillé de partir, chacun à sa manière...

Il fallait arrêter de tourner autour du pot. Elle avait tout simplement peur de partir. De prendre un risque. De se retrouver seule avec quatre marins et avec ses idées noires. Vrai, depuis qu'elle était ici, elle n'avait pas eu le temps de penser à elle, à son avenir. Là-bas, face au vent et aux mouettes, elle n'aurait guère l'occasion de faire autrement.

Elle entendit le carillon retentir. Julien avait fait vite. Elle avait préparé une bouteille et deux coupes, histoire d'enterrer la hache de guerre. Elle se retrouva devant le trottoir, face à une grande blonde qui, en dépit de sa taille et de ses pectoraux, ne pouvait guère prétendre faire office de Julien.

— Florence ? Qu'est-ce que vous faites là ?

— À votre avis... Je viens vous voir. Vous avez de ces questions connes... C'est une spécialité de votre coin d'origine ?

— Je suis d'ici...

— Oui, je sais...

Elle était remontée à bloc, la Barbie légiste. Anna la laissa entrer en regrettant que la Vieille n'eût jamais songé à faire poser un judas. Elle n'arrivait jamais à faire entrer les personnes qu'elle voulait. Elle voulait personne, elle avait Julien. Elle voulait Julien, elle avait Florence... C'était une vraie valse.

Florence se rua dans le salon et croisa les bras. Anna préféra s'asseoir sur le canapé. Elle avait bien une question à lui poser, du genre : « Pourquoi êtes-vous ici ? », mais la Barbie instructeur avait l'air tellement en colère qu'elle préféra laisser le silence s'installer. Le silence lourd d'avant l'orage, aurait dit la Vieille.

— Vous partez ? demanda Florence en désignant les billets posés sur la table.

Elle se rapprocha de la table, les bras toujours croisés, perchée sur ses talons de douze centimètres.

— Vous partez demain midi. Pour Paris et après... (elle poussa le premier billet sur le côté)... Saint-Malo... Des vacances ?

— On ne peut rien vous cacher, ricana Anna. Des grandes vacances, même...

— Ah oui, le fameux Grand Voyage... Alors, vous laissez tout tomber, commenta Florence en la regardant droit dans les yeux. Je comprends mieux maintenant.

Mais Anna ne lisait pas de déception dans les yeux bleus de la légiste. Plutôt de la colère et de la rancune.

— Je ne peux pas... Je veux dire... je ne veux pas rouvrir le dossier de ma grand-mère. J'ai besoin de faire mon deuil... J'ai besoin de prendre le large... J'en ai marre de toutes ces conneries.

— Votre deuil, mon cul ! Vous vous foutez de moi, cria Florence dans le salon, tout petit, de la Vieille.

Les bras décroisés, elle se préparait à sauter au cou d'Anna ou ça y ressemblait.

— Arrêtez de crier comme ça. Vous allez réveiller mon cousin, tempéra Anna.

— Mais vous vous foutez de lui aussi. Alors, arrêtez de jouer les mères Teresa, tempêta Florence. Vous allez l'emmener à Saint-Malo, lui, peut-être ? ajouta-t-elle en ricanant.

— J'ai trouvé une très bonne institution qui va l'accueillir dans quelques semaines...

— Je vois... Vous avez de sacrées méthodes pour vous débarrasser des gens en douceur... Je me suis fait complètement avoir par votre air de vilain petit canard qui n'a pas eu de chance dans sa vie...

— C'est quoi votre problème, au juste ? fit Anna dont le sang-froid avait pris la tangente, subitement.

Elle était un ton au-dessus de celui de la légiste. Frédéric ne risquait pas de passer une bonne nuit. La tempête de 1995 était à l'ordre du jour dans le salon.

— Mon problème, c'est que vous avez fait ouvrir une enquête interne sur moi. Que maintenant on m'a à l'œil. Que je ne peux plus faire ce que je veux sans en référer à mon supérieur direct. Que j'ai les pieds et les mains liés... Que je ne peux plus rien faire alors que j'étais à deux doigts de trouver la faille.

— Quoi ?

Anna était abasourdie. Comment cette femme brillante pouvait-elle penser qu'Anna était pour quelque chose dans cette mise au placard, elle, le vilain petit canard... Elle sourit presque de la comparaison. Florence avait vu juste. Elle aimait bien le rôle du vilain petit canard. Voire du Caliméro. Un truc qui lui venait de son enfance. *Elle n'a pas de mère ni de père, la pauvre petite, il faut la comprendre...* Quand un costume vous sied bien, on y prend goût...

Florence vint s'asseoir à côté d'Anna. Elle était au bord des larmes, le corps tendu comme un arc, les armes au bout de ses poings. Anna se dit, en la voyant aussi désemparée, que cette situation n'avait pas dû se produire souvent dans sa carrière. L'échec était révélateur de certaines personnalités. Il les stimulait ou il les abattait. Chez Florence, l'échec avait cassé cette assurance hors du commun qui était sa marque de fabrique et était en train d'ébranler son système de valeurs comme on secoue un prunier à la période des cueillettes.

Anna fit un geste qui l'effraya mais qu'elle trouva approprié à la situation. Elle posa sa main sur celle de Florence.

— Je n'ai rien fait, je vous l'assure, Florence. Comment voulez-vous... Je ne connais personne ici...

Florence restait immobile. Plongée dans un mutisme désemparé. Anna enleva sa main et entreprit de déboucher la bouteille de champagne. Elle se sentait triste. C'était prévu que tout se finirait ainsi. Comme il était prévu qu'elle parte d'ici. Il y avait une série de sens interdits dans toutes les directions où elle regardait.

Elle fit sauter le bouchon. Un peu de mousse se répandit sur la table en verre, créant de petites vagues effervescentes sur la surface.

Elle versa le liquide pétillant et tendit une coupe à sa voisine.

— Je suis désolée pour vous, déclara Anna. On fête mon départ ? Je crois que vous serez contente de me voir partir vous aussi. Dans un mois, vous aurez oublié toute cette affaire.

— Je n'oublie rien, répondit Florence en prenant la coupe.

Anna ne savait pas si la hache de guerre était enterrée. Mais l'élixir divin allait peut-être les aider à passer le cap de cet échec mutuel.

— Si ce n'est pas vous, je me demande bien qui c'est... fit Florence.

Anna soupira d'aise. Au moins Florence la croyait. Elle ne partirait pas fâchée avec la terre entière.

— Je suis vraiment désolée pour vous. Mais c'est sûrement un signe. Il n'y a rien de plus à chercher dans cette direction...

— C'est un signe. Mais pas celui que vous croyez, dit Florence. En tout cas, je vous remercie de vous montrer compatissante...

Le mot avait une drôle de connotation dans sa bouche.

— J'aime toujours les hommes, précisa inutilement Anna.

— Et moi, je vais toujours au bout de mes enquêtes. La mienne n'est pas finie. C'est vraiment bizarre qu'au moment où je trouve quelque chose de tangible... Enfin, vous avez peut-être raison. Ce n'est qu'une coïncidence. J'avais réussi à mettre en évidence un élément capital grâce aux cahiers que vous m'avez passés. Et, hier, j'ai été convoquée au bureau du grand ponte qui m'a remonté les bretelles en me menaçant de me virer aux services sanitaires. Je lui ai demandé de qui venait la saucée, il a hurlé un peu plus, mais il a prétendu que ça venait de la famille de la victime. Vous êtes bien la seule famille de la victime ou j'ai raté un numéro ?

— Je suis bien sa seule famille, a priori. Mais je ne peux plus jurer de rien. J'ai découvert un cousin il y a peu de temps. Qui sait si j'ai pas toute une ribambelle d'oncles et de tantes qui vivent cachés dans les kilomètres de caves des grandes maisons de champagne, d'ici à Épernay.

Florence sourit. Elle semblait avoir retrouvé son allant habituel, de pétillantes petites bulles du breuvage divin. Anna remplit sa coupe puis se resservit. Tant pis pour Julien. Elle lui sortirait plutôt le ratafia de la Vieille. Et la fin de la nuit, bras dessus bras dessous, avec des chants de marins et de jardiniers.

— Et c'est quoi, votre élément capital ? demanda Anna après avoir avalé la moitié de sa coupe.

— Vous tenez à le savoir ? Quand vous serez sur votre bateau, je vous préviens, vous ne penserez plus qu'à ça...

— Je préfère penser à ça qu'aux mouettes, aux crêtes de vagues et à moi.

— Je me demande pourquoi vous partez. Vous êtes vraiment bizarre, Anna.

— Un vilain petit canard quoi...

— Oui, il y a un peu de ça. Mais vous méritez un peu de vérité aussi. Je vous avais dit que je chercherais dans les cahiers en priorité. C'est ce que j'ai fait cette semaine. J'ai constitué un fichier avec toutes les préparations répertoriées. Je les ai classées par types, par années, par ingrédients. Ça m'a pris un foutu temps et sur mon temps libre en plus.

» Je voulais arriver à trouver un point commun. Et plus je réfléchissais, plus je m'énervais. Ça collait pas. Je trouvais des suites et puis il y avait un élément non concordant. Elle préparait la camomille avec une cuisson sans étuvée. Le coup d'après, elle laissait des heures à étuver. Mais ce n'était jamais exactement la même recette, ni exactement pour le même traitement. De quoi devenir folle. Que des suites illogiques.

— Et vous êtes devenue folle ? demanda Anna qui se sentait un peu grisée par le champagne.

C'est à peine si elle écoutait Florence. Elle s'imaginait dans un maillot de bain, au soleil, au milieu d'un océan bleu turquoise.

— J'ai failli... mais j'ai regardé la télévision.

— Les programmes sont vraiment nuls, vous ne trouvez pas ? fit Anna qui s'en foutait.

Avec un deuxième verre, elle avait ajouté une plage de sable fin et le vent qui caresse la peau.

— Ça arrive… mais je suis tombée sur une émission sur la décoration intérieure. Et là, ça a fait tilt.

— Vous vous êtes dit qu'il fallait retapisser votre chambre. Moi, si j'avais eu un peu de temps, j'aurais refait la tapisserie de ce salon. Il est infect ce marron. Pour vendre la maison, il va falloir que ce piteux vendeur fasse oublier ces sales couleurs…

— Concentrez-vous, vilain petit canard, et arrêtez de boire ! Ça doit être votre quatrième coupe. Vous avez mangé au moins ce soir ?

» Bon, je reprends, fit-elle en finissant sa propre coupe et en faisant signe à Anna de la resservir. Dans cette émission, il y avait un reportage sur un designer. Il travaillait sur des éléments composites qu'on assemble pour créer des chaises et des tables. C'était un mec en complet Armani. Il vous aurait plu Anna. Moi, je l'ai trouvé puant. Mais ne nous égarons pas. Son slogan, c'était de dire : « Chacun compose son propre intérieur avec les mêmes éléments. Je fais de vous des designers. » Je trouvais ça tellement ridicule ses tables en plastique vertes et rouges. Mais c'est lui qui m'a apporté la solution. Ce petit con en complet Armani !

— Armani… ça fait un peu bourgeois pour moi. Vous croyez vraiment que les hommes en complet Armani me regardent ! Moi j'aime que les hommes qui ont travaillé à l'usine…

— C'est là où j'ai compris. Au départ, une seule préparatrice puis deux, trois, quatre. Et votre grand-mère a créé, en les formant, plusieurs préparateurs auxquels elle confie des traitements spécifiques à réaliser. J'imagine que c'étaient des personnes de confiance... et, en même temps, qu'elles doivent s'y connaître un peu.

— Je l'ai toujours dit. La Vieille est un gourou... Un putain de gourou avec des gris-gris qui lui obéissent... sainte Rita, soigne-moi ceci... et sainte Marie-Madeleine et sainte Pâquerette aussi...

— Anna, vous ne tenez pas l'alcool du tout. Vous êtes un vrai désastre. Je ne vous amènerai pas dans mon bar préféré.

— Je m'en fous. Les bars, j'irai les pêcher là où je vais.

Anna s'écroula de rire sur le canapé, complètement pompette. Elle se sentait à des années-lumière de cette histoire de multiplication de préparateurs.

— Je vais vous préparer un café. J'ai besoin que vous écoutiez la fin de mon histoire un peu plus sobrement.

— Mais non, Florence. On commence tout juste à s'amuser. Je te sors... on peut se dire te... enfin tu... le ratafia. C'est pour le Julien... mais il va partager...

— Qui c'est ça, Julien ? Votre... ton nouveau jules ?

— Non, pas lui. (Anna se dirigeait en chaloupant vers la cuisine.) Lui, c'est le jardinier. Le dieu des gazons et des petites fleurs...

Florence se retrouva seule dans le salon. Elle entendait les bouteilles et les verres s'entrechoquer. Le champagne lui montait aussi un peu à la tête mais elle avait l'impression de mieux maîtriser sa barque. Question d'habitude.

Au bout de quelques minutes d'insultes adressées à l'ensemble du corps de cuisine, Anna fit son retour dans le salon. Elle portait un plateau chargé de deux bouteilles, une de rhum et une de ratafia, de deux verres et de quelques biscuits apéritifs qui avaient passé la date de péremption.

— Vous avez besoin d'aide ? dit Florence qui suivait, effarée, l'arrivée un peu houleuse d'Anna.

Anna fit un pas de plus, qui se glissa dans une fente du vieux tapis de la Vieille, et elle s'écroula. Comme dans un gag de Chaplin, tout son plateau valdingua à droite à gauche. Elle essaya de rattraper les bouteilles, elle s'aspergea de rhum et de ratafia, puis renonça à lutter contre les éléments en s'écroulant au milieu des bris de verre et des biscuits d'apéritif mouillés.

Florence se mangea les joues pour rester sérieuse mais le rire gagna en intensité et éclata comme une cascade longtemps contenue. Suivi de près par celui d'Anna qui essayait d'enlever le liquide poisseux de sa figure avec une manche recouverte de morceaux de chips.

Peu à peu, le fou rire se calma et Anna entendit sonner à la porte. Comme une ado prise sur le fait par ses parents, elle se releva, brossa ses avant-bras et courut jusqu'à la porte.

— Merde, Julien...

— Oui, c'est moi. Ça fait trois fois que je sonne. Vous faites quoi au juste ?

— C'est bon, calmez-vous...

— Mais vous puez l'alcool ! Où est Frédéric... J'espère que vous ne lui avez pas...

Julien entra en trombe dans le salon. Florence finissait sa coupe et le salon de la Vieille était un champ de bataille où Anna avait perdu, échec et mat.

— Qui c'est, elle ?

— On dit « Bonjour madame », Julien... Je veux bien que vous soyez en colère. Mais restez poli au moins, fit Anna qui dégrisait en express sous l'effet de la honte.

— Bonjour... Vous m'excuserez mais je suis pressé. Je dois parler avec Mlle Kaleban et je dois repartir. Vous voulez bien nous laisser ?

Il était en train de virer Florence. Comme s'il était chez lui. Le mâle dans toute sa puissance. « Femme, retourne à la caverne ! J'ai à faire. »

C'était peut-être l'alcool, le fait de savoir qu'elle partait le lendemain ou encore le souvenir soudain cuisant qu'elle avait passé douze ans depuis belle lurette qui fit réagir Anna.

— Julien, je vous présente Florence. Elle est légiste. C'est elle qui a opéré la fouille...

— On dit une autopsie, Anna... suggéra Florence.

— Oui, c'est ça. L'autopsie de la Vieille... d'Yvonne. Et c'est avec elle que je vais rouvrir l'enquête pour savoir qui a tué ma grand-mère.

— Anna... Je suis venue te dire que ce n'est plus possible, souffla Florence...

— C'est quoi cette histoire ?...

Julien devenait cramoisi. La tension monta d'un cran.

Anna, elle, se sentait en pleine chute vertigineuse.

— Excusez-moi, je vais me préparer un café... Je crois que j'ai un peu mal au cœur.

Florence et Julien se retrouvèrent en tête à tête. Julien n'avait pas bougé de l'entrée. Florence se leva et le prit par le coude.

— On recommence. Florence Delacourt, se présenta-t-elle en lui tendant la main. (Une main qu'il accepta mollement.) Venez boire un verre avec nous. Je crois que vous méritez de vraies explications. Anna n'est pas très forte dans ce domaine. Et, ce soir, elle n'est pas au mieux de sa forme. Il faut l'excuser.

— Vous êtes qui, au juste ?

— Vous êtes plutôt soupçonneux dans le genre. Alors, faisons de vraies présentations. Je suis légiste, comme l'a dit Anna. Je me suis occupée en partie de l'enquête. Je suis persuadée que Mme Kaleban a été empoisonnée par un tiers. Et je cherche des preuves. À votre tour.

— Julien. Julien Henry, voyant qu'elle insistait du regard. Je ne suis qu'un ami de la famille. Un ami proche, disons.

— Un verre ?

Anna avait la bouche pâteuse et mal à la tête. Elle s'était endormie sur la table de la cuisine. Elle se rappelait qu'elle avait vomi dans la cuvette des WC. Après, elle s'était traînée jusqu'à la table de la cuisine en pensant qu'elle avait le mal de mer. En bateau avec Serge.

Dans la cuisine, il faisait un noir profond. Elle entendit un petit bruit de grattement dans la cour. C'était peut-être un chat égaré. Puis un raclement de gorge. Non, pas ce genre de chat.

Elle essaya de rassembler ses idées. La soirée lui revenait par bribes. Léandra au centre, le type dans la rue, Florence et le champagne et Julien en colère. Elle se leva péniblement. Ses jambes étaient ankylosées. Le salon était vide. Ils étaient partis. Pas un mot, pas une lettre. La porte d'entrée n'était pas fermée.

Elle revoyait le type sur son trottoir. Sa capuche, son air mauvais. Et si c'était lui qui traînait dans la cour ? Elle retourna dans la cuisine, en longeant les murs. En tâtonnant de ses mains le plan de travail, elle trouva le tiroir à couteaux. Elle sortit dans la nuit claire et froide et s'approcha de la silhouette qui fumait.

— Vous allez mieux, Anna ?

— C'est vous, Julien ? Vous m'avez fait une de ces peurs, fit Anna en essayant de dissimuler le couteau à pain qu'elle tenait entre deux doigts. Je me suis endormie sur la table... la fatigue, l'énervement...

— Oui, Florence m'a expliqué. Vous ne tenez pas l'alcool.

— Merci, Florence.

Une fois de plus, elle passait pour une idiote ou une adolescente attardée.

— Vous fumez le cigare ? fit-elle une fois qu'elle eut identifié l'odeur qui lui soulevait le cœur.

— C'est une fille bien, votre amie. Et brillante. On a peut-être nos chances...

Julien ne répondait jamais aux questions. Il préférait avancer ses pions.

— Alors, vous avez fait connaissance ? fit Anna, un peu surprise.

— Elle m'a expliqué ce que je n'arrivais pas à comprendre et ce que vous auriez dû m'expliquer dès le début...

— De quoi ?

Sous l'effet du froid, elle sentit son estomac se contracter. Elle se concentra sur une constellation qui brillait dans le ciel comme un bijou Cartier. Son ventre lui jouait des tours. Pas question d'aller discuter de nouveau avec la cuvette.

— Yvonne a été assassinée. Ça tombe sous le sens. J'ai retourné tout ça dans ma tête. J'ai bien cru qu'Yvonne s'était donné la mort. Simone, Dorothée...

elles avaient l'air tellement convaincues... à cause des souvenirs, d'Hermann, de Lucie...

Cela faisait longtemps qu'Anna n'avait pas entendu le prénom de sa mère de la bouche d'un autre. Cela faisait longtemps qu'elle ne le prononçait plus elle-même. Même pas dans sa tête.

— Mais Yvonne et Frédéric... Ça ne collait pas. Elle semblait prête à tout pour lui.

Anna tremblait de tous ses membres et sentait ses boyaux se tordre. Impossible de se concentrer sur les paroles de Julien. Il fallait qu'elle s'allonge.

— Vous savez que nous étions trois préparateurs à aider Yvonne. Il y a Simone qui est une cuisinière hors pair et a vite compris les procédés. Dorothée qui était une assistante plutôt douée de son ex-mari pharmacien. Et moi. Moi, j'ai appris avec Yvonne et Hermann quand j'étais gamin. Et puis j'ai fini mon éducation tout seul.

Anna se balança d'une jambe sur l'autre. Tromper l'adversaire. Qui était pour l'occasion l'ensemble de son tube digestif. Il fallait qu'elle trouve un mot pour persuader Julien qu'il était temps d'aller se coucher.

— Nous avons réussi, avec Florence, à retrouver dans les cahiers qui est qui.

» Celle qui rajoute tout le temps le zeste de citron et le romarin en dernier, c'est Simone. Il a fallu convaincre Yvonne que cela ne changeait rien à ses préparations, je me rappelle. Parce qu'essayer de faire changer la Simone... c'est comme changer l'ordre des saisons. Elle prépare comme elle cuisine. Méticuleusement. En prenant soin de respecter l'ordre établi par la liste des ingrédients. Et, à la fin, la touche personnelle, indivisible, inaltérable.

Julien cracha un rond de fumée. Anna bloqua sa respiration et fit un pas de côté. Au pire, elle pourrait courir se soulager contre le mur.

— Dorothée... ah, Dorothée... un poème d'été. Une corne d'abondance. Elle ajoute toujours un peu plus que les doses indiquées. Pour soulager les maux, je crois qu'elle n'a pas trouvé son égal. Elle a réussi à trouver un principe générique. Lavande, thym et serpolet. Yvonne a accepté sans peine ces modifications. Elle trouvait Dorothée très surprenante. Elle ne comprenait pas pourquoi elle n'avait pas essayé de reprendre l'officine de son ex-mari.

» Et moi, évidemment. Yvonne m'aimait bien. Elle ne m'a jamais dit que j'étais un piètre préparateur. Il fallait souvent qu'elle passe derrière moi pour vérifier. Elle entourait en rouge mes erreurs sur ses cahiers. Ça me rappelait les cours élémentaires. Quand elle a eu les problèmes avec son voisin, c'est moi qui avais commis une erreur. Mais elle n'a jamais voulu que je dise que c'était moi. Sa famille, elle voulait la protéger.

— Ah oui, le clan des Kaleban... soupira Anna.

La colère pouvait au moins lui faire oublier quelques secondes ses tripes en furie.

— Un jour, il faudra que je vous raconte un peu l'histoire de votre famille... mais il y a plus urgent... puisque vous partez...

Anna hocha la tête en signe d'assentiment. Il valait mieux se faire toute petite et éviter les mots qui fâchent. Il devait rester une dizaine d'heures avant son départ. Elle n'avait pas envie qu'on la retienne de force dans un abri à tondeuse ou qu'on lui fasse louper son train pour le récit de quelques anecdotes familiales sans intérêt.

— Je me suis obstiné. Je voulais y arriver. Yvonne faisait tellement de bien aux gens avec ses traitements... (Il s'était retourné vers le mur, le bout de son cigare rougeoyant tendu vers le ciel.) Celui qui a préparé le baume de votre grand-mère, celui qui l'a empoisonnée petit à petit... c'est moi.

Anna eut un sursaut. Elle se rua vers le mur et vomit tout ce qui lui restait sur le ventre.

Cela dura quelques minutes. La violence de ses vomissements était si forte qu'elle se retrouva à genoux, essoufflée. Le calme revenu, elle s'essuya la bouche du revers de la manche. Elle se leva péniblement.

— Je suis désolé, fit Julien.

— Malade, articula Anna, toute blême, en se dirigeant vers la porte de la cuisine.

— Non, je vous demande pardon. Si elle... Je l'ai empoisonnée... Je ne voulais pas... Pourquoi cela s'est produit... Je n'arrive pas à comprendre ce qui s'est passé... J'ai dû surdoser le baume en digitaline... Dans deux jours, j'irai voir la police... Votre amie va m'accompagner... S'il s'avère que c'est moi... je n'hésiterai pas...

Anna le regarda en rassemblant toutes ses forces. Elle avait beau se dire qu'elle avait en face d'elle « l'assassin malgré lui » de la Vieille, cela ne lui faisait aucun effet. Il avait l'air misérable. Il avait fait une connerie. Tout le monde faisait des conneries. Des petites, des grosses.

Enfin là, c'était une grosse.

— Pourquoi deux jours ?...

— Parce que, d'abord, je veux retrouver ce type dont vous m'avez parlé. Je veux que Frédéric soit en sécurité...

— Si vous le voyez, cassez-lui la gueule de ma part, Julien. En ce qui me concerne… je ne vous en veux pas… Enfin je veux dire… Vous comprenez quoi… Pas besoin de faire un acte d'héroïsme inutile… Ça ne la fera pas revenir… Et la prison, je ne vous conseille pas le détour… De toute façon, je m'en vais pour de bon… Frédéric sera entre de bonnes mains. Je vous ai tout écrit dans la lettre qui se trouve sur le petit guéridon. Je vais me pieuter… sinon je crois que je serais capable de vomir sur vos jolies bottes.

— Bonne nuit, Anna… Bonne route… lança Julien, d'un geste pataud de la main.

Et il se retourna vers le ciel noir et sa vitrine de bijouterie grand luxe inaccessible. Les rêves étoilés étaient hors de prix pour un jardinier désenchanté, mais il pouvait toujours les apprécier, en amateur éclairé.

J'ai fait ce que j'ai pu, se répétait Yvonne en regardant la fillette dans les bras de sa mère. Elle se répétait la phrase mais il lui semblait que cela ne servait à rien. Elle avait du mal à accepter que la petite Léa échappe à la rémission tant espérée par ses parents. La leucémie pouvait se soigner. Ils avaient tout fait, tout mis en œuvre, sans rien négliger, sans rejeter aucune sorte de médecine. En gardant espoir, en gardant la tête haute. Et le corps de la petite n'avait pas résisté. Yvonne en était malheureuse. Ce n'était pas son premier patient qui mourait. Ni même le premier enfant qu'elle soignait qui allait mourir. Mais la petite Léa lui rappelait sa Lucie.

Lucie avait vécu au-delà de ses vingt ans. Elle avait même eu la chance d'avoir une fille avant de mourir. La petite Léa ne connaîtrait pas cette chance. Mais Lucie était tout autant condamnée. En plus de son insuffisance pulmonaire, elle avait attrapé une hépatite increvable. Elle avait commencé à décliner alors qu'Anna n'avait qu'un an et demi. Yvonne avait fait ce qu'elle avait pu. Elle se rappelait cette année 1971 où elle avait passé tout ce temps à lire des revues, à essayer des assemblages, à contacter des spécialistes. Lucie avait eu droit à une petite rémission. Six mois. Puis la maladie avait repris le dessus et elle avait galopé sur la vie de sa fille. Plus vite que ce que pouvait faire Yvonne pour elle.

Hermann s'était occupé d'Anna, le temps pour Yvonne de courir les hôpitaux, de traîner Lucie chez des relations à elle qui parlaient de plantes tibétaines ou africaines qu'il suffisait de faire venir. Après, c'était une question de jours.

Lucie avait d'abord apprécié les efforts d'Yvonne mais la maladie qui la rongeait était épouvantable. Elle avait renvoyé sa mère à Reims, et elle avait dit merde à toutes les thérapies.

Puis, au mois de juin 1972, elle avait téléphoné pour dire qu'elle se sentait un peu mieux et qu'elle venait les voir, eux et la petite. Pour discuter. Yvonne avait trouvé ça bizarre. Mais elle était tellement soulagée d'avoir de bonnes nouvelles qu'elle avait envoyé Hermann chercher Lucie à Paris. Ils devaient faire le trajet ensemble en voiture. De façon à ce que Lucie fût reposée. Il fallait qu'elle conserve ses forces pour continuer à lutter contre ce virus.

Et ils étaient morts sur le chemin.

Elle avait cru à un accident. Sans doute à cause du gendarme qui lui avait parlé d'un camionneur qui s'était fait arrêter pour un taux d'alcoolémie au-dessus de la moyenne. Et, quelques mois plus tard, il avait été relaxé. Elle était allée voir les gendarmes pour des explications. Ils lui avaient à peine répondu. Elle, la petite à la main, elle s'était mise à hurler dans la caserne. Elle voulait des réponses. On l'avait amenée au bureau du commandant. On lui avait servi un café. Un appelé avait amené Anna faire un dessin dans le bureau voisin. Le commandant lui avait dit que l'hypothèse la plus probable était le suicide. C'était Hermann qui conduisait. Qui avait projeté la voiture contenant sa propre fille dans le ravin.

Elle était revenue bouleversée mais muette. Il fallut du temps. Chaque soir, jusque tard dans la nuit, elle parcourait mentalement les derniers mois passés avec Hermann. Ce qu'il avait dit de la maladie de Lucie. À quel point il souffrait pour elle et ce qu'il était prêt à faire pour elle.

Jamais elle ne pourrait savoir ce qui s'était passé dans cette voiture. Mais elle le devinait. Lucie était venue dire adieu. Hermann avait essayé de l'en dissuader. Elle l'avait convaincu qu'il ne lui restait que cette option. Il n'avait pas voulu qu'elle le fasse seule. Il avait voulu l'accompagner. Comme à chaque fois qu'il lui tenait la main avant qu'elle ne s'endorme le soir.

Yvonne avait détesté sa fille, avait détesté Hermann. Elle était passée par tous les états. Jusqu'à l'apathie. Puis elle avait fini par accepter. Elle avait enterré sa douleur, au fur et à mesure des années de pratique, de l'enfance d'Anna.

Et voilà qu'elle repensait de nouveau à Lucie. À cause de la petite Léa.

Elle avait des parents qui l'aimaient, qui la soutenaient. Mais cela n'avait servi à rien. Puisqu'elle allait mourir.

Yvonne avait puisé dans toutes ses connaissances, son énergie pour l'aider dans son traitement. Pour accompagner ses séances de chimio. Elle avait cru à un mieux au mois de janvier précédent. Mais cela n'avait pas duré. Elle avait même essayé, avec l'accord des parents, un remède venu du Brésil, à base de miel, d'aloès et de whisky. De whisky... Pour une gamine ! Ils en avaient ri en priant intérieurement que c'était le bon. Un remède fabriqué par un père chrétien. Qui avait aidé la petite à lutter du mieux que ses neuf ans le lui permettaient.

Mais, à chaque fois, le corps s'était rebellé et il s'affaiblissait. Sa mère, une femme avec un visage d'une douceur, une madone ! Yvonne ne pouvait plus lui parler. Elle essayait quelques phrases mais elle se sentait si mal de voir que tous les efforts entrepris, que ce fût par elle ou par la médecine traditionnelle, avaient échoué, que ses mots restaient en suspens.

Le père, qui avait eu plus de mal à se résigner, avait fini par signer la décharge permettant à la petite de rentrer chez elle. Pour un dernier mois.

Yvonne vit avec soulagement Dorothée entrer dans la chambre de la petite fille. Dorothée était un colibri des îles dans un film en noir et blanc. Elle était si joyeuse que la petite se forçait à rester éveillée pour l'écouter raconter des histoires de poupées ou d'animaux. Dorothée était si douée qu'Yvonne avait pensé qu'elle serait l'élément qui aurait fait la différence pour la guérison de la petite. Mais cela n'avait pas été suffisant. Dorothée faisait son show et Yvonne la regardait avec un demi-sourire. Elle aurait pu faire des spectacles. Yvonne savait qu'elle s'habillait tout spécialement pour la petite. Elle avait mis un boa rose sur une chemise verte avec des motifs de cocotiers, qui menaçait de craquer sous la pression de sa poitrine, et elle portait une jupe rose à pois avec des volants en dentelle. Elle chantait la chanson de *Colargol* et la gamine, qui ignorait qui était l'ours Colargol, s'imaginait que ça devait être un dinosaure un peu pataud avec un costume de Tahitien. Et elle souriait, c'était pas si mal.

Yvonne avait discuté avec les parents. Elle leur avait promis de venir jusqu'au bout, d'être là dès qu'ils auraient besoin. Dès que le moment serait venu. Ils l'avaient remerciée avec profusion et Yvonne avait failli se fâcher avec eux parce qu'elle avait échoué et qu'ils ne comprenaient pas. Ils auraient dû être en colère contre elle. Et, au lieu de cela, la mère l'avait prise dans ses bras et le mari lui avait offert une plante sud-américaine assez rare qui faisait des miracles sur les varices.

Yvonne avait fini par se calfeutrer dans le mutisme. Elle savait qu'elle voulait arrêter. Le cas de la petite Léa l'avait trop remuée. Elle ne pouvait plus exercer. L'âge et l'arrivée de Frédéric dans sa vie avaient broyé cette carapace qu'elle offrait au temps et aux horreurs qui l'entouraient. Elle était à nu et elle ne résisterait pas longtemps.

Dorothée avait fini sa chanson et la petite luttait pour ne pas s'endormir. Dorothée lui promit de rester jusqu'à la fin de sa petite sieste et quitta la pièce en compagnie d'Yvonne qui s'apprêtait à partir.

Elles se retrouvèrent quelques instants sur le palier de la petite maison qui donnait sur la rue.

— Vous restez l'après-midi, lui rappela Yvonne, et après vous venez me voir. Pour me dire comment elle évolue. Donnez-lui encore un peu de votre tisane fortifiante. Elle lui a fait du bien la semaine dernière.

— Vous avez pensé à ce que je vous ai dit, Yvonne ? osa Dorothée en triturant un bout de papier entre ses mains.

— Quoi donc ?

— Pour Léa. Il faut l'aider à partir en douceur. Nous pouvons faire quelque chose, ajouta-t-elle en tendant son papier à Yvonne.

— Il n'en est pas question, trancha Yvonne en descendant les deux marches du palier et en ouvrant la petite grille qui séparait la maison du trottoir.

— Elle va souffrir horriblement dans les jours prochains. Pour quoi au final ? Pour mourir.

Yvonne secoua la tête de droite à gauche, en réprimant une grimace.

Dorothée lui prit la main.

— Elle n'a que neuf ans. On n'a pas le droit de souffrir comme ça à cet âge...

— À aucun âge on a le droit de souffrir, répliqua Yvonne en se dégageant de l'emprise de Dorothée et en franchissant la porte.

— J'ai commencé à tâter le terrain. Je crois que ses parents sont favorables. Ils veulent la préparer, c'est tout.

— Vous faites n'importe quoi Dorothée, répliqua Yvonne de façon cinglante, en commençant à marcher. Je vais me passer de vous à l'avenir. Je me suis trompée sur votre compte.

— Et votre Hermann, il s'est trompé lui aussi. Quand il a voulu épargner à votre fille des souffrances insupportables.

Yvonne stoppa net. Dorothée vit son dos trembler. Elle se précipita pour soutenir son amie.

— Je ne voulais pas, Yvonne. Je n'aurais pas dû. Mais il y a urgence...

— Amenez-moi jusqu'au banc du square, s'il vous plaît Dorothée, fit Yvonne d'une voix rauque en désignant le petit espace vert qui se trouvait au bout de la rue.

Elles firent ensemble le chemin, cahotant, penchées l'une sur l'autre.

Dorothée fit asseoir Yvonne et se posta à ses côtés.

— Dorothée, laissez-moi du temps pour y réfléchir et ne faites rien sans m'en avertir. Et parlez-en aux parents ! Sans chercher à les convaincre. Je sais que vous pouvez faire preuve de discrétion, fit-elle à celle qui se parait comme un Carlos au féminin. Et travaillez cette préparation. Ce n'est pas encore au point. Je veux que vous fassiez des tests d'abord. Comme je vous l'ai montré avec le petit Fabien, la dernière fois. Demandez à Simone de vous aider. Je suppose qu'elle est au courant.

Dorothée hocha la tête sans parler. Comme une élève ravie de se voir confier de nouvelles responsabilités.

— Ne faites rien sans mon autorisation. Je n'ai pas donné mon accord, vous m'entendez ? Et vous travaillez pour moi pour l'instant. Jusqu'à preuve du contraire, ajouta-t-elle en scrutant les yeux de Dorothée qui ne cillèrent pas.

Après quelques heures de sommeil agité pendant lesquelles Anna rêva qu'elle gesticulait dans un grand paquet de chips que Julien tentait de refermer et de jeter dans une poubelle publique, le soleil fit une franche apparition dans un ciel d'un bleu insolent. Il n'avait pas fait beau depuis son arrivée. Anna fut presque surprise de sentir les rayons du soleil sur sa peau, en ouvrant les volets. Il se pouvait bien que la journée fût bonne. Différente.

Julien avait accepté de garder Frédéric, le temps pour Anna de récupérer le cahier des herbes chez Dorothée. Elle avait l'intention de le remettre à Florence, qui devait finir son expertise.

Même si la légiste était sous le coup d'une interdiction de ses supérieurs, elle préférait mourir dans un exil forcé, loin de ses amours de poisons, plutôt que de jeter son travail à la mer. Question d'orgueil.

Dorothée l'attendait sagement dans sa cuisine. Anna n'aurait pas su dire si elle allait mieux. Elle était vêtue d'un caleçon orange et d'un poncho bleu à franges. D'une exubérance qui rassurait quand on la connaissait. Mais elle n'avait pas encore teint ses cheveux, et leur état laissait penser qu'Eddy avait dû rechuter.

Elles se rendirent toutes deux au chevet du pauvre homme. Anna avait pris soin de lui apporter deux revues, achetées à la gare, en même temps que ses billets. Des pages de wagonnets et de petits buissons, de personnages aussi gros que des têtes d'épingles et de tunnels en polystyrène aussi soignés que des prototypes de la NASA. Mais ce fut à peine si Eddy les remarqua. Il était toujours recroquevillé dans son lit immense et il gardait la tête penchée sur le côté, les yeux dans le vague. Anna lui trouva le teint jaune. Son souffle saccadé faisait office de discussion et les deux femmes penchées sur la frêle constitution, dans un air saturé d'odeur de pharmacie, évitaient de faire entendre leur propre respiration. Anna prit la main d'Eddy et la serra. Depuis sa dernière visite, elle se sentait plus proche de lui. Qu'il ait voulu lui parler, alors qu'il avait à peine la force de se maintenir en vie, faisait d'eux des amis. Des amis sans paroles.

Au bout de quelques minutes, Dorothée entraîna Anna dans la cuisine. Cette fois-ci, les fourneaux semblaient au repos. Ils avaient fini leur service. Le festin était terminé et le destin allait faire le reste.

Dorothée versa un café à Anna, sans lui demander son avis, et s'assit lourdement en face d'elle.

— Comment va-t-il ? demanda Anna qui ne savait pas comment éviter le sujet.

— Ni mieux ni moins bien. J'ai fait ce que j'ai pu, Anna.

— Vous pensez qu'il va...

— Mourir. Oui, acquiesça Dorothée, peu déterminée à ajouter des commentaires, ce qui, chez elle, tenait de l'exploit.

Silencieuse mais pas si déprimée que ne l'aurait imaginé Anna.

— Dans combien... de temps... ?

— Je ne sais pas... Peut-être demain, dans trois jours, dans deux semaines ou un mois...

Les yeux de Dorothée souriaient mais son corps prostré disait le reste.

Anna hocha la tête. La tristesse fondait sur elle comme un corbeau en vaste plaine. Elle aurait de quoi moudre en pleine mer, c'était sûr. Mais pas que des petites fleurs et des odes à la joie.

— Alors, vous partez ? demanda Dorothée qui était déjà sûre du fait.

— Oui, cet après-midi. Le train de 15 heures.

— Le grand voyage, fit Dorothée en plissant les yeux, comme si elle se trouvait elle-même sur le pont d'un paquebot, à scruter l'horizon.

— Moi aussi, j'aurais voulu voyager... mais la vie est bizarre. Je suis restée clouée ici. Entre Laon et Reims. J'ai rien connu d'autre. Lorsque j'ai accepté de me marier avec Anton... Anton, mon premier mari, précisa-t-elle sans quitter des yeux son horizon fictif, j'étais trop jeune. Il n'était pas méchant, l'Anton. Mais seule sa boutique l'intéressait. On n'a jamais quitté Laon. Il m'a appris des choses. À l'époque, si les clients avaient su que je préparais leurs petites lotions, ils auraient fui notre commerce. Maintenant, l'époque a changé. Anton est mort, emporté par un cancer à l'estomac. Et j'ai rencontré Eddy. Il était très beau. Je travaillais dans un hôpital, comme aide-soignante. Il m'a demandée en mariage. Je savais qu'il était riche. Enfin, plutôt à l'aise. Même s'il avait cette maladie. Ce que je ne savais pas, c'était qu'il avait toute une famille à charge. Une mère acariâtre qui souffrait de crises de sinusite aiguë et qui est restée alitée chez nous des années, avant que je finisse par persuader Eddy de l'envoyer dans une maison de retraite. Elle était d'une cruauté avec le pauvre Eddy ! Elle le torturait avec ses remarques assassines sur sa virilité. Et lui, il l'hébergeait et il la nourrissait avec sa propre pension. Comme un bon fils qu'il était. Elle avait tellement grossi, à ne jamais bouger de son lit et à s'empiffrer de pâtisseries orientales, que je me rappelle qu'on a dû casser les montants de la porte de sa chambre pour la faire descendre jusqu'à la voiture. C'est moi qui l'ai emmenée jusqu'à la maison de retraite de

Noisy-le-Grand. Elle n'était pas ravie de son sort, mais je peux vous dire que je l'aurais amenée à pied sur mon dos, la teigne. Après elle, on a eu l'oncle. Celui-là, il n'était pas revenu d'Amérique. Il avait traîné au Portugal à dilapider l'argent familial. Eddy l'aimait bien. Et moi, pauvre idiote, je me suis pas aperçue que ce gredin lui réclamait des sous pour aller faire ses parties de belote dans un bar mal famé du quartier de la gare. On y a laissé des économies. Surtout qu'il est tombé malade et que, sans le sou, on a dû le garder chez nous et on a payé tout son traitement.

» Sur ce, on s'est aperçus que les fondations de la maison étaient en très mauvais état et que les services de la Mairie nous avaient dans le collimateur. Ils voulaient raser la maison pour raison d'insalubrité publique. On a dû débourser des sommes folles pour tout étayer. Au bout de cinq ans, Eddy n'avait plus d'économies. Je voulais me remettre au travail, mais il était pas bien en point et moi j'ai commencé à développer un psoriasis. Sur les hanches, les bras, partout. C'est là que j'ai fait la connaissance de votre grand-mère. Enfin, on se croisait déjà. Mais on tenait nos distances. Quand l'oncle d'Eddy est mort, elle est venue nous voir. Elle est restée longtemps à nous écouter. Je ne savais rien d'elle, mais elle, elle a tout su de moi en un après-midi. Après, elle m'a invitée régulièrement chez elle. On discutait de choses et d'autres. Et puis, elle m'a soignée, et ça a été le tour d'Eddy. Au début, j'étais sceptique comme vous, Anna. Mais, en quelques mois, j'ai eu la sensation de revenir à la vie. J'ai fait des projets, Eddy a pu s'adonner à des activités qui le passionnaient depuis toujours. Il participait à des expositions de maquettes. Il y en a même une qui a été exposée à Verdun. Moi, je voulais créer une association de quartier pour regrouper les gens qui ont besoin de parler des maladies graves de leurs proches. Votre grand-mère me soutenait. On voulait même partir en Égypte avec Eddy. On avait mis de côté sur sa pension.

On peut dire que la mort de votre grand-mère a été une catastrophe de plus. Un retour brutal à la réalité. Me voici à nouveau à récurer les cuvettes de malades et Eddy prend le chemin de l'hôpital...

Anna scruta intensément Dorothée. Pour la première fois, elle voyait la femme que Dorothée aurait voulu être. Ses rondeurs parées de tissus bigarrés abritaient une âme trop grande. Une âme qui avait eu soif d'ailleurs. Une âme qui était tombée dans un vaste piège. Une toile d'araignée qui ne lui avait laissé aucune chance. Un « jour après jour » lascif et destructeur. Une prison peut-être pire que celle qu'elle avait connue, il y avait six ans de cela.

— Mais je vous agace avec mes histoires, Anna. Vous allez partir et nous oublier... et vous aurez raison, ajouta Dorothée, comme pour s'excuser d'avoir l'air d'envier le sort d'Anna.

— Je ne vous oublierai pas, Dorothée. Ce serait difficile, croyez-moi.

— On ne rencontre pas tous les jours une grosse vieille dame comme moi, avec un débit verbal digne du fleuve Amazone, fit Dorothée en se levant.

Anna sourit. Il lui semblait qu'elle avait été aussi transparente que du cristal et cela la mettait mal à l'aise. À force de ne penser qu'à elle-même, elle avait fini par négliger les coups d'œil observateurs et le jugement des autres. Elle était à nu depuis le début. Comme une sotte qui oublie de cacher ses jupons tout crottés.

— Tenez, le cahier de votre grand-mère. Je vous remercie de me l'avoir prêté. Prenez-en soin. Protégez-le si vous l'emmenez en mer...

— Je vais le laisser ici, corrigea Anna, qui hésitait à révéler ce qu'elle voulait en faire réellement.

Elle ne voulait pas donner de faux espoirs à Dorothée. Elle avait suffisamment à faire avec ses propres désillusions. Elle le laisserait aux bons soins de Julien.

— Et Frédéric ? demanda Dorothée.

— Il doit intégrer une structure d'accueil dans un mois... Avant, il va vivre avec une éducatrice en formation. Tenez, je vous ai écrit l'adresse et le numéro de téléphone sur ce bout de papier. Si vous voulez le voir. Il quitte la maison de ma grand-mère cet après-midi.

— Ça me touche que vous ayez pensé à moi Anna, fit Dorothée en prenant le papier.

Sa voix était devenue rocailleuse.

Anna craignait le torrent de larmes. Elle prit le cahier de la Vieille et se leva. Elle ressentait elle aussi une étrange tristesse de quitter Dorothée. Il lui semblait que plus jamais elle ne la reverrait et cette pensée alimentait son spleen grandissant.

Dorothée s'essuya les yeux, se moucha et se leva elle aussi.

— Pour Frédéric... Vous savez... je sais que vous avez fait pour le mieux. Mais votre grand-mère aurait tant aimé s'en occuper... J'y ai repensé depuis notre dernière discussion. Je suis sûre qu'elle souhaitait vous parler de tout ça. Et je pense qu'elle voulait tout arrêter...

— Tout arrêter... De quoi parlez-vous Dorothée ?

Anna fixait malgré elle les aiguilles du cadran de l'horloge suspendue dans la cuisine de Dorothée. Il lui restait vraiment très peu de temps pour se préparer. Mais ce qu'avait dit Dorothée lui semblait vraiment étrange.

— Elle voulait arrêter de soigner les gens. Je ne vous l'ai pas dit parce que j'ai pensé... J'étais la seule à le savoir... Elle n'arrivait pas à en parler autour d'elle... C'était à cause de Frédéric. Elle savait qu'elle aurait plus de chances seule... pour le dossier... (la voix de Dorothée s'était faite hésitante). Et puis les lettres...

— Vous saviez ! ne put s'empêcher de crier Anna. Et vous n'avez rien dit.

— Mais vous ne m'avez rien demandé, Anna, se défendit Dorothée. Ce n'est que par Julien que j'ai su que vous vous intéressiez à ce dossier d'adoption... enfin de mise sous tutelle... et encore, j'ai dû lui tirer les vers du nez...

— Et vous savez qui a écrit ces lettres...

— Pas exactement.

— Pas exactement ! cria Anna. Ça veut dire quoi « pas exactement » ?

Sa voix montait dans les aigus malgré elle. Comme un cri de mouette perdue dans une tempête.

— Calmez-vous, Anna ! N'allez pas réveiller mon pauvre Eddy...

» Elle m'a parlé de lui sans me donner son nom. Il s'agit d'un commercial. Il était atteint d'une acné extrêmement disgracieuse au visage. Votre grand-mère l'a guéri. Mais elle a commis une maladresse en lui parlant de ses parents. Elle lui a révélé par mégarde qu'il avait été adopté. Il l'a très mal pris.

D'autant qu'il a été élevé par sa mère seule... qui n'est pas sa mère...

» Ne me regardez pas comme ça Anna, je n'y suis pour rien si c'est compliqué... Ses parents l'ont abandonné... celle qui l'a élevé lui a caché ce fait. Enfin, toujours est-il qu'il a beaucoup souffert dans son enfance et qu'il paraissait très perturbé par ce que lui avait dit votre grand-mère. Il a commencé par venir la voir régulièrement. Au-delà de ce que méritait son traitement. Votre grand-mère a essayé de désamorcer la bombe, comme elle disait... mais il était tellement en colère... Elle était persuadée qu'il avait écrit ces lettres. C'était une forme de vengeance...

— Et il y a un moyen de savoir qui c'est ? demanda Anna.

— Je ne sais pas, fit Dorothée, un peu embêtée. Je sais qu'elle ne marquait pas le nom de ses patients... Seulement des initiales dans les cahiers...

— Je suis sûre que ce pourri est celui qui m'a envoyé des lettres anonymes...

— Vous avez reçu des lettres anonymes ! s'exclama Dorothée dont les yeux s'élargirent comme des soucoupes.

Des soucoupes brillantes d'excitation.

— Oui... oh, rien de très glamour, je vous assure, Dorothée. Plutôt des lettres de menaces. Si seulement on pouvait remonter jusqu'à lui...

— Qu'est-ce que vous feriez, Anna ? C'est un sombre idiot... C'est à peine s'il faisait bien son boulot. Vous savez ce qu'il faisait ?... Il faisait livrer à votre grand-mère, par le biais de son entreprise, les colis envoyés par Julien. Eh bien, même ça, il ne le faisait pas correctement. Plus d'une fois, elle a retrouvé ses herbes mélangées, ses pots de crèmes à moitié ouverts... Un type peu recommandable... qui ne mérite pas qu'on s'intéresse à lui...

Anna resta silencieuse. Elle repensa à tous les cartons qu'elle avait trouvés au grenier et qu'elle avait remisés à la cave. Et, sur les cartons, des adresses d'expéditeur. Mais il ne restait plus de temps pour ça. Son train n'attendrait pas.

Elle embrassa Dorothée qui lui recommanda une nouvelle fois de prendre soin du cahier des herbes de la Vieille. Anna promit d'envoyer une improbable carte de son tour du monde. Et elle quitta la maison de Dorothée, la gorge nouée.

Chapitre 15

En sortant de chez Dorothée, Anna avait eu mille choses à faire avant de rentrer chez la Vieille. Elle avait récupéré une partie de son héritage à la banque. Elle avait acheté deux ou trois vêtements pour affronter les périples maritimes. Et elle s'était rendue à l'agence immobilière pour signer les papiers manquants à son dossier de vente.

Lorsqu'elle pénétra dans la petite maison, il ne lui restait que deux heures avant son départ. Et le plus dur à faire. Dire au revoir à Frédéric.

Léandra et Matteo avaient réussi à lui faire comprendre qu'il allait être accueilli dans un centre semblable à celui qu'il avait fréquenté jusque-là. Sauf que c'était désormais sa seule et unique maison.

Ils avaient dit à Anna que Frédéric prenait bien la chose. Anna était persuadée du contraire.

Elle fit le tour de la cuisine et du salon pour récupérer ses affaires. Elle avait du mal à se dire qu'elle allait quitter cet endroit. Cela ne faisait que deux semaines qu'elle y habitait. Mais c'était comme s'il n'y avait pas eu ces quinze ans d'interruption. Loin du nid de la Vieille.

Elle monta à l'étage. Récupéra son blouson et son sac Lafuma. Elle fit un dernier tour dans le bureau de la Vieille. Il lui semblait que les meubles, les objets lui parlaient. Mais c'était toujours cette culpabilité qui l'étreignait, qui lui soufflait insidieusement de rester. C'était la Vieille qui lui jouait un sale tour. Le tour de la nostalgie à deux balles. Celle qui vous étreint et qui vous met la larme à l'œil devant le vieux lit allemand et sa couverture en patchwork, qui enregistre les différences imperceptibles entre les saintes Rita accrochées au mur, qui dit adieu au pommeau de douche usé par le temps et au tapis de bain orange et marron à longues mèches.

Anna serra son sac Lafuma contre elle, comme un rempart contre ses émotions bon marché, qui voulaient toutes sa peau, et monta au grenier.

Frédéric était allongé sur son lit. Il avait les yeux fixés sur le *Velux* opaque et était étrangement silencieux. Même son visage semblait presque lisse, impassible, relativement peu mangé par ses tics habituels. Anna s'assit sur le bord de son lit. Elle ne s'attendait pas à ce qu'il la regarde. Elle prit la main qui était la plus proche. Elle s'apprêtait à lui dire une phrase qu'elle avait préparée tout au long de la matinée et qu'elle avait essayé de changer mille fois, chez le banquier, à l'agence immobilière et dans la cuisine en faisant la vaisselle. Mais les mots étaient traîtres, ils se dérobaient pour ne pas lui faciliter la tâche. Ou restaient durs comme du silex.

— Tu vas me... mais ta main est bouillante !

C'était sorti tout seul. Comme si elle se réveillait d'un mauvais rêve ou d'un mauvais roman. Elle toucha l'autre main, le front, les tempes. Frédéric était fiévreux. Ce qu'elle avait pris pour un certain apaisement, c'était un affaiblissement généralisé.

Frédéric était malade. Et il lui restait à peine une heure pour avertir un médecin, prévenir Suzanne, appeler Julien pour qu'il vienne plus tôt, prendre son train.

— Je reviens, Frédéric... J'appelle Julien et je reviens...

Frédéric ne bougeait pas et ne disait rien. Cela n'avait rien d'inhabituel. Mais Anna sentit la panique l'envahir.

Elle dévala l'escalier, décrocha le téléphone en trombe. Julien était injoignable. Léandra. Elle ne pouvait pas venir mais elle ne parut pas inquiète outre mesure. Ce genre de fièvre se produisait parfois. Frédéric était plus fragile que la moyenne. Il ne risquait rien et elle pouvait partir. Elle pouvait essayer d'avoir Suzanne pour la faire venir plus tôt. Mais Suzanne ne pouvait pas quitter son travail avant 16 h 30.

Anna reposa le combiné et remonta lentement les marches. Elle pouvait confier Frédéric à Dorothée. Sauf qu'Eddy était à l'agonie. Ou à Simone en attendant. Et téléphoner à Julien de la gare. Évidemment. Et partir.

Elle s'assit sur le lit de Frédéric. Son sac Lafuma était posé à ses pieds. Elle le saisit et le serra contre elle. Il restait une petite heure. Et plus le temps avançait, plus ses membres se figeaient dans l'immobilité et la résignation.

Résignée parce qu'elle avait enfin compris. La Vieille avait gagné. Elle avait réussi son sale tour. Par on ne sait quelle magie... noire pour sûr, Anna n'allait pas partir, évidemment. Le tour du monde, ce n'était pas pour elle. Ni Serge d'ailleurs. Son voyage, il était ici. Depuis le moment où elle avait remis les pieds dans cette maison.

D'ailleurs, elle ne cessait de parcourir du chemin. Mais pas dans l'espace, évidemment. Dans son histoire et dans celle de la Vieille. Et elle était fatiguée. Trop fatiguée pour partir le faire ailleurs ce chemin.

Dès lors qu'elle eut compris qu'elle n'était pas prête à quitter la maison de la Vieille, elle se sentit plus calme. Au fond, personne ne la contraignait à rester. Frédéric n'était pas sérieusement malade, Florence n'avait pas besoin d'elle, ni Julien, pour trouver la clef de l'énigmatique empoisonnement. Personne n'avait besoin d'elle, ici ou ailleurs. Même pas Dorothée. Même pas Frédéric.

Pas même Serge.

Elle restait parce qu'elle savait qu'elle avait un vieux compte à régler avec la Vieille. Et qu'il fallait qu'elle reste pour avoir le dernier mot.

Elle força Frédéric à avaler de l'ibuprofène en sirop, elle le changea et lui donna de l'eau. Une fois recouché, elle lui proposa un jus de fruits et quelques BD. Mais Frédéric restait hébété, la tête posée sur un coin d'oreiller. Il était fatigué. Elle laissa juste une veilleuse et quitta sa chambre.

Elle téléphona à Suzanne pour remettre à plus tard la prise en charge de Frédéric. Deux journées que la jeune femme appréciait d'autant plus qu'elle voulait partir en week-end avec son amoureux depuis plusieurs mois.

Anna se retrouva seule dans sa chambre, des pensées sombres en tête, face à son Lafuma et au silence de la maison.

Elle s'allongea sur son lit et reprit le journal de la Vieille. Elle avait du temps. Beaucoup de temps.

La couverture du cahier crissait sous ses ongles. Le plastique rouge du protège-cahier bâillait. Elle avait fini par s'attacher à ce journal. Ses pages jaunies, ses petites lettres serrées qui se suivaient le long des lignes droites, sans laisser d'espaces inutiles. Par souci d'économie.

Mot après mot, les humeurs de la Vieille se dévoilaient. Dans sa façon de considérer le monde. Dans son art de percer à jour ses voisins, ses patients. Au bout de quelques minutes de lecture – peut-être la concentration qu'elle y mettait ou le besoin de se livrer aux paroles de la Vieille – un nom lui sauta aux yeux : M. Jean.

C'était Simone qui avait fait allusion à M. Jean. La Vieille en parlait à trois reprises dans l'année.

Le 30 mars 2005

M. Jean m'a fait appeler encore une fois. Ce gaillard-là veut pas comprendre que sa maladie, elle vient des nerfs. Il est persuadé qu'il fait une allergie à un composant que j'aurais mis dans sa crème pour les genoux. J'allais pas lui parler de Tito, cela l'aurait fait bondir. C'est vrai que mon Tito, il a fait une petite erreur. Ça a peut-être dilaté un peu sa rate au M. Jean. Mais pas de quoi refiler le psoriasis. J'ai pas fait sept ans de médecine, mais n'importe quel idiot du village pourrait le comprendre. Je me demande qui lui a mis dans la tête qu'il allait mourir. Il en a pleuré devant moi. Comme un enfant. Il est persuadé que c'est de la sclérose. J'ai pas su quoi lui dire. Qu'il aille à l'hôpital, il sera pas plus avancé et il pourra les engueuler, les petites oies en blouse blanche. Et son chien qui arrête pas d'aboyer. Il agace tout le quartier. C'est un bâtard à grands yeux. C'est pas une mauvaise bête, mais Dieu qu'il est con ! Il aboie même après son maître. Le M. Jean, il veut pas s'en séparer. Rapport à sa femme qui est morte l'année dernière. C'est le seul souvenir.

Anna secoua la tête. La Vieille et les hommes, la Vieille et les bêtes... Pas tendre.

Le 17 avril 2005

Dorothée m'a dit de me méfier de M. Jean. Qu'il a menacé de me faire expulser. Qu'il aurait des relations à la mairie. Moi je lui ai dit qu'il pouvait aboyer comme son con de chien, ça me faisait ni chaud ni froid. Depuis que sa femme est morte, il a vraiment changé. Elle devait être la meilleure partie de lui-même, cette brave femme. C'est vrai que son psoriasis, il galope. Il a déjà envahi une moitié de hanche et tout le tibia. Il doit souffrir à la toilette. Mais il faut qu'il change sa manière de vivre. C'est la seule possibilité pour lui de guérir. Il boit trop. Il mange trop de cochonnaille. Il veut même plus accepter mes remèdes. Il dit à tout le monde que j'ai cherché à l'empoisonner. C'est pas les crèmes du docteur qui vont le soigner, moi je te dis. Avec ce qu'il y a dedans, il va se bousiller l'estomac en moins de deux. À l'hôpital, ils devaient être drôlement tourneboulés pour lui prescrire ce remède pour éléphant. Plus le temps d'écouter les gens. Voilà le mal de notre siècle. Hermann, il écoutait avant tout. Et même que, parfois, il écoutait et ça suffisait.

Le plus surprenant venait après, au milieu d'une journée du mois de septembre.

Le 14 septembre 2005

[...] Ça fait longtemps que j'ai pas vu le M. Jean. Je me demande ce qu'il est devenu. Simone m'a dit

qu'il a dû déménager dans le Sud. Il paraît qu'il a une grande fille qui vit du côté de Toulon. Si c'est le cas, le soleil fera le plus grand bien à sa peau. Il était vraiment au plus mal quand il est venu sonner à ma porte il y a deux semaines. Il cherchait son chien. Il avait le visage défiguré. J'ai vu un homme qui cherchait la mort. Mais j'ai rien dit. Vu qu'il avait toujours sa colère contre moi. Je l'ai laissé dire et partir. La seule chose que je lui souhaite, c'est d'avoir un peu de temps pour lui et pour sa fille. Moi, c'est ce que je souhaite le plus pour moi.

Anna laissa de côté le journal pour réfléchir. La Vieille avait le don pour toujours tout ramener à elle. Mais cette histoire était quand même bizarre. Quelque chose ne collait pas. Elle n'arrivait pas à identifier quoi. En rapport avec ce que lui avait dit Simone ou Dorothée. Elle avait entendu trop d'histoires depuis qu'elle était arrivée à Reims.

Cet homme pouvait être parmi ceux qui n'avaient pas apprécié les traitements de la Vieille. Et s'il avait voulu se venger et avait disparu après son forfait ? Il aurait pu trouver de quoi empoisonner Yvonne et quitter les lieux avant que quelqu'un ne fasse le lien entre lui et la mort de la Vieille.

Anna soupira. Elle finissait par voir des meurtriers partout. Qui n'en voulait pas à la guérisseuse du quartier ?

Elle reprit le journal mais le cahier lui glissa des mains et tomba sur le lit. La couverture s'était déchirée. Le poids du cahier était trop important. Anna l'examina, un peu de ruban adhésif pouvait faire l'affaire. À condition de pouvoir remettre correctement la couverture sur le cahier car le journal avait une partie bombée sur laquelle la couverture faisait un pli.

Anna essaya d'arranger le protège-cahier et finit par le déchirer complètement. Elle se maudit d'être maladroite mais elle comprit pourquoi celui-ci avait cédé si facilement. La Vieille y avait glissé deux enveloppes épaisses qui avaient fragilisé le plastique vieilli.

Anna se redressa dans son lit. Les deux enveloppes étaient fermées. Sans inscription aucune.

La Vieille avait mis de côté ses secrets. Pour elle, Anna ? Pour Julien ou Frédéric ?

Anna regarda les enveloppes. Elle hésitait.

Pour se donner le temps de réfléchir, elle se rendit auprès de Frédéric. Il dormait mais la fièvre avait baissé. Anna espérait sincèrement qu'il irait mieux. Savoir qu'elle allait l'envoyer dans ce centre dans cet état augmentait sa culpabilité, déjà assez ravageuse.

À son retour, les lettres étaient toujours là. Elle ouvrit la première délicatement. Son cœur battait. C'était comme fouiller dans le sac à main de la Vieille ou jeter un œil sur un tas de petites culottes lui appartenant. La Vieille allait faire une pirouette dans son cercueil et puis tant pis...

Elle était adressée à Matteo. Une longue lettre, écrite soigneusement et datée de deux jours avant sa mort. Elle lui racontait ce qu'elle savait exactement de l'incident qui avait eu lieu un an plus tôt dans le centre où travaillait Matteo. Anna se demandait d'où la Vieille pouvait tirer de tels renseignements. Les faits étaient précis, les témoins de la scène étaient mentionnés. On aurait dit un rapport de police. Neutre, accablant.

Elle y racontait comment l'éducateur avait commis la faute la plus importante de sa carrière en autorisant l'un de ses patients à quitter seul l'établissement, sans surveillance, alors qu'il était sujet à de violents acouphènes responsables de déséquilibres moteurs.

Comment, par un après-midi du mois de juin, encouragé par Matteo, le jeune garçon avait franchi la porte d'entrée et l'éducateur, retenu par des papiers administratifs à signer, n'avait pas vu son jeune protégé sortir du centre. Comment ce dernier s'était approché de la route qui longeait le bâtiment et avait entrepris de la traverser. Comment, surpris par une de ses douleurs internes à l'oreille gauche, il avait stoppé net au milieu de la voie et comment une Renault « Express », roulant au-dessus de la moyenne autorisée, l'avait percuté de plein fouet.

Racontant surtout comment Matteo avait omis de dire à la famille que c'était lui qui avait poussé le jeune patient à sortir et à ses supérieurs qu'il avait délaissé une surveillance indispensable pour des dossiers administratifs qui auraient pu attendre. On avait fini par croire dans le service que le jeune garçon s'était échappé du bureau de Matteo en récupérant la clé posée sur le bureau et on avait mis en cause le manque de personnel.

Dans son réquisitoire, la Vieille ne faisait pas preuve d'une cruauté particulière, c'étaient les faits eux-mêmes qui étaient cruels. Pour le jeune patient qui avait trouvé la mort, pour Matteo qui avait fait preuve d'une négligence impardonnable.

Mais cette lettre n'avait jamais été envoyée.

La Vieille l'avait-elle gardée en réserve ou avait-elle renoncé à en faire usage ?

Anna reposa les feuillets, le cœur au bord des lèvres.

Y avait-il une seule personne de son entourage dont la Vieille n'eût pas percé le secret ? Un vrai coffre-fort à petites histoires qui ne doivent pas se savoir. Et, chaque fois qu'elle en avait eu besoin, elle avait sorti son trésor qui lui avait servi de levier ou de passe-droit.

Un jour, l'une de ses victimes avait voulu couper court…

Qui avait le plus vilain secret ?

Matteo se taillait une jolie position... mais il n'était pas censé savoir que la Vieille possédait des informations si précises sur ce drame tant que cette lettre était restée dans le journal.

Il y avait aussi l'inconnu qui lui écrivait ces saletés de lettres anonymes et qui, elle en était sûre, était le damné qui venait camper devant sa fenêtre pour affoler les honnêtes gens.

Julien peut-être… Mais si ce n'étaient ses échecs en matière d'herboristerie, la Vieille avait l'air d'en minimiser la portée. Pas de quoi le mettre en prison. Pas pour ça en tout cas. À moins qu'il y en ait eu d'autres. Que la Vieille n'aurait même pas osé évoquer…

L'autre lettre était posée sur ses genoux. Au bout de quelques minutes de contemplation, elle en décacheta le bord.

Elle lui était adressée. Anna sentit sa gorge se serrer. Les lettres dansaient devant elle. Elle replia les pages et les glissa dans l'enveloppe. Elle n'était pas prête. Pas aujourd'hui. Pas avec Frédéric malade et son départ avorté. Pas avec Serge qui devait l'attendre sur le quai en finissant ses préparatifs et qui partirait sans elle. Elle s'allongea sur le lit et s'endormit.

Ce fut Julien qui la dérangea dans son sommeil quelques heures plus tard. Il était repassé voir Frédéric et avait entrepris de se préparer un thé. Il n'avait pas voulu réveiller le jeune homme, habitué à ses horaires décalés. Anna entendit son sifflement joyeux, dans un état de semi-conscience. Elle sursauta et fit tomber le journal de la Vieille par terre. Depuis qu'elle savait que ce type rôdait devant ses fenêtres, elle était tout le temps sur le qui-vive. Elle descendit et aperçut Julien en train de faire la vaisselle. Il sursauta à sa vue et parut surpris, peut-être même gêné de se retrouver face à elle. Elle était censée être partie à cette heure-ci.

Elle l'informa de l'état fiévreux de Frédéric et il accepta de manger quelques biscuits avec elle. Elle le trouva nerveux, peu enclin à la conversation. La discussion vira sur ce qu'elle avait appris par Dorothée et sur ses suppositions quant à l'adresse portée sur les cartons d'expédition qui pouvait être celle du corbeau qui lui en voulait. Julien avait l'air si peu réceptif qu'elle se demanda s'il n'avait pas changé d'avis à propos de ses recherches. Anna s'apprêtait à le laisser en tête à tête avec sa tasse et à attendre le réveil de Frédéric lorsque le téléphone sonna.

Anna eut un haut-le-corps. Si c'était Serge, elle se sentait incapable de jouer la comédie. Julien la fixait intensément. Comme si elle l'intéressait subitement. Pour échapper à ce regard soupçonneux, Anna décrocha en s'efforçant d'avoir l'air détendue. C'était Lucien, son juge père Noël. Elle se sentit presque soulagée et heureuse d'entendre sa voix.

— Je ne m'attendais pas à vous avoir au téléphone avant longtemps... Je croyais vous avoir fait mourir d'ennui la dernière fois.

— Pas du tout, pas du tout, Anna.

Elle sentit un sourire dans sa voix. Un sourire bienveillant.

— En fait, j'ai beaucoup pensé à votre affaire. Voire même un peu trop.

— Un peu trop ? C'est que je vous ai assommé avec les détails la dernière fois...

— Attendez, Anna, coupa le juge. Je crois que j'ai fait une erreur.

Anna resta muette. Que le juge pût faire une erreur lui semblait aussi incroyable que la neige au Sahel. Lucien était la sagesse incarnée. Son Bouddha.

— Qu'est-ce que vous avez fait ? demanda-t-elle mi-figue, mi-raisin.

— J'ai voulu vous aider... J'ai voulu vous protéger... Mais je vois que je me laisse toujours prendre par les apparences, par les émotions, au lieu de réfléchir aux faits. Toujours les mêmes erreurs... pour moi qui suis si vieux...

— Ne soyez pas trop sévère avec vous, Lucien... Si c'était pour me protéger, je ne peux pas vous en vouloir... fit Anna, un peu gênée.

— J'ai insisté auprès de mes relations pour empêcher la réouverture du dossier de votre grand-mère.

— Vous... quoi ?

Anna sentit comme une étreinte froide sur son cou. Elle détestait cette sensation de peur, d'angoisse, chaque fois qu'elle se sentait trahie.

— J'ai bloqué l'enquête, si vous préférez. Elle devrait être classée sans suite sous peu. C'est l'affaire de quelques jours...

— Pourquoi ? réussit à articuler Anna.

Elle aurait voulu raccrocher pour ne pas entendre ce qui allait venir. Elle n'avait pas besoin de cette énième claque dans la gueule. Pas de la part de son juge. De celui qui l'avait sortie de prison !

Il y eut un petit silence. Anna avait le sentiment que les rôles s'étaient subitement inversés. Qu'elle était devenue le juge. Qu'il était devenu le fautif. Elle se rendait compte à quel point elle avait envie de le lui faire payer. À quel point elle était incapable de faire preuve d'impartialité.

— J'ai pensé qu'il fallait vous protéger d'une nouvelle enquête. Si on pense à un assassinat, vous serez à nouveau dans la ligne de mire de la police. Je ne pourrai rien pour vous. Et tout ça pour quoi ?... pour un suicide probable, pour une erreur... Vous sortez à peine la tête de l'eau... J'ai pensé que cela ne valait pas le coup. Vous aviez l'air si convaincue, vous même, que la démarche était vouée à l'échec. Et puis cette jeune femme dont vous m'avez parlé. Je me suis rappelé d'elle. Elle était bien là lors de mon séminaire, il y a trois ans. Elle faisait encore ses classes. Une vraie tigresse. Elle sait ce qu'elle veut. J'en ai trop vu des carriéristes qui sont prêts à broyer des honnêtes gens pour grimper dans la hiérarchie, pour avoir leur propre laboratoire... C'est ce qu'elle a demandé à son chef, vous le saviez ?

Anna sentit le goût de l'amertume dans sa bouche. Elle se rendait compte combien elle avait placé d'affection en lui. À quel point elle avait cru y trouver un homme qui pouvait compter dans sa vie. Une sorte de père de substitution. Mais il était aussi décevant que les autres. À vouloir prendre des décisions à sa place, à lui barrer la route quand elle choisissait enfin sa trajectoire.

— Allô Anna, vous êtes toujours au bout du fil ? Je comprends que vous m'en vouliez. J'en avais pris mon parti.

— Ça tombe bien, Lucien, parce que je vous en veux vraiment, répondit Anna d'une voix lasse, qu'elle voulait exempte de toute agressivité.

— Je me doutais bien que vous réagiriez comme ça. J'étais prêt à jouer le rôle du méchant.

— Heureusement que vous vous êtes décidé à me le dire parce que, pour un peu, vous pouviez porter votre auréole jusqu'à la fin des temps.

— Je pensais vous le dire. Dès que j'aurais été sûr que l'affaire était bloquée. Pour que vous ne tentiez pas l'impossible. Mais je me suis trompé. J'ai été abusé.

— Comme ça, nous sommes deux, Lucien. Je vais vous laisser. J'ai mille choses à faire. Oubliez mon numéro de téléphone, monsieur le juge.

— Laissez-moi finir ! Après, je vous laisse tranquille ! J'ai dû déplacer deux rendez-vous pour vous passer ce coup de fil.

— C'est trop d'honneur, monsieur le juge.

Anna tenait le combiné à s'en péter les articulations. Elle crevait d'envie de raccrocher. Mais elle voulait garder son calme sous les yeux de Julien.

— J'ai sans doute mérité ce sarcasme facile. Mais soyez une grande fille, écoutez-moi, Anna.

» En faisant ma demande à mon collègue de Reims, j'ai reçu une copie du dossier. Réflexe de travail. Il avait l'air sûr de son fait et, à la première lecture, j'étais d'accord avec lui. C'était plus que probablement un accident. Mais deux jours plus tard, il m'a rappelé, un peu inquiet. La légiste lui avait rédigé un rapport toxicologique sur cette affaire qu'il ne voulait pas enterrer sans avoir mon avis. Je l'ai lu. Le doute est permis. L'hypothèse de l'assassinat peut tenir la route. Mais qui ? Comment ? On a si peu d'éléments. C'est quand j'ai relu le dossier qu'il m'avait faxé que ça m'a sauté aux yeux. J'étais perturbé par cette affaire. Le doute n'est pas permis lorsqu'on se lance dans une procédure de classement sans suite. Surtout lorsqu'on agit pour un proche. Le témoin. Celui qui a signalé à la police qu'il était la dernière personne à avoir vu votre grand-mère avant qu'elle ne meure. On l'a interrogé. Il a prétendu avoir bu un café et être parti avant la mort de votre grand-mère. Les voisins l'ont vu sortir une heure avant sa mort. Tout concorde pour en faire un quidam normal. Sauf la salive...

— La salive... Je comprends rien à votre charabia, Lucien.

— On a retrouvé de la salive dans le café de votre grand-mère. De la salive qui ne lui appartenait pas. Un homme qui est capable de cracher dans le café de son hôtesse est capable probablement de cacher certaines choses à la police.

— Qui est cet homme ? Comment s'appelle-t-il ? demanda Anna, qui se sentit soudain sur le qui-vive.

— Je ne peux pas vous le dire, évidemment, Anna. Mais j'ai rendez-vous avec votre légiste dans un quart d'heure.

— Florence est chez vous ? fit Anna qui sentait son corps frissonner.

Le juge était un drôle de bonhomme. Il était capable de faire la pluie et le beau temps tour à tour. Une sorte de magicien.

Voilà qu'elle l'idéalisait de nouveau. Elle n'avait toujours pas digéré son complexe d'Œdipe.

— Je vais écouter le compte rendu de ses analyses. Et j'aviserai. Je ne peux rien vous promettre, Anna.

— Je sais, Lucien.

Elle avait conscience de répondre comme une grande fille bien sage, revenue dans le rang. Qu'importait, si on pouvait avancer un peu.

— Je n'ai pas été à la hauteur sur ce coup-là, Anna.

La couleur de sa voix avait changé. Il venait de lui offrir un aveu. Il savait toujours trouver le cadeau qui lui plairait le plus.

— Vous restez bien au-dessus de moi, croyez-moi, Lucien. Je vous demande juste une chose. Mettez-moi au courant aussi vite que possible.

Elle raccrocha. Julien avait l'air de scruter la toile cirée de la cuisine mais elle savait qu'il avait écouté l'entretien avec attention.

Elle s'approcha de lui et se servit une nouvelle tasse de café.

Et elle lui raconta tout.

Sa rencontre avec Lucien. Sa remise de peine en forme de cadeau de Noël. Son affection pour lui. Ce qu'il avait fait pour lui éviter d'être l'objet d'une nouvelle enquête. La progression de l'enquête et la fameuse salive. Son départ reporté. Serge qui partait seul. Elle parla ainsi pendant près d'une heure. Il émit à peine quelques sons mais elle sentait qu'il écoutait avec une attention soutenue. Elle se confessait. Il encaissait.

À la fin de son récit, elle se sentait comme un enfant de chœur. Aussi pure que transparente. Elle n'avait pas parlé d'elle-même à quelqu'un depuis si longtemps.

Julien avait allumé un cigare. Depuis qu'il avait compris que la thèse de l'accident, dont il aurait pu être le seul responsable, prenait le large, on le sentait reprendre consistance.

Dehors, la pluie tombait goutte à goutte. Le mur du fond de la petite cour semblait aussi triste que celui d'une cour de prison sous ce ruissellement timide.

Il lui sourit et se gratta la barbe.

— C'est bien que vous soyez resté, dit-il d'une voix caverneuse.

Anna lui sourit. C'était le deuxième homme de la journée à lui parler sans détour, avec un ton affectueux. Elle aurait voulu téléphoner à Serge pour voir si la série allait continuer.

— C'est la faute d'Yvonne. Elle hante sa maison pour une petite conversation en tête à tête... Et Frédéric m'a un peu forcé la main.

— Toujours complices ces deux-là, fit Julien, les yeux pétillants.

— J'aurais voulu les voir ensemble. Je... j'ai gardé peu de souvenirs de mon enfance... Je suis partie sur une mauvaise impression...

— Je sais, elle m'en a souvent parlé. Elle m'a parlé de vous et surtout de votre mère. À quel point vous vous ressembliez.

— Je n'ai pas vraiment connu ma mère. J'avais deux ans lorsqu'elle est morte dans cet accident de voiture.

— Yvonne n'a plus été la même après cet accident, fit Julien, le regard perdu en direction du mur.

Anna sentit que Julien connaissait parfaitement l'histoire de sa famille. Dans ses moindres recoins brumeux. Et qu'il n'ignorait rien de ce prétendu accident.

— Vous la connaissiez depuis quand... Je veux dire... Comment vous vous êtes connus, vous et Yvonne ?

— Je l'ai connue pendant la guerre...

— La guerre ? La Seconde Guerre mondiale ?

— Oui... j'étais gamin. J'avais pas six ans. Yvonne en avait vingt-cinq. Pendant les bombardements, mes parents sont morts. Je voulais pas intégrer une institution. Je connaissais Hermann. Il était jardinier pour mes parents. Il m'a trouvé dans le cabanon, alors qu'il venait nous aider à nous protéger d'un bombardement. Il a dû avoir pitié d'un gosse qui était anéanti par la mort de ses parents. Il avait à peine trente ans. Il était fou amoureux d'Yvonne. Ils m'ont pris avec eux. Ils habitaient un petit appartement. Il y avait à peine la place pour deux. Ni l'eau courante ni les toilettes. Ça a été les plus belles années de ma vie.

» Ils ont eu votre mère quand j'ai eu douze ans. Je n'ai pas eu le temps de la voir grandir. À seize ans, je suis parti chez les compagnons artisans. Mon premier métier, c'était verrier. Je les ai revus à mon retour. Pour leur dire au revoir une deuxième fois. J'avais dix-huit ans. Je suis parti pour l'Afrique du Nord.

Il aspira longuement sur son cigare. On aurait dit qu'il se remémorait la lumière du verre dans les caufferies.

— Elle était très belle votre mère. Quand je suis revenu, elle avait seize ans. Des yeux magnifiques, une grâce naturelle. C'était la fierté d'Yvonne. Mais elle avait du tempérament. Yvonne était prête à tout pour elle. Après, je n'ai eu de ses nouvelles que par les lettres que je recevais. Mai 68 est passé par là. Votre mère est devenue une militante active. Elle a quitté Reims. Elle vous a eue à sa majorité, mais elle n'a jamais dit à Yvonne qui était votre père... mais ça, vous le savez sûrement...

Anna hocha la tête. Une étrange sensation de vertige la prenait, comme à chaque fois qu'elle entendait cette partie de son histoire. Un sentiment de vide intense. Combien de fois elle s'était imaginé son père... Cette impossibilité de savoir lui faisait mal. Elle aurait voulu hurler, s'en prendre à sa mère. Lui crier qu'elle avait été égoïste.

À la place, elle avait reproché ce secret à la Vieille. C'était plus facile. Elle était là. Elle était restée. Elle n'était pas morte ou absente comme son père, son grand-père, sa mère. Ils avaient tous débarqué du bateau avant qu'elle ait eu le temps de comprendre que toute sa vie était devant elle.

— Yvonne a fait ce qu'elle a pu pour vous... Anna. Je sais que, pour vous, cela ne représente pas beaucoup. À l'échelle d'une gosse, qui a perdu toute sa famille, vivre auprès d'une grand-mère plus rigide que la mort qu'elle désirait tant... Je crois qu'elle a pris conscience, après votre départ, qu'elle n'avait pas pu combler les attentes que vous aviez. Parce qu'elle n'était pas en état. Elle se l'est reproché. Mais son caractère et ses activités... elle vivait dans une bulle qui lui permettait d'oublier qu'elle était seule... Je crois qu'elle n'a pas été capable de faire le chemin en arrière pour vous retrouver.

» Moi, je m'en suis voulu d'être parti aussi longtemps. Je n'ai pas été là lorsqu'elle a souffert de la disparition d'Hermann. J'ai beaucoup voyagé. J'ai voulu voir le monde. J'ai été de terre en terre, travaillant pour des hommes que je ne connaissais pas et luttant à leur côté, parfois contre d'autres hommes que je ne connaissais pas non plus. Et leurs histoires se ressemblaient de pays en pays. J'étais captif, je fuyais et je ne le savais pas. J'ai pas pu m'attacher à grand monde. J'avais peur de tout perdre dans des guerres, des conflits, comme j'avais perdu mes parents. Je suis revenu il y a dix ans. Seul, sans bagage, comme j'étais parti. J'ai failli reprendre mon métier de verrier. Mais quand j'ai vu ce que faisait Yvonne, j'ai voulu reprendre les activités qu'assurait Hermann, accompagner Yvonne. L'aider à mener à bien ses guérisons. Et je ne le regrette pas.

Anna se sentait comme en apesanteur, effet sans doute de la voix de Julien. Un peu à part, envoûtante comme le souffle du vent dans les saules qui bordaient la rivière qui passait au fond de son jardin.

Julien était le seul lien qui restait de son patrimoine. De sa famille. Une sorte de grand-oncle. Elle avait eu raison de rester ici.

Elle le vit sourire, ses moustaches s'agitaient dans un rire silencieux.

— Qu'est-ce qui vous fait sourire, Julien ? Vous savez ce que disait ma grand-mère ? Lorsqu'un jardinier sourit, c'est qu'il s'en passe de belles dans son jardin...

— Oui, je m'en souviens... En fait, je me revois le jour de mon retour. Je frappe à la porte d'Yvonne. Elle m'ouvre, elle me fait un sourire comme si on s'était quittés la veille et m'invite à entrer. Et je la retrouve au milieu de la cuisine en pleine engueulade avec Simone.

— Avec Simone ?

— Vous savez, avec Simone, ça a été longtemps électrique entre les deux. Simone était une très belle femme. Je crois qu'Yvonne a toujours eu peur qu'Hermann ne soit charmé. Chose impossible selon moi, tellement il était aveugle pour ce qui n'était pas Yvonne. Toujours est-il qu'elles étaient jalouses l'une de l'autre. Elles n'ont cessé de se tirer dans les pattes. Et là, j'arrivais d'Iran, c'était comme si je revenais quarante ans en arrière. Elles se hurlaient dessus comme deux hystériques. Il a fallu que je les sépare. Deux femmes de plus de soixante-dix ans, prêtes à en venir aux mains... Pour un homme qui était mort depuis plus de trente-cinq ans... Et il a fallu du temps pour qu'elles se reparlent de nouveau. Elles ont fini par s'apprivoiser et enterrer la hache de guerre. De vraies tigresses...

» Je soupçonne Simone d'avoir été réellement amoureuse d'Hermann. Depuis le début. Elle s'est mariée par convenance avec un ami de sa famille. Elle a eu une fille elle aussi. Mais je crois qu'elle aurait tout donné pour être votre grand-mère. Pour Hermann et pour ses dons. Sous ses dehors de respectabilité et de perfectionnisme, Simone est une grande romantique. Elle aurait aimé être aussi populaire et aussi emportée que votre grand-mère. Hermann était gentil avec elle, ils discutaient souvent dans la rue... en tout bien, tout honneur... Mais il mettait tellement Yvonne au-dessus de tout ! Enfin, ce sont des vieilles histoires que je vous raconte... conclut-il en écrasant son cigare dans le cendrier.

Anna garda le silence. Elle restait persuadée que la Vieille était morte parce que quelqu'un lui en voulait. Elle aurait voulu qu'on la croie comme elle y croyait. Elle ne voulait pas s'entendre dire que c'était trop tard.

Julien lui prit la main comme pour la ramener au présent.

— Je suis content que vous pensiez que je n'ai pas tué intentionnellement votre grand-mère... Si j'en avais été persuadé, je n'aurais pas pu continuer...

— Moi aussi, répondit-elle sincèrement.

— On trouvera qui a fait ça à notre Yvonne. Je vais me pencher sur vos cartons d'expédition. Mais je crois que je ne vais même pas en avoir besoin. J'ai réussi à dénicher notre homme.

Anna baissa les yeux. Un peu bourru le jardinier, mais elle ne regrettait pas de l'avoir rencontré au détour d'un bosquet.

— En tout cas, vous avez un point commun remarquable avec Yvonne... lança-t-il en débarrassant la table de ses grosses paluches.

— Ah oui ? fit Anna en se levant, l'air plus que dubitative.

— Vous avez monté une équipe de choc en moins de deux. Comme un aimant, vous les avez captés à votre cause... Un juge qui se met en quatre pour vous sauver des griffes de la maréchaussée, une légiste intelligente qui sait lire dans les recettes d'Yvonne comme on lit dans le marc de café, une Dorothée capable de faire parler n'importe quel quidam sans torture, un fureteur comme moi pour coller aux basques des types pas clairs, un Frédéric qui vous protège des angoisses et des inquiétudes en prenant sur lui, lui qui est plus fragile que tout le monde... Et tout le monde au pas...

— Ce n'est qu'une impression, Julien. Vraiment qu'une impression... fit Anna en soupirant.

Chapitre 16

Veux pas partir... si fatigué. Veux rester dans la maison de Mamami... Tito a dit que Mamami pas revenir. Mais moi peux aller la voir. Là où elle est. Il me l'a dit. Pas Tito. Mais confiance... Toi copain... Il l'a presque vu. Ils m'ont donné le coup de main... A téléphoné... Ils m'ont donné le coup de main... Ils m'ont dit aussi pour la nouvelle maison. Mais moi pas la nouvelle maison. Là-bas, les fous. Moi pas aimer les fous... Moi pas fou... Nana gentille mais veut pas s'occuper de moi. Moi aimer Nana. Mais préfère partir. Voir Mamami. Tout expliquer. Une fleur pas feuille. A chaud, très chaud. Sait pas si tenir jusque-là. Mais seul moyen si veux pas aller au centre. Seul moyen. M'a bien dit que dois tenir. Parce que sinon vais là-bas. Confiance. Mamami. Tarde de te voir. Une fleur pas une feuille. Toujours revenir. Deux fois... A téléphoné... Deux fois... Mamami...

— Il délire, non ? Je veux dire, il délire sous l'effet de la fièvre, là, non ?

— Sans doute, fit Julien qui tenait entre son pouce et son index la main fiévreuse de Frédéric.

— Vous comprenez ce qu'il dit ?... Il répète tout deux fois on dirait...

— J'avoue que je suis un peu perdu, moi aussi, Anna. D'habitude, il y a toujours un contexte… quelque chose qui m'aide à comprendre à quoi il fait allusion.

— En tout cas, c'est la première fois que je l'entends parler aussi longtemps.

— Il n'est pas vraiment conscient de ce qu'il dit. Ce qui m'inquiète, c'est que la fièvre n'a pas l'air de descendre… Je ne voudrais pas qu'il fasse des convulsions.

— Des convulsions !

Le cœur d'Anna bondit dans sa poitrine. Le dernier souvenir qu'elle avait de convulsions remontait à son séjour en prison. C'était une expérience qui l'avait marquée dans sa chair. Des ongles qui s'enfoncent dans son avant-bras, le temps qui s'accélère et les yeux qui papillonnent.

— Je devrais peut-être appeler les urgences ? suggéra-t-elle.

— C'est trop tôt… Il va passer des heures à attendre et vous ne serez pas plus avancés l'un et l'autre. Si jamais cela se produisait, appelez Dorothée, elle saura quoi faire. Elle vous aidera…

Anna se mordillait la lèvre inférieure en contemplant Frédéric. Elle essayait de ne pas penser à ce qui pouvait se passer. À tout ce que Léandra lui avait expliqué sur la bombe humaine et ses déflagrations. Elle avait le sentiment d'être montée dans le train fantôme-montagne russe depuis deux jours. On s'amusait à lui faire de plus en plus peur, de plus en plus mal. Et elle ne savait pas vraiment pourquoi elle y restait, dans ce train.

— Peut-être…

Julien prit un air gêné. Ses deux sourcils, aussi fournis que ses moustaches, prirent une position d'accent circonflexe. Il avait l'air d'une marionnette maladroite, un Pierrot la Lune malheureux.

— Peut-être ? l'encouragea Anna. Dites-moi ce qui vient après le peut-être, Julien. Aujourd'hui, je crois que je peux tout entendre. Tout et n'importe quoi en particulier.

— Vous avez le cahier de notes d'Yvonne. Rien ne vous empêche...

— Ah non, ne commencez pas avec ça, Julien. C'est sans moi... les prières, les saintes Rita et les baumes... c'est sans moi.

— Ne vous cabrez pas, Anna. Je ne vous parle pas de ça... Pas exactement.

— Ne pinaillez pas avec moi, Julien. On n'est pas là pour discuter de la longueur de la taille des rosiers de l'année prochaine. C'est une vie humaine. C'est Frédéric... On ne fait pas n'importe quoi avec. Que vous ayez cru en ma grand-mère, c'est une chose. Qu'elle n'ait pas fait plus de mal que ce qu'il en a été, c'est une bonne chose. Mais n'attendez pas de moi que j'implique Frédéric là-dedans, à ses risques et périls.

Les accents circonflexes des sourcils s'affaissèrent. Il n'y eut plus qu'une immense tristesse dans les yeux gris de Julien. Anna se leva du lit et quitta le grenier. La colère était si forte en elle qu'elle redoutait d'en dire trop, de dire le mot de trop...

Julien resta une dizaine de minutes seul avec Frédéric. Puis il redescendit et rassembla son paquetage. Deux trois affaires dans un sac en laine de lama cousu main qu'il accrochait à son épaule. On aurait dit un berger. Un berger qui, visiblement, ne pouvait pas faire obéir la seule brebis qui lui avait été confiée.

Il fit un signe de la main à Anna qui passait l'aspirateur dans le salon et quitta la maison de la Vieille sans autre commentaire que le souffle d'air sur son passage.

Anna éteignit l'appareil qui était aussi bruyant qu'un B52 au décollage. Elle s'assit dans le fauteuil et remonta ses genoux jusqu'au niveau de son visage.

C'était maintenant ou jamais.

— Tu vas l'avoir ta conversation, la Vieille. Même si je dois parler tout haut aux murs de cette bicoque, comme une folle d'esprit.

Dans le petit salon, sa voix résonnait de façon démesurée. Elle sentait qu'elle déraillait. Mais il fallait que ça sorte. C'était ça ou dix ans de psychanalyse.

— Tu veux que j'utilise tes remèdes. C'est pour ça que tu m'as fait venir. Pour me faire obéir. Pour me faire entendre raison. Frédéric, tu n'en as rien à foutre. Tout ça, c'est des prétextes. Tu veux que je reconnaisse que ce que tu fais ce n'est pas du vent, hein !

» Je suis désolée, la Vieille. Mais c'est ce que je pense. C'est du vent, de la foutaise. Tu comprends. Je ne le fais pas exprès. C'est au fond de moi. Je ne peux pas y croire. Attends... je veux dire, je ne peux plus y croire. J'y ai cru quand j'étais gamine. Tu me fascinais, la Vieille. C'était pas toujours facile de t'avoir comme seul parent. À l'école. Auprès des copains. Mais jusqu'à treize ans, je peux te dire que pas un cheveu de ma tête n'a eu une pensée contre toi. Après, ça a commencé à être dur. Parce que j'arrêtais pas de penser à mon père. De savoir qu'il vivait peut-être quelque part et que je n'avais pas moyen de le prévenir que j'étais là. Qu'il pouvait venir me chercher.

» Et après, à quinze ans, j'étais entichée de ce garçon. Tu m'interdisais de sortir mais je filais en douce. Je suis tombée enceinte. Tu n'en as pas dormi la nuit et moi non plus, après l'avortement. Je t'en voulais. Pas que tu m'aies conduite à la clinique pour ça. Non, ça, tu as fait ce qu'il fallait. Aujourd'hui, je pourrais te serrer la main. Mais parce que tu m'y as conduite après m'avoir donné une de tes tisanes. Pour faciliter le travail. J'ai eu si mal dans ma chair, dans mon corps. J'ai cru que j'allais en mourir. De honte aussi, quand les docteurs m'ont demandé ce que j'avais pris. Ils ont cru que je m'étais droguée ou empoisonnée. Ils ont dû me faire un lavage d'estomac avant l'opération. Je t'ai haïe de toutes mes forces. J'ai cru que tu avais voulu me faire payer mes bêtises. Après des nuits d'insomnie et des journées à errer dans le parc de la Patte d'Oie au lieu d'aller au lycée, j'ai voulu prendre le large. Parce que je ne pouvais plus te regarder en face, parce que je ne pouvais plus te sentir après ce qui s'était passé… Tu ne m'as pas retenue.

» Je te comprends. Tu en avais assez. À soixante ans, on n'est pas bâti pour supporter les caprices d'une ado de dix-sept printemps. J'ai voulu retrouver mon père. Tu parles. J'avais trois fois rien comme indications. En moins de deux mois, je me suis retrouvée avec une bande de paumés qui se shootaient régulièrement. Toi, quand tu as vu que je ne m'inscrivais pas dans un lycée pour passer mon bac, tu as cessé de m'envoyer de l'argent. Pour toi, c'était clair. Il fallait que je me débrouille seule. Comme toi tu t'étais débrouillée toute seule. Ou que je revienne en te suppliant.

» J'ai fait des milliards de conneries, là-bas. Je pourrais pas t'en citer le quart tellement j'en ai honte. Mais c'est même pas la pire, tu vois, qui m'a conduite en prison.

Anna se tut un instant, la bouche collée contre ses jambes repliées, postée sur son canapé comme une âme en peine. Les mots ne voulaient pas sortir. Elle revit les yeux tristes de Julien. Ceux de Frédéric, survoltés par la fièvre, ceux de Dorothée, désespérés mais braqués vers Eddy avec détermination. C'était comme un jury qui attendait d'elle des prouesses.

— J'ai volé dans un magasin, finit-elle par articuler d'une voix rauque. Enfin, j'ai fait le guet pour des mecs qui cambriolaient une bijouterie. De nuit.

» Je faisais pas grand-chose. J'étais au volant du camion. Parce que j'étais la seule à pas être défoncée. Je risquais pas de me faire des sous. J'attendais juste d'avoir une somme suffisamment importante pour revenir à Reims. Tu vois, c'est drôle, je voulais revenir. Et, finalement, je me suis retrouvée bloquée dans cette prison. Passez deux tours, ne touchez pas vingt mille francs.

» Là aussi, tu n'as rien dit, tu n'as rien fait. Je t'ai haïe de toutes mes forces. Le cumul de haine, ça va chercher loin. Surtout dans une cellule.

» Mon avocate, qui tenait plus de l'assistante sociale que du maître du Barreau, n'arrêtait pas de me dire que c'était une réaction qui était typique des personnes âgées, celles qui étaient d'une autre génération. Que tu n'avais sûrement pas cessé de m'aimer.

» Je me suis noyée dans mon verre d'eau et le temps s'est égrené, plus misérable que jamais. Quand j'ai refait surface, dans le bureau du « père

Noël » – j'aurais voulu te le présenter celui-là – je t'avais presque oubliée.

» Je pensais même pas te revoir. J'avais pas si tort que ça. Sauf la lettre que tu m'as envoyée. Pour me faire venir. Si Serge n'avait pas insisté. Il a repêché la lettre dans la poubelle et l'a placardée sur le frigo. Tu me suppliais pas mais je voulais savoir pourquoi tu voulais me revoir. Sans cette lettre qui me narguait chaque jour, j'aurais pas mis les pieds ici.

» Alors, tu vois, la Vieille, je suis à des années-lumière de tes histoires de guérisseuse. J'ai beau avoir fait du chemin depuis que je suis revenue. Je n'y arrive pas. C'est aussi aride en moi que dans le désert de Namibie. La foi est plus dure à venir que le pardon...

Anna se tut. Elle se sentait aussi vide qu'une coque de noix sans ses cerneaux. Elle n'arrêtait pas de parler d'elle depuis deux jours. Si ça continuait, elle allait en perdre consistance.

— Je reprendrai pas la suite, continua-t-elle d'une voix éteinte. Je ne le veux pas et je ne le peux pas. La guérisseuse, c'était toi. Et tu es morte, et bien morte, avec tes secrets...

» Mais je veux être en paix avec toi, la Vieille. Disons que je te pardonne et essaie de faire de même de là où tu es... Et on continuera ainsi... Quant à la maison, c'est ton histoire... Pas la mienne. Elle poursuivra sa route.

Anna se tut, elle avait l'impression de n'avoir rien oublié. C'était maintenant ou jamais. Tant qu'à se mettre à parler aux murs en croyant pouvoir régler ses comptes, elle aimait mieux tout faire en une seule fois.

— J'oubliais... Frédéric... J'allais l'oublier, s'exclama Anna en se levant... Je vais m'occuper de lui. Mais, tu comprends, la Vieille, je ne peux pas le prendre avec moi. Tu vas me trouver égoïste. Mais je suis pas taillée pour. J'ai pas réglé mes propres problèmes. Je me suis pas finie. Comment veux-tu que je lui vienne en aide ?

La question resta en suspens dans la petite pièce du salon. Anna monta au grenier et s'agenouilla aux côtés de Frédéric.

Les couvertures étaient chamboulées comme si Frédéric avait joué au football avec. Le matelas était couvert d'auréoles douteuses. Le reste de jus de fruits formait une flaque au pied de son lit, la lampe était renversée. Elle remit de l'ordre et posa sa main sur le front de son cousin. La fièvre était toujours aussi forte. Frédéric était agité et semblait avoir des difficultés à respirer. C'était peut-être un signe avant-coureur. Elle avait envie de faire appel à Dorothée. Même si ce n'était pas encore le moment fort de la crise. Frédéric tourna son visage congestionné et exsangue vers elle. Il articulait des mots dans le vide. Elle se concentra sur ses lèvres.

— Mamami... c'est elle que tu appelles. Si je le pouvais, j'irais la chercher moi-même, Frédéric.

Frédéric soutenait son regard en bougeant ses lèvres sur son mantra préféré. La Vieille savait apporter du réconfort dans ces moments-là. Il avait besoin d'elle et elle était morte. Elle lui tint la main et lui caressa le front. Au bout d'une vingtaine de minutes, il finit par s'assoupir, à bout de forces.

Anna dégagea sa main. Elle perdait courage. Voir Frédéric malade, cela réduisait considérablement le peu d'espoir qu'elle avait de voir son quotidien s'améliorer. Elle avait du mal à supporter de le voir dans cet état. Elle l'avait connu rieur, actif, étrange mais présent. La descente aux enfers médicaux n'était pas le spectacle qu'elle savait le mieux apprécier. Elle était comme une gamine plongée subitement dans le noir. La peur la rendait incapable de penser, et surtout incapable de tenir les principes qu'elle voulait se donner pour défier la Vieille.

Elle se rendit dans le cabinet et prit le cahier des herbes. Les remèdes attribués à Frédéric y apparaissaient de façon régulière. Un en particulier décrivait l'état dans lequel Frédéric était plongé.

La composition ? De la sauge, de l'étamine de violette, de la fougère et quelques poignées de badiane. En décoction. Est-ce qu'il en restait à la Vieille ? Dans le placard à gauche du frigo, les sachets étaient prêts, reconnaissables aux étiquettes « Frédéric ». Ils étaient là, comme si la Vieille les avait préparés à son intention.

— T'as gagné, la Vieille... Je peux au moins faire ça... mais ça ne veut pas dire que j'y crois... siffla Anna entre ses dents.

Et elle prépara la tisane. Le plus soigneusement possible. En essayant de se rappeler les gestes de la Vieille.

Sortir la petite casserole à fond de cuivre, éviter les eaux fortes en magnésium, disposer l'herbe dans l'eau chaude dans le sens des aiguilles d'une montre, attendre quelques minutes et en retirer une partie. La Vieille en gardait toujours un peu pour l'appliquer directement sur les organes déficients du corps.

Elle monta avec son plateau, un gant de toilette et une serviette. Refaire les gestes qu'elle avait vus mille et une fois. Cela devait pouvoir se faire...

Frédéric mit toute sa bonne volonté à avaler la décoction. Il ne broncha pas lorsqu'elle lui appliqua le gant de toilette sur le visage et la poitrine. Elle accrocha avec une épingle à nourrice, sur la poche du pyjama de Frédéric, la médaille de sainte Rita que Julien avait abandonnée sur la lampe de chevet. Prier, c'était au-dessus de ses forces, mais elle pouvait au moins le recommander à un acolyte de la Vieille.

Puis elle le laissa se reposer. Elle avait fait son devoir. Elle pouvait s'estimer en paix avec la Vieille.

La journée passa lentement dans la maison de la Vieille plongée dans un silence monacal. Anna traîna du salon à la cuisine, de la cuisine à la petite cour, de la petite cour à sa chambre. Elle avait fini par passer deux fois l'aspirateur et n'avait pas voulu se préparer à manger. De temps en temps, elle allait voir comment Frédéric se sentait.

Il dormit jusqu'à 14 heures. À son réveil, elle lui trouva meilleure mine. Elle réussit à l'asseoir et à lui faire boire un jus de fruits. Elle regarda des bandes dessinées avec lui, puis des magazines. Jusqu'à ce qu'il se sente de nouveau fatigué.

Il avait appuyé sa tête contre son épaule en l'écoutant disserter sur la mode des jupes courtes et des mocassins en croco. Elle posa délicatement sa tête sur le coussin. Il avait un beau visage. Un visage d'enfant posé sur un corps de grand. Des cheveux bruns très doux, des lèvres roses et lisses, des cils longs, aussi longs que ceux des filles.

Aurait-il ce même visage d'ange dans dix ans ? Une femme poserait-elle ses mains dans ses cheveux et lui embrasserait-elle les lèvres ? Pouvait-il espérer avoir une descendance ?

Non, probablement que non. Alors, pourquoi la Vieille tenait-elle tant à ce qu'il vive à ses côtés dans un monde où on exigeait ça de chacun pour avoir droit à une part de bonheur ?

Ne valait-il pas mieux qu'il aille vivre avec d'autres comme lui, d'autres qui n'auraient pas la pitié qu'elle avait en ce moment en le regardant, ou le mépris que d'autres, plus cyniques, pourraient y placer ?

Julien était repassé. Un coup de vent dans les branches de la maison de la Vieille. Il sourit en voyant Frédéric s'éveiller à son entrée dans le grenier, ce qu'Anna prit comme un compliment. Puis, il repartit comme une giboulée de mars. Aussi nerveux et anxieux d'aboutir à ses fins.

Anna se retrouva de nouveau seule, seule garde-malade. Elle prépara un deuxième sachet de potion « Frédéric ». D'une main quasi experte. « Trois fois par jour », avait noté la Vieille. Alors, ce serait trois fois par jour, *Herr General*. Elle trouva Frédéric plus difficile à convaincre. Il voulait jouer avec elle, l'entendre disserter sur la mode des années quatre-vingt-dix, puisque la Vieille ne possédait que de vieux magazines de *Modes et Travaux*.

Ce mélange devait avoir un pouvoir soporifique important et Frédéric le savait. Il semblait ne pas vouloir prendre le remède pour rester éveillé et se divertir encore. Anna insista en promettant qu'ils auraient le temps de se voir après la sieste et que Mamami serait contente, elle aussi, de voir qu'il prenait bien son traitement.

— Mamami me voir...

— Oui, elle te voit. Elle voit que tu fais des efforts pour prendre ton traitement...

— Me tarde de voir Mamami...

Anna avait l'impression de lui parler comme à un enfant de quatre ans. Et elle avait autant de mal à le comprendre que lui de s'exprimer. Mais il valait mieux qu'il dorme pour reprendre des forces.

Il s'assoupit au bout d'un quart d'heure. Anna erra dans la maison, à la recherche d'une occupation quelconque. Elle avait le sentiment d'être en pleine mer, mais sans Serge. La mer à perte de vue dans le petit salon de la Vieille. Son vague à l'âme sur chaque crête de vague, en quête de questions ou de réponses.

Elle choisit de lire un nouveau passage du journal de la Vieille. Il valait mieux ça que de penser au bateau et à Serge qui devait être parti, bille en tête. De l'imaginer même pas malheureux, en train de réaliser son fantasme. En train de vivre son rêve.

Elle lui avait rendu un service en ne venant pas. Son expérience serait d'autant plus forte qu'il la vivrait seul. Il n'avait pas besoin d'elle.

Et elle, avait-elle besoin de lui ?

La lettre qui lui était adressée par la Vieille se trouvait toujours dans le journal. Empesée, épaisse, suite de mots que la Vieille avait pensés pour elle, lui avait adressés personnellement, sans vouloir vraiment qu'ils lui arrivent...

Elle la laissa de côté. Toujours pas prête.

Elle préféra remonter le temps, comme un saumon, dans le journal de la Vieille. Un an avant, deux ans avant... Quand aucune des deux ne manquait à l'autre...

L'année 2003. Le temps y était lisse et monotone. Sauf un petit grain de sable. À l'automne. Le grain de sable s'appelait Laetitia.

Simone avait parlé de cette Laetitia.

Une adolescente. Une autre, qui avait souffert des remèdes proposés par la Vieille...

18 octobre 2003 :

Je suis allée chez les Desprès. Ils se déplacent pas ces gens-là. On va chez eux. Ça me rappelle les maîtres d'Hermann, quand il travaillait comme aide-jardinier.

Il est architecte et elle psychologue. Ils n'ont qu'elle. Ils l'ont eue sur le tard. Ça se voit quand les enfants sont très désirés. Tout tourne autour de leur nombril. La fièvre et c'est les experts médicaux qu'on appelle de Paris. Enfin, moi, ils ont pas eu beaucoup de chemin à faire. Ils habitent à deux pâtés de maisons, dans le quartier Jamin. Une maison de maître. De grandes baies vitrées, une verrière. Des gravillons et des parterres de fleurs. Et l'entrée avec l'escalier en pierre. Hermann il aurait aimé cette maison. La visiter, pas la vivre. Il aimait notre petite bicoque. C'était sa niche. Il disait toujours que des chiens ça peut pas vivre dans des châteaux, sinon ça trouve pas sa place et ça tourne en rond sans pouvoir dormir.

Quand je suis entrée dans la chambre de la fille, j'ai pensé à ma Lucie et à ma Anna. Surtout à Anna. J'aurais voulu qu'elle ait une chambre comme ça. Peut-être qu'elle ne serait pas partie si tôt.

Heureusement, Anna avait une santé de fer. La pauvre Laetitia peut pas en dire autant. Ils savaient pas ce qu'elle avait, ça faisait un mois qu'elle n'allait plus à l'école et qu'elle s'étiolait, la pauvre petite. Cure de vitamines, acuponcteur, homéopathe, psychologue... elle avait vu tout le gotha des médecins huppés de Reims, sans résultats. Mais moi, j'ai pu leur dire tout de suite. Parce que j'avais déjà vu. La mononucléose.

Que ma cousine par ma grand-tante elle avait eue après la guerre. Elle en est morte.

La Laetitia n'était pas en grande forme, mais elle ne risquait pas autant. J'ai proposé aux parents de recommencer de nouvelles analyses auprès de leur médecin en cherchant dans cette direction. Mais ils ont préféré que je la traite seule. Je sais pas qui leur a parlé de moi, mais il ou elle a dû sortir le grand jeu. Je sentais que la mère Desprès essayait de me parler comme à une grande dame en dépit qu'elle considérait que j'en étais pas.

Mais j'ai bien voulu. Rapport à ce que je veux pas qu'on dise que je fais des différences de classes dans le quartier...

Et le grain de sable devenait un sable mouvant...

3 novembre 2003

J'ai revu le père Desprès hier après-midi. Quand je l'ai vu sur mon palier, j'ai eu un coup de sang. Je m'étais tant faite à l'idée que c'était moi qui me déplacerait à chaque fois.

Il était blanc comme un linge. Leur fille a fait un malaise la veille au soir et ils ont dû l'amener aux urgences pour un lavage d'estomac. Il était là pour me demander une liste de composants. Je la lui ai donnée sans faire d'histoire. J'ai la conscience nette. Je sais que j'ai tout vérifié. Pas d'allergènes aux plantes que j'ai utilisées. Elle avait un dossier médical aussi épais que le Bottin, chez elle. J'aurais mis de la mauvaise volonté à me tromper...

Il paraît que l'urgentiste a parlé de réaction violente de nature allergène. Le père Desprès, il avait l'air d'attendre que je m'excuse ou que je me justifie. Mais j'ai rien dit. J'ai la conscience nette, comme je l'ai dit. La petite allait mieux, dès la première prise. Maintenant, si elle a pris ou fait autre chose...

Ah, c'est sûr que la mère Desprès me fera plus de courbettes quand elle me croisera dans la rue.

Je regrette seulement pour... qui a préparé la dernière série. Je voudrais pas qu'elle le prenne pour elle. Je sais qu'on n'a pas fait d'erreur. J'ai tout vérifié. Pas la peine de semer le doute dans son esprit.

Le père Desprès est parti en m'assurant qu'il me ferait pas de procès. Il attendait peut-être que je lui saute dans les bras en pleurant.

Quelle époque, mazette ! T'as bien fait de partir avant Hermann...

Anna relut le dernier paragraphe. La lettre choisie pour désigner le préparateur était une initiale qui restait illisible. Un S peut-être. Mais la Vieille avait repassé deux fois sur la majuscule puis avait recommencé sur une autre lettre.

Le grain de sable avait pris la taille d'une montagne d'emmerdements.

Yvonne revoyait Anna dans sa salopette bleue. Elle avait huit ans. La petite ressemblait à sa mère au même âge. Que c'était dur de la voir grandir ! Avec le visage de sa mère, les yeux d'Hermann. Elle la voyait jouer dans le jardin de la grand-tante d'Hermann.

Gilberte, qu'elle s'appelait. Une brave dame, qui avait toujours eu une santé de fer. Et qui avait été gentille avec eux lorsqu'ils s'étaient installés dans leur maison, avec Lucie.

Ils s'étaient un peu perdus de vue. Ils n'habitaient pourtant pas bien loin. La grand-tante Gilberte habitait Prouilly, un petit village charmant de la montagne de Reims. Après la mort d'Hermann, elle était allée la revoir. La grand-tante l'avait accueillie avec dignité. Elle lui avait offert une épaule pour pleurer.

Yvonne se rappelait que sa fierté l'avait empêchée d'user de ce droit. Mais elle aurait mieux fait d'accepter. Au moins pour le bien d'Anna.

Elle se souvenait de cet après-midi qu'elles avaient passé à faire des confitures avec le fils du voisin. Un petit garçon de deux ans l'aîné d'Anna. Il s'appelait peut-être bien Robert ou Patrick.

Une fois les pots fermés, elles étaient allées s'asseoir sur les chaises de jardin en fonte verte pendant que les enfants jouaient à cache-cache dans le jardin.

Gilberte et elle avaient parlé d'Hermann et de Lucie. Cela faisait un tel bien à Yvonne ! Dans son entourage, plus personne n'osait évoquer leur nom.

Et la conversation avait glissé sur les patients d'Yvonne. Ils n'étaient pas nombreux à l'époque mais Gilberte était une grande admiratrice des dons d'Yvonne et elle aimait se faire raconter les cas que la guérisseuse avait réussi à mener à bien.

Gilberte s'étonnait toujours de la capacité d'Yvonne à vaincre les maladies. Yvonne avait beau lui dire qu'elle ne réussissait pas toujours, depuis qu'elle avait soigné l'un des fils de la sœur aînée de Gilberte d'un début d'ulcère à l'estomac, cette dernière l'avait érigée en grande déesse de la guérison.

Cependant, cet après-midi-là, une seule question avait paru attirer son attention, en dépit des histoires qu'avait préparées Yvonne à son intention.

Son don était-il transmissible ?

Yvonne avait eu du mal à répondre à la question. Il lui semblait que n'importe quelle personne pouvait pratiquer son art comme elle le faisait, à condition de l'étudier avec sérieux. Gilberte avait insisté.

Était-elle bien sûre que cela suffisait ?

Il était évident pour elle que n'importe quelle personne ne pouvait faire l'affaire. Il fallait le don. Le Don.

Yvonne avait baissé la tête en rougissant. Elle n'aimait pas dire ouvertement qu'elle avait le don. Parce que cela lui semblait terriblement prétentieux. Pourtant, il lui semblait qu'elle avait en elle une énergie particulière qui l'aidait à soigner ses malades. Et qu'elle leur transmettait par ses mains, ses paroles, ses regards et qui participait à la guérison aussi bien que les plantes. Comme un canal magique par lequel les plantes trouveraient à exprimer toutes leurs capacités à guérir.

Et ce canal, c'était son corps. Pas celui de n'importe qui. Il avait été choisi. Par Dieu.

Gilberte avait semblé apprécier son explication mais elle n'avait pas obtenu la réponse à sa question.

Était-ce transmissible ? À quoi reconnaissait-on une personne qui avait le don ?

Yvonne avait réfléchi à la réponse pendant que Gilberte était allée chercher des rafraîchissements et un goûter. L'après-midi touchait à sa fin. Les enfants couraient toujours dans le jardin. Elle se demandait pourquoi la réponse tardait tant à venir à son esprit et pourquoi elle lui semblait si importante d'un seul coup.

Elle appela les enfants pour qu'ils viennent se désaltérer d'une limonade pendant que Gilberte coupait des parts de tarte aux prunes qu'elle distribuait dans des assiettes à bords éraflés, dans la cuisine, à l'abri des mouches.

Le petit garçon avait le bras bandé. Yvonne lui demanda s'il s'était fait mal. Mais il préféra lui tendre le bras en lui montrant le bandage un peu maladroit qu'il portait. En se vantant d'avoir été soigné par Anna. Anna se tortillait dans sa salopette. Elle buvait son verre en évitant le regard de sa grand-mère. Yvonne demanda au petit garçon si elle pouvait jeter un œil sur son bobo.

Il s'était entaillé le bras avec une branche d'arbre, une blessure peu profonde mais qui avait dû fortement saigner. Pourtant, la plaie avait été bien nettoyée et on avait passé sur les bases de l'entaille de la sève de racine de consoude de Russie et appliqué des pétales de souci officinal (autrement appelé calendula) qui avaient permis une cicatrisation rapide. Puis on l'avait bandé avec un torchon propre. Elle lâcha le bras du petit garçon et se retint de tout commentaire. Elle les renvoya tous deux à leurs jeux, sans en dire mot à Gilberte.

La petite avait fait du bon travail. Cela aurait pu finir en drame si elle avait cueilli d'autres plantes. De l'aconit ou de la nielle des blés. Certaines plantes sont si semblables. Même pour un adulte, l'absinthe peut se confondre avec du cerfeuil. Yvonne en connaissait plus d'une de toxiques dans le jardin un peu sauvage de Gilberte.

Qu'est-ce qui faisait d'Yvonne ou de toute autre personne un bon guérisseur ? Sa capacité à bien choisir les plantes ou sa volonté de guérir ses patients ?

Si Anna avait le don, fallait-il l'encourager à étudier davantage les plantes ou l'obliger à réfléchir aux conditions d'exercice d'un guérisseur et à ses raisons d'entrer dans la profession ? Comme le vieux fou de Turc l'avait incitée à le faire à son époque...

Maintenant qu'elle avait vieilli, elle connaissait la réponse à cette question. Elle aurait aimé la communiquer à la Gilberte, mais cela faisait bien longtemps que celle-ci avait rejoint le royaume des morts. Yvonne avait su reconnaître le don en d'autres personnes, elle les avait formées pour qu'elles puissent utiliser ce don et l'aider dans ses activités.

Mais elle avait négligé l'essentiel dans la formation de ses trois préparateurs. Elle ne leur avait pas demandé quelle était leur véritable motivation. Et cette motivation était cette énergie qui portait ou non la guérison. Qui apportait le mieux-être au malade ou pas. C'est pourquoi elle avait échoué. Elle devait cesser toute activité et eux aussi. Puisqu'ils étaient en train de l'empoisonner et qu'ils n'en étaient pas à leur coup d'essai. De ses trois préparateurs, aucun n'avait compris quelle était l'essence de leurs activités...

Le premier avait confondu la reconnaissance avec l'envie.

Le deuxième l'envie avec la nécessité.

Le troisième la nécessité avec le meurtre.

Et le tout avait produit déjà quelques morts...

C'était une charade macabre qui n'aurait de cesse que lorsqu'elle serait morte. Alors, elle mourrait.

Le carillon retentit au rez-de-chaussée. Chaque fois qu'elle essayait de réfléchir, on venait la déranger.

Elle avait passé sa journée à espérer une visite et maintenant qu'elle essayait de se concentrer, on venait frapper à sa porte. Elle descendit l'escalier de mauvaise grâce.

Une femme toute menue se tenait droite dans l'encadrement de la porte. En tailleur avec une mallette. Anna allait refermer la porte en prétextant qu'elle n'était pas intéressée par les produits de beauté mais la femme toute menue avait un timbre de voix aigu et autoritaire.

— Josiane Verlande, fit-elle en tendant la main en direction d'Anna. Direction générale de la Ddass. J'ai été désignée pour une mission d'enquête à votre domicile, pour la dernière étape de votre dossier.

— Mon dossier ? Mon dossier ? répéta bêtement Anna.

— Vous me laissez entrer ? Le plus vite ce sera fait, le mieux ce sera.

— C'est-à-dire que...

— Ne vous inquiétez pas... les gens sont toujours gênés. Ils pensent qu'on vient pour vérifier si le ménage a été fait. Mais si on préfère établir une visite surprise, c'est plutôt pour capter l'atmosphère réelle de votre domicile. Sans cela, les gens mettent les petits plats dans les grands et on a l'impression d'être reçu comme la reine d'Angleterre.

Elle éclata de rire et se faufila entre Anna et la porte. Toute menue qu'elle était, deux comme elle pouvaient passer dans l'interstice. Anna se demanda qui étaient « les gens » dont parlait cette assistante sociale survitaminée. À l'entendre, ça avait l'air d'une espèce extraterrestre, aussi maladroite que mal pensante.

Anna invita l'agent de la Ddass à s'asseoir dans le fauteuil de la Vieille, en pensant qu'elle n'avait pas à rougir d'un problème de ménage, étant donné qu'elle avait passé au moins trois fois l'aspirateur dans la pièce. Mais elle se demandait la raison de sa présence. Le secret de la visite avait été bien gardé.

— Pour moi, ce sera un café avec une pointe de lait...

Anna regarda l'assistante sociale sans comprendre.

— Je dis toujours ça aux gens. Ça décontracte de préparer le café. Après, on peut mieux discuter et faire connaissance.

Elle rit de nouveau. Un trille aigu. Légèrement hystérique.

Anna se demandait si « les gens » étaient assez cons pour se décontracter en préparant un café. Mais elle préféra obtempérer, étant donné qu'il s'agissait de Frédéric et non d'elle.

Elle revint avec un café frais, pleine de bonne volonté. Pour ne pas trop faire « gens ». Elle voulait que l'entretien prenne fin au plus vite. Mais ce qu'elle vit la persuada du contraire. L'assistante sociale avait étalé tous ses papiers sur la table basse. Elle avait sorti son ordinateur et l'avait branché sur le secteur, ainsi qu'une toute petite imprimante qui faisait scanneur. Un modèle tellement miniature qu'Anna se demanda si l'agent travaillait bien pour la Ddass. Agent 007... en mission... pour mortifier vos hôtes et vous servir...

Et des tas de stylos, verts, rouges, bleus, des marqueurs fluo...

Anna s'assit en se mordillant la langue exprès. Moins elle en dirait, mieux ce serait. Elle se força à penser à Frédéric et à la Vieille. Elle n'était pas là pour elle-même.

— Alors, vous désirez adopter ce cher Frédéric… Je vois que votre dossier n'est pas tout à fait complet mais je pense que vous devez avoir les papiers qu'il nous faut ici. Après nous irons le voir…

Anna faillit demander si l'assistante sociale connaissait intimement le « cher Frédéric » en question mais quelque chose de plus gros et d'incongru bloquait son sens de l'humour.

— Je crois qu'il doit y avoir une erreur, madame…

— Mme Verlande…

— Frédéric devrait intégrer une institution spécialisée d'ici deux semaines, à Rethel.

L'assistante sociale faillit s'étrangler en écoutant la réponse d'Anna. Sous l'effet de l'indignation, sa petite tête menue avait doublé de volume.

— J'ai pourtant un dossier sous les yeux qui a été ouvert le 15 septembre 2005 et qui vient de recevoir l'aval d'un premier examen en commission. Si vous avez changé d'avis, c'est extrêmement grave, Mme Kaleban.

Ses yeux étaient chargés de reproches. Anna faillit lui dire de prendre garde à ne pas trop hausser la voix car elle était susceptible de réveiller Frédéric. Mais elle préféra laisser filer. Les minutes à venir ne lui disaient rien qui vaille.

— Je ne suis pas Mme Kaleban.

— Je suis bien au 10, rue Paul-Bert. J'ai vérifié. J'ai horreur de sonner chez des gens inconnus.

— Vous êtes bien à la bonne adresse. Mais je ne suis pas la bonne Mme Kaleban. Ma grand-mère, celle qui a fait cette demande d'adoption, est morte.

— Elle est morte…

La bouche de l'assistante sociale resta ouverte en forme de O.

Le cas de figure ne devait pas se présenter si souvent « chez les gens ». Elle déplaça deux papiers roses qui rejoignirent une pile d'enveloppes. Puis elle tapa frénétiquement sur son portable relié à son téléphone.

— Ma connexion est mauvaise ici. Vous avez une connexion Internet wifi ?

Anna toisa sa correspondante comme si elle lui parlait chinois.

— Vous permettez que je passe un coup de fil sur mon portable ? se résigna l'agent de la Ddass.

— Allez-y, fit Anna en se levant. Vous me trouverez dans la petite cour. On y accède par la cuisine.

Anna se retrouva dans le froid, sous un ciel bleu pur. Elle regarda l'heure à sa montre. Il était 18 heures. Il y avait deux hypothèses. Matteo avait oublié d'interrompre la procédure d'adoption ou il avait fait exprès de la laisser courir. Dans quelles intentions ?

Pourtant, il avait lui-même annoncé à Frédéric son départ. Et puis, c'était bizarre que la Ddass ait donné son accord après un premier refus.

Anna pouvait toujours essayer d'en savoir plus, même si elle n'était pas « les gens ».

Au bout de quelques minutes, l'assistante sociale vint taper au carreau. Anna la rejoignit dans la cuisine.

— C'est arrangé. J'ai eu un peu de mal à avoir quelqu'un à cette heure-ci. Mais on a mis nos dossiers à jour. C'est la première fois qu'on a ce genre de situation dans nos services…

L'agent avait l'air de s'en excuser. Sortir de la normalité devait lui apparaître comme une faute de goût ou une erreur professionnelle grave.

— Par contre, reprit-elle... J'ai entendu un drôle de bruit à l'étage. Vous avez un chat ? J'ai entendu des gémissements et des bruits d'objets qui tombent.

Anna se sentit blêmir.

— Frédéric, murmura-t-elle, en se précipitant vers l'escalier.

L'assistante sociale lui emboîta le pas. Elle devait être entraînée à toujours épauler « les gens ». Dans leur moindre démarche.

Elles arrivèrent en même temps au grenier. Frédéric était en train de convulser. Allongé à terre, son visage était déformé par un rictus et sa langue palpitait comme un serpent agité. Ses yeux avaient perdu leur cohérence. L'assistante sociale se précipita sur Frédéric et lui sortit la langue de la bouche d'un geste sûr. De l'autre bras, elle lui maintint le haut du corps. D'une voix suraiguë, elle ordonna à Anna, en lui lançant le portable :

— Appelez le SAMU, vite, il est en train de partir...

Anna se saisit du portable en tremblant et appuya sur les touches comme un automate. Elle sentait son corps se liquéfier. Son esprit s'embrumer dans une vague de désespoir. Frédéric était en train de mourir sous ses yeux.

Au bout des dix minutes qu'elles passèrent ensemble à maintenir Frédéric en vie et qui semblèrent à Anna aussi longues qu'un repas de Saint-Sylvestre, les ambulanciers entrèrent dans la maison de la Vieille. Comme dans un film au ralenti, elle vit les infirmiers intuber Frédéric, le poser sur une civière.

Un sentiment d'horreur lui étreignait le cerveau, au point qu'elle était incapable de répondre aux questions. À sa place, l'assistante sociale assurait la partie administrative avec une maîtrise parfaite. Anna lui aurait volontiers médaillé le poitrail. Mais elle préféra monter dans l'ambulance, avec l'intuition qu'une imminente catastrophe allait se produire. Qu'elle n'avait pas voulue, mais dont elle était la seule responsable.

Elle prit la main de Frédéric dans la sienne. Une main inerte depuis que les ambulanciers avaient planté une seringue dans son bras. Et les sirènes hurlèrent leur musique lancinante pendant qu'Anna chantait un air lugubre dans sa tête. *Trop tard, Trop tard...*

Chapitre 17

Anna fut réveillée par l'aide-soignante qui venait vérifier la perfusion de Frédéric. Elle s'était endormie dans un fauteuil, à quelques pas du jeune homme. Au cas où.

Au cas où il ouvrirait les yeux.

Il ne s'était pas réveillé.

Durant une partie de la nuit, elle avait réfléchi longuement. Elle avait fait et refait le chemin qui l'avait amenée à cette chambre d'hôpital. Pourquoi avait-elle attendu aussi longtemps avant de l'amener ici ? Pourquoi avait-elle essayé de le soigner ? Pourquoi s'était-elle lancée dans une préparation alors qu'elle n'avait aucune expérience ? Pourquoi n'avait-elle pas fait vérifier le contenu des sachets qu'elle avait utilisés ?

Les questions pleuvaient dans un déluge ininterrompu. Et elle ne recevait qu'une seule réponse :

L'orgueil.

Elle ne voyait que cette justification pour expliquer son geste. L'orgueil de la Vieille et le sien cumulés. L'orgueil d'une famille qui avait cru pouvoir imposer aux autres un prétendu don. Un orgueil qui avait mis à mal Frédéric, qui avait détruit la vie de M. Jean, qui avait mis en péril celle de Laetitia.

Tout ça pour l'honneur, tu dis, la Vieille ?

Un honneur mal placé. Un honneur qui cachait un monstrueux orgueil insatiable. Qui ne pouvait se contenter de menus succès, sûrement le fruit du hasard. Sur des bobos qui pouvaient se soigner seuls.

Le corps de Frédéric était complètement immobile. C'était à peine si elle voyait se soulever sa poitrine sous le drap blanc.

Dans la lumière du matin, la chambre lui sembla presque jolie. Le rose de la tapisserie qui flamboyait sous les rayons du soleil, la reproduction d'un tableau bleu de Miro, le blanc du lit et des encadrements. D'une clarté pleine d'espoir. Si peu en rapport avec ce qui s'y tramait.

Le médecin de nuit lui avait parlé d'une possible réaction allergique. Cela avait un air de déjà vu. Il avait parlé d'absorption accidentelle. Mais elle savait, elle, que tout ceci n'avait rien à voir avec le hasard.

On toqua à la porte. Anna se redressa sur sa chaise et défroissa son chemisier.

— Bonjour, madame. Dr Martin. C'est moi qui vais reprendre le dossier de M. Bonolit. Comment va-t-il, ce jeune homme ? demanda le médecin en s'approchant de la tête de lit du malade pour consulter la feuille de suivi.

Anna suivait les gestes du Dr Martin en silence. Elle savait que la question ne lui était pas adressée. Elle attendait le verdict. Une nuit sans reprendre conscience, ça faisait long. Ça laissait peu de place à l'espoir.

— Son état se stabilise. Mais c'est quand même pas folichon. Il a peu de défenses immunitaires ce petit gars.

Anna aurait aimé ajouter que, ce petit gars, elle l'aimait bien et qu'elle aurait voulu en savoir un peu plus. Mais sa langue restait collée au palais. De peur de provoquer une réponse qu'elle ne voulait pas entendre.

— Bon, madame ?...

— Mme Kaleban.

— Madame Kaleban, nous allons nous laisser vingt-quatre heures d'observation. Au-delà, il faudra qu'on fasse le point. C'est tout ce que je peux vous dire, pour l'instant. C'est très dur de savoir où il en est. Vous comptez rester ici ?

— Si c'est possible, oui.

— Je vous conseille d'aller vous reposer un peu ce matin. Et nous aurions besoin de son dossier médical et de quelques papiers administratifs. Passez à l'accueil, ils vous indiqueront ce dont vous avez besoin. Donnez mon nom, ce sera plus facile pour enregistrer son hospitalisation.

— J'aurais aimé rester...

— Madame Kaleban, pour l'instant, vous ne lui êtes guère utile ici. Et s'il se réveillait, vous seriez avertie dans les cinq minutes qui suivent. Il faut se ménager dans ce genre de situation. On ne sait jamais combien de temps ça peut durer.

Anna hocha la tête. On la chassait déjà. On la ramenait déjà au concret. Au béton de la vie.

Le médecin s'apprêtait à quitter la pièce, Anna se leva.

— Docteur, est-ce qu'on sait exactement ce qui a provoqué cette crise ?

— On cherche. Les tests sont en cours. Ça ressemble à une réaction allergique violente et, chez ce genre de sujet, ça ne pardonne pas. Mais il faudrait que j'en sache plus sur son passé médical. Le centre médical dont vous nous avez donné le nom est en train de nous faire parvenir le dossier. Mais, d'après ce que j'ai compris, il n'y a pas grand-chose dedans qui pourra nous aider. Il nous faut du temps, madame. Du temps, répéta-t-il en appuyant sur le mot, sans impatience mais avec une sorte de fatalisme.

Et il quitta la pièce.

Anna ferma les yeux pour oublier ce matin calme et lumineux. On n'avait pas besoin d'elle ici. Ni ailleurs. Nulle part. C'était l'histoire de sa vie. Elle embrassa Frédéric sur le front et quitta la pièce, ses affaires en main.

Arrivée dans la maison de la Vieille, la porte était ouverte. Ni fermée à clef ni même fermée tout court. Anna sentit un frisson lui parcourir l'échine. Comme si elle avait besoin de ça. Elle parcourut le couloir en évitant de faire frotter ses chaussures sur le sol en linoléum.

Elle avait l'impression d'entendre du bruit. Mais ça venait de l'étage. Si c'était cette saleté de rôdeur... Elle se saisit du porte-parapluie en bronze. Un vieux pote. Toujours aussi lourd et aussi volumineux. Elle avait l'impression de participer à une épreuve de force comme on en voit dans les émissions régionales du Sud-Ouest.

Pour une fois, elle aurait bien appelé les flics à la rescousse. Même si ça lui faisait mal de se l'avouer.

Mais elle avait oublié son portable dans son sac à dos. Et le téléphone de la Vieille était plutôt du genre bruyant, un petit *gling* en levant le combiné et le bon vieux cadran qui pédalait à chaque numéro. De quoi faire une bande son de rappeur.

Arrivée à l'étage, elle distingua deux sons de voix. Elle n'était pas très sûre mais l'une d'entre elles lui était familière. C'était celle qui menaçait. Quant à celle qui geignait... Un cochon maltraité ?

Elle s'approcha de la porte entrebâillée.

Un mec était ligoté et attaché à une chaise. Il portait un complet veston. Elle aurait pu le prendre pour un vendeur au porte-à-porte. Il avait un physique passe-partout. Elle avança légèrement la tête, la porte s'ouvrit lentement dans un couinement. Elle vit le ravisseur.

Mais au lieu de s'effrayer, Anna eut envie de rire.

— Julien, qu'est-ce que vous êtes en train de faire ? Qu'est-ce que vous lui faites à lui ? Pourquoi vous l'avez amené ici ?

— Attendez, Anna, répondit le jardinier en baissant la main qui s'apprêtait à donner un grand soufflet au ligoté. N'invoquez pas la convention de Genève, c'est votre voyeur. M. Bernard Raicon, pour les présentations.

» Ah, une personne qui vaut son pesant d'or ! Une plume hors pair pour rédiger des lettres de saleté de corbeau. Et lâche avec ça !

» Répétez un peu à la dame ce que vous m'avez expliqué tout à l'heure ! Vous étiez là au moment où Yvonne est morte et vous n'avez rien fait. Vous l'avez laissée crever !

Le visage du jardinier était cramoisi, sa main s'était replacée en position de tir. Anna regarda de nouveau le ligoté. En oubliant le bâillon et les zébrures sur les joues, dessinées aimablement par Julien à des fins non uniquement décoratives, elle réussit à retrouver une partie du visage qu'elle avait entraperçu de l'autre côté de la rue, toujours dissimulé sous une capuche. Bernard Raicon avait des yeux très rapprochés et un nez en trompette. Sa peau était rugueuse et sèche et des plaques rouges apparaissaient ici et là. Des gouttes de sueur perlaient sur ses tempes et ses cheveux bouclés s'affalaient de chaque côté de son crâne sous l'effet du stress. Un clown triste. Un pauvre type qui devait souffrir de son physique. Surtout s'il travaillait comme commercial. Un clown à costard et mallette.

— Julien, je comprends que vous soyez hors de vous. Mais laissez-moi au moins entendre sa version. Après je vous aiderai à le mettre en bouillie... Croyez-moi, c'est pas l'envie qui m'en manque !

Le type lui lança un regard inquiet mais Anna l'ignora. Elle attendait une réaction de Julien qui gardait sa main volante en pause.

Lentement, le jardinier libéra cette main de sa position audacieuse et fit un pas en arrière. Il donna un petit coup de pied au bureau de la Vieille, un coup de pied sec qui fit trembler l'antiquité, et se retourna vers sa victime pour lui retirer son bâillon.

— Si je t'entends crier, je t'en mets une où je pense que tu pourras plus jamais te soulager sans penser à moi, OK ? fit-il au quidam zébré qui n'en menait pas large. Quant à vous Anna, vous feriez mieux de reposer ce porte-parapluie, ça risque de vous démanger quand il aura fini de vous conter sa petite histoire.

Anna posa la chaussure de géant en bronze et s'assit sur le seul tabouret libre. Elle allait peut-être avoir un petit bout de vérité, en chair et en os, sur la fin de la Vieille et ça lui faisait presque oublier Frédéric, plongé dans un sommeil de Belle au bois dormant.

Julien fit signe au ligoté de parler, ce à quoi ce dernier répondit en gémissant :

— Je n'y suis pour rien... Vous n'avez pas le droit de me retenir ainsi... Je vais déposer une plainte contre vous pour kidnapping.

— C'est ça, fit Julien, c'est ça. Comme ça je pourrai leur expliquer comment vous êtes parti de chez Yvonne en la laissant mourir seule et sans aide. Et tout ça en prétendant à tous les voisins qu'elle était en vie au moment de votre sortie !

— Je pensais juste qu'elle faisait un malaise, protesta Bernard Raicon. Et j'ai prévenu les pompiers.

— Oui, un quart d'heure après sa mort. En prétendant que vous aviez oublié quelque chose chez elle et qu'elle n'avait pas répondu à votre appel. Si j'avais été un flic, votre version je l'aurais jetée aux chiottes.

— C'est vous la salive ? demanda Anna, de but en blanc.

Il y eut un long silence. Un silence pendant lequel Anna eut le sentiment d'entendre au-delà de Kyoto. Le type était devenu blême.

— Tu as entendu ce que t'a demandé la dame ? fit Julien en lui alignant une claque derrière le crâne.

Le type accusa le coup et marmonna en baissant les yeux et en se raclant la gorge.

— C'est moi. Mais Yvonne l'avait mérité.

— Stop, Julien, je vous vois venir, fit Anna en arrêtant la main du jardinier.

» Pourquoi ? demanda-t-elle au rôdeur en herbe qui se massait l'occiput.

— C'est un peu long et c'est personnel...

— On a tout notre temps, monsieur Raicon. Et c'est un moment unique pour vous. Vous pouvez enfin dire ce que vous avez sur le cœur. Vu toutes les lettres que vous m'avez envoyées, je suppose que cette affaire vous préoccupe plus qu'une simple histoire de voisinage.

Le ligoté avait baissé les yeux et semblait avoir plus d'affinités à discuter avec le parquet qu'avec ses ravisseurs.

— Pourquoi avez-vous craché dans sa tasse ? C'est la seule question qui me préoccupe. Pour ma part, si vous y répondez, je vous laisserai tranquille, fit Anna d'un ton qu'elle trouva extrêmement posé, étant donné la situation.

— Votre grand-mère me faisait chanter, elle voulait révéler mes origines à mes employeurs... fit le ligoté en la regardant droit dans les yeux.

Anna sentit son cœur bondir dans sa poitrine. Brusquement, elle sut que l'homme disait vrai. La Vieille l'avait déjà fait. Pourquoi pas avec ce raté ?

— En échange de son silence, elle me forçait à utiliser le service des envois de mon entreprise pour ses propres besoins. Gratuitement.

— Et qu'est-ce qu'elle savait de vos origines qui pouvait vous forcer à frauder ? demanda Anna sur un ton ironique.

— Cela ne vous regarde pas. Vous croyez peut-être que je vais vous donner des éléments qui vous permettront de poursuivre ce type de chantage ? fit le ligoté, offusqué. Les chiens ne font pas des chats, siffla-t-il, plein de mépris.

Anna eut une puissante envie de frapper le minable voyeur qu'elle avait sous les yeux. Mais la culpabilité retenait son geste. Elle se sentait coupable à la place de la Vieille. Julien n'avait pas ses scrupules. Il avait saisi une paire de pinces dont la

Vieille se servait pour récupérer des plantes dans ses préparations.

— Je te préviens, saleté. Pour moi, tu vaux pas mieux que trois pets de mouche. J'en ai croisé des plus durs que toi et ils ont plié, fit le jardinier en plaçant la pince sous les yeux du ligoté. Les Chinois m'ont montré quelques trucs sur les points nerveux à titiller. Tu trouves pas que cet engin ferait des merveilles sur tes bijoux de famille ?

Anna regarda Julien. Elle n'arrivait pas à le reconnaître. La colère le rendait cruel et ridicule. Ce Julien-là semblait incontrôlable. Et elle n'avait pas envie de jouer les tampons entre lui et le ligoté.

Un ruissellement d'eau se forma sur le plancher du bureau de la Vieille. Le ligoté s'était pissé dessus. Anna en fut estomaquée. La honte l'empêcha de faire une remarque.

— Je ne dirai rien, siffla Bernard Raicon, des larmes dans les yeux, plein de fureur. Vous pouvez me faire ce que vous voudrez.

Anna regarda Julien, qui fixait Bernard Raicon. Ce qui donna envie au tortionnaire globe-trotter de remettre un coup de pied dans le bureau de la Vieille.

— Je vais essayer de voir ce que je peux trouver sur lui dans le journal de ma grand-mère, fit Anna en s'adressant à Julien. Allez vous faire un café, Julien. Ou plutôt une tisane. Verveine, camomille, ça vaut mieux.

Le visage de Julien resta de marbre à la boutade. Il bâillonna le ligoté et quitta la pièce. Le journal de la Vieille récupéré, Anna s'absorba dans sa lecture au point d'oublier de chercher les papiers qu'on lui avait demandés.

Rien d'éclairant.

La Vieille n'avait pas voulu coucher tous ses vilains secrets. Elle reposa le journal. La maison était silencieuse. Même le ligoté semblait vouloir se faire oublier. Anna se demanda combien de temps cette comédie allait se jouer.

Le problème des papiers lui revint en mémoire. Elle se mit à leur recherche. Les papiers devaient être dans le cabinet de la Vieille. Le seul endroit qui restait entièrement de son unique juridiction. Anna chercha d'abord dans les placards, au milieu des bocaux, puis dans le frigo. Elle l'avait vu faire dans un film d'espionnage. Puis elle tripota les coussins et souleva les revues situées à proximité des chaises d'attente.

Elle ne voyait pas pourquoi la Vieille dissimulait ces papiers. Cela n'avait pas de sens. Puisqu'elle n'ignorait pas qu'ils étaient indispensables au montage du dossier de Frédéric.

Petite prière à sainte Rita. Peut-être qu'elle pouvait aider Frédéric de là où elle était ?

Même si, jusqu'à présent, elle n'avait pas été très performante. Vu que depuis qu'elle avait épinglé le Frédéric, elle l'avait conduit tout droit à l'hôpital. Mais les voies du Seigneur sont impénétrables, dit-on... Peut-être était-ce le chemin à prendre depuis le début...

Sainte Rita la regardait d'un air sévère. Elle n'était pas habituée à ce qu'on fasse preuve de suspicion à son égard. Quant au spectacle du ligoté, cela ne devait pas lui plaire outre mesure, même si ce dernier avait renoncé à ses gémissements de cochon. Il avait accepté son sort avec une certaine philosophie, ce qui fit penser à Anna qu'il devait être plus dur qu'il n'y paraissait sous ses allures de femmelette en détresse.

En fait, à bien y regarder, sainte Rita fixait Hildegarde de Bingen, la seule autre gravure originale du bureau de la Vieille. L'abbesse qui avait entrepris, au Moyen Âge, de soigner ses contemporains par les plantes. C'était l'une des héroïnes de la Vieille. Elle lui avait raconté, étant petite, que cette femme était capable de visualiser les plantes nécessaires à la guérison de ses patients par des sortes de rêves prémonitoires. L'imaginaire de la Vieille était peuplé de gens extraordinaires dont le mode de fonctionnement dépassait l'entendement humain. C'était peut-être la raison pour laquelle grand-mère et petite fille s'entendaient si peu toutes les deux.

Le cadre était de travers. Anna traversa la pièce pour le remettre droit. Il s'en échappa une enveloppe de papier kraft qui fit un bruit sourd en tombant.

Anna se baissa hâtivement pour en ramasser le contenu. Il y avait des papiers d'identité au nom de Jonas Henry. Et un dossier médical. Qui décrivait le parcours chaotique d'un garçon né en 1987, handicapé, atteint d'un retard psychomoteur et mental, ayant subi des mauvais traitements et placé à l'âge de treize ans en institut, à Agen.

Quand Anna examina les antécédents de ce jeune homme, une information lui glaça aussi bien le cœur que la raison. Le père de ce garçon s'appelait Julien Thomas Henry. Et ce garçon, c'était Frédéric et il était le fils de Julien.

Elle dut s'asseoir un moment à côté des papiers éparpillés car cette nouvelle information lui donnait le vertige. Elle ne pouvait pas croire que Julien lui eût dissimulé un fait aussi important.

Elle entendit des bruits de pas dans l'escalier, elle s'empara des papiers et les glissa sous son chandail. Elle laissa les papiers qui lui semblèrent anodins dans l'enveloppe de papier kraft et la posa sur le bureau.

Julien entra dans la pièce, plus décontracté mais néanmoins anxieux. Anna sentit une odeur d'alcool fort flotter dans l'atmosphère. Elle lui sourit et lui annonça qu'elle retournait à l'hôpital pour veiller Frédéric. Il la remercia et la chaleur qu'il employait pour lui parler lui faisait mal. Car elle savait qu'il jouait un double jeu.

Elle se précipita dehors et courut jusqu'à l'arrêt de bus.

Il lui fallut trois quarts d'heure pour atteindre la clinique. Le soleil était encore haut dans le ciel et même si un vent froid passait parfois en rafale dans la petite cour intérieure de la clinique, Anna préféra s'y attarder pour prendre connaissance du dossier. Plus elle en lisait, plus la stupéfaction et l'horreur prenaient place en son esprit.

Elle porta néanmoins les pièces nécessaires au bureau d'accueil pour l'enregistrement du dossier de Frédéric. Les démarches devinrent laborieuses. Une employée zélée avait remarqué le changement de patronyme et avait appelé toute la garde à son secours, des médecins en chef aux assistantes sociales. Anna dut raconter son histoire trois fois à chacun et les remarques qui fusèrent l'accablèrent davantage.

Néanmoins, le Dr Martin était un homme intelligent. Et devant ceux qui mettaient en doute la possibilité d'une vérification de l'identité du patient, il affirma que la pathologie décrite ainsi que les symptômes observés par les éducateurs qu'il avait joints par téléphone correspondaient au contenu du dossier médical du jeune Jonas Henry.

Anna lui sourit à plusieurs reprises en guise de remerciements. Expliquer une telle embrouille familiale à des gens inconnus, alors que Frédéric était entre deux eaux...

Dès qu'on estima qu'elle avait assez donné de sa personne et qu'elle régla les premiers soins, elle fut autorisée à rejoindre Frédéric-Jonas.

Son état restait stationnaire, même s'il n'avait pas repris conscience. Anna s'assit à ses côtés. Elle se sentait en sécurité dans cette chambre, loin des menteurs, dissimulateurs, maîtres chanteurs en tout genre puisque c'était le lot de tous de fonctionner ainsi. Elle la première...

Florence pénétra dans la maison de la Vieille. Elle lui semblait étrangement vide. Anna avait-elle fini par quitter le navire ? En laissant la porte ouverte ?

Elle appela mais la maison restait silencieuse. Après avoir fait un tour d'horizon au rez-de-chaussée, elle monta au premier étage. Arrivée en haut, elle trouva la porte du cabinet de la Vieille bloquée par une chaise. Elle délogea la chaise, pénétra dans le cabinet et se trouva nez à nez avec un homme qui se tenait debout au milieu de la pièce et qui semblait fort satisfait de lui-même.

Tout deux restèrent interdits une fraction de seconde, mais Florence était toujours la première à dégainer. C'était un concept de vie chez elle.

— Laissez-moi deviner. Vous êtes Bernard Raicon.

L'autre la toisa avec étonnement, mais sans se défaire de ce sentiment de supériorité qu'il semblait toujours arborer lorsqu'il se sentait en terrain conquis.

— À qui ai-je l'honneur ?

— À celle qui vient de vous disculper du meurtre de Mme Kaleban. Bien malgré moi, croyez-le. Car j'aurais bien voulu vous le mettre sur le dos. Mais le juge et moi avons été obligés de reconnaître que vous n'aviez ni les moyens ni l'opportunité de vous en prendre à Mme Kaleban.

Son adversaire, semblant ignorer ses propos, défaisait les derniers liens qui étaient enroulés autour de ses cuisses.

Lorsqu'il se releva, son sourire était encore plus charmeur. Et Florence dut reconnaître que, en dépit de son visage passablement abîmé et de ses traits peu gracieux, cette arrogance n'était pas pour lui déplaire.

— Alors vous ne m'en voudrez pas si je vous fausse compagnie.

— Nullement. Je vous incite même à partir de cette maison où vous n'êtes pas le bienvenu, fit-elle en s'effaçant pour le laisser passer.

Au moment où il allait franchir le palier, elle le retint en barrant la sortie de son bras.

— Mais, avant de partir, je souhaiterais que vous restituiez ce qui est la propriété de Mme Kaleban.

— Comment ? fit-il, prenant un air benêt, son visage à deux centimètres de la peau de Florence, qui sentait le lilas.

Elle était plus grande que lui sur ses talons.

— Eh bien, les brevets qui appartiennent à Mme Kaleban. Les brevets de ses créations d'herboriste doivent rester en la possession de sa famille, comme il se doit, et non être emportés par celui qui souhaiterait en user à son seul bénéfice ou les revendre au plus offrant. Mais là, je m'exprime en termes complexes pour vous. Rendez ce que vous venez de voler et vous pourrez partir.

— Je ne vois pas de quoi vous parlez, madame. Je vous remercie de m'avoir ouvert. Mais maintenant, laissez-moi sortir.

Une grosse voix tonna dans l'escalier.

— Personne ne sort d'ici !

Les pas lourds grimpaient à l'allure d'un roulement de tambour. Julien se posta devant eux, une pelle pleine de terre entre les mains. Son visage était crispé et ses paluches puissantes serraient la pelle avec une force non dissimulée. Il sentait le ratafia à plein nez. À croire qu'il s'était baigné dedans. Florence sursauta légèrement, sans perdre pied, du haut de ses douze centimètres. Mais elle faillit perdre son sens de l'humour lorsqu'elle vit la main de Julien s'avancer vers eux en les menaçant. Une main couverte de terre et de taches de sang.

Anna trouvait le temps long dans la petite chambre. Cela faisait trois heures qu'elle était là et elle n'avait observé aucun mouvement notable sur le corps de Frédéric-Jonas.

Elle avait réfléchi à ce qu'elle venait d'apprendre et cela ne l'avait pas menée bien loin. D'ici, le problème restait le même, tant que Frédéric ne se réveillait pas. Elle quitta la chambre pour une pause de quelques minutes. Elle avait repéré une machine à café, et elle espérait se remettre d'aplomb pour les deux prochaines heures avec du jus de chaussette façon clinique.

Elle glissa la pièce dans la fente et s'assit sur une chaise en plastique, aussi peu esthétique que confortable.

Les passages étaient fréquents là où elle se trouvait, d'autant qu'elle était assise face à trois portes d'ascenseurs, dont une servait au transport des malades. Le défilé n'avait rien de glamour. Mais Anna se sentait indifférente au remue-ménage qui l'entourait. Elle aurait voulu avoir un espoir auquel se raccrocher.

Lorsqu'elle vit un groupe de médecins discuter devant la porte d'un ascenseur, elle eut envie d'en interpeller un pour savoir qui aurait des informations à lui apporter ou un moyen de contacter le Dr Martin qui jouait les fantômes dans son propre service. Elle s'approcha du groupe qui s'était déplacé vers la machine à café. Les experts discutaient entre experts et Anna se sentait parfaitement invisible. Cela aurait pu être comique si la conversation ne lui avait pas paru soudain étrangement familière.

— Et le cas de la 563 ? Ça s'est terminé comment ?

— Eh bien, elle est revenue avec son mari hier. On l'a raisonnée pour qu'elle le laisse dans le service au moins pour qu'il récupère. Elle a fini par accepter, mais ça a pris du temps.

— Et alors ?

— Son mari est mort ce matin. Trop affaibli. Avec sa maladie, ses terminaisons nerveuses étaient bouffées de partout. Il souffrait comme un moribond. Les doses de morphine pouvaient à peine calmer sa douleur...

— Et elle, elle a fait un scandale ? Il paraît qu'elle ne voulait pas qu'on l'hospitalise...

— Elle est restée assez digne finalement. Elle a embrassé son macchabée de mari plusieurs fois et, après, elle a demandé aux brancardiers de prendre bien soin de son Eddy. Tu vois le tableau, ajouta-t-il en rigolant.

— Y a des gens qui n'ont pas peur du ridicule, fit sa collègue en finissant sa tasse à café. Et elle était habillée comment cette fois-ci ?

— Un peu décevant... un pull vert avec un pantalon moutarde. Je la préférais au début, avec ses décolletés pigeonnants en dentelle plastifiée et sa parka jaune fluo...

— Alors c'était ton genre, gloussa sa collègue.

Anna s'écarta pour laisser passer les deux interlocuteurs. Elle était restée figée de stupeur durant l'entretien. Pour se donner une contenance, elle remit des pièces dans la machine à café.

Dorothée avait raison. L'hôpital, c'était le bout du rouleau. Anna sentait la tristesse l'envahir comme une marée montante.

Eddy était mort à quelques mètres d'eux, à peine quelques heures auparavant. Au moment où Anna avait veillé Frédéric... Eddy était parti et Dorothée avait vu son univers s'écrouler.

Elle jeta son gobelet dans la poubelle en inox et s'orienta vers la chambre de Frédéric-Jonas.

Sa lutte à elle n'était pas terminée. Le ciel était d'un bleu serein et les arbres en contrebas du parking se balançaient au gré du vent. Anna ralentit le pas pour s'imprégner de ce calme pour les heures à venir. Elle vit une petite femme rondelette, habillée de vert et de jaune, marcher d'un pas alerte. C'était peut-être Dorothée. Elle s'apprêtait à lui faire signe de la fenêtre et à aller la rejoindre, mais le Dr Martin et trois internes la dépassèrent en courant.

— Chambre 304, insuffisance respiratoire. Dépêchez-vous ! Vous avez amené le défibrillateur ?

Chambre 304. Le chiffre 304 résonnait dans sa tête comme un gong de fin de match. C'était celle de Frédéric. Elle arriva en courant à la chambre et assista, les bras ballants, aux tentatives de sauvetage.

— Encore une fois, docteur.

— Montez à 200 cette fois-ci...

L'appareil claquait sur la poitrine de Frédéric-Jonas. Anna cherchait des yeux un indicateur de battements cardiaques. Il était en contre-champ. Elle voulait s'avancer, mais les chiffres montaient comme une spéculation boursière.

— Mettez du 275. Et fermez-moi cette porte !

La porte claqua devant Anna, comme une gifle qui ne pouvait pas la tirer de ce cauchemar.

Florence conduisait vite sur la double voie de l'avenue de Champagne. Non pas qu'il y eût urgence. Quoique.

Mais elle adorait faire vrombir le moteur de son coupé Mercedes. Elle était très contente de l'entretien qu'elle avait eu avec le juge. Beaucoup moins de celui qu'elle avait eu avec Julien.

Mais elle en toucherait deux mots à Anna. S'être sortie des pattes de ces deux bonhommes, c'était déjà pas si mal. D'autant qu'il lui restait encore pas mal de boulot et qu'elle savait qu'elle approchait du but.

Elle avait pris le temps de discuter avec Dorothée, qu'elle avait croisée dans la rue, une gentille bonne femme. Trop gentille à son goût. Florence soupçonnait que, des trois, c'était elle qui se tapait tout le sale boulot des veilles de malades et de l'organisation des visites. Une infirmière de l'ombre, mais une infirmière souriante et gaie comme un pinson. Elles avaient échangé leurs impressions sur Julien, et Dorothée l'avait aidée à y voir plus clair.

Une chose était sûre, les hommes n'avaient vraiment rien à voir avec cette histoire. Julien était trop peu présent chez Mme Kaleban pour l'empoisonner à petit feu. C'était elle qui se rendait à son domaine la plupart du temps.

Et Dorothée lui avait dit que, depuis que Julien s'était trompé sur une préparation, Yvonne avait pris l'habitude de repasser derrière lui, en permanence. Sur tout ce qu'il pouvait lui procurer, des baumes au thé qu'il lui servait. Une femme pleine de sagesse.

Alors, il fallait se rabattre sur les deux femmes. Elles avaient ri de pouvoir évoquer la culpabilité de Dorothée ensemble. Cela ne manquait pas de piquant. Mais Dorothée ne se vexait pas pour si peu. Elle voulait jouer franc-jeu et elle expliqua tout ce dont elle était capable en termes d'herboristerie et Florence fut obligée de reconnaître que ce n'était guère suffisant pour établir un traitement qui eût fonctionné à l'insu de Mme Kaleban.

Il restait donc Simone. Avant de la rencontrer, Florence voulait parler à Anna. Il lui semblait que les événements se précipitaient un peu trop autour du départ de la petite-fille de Mme Kaleban. Notamment l'étrange attitude de Julien.

Elle gara son coupé devant la clinique et demanda à voir Frédéric.

Anna était seule dans la chambre. Le lit venait d'être refait. Elle rassemblait ses affaires, le visage livide et les yeux bouffis.

— Il est mort, fit Florence en s'avançant sur le seuil.

— Non, Dieu merci, répondit Anna en la regardant. Mais c'était moins une tout à l'heure. Il a fait une insuffisance respiratoire et ils ont dû le ranimer en urgence.

— Où est-il ?

— Ils l'ont changé de service. Ils n'ont pas voulu me dire pourquoi. Son état est redevenu stationnaire.

— Je vais aller discuter avec eux. Tu m'attends deux minutes ?

— Je serai devant la machine à café à la sortie des ascenseurs, répondit Anna en faisant un signe de la main et en sortant de la chambre 304, le pas lourd.

Avant qu'Anna ait pu avaler son deuxième café insipide, Florence l'avait rejointe, la mine étrangement perplexe. Très sérieuse, elle fit signe à Anna de la suivre et elles se retrouvèrent bientôt sur le parking de la clinique.

— Il vaut mieux que tu t'en ailles. Au plus vite.

— Et Frédéric, je ne peux pas le laisser maintenant.

— Ils ne te laisseront plus l'approcher. Ils l'ont mis sous garde rapprochée, en quelque sorte.

— Pourquoi, c'est mon cousin… Enfin, il est de ma famille, plus ou moins…

— Ils ne te laisseront pas l'approcher, je te dis, Anna. Ne fais pas ta mule entêtée et écoute-moi. Rentre chez toi. Je t'avertis dès que j'en sais plus, OK ?

— OK ? Ça va pas la tête ? s'emporta Anna. Tu crois que je vais me faire jeter à cause de papiers administratifs à la con et que je vais l'abandonner comme ça ? Je resterai avec lui, même si je dois casser la gueule à une infirmière et à ce con de Dr Martin.

— Que tu es vulgaire, Anna. Je ne t'emmènerais pas à mes soirées de la haute, fit Florence en détournant ses yeux bleus d'Anna qui serrait les poings devant elle.

Elle n'était pas à l'aise d'annoncer à Anna ce qui l'attendait.

— Tu ne peux plus l'approcher parce que Frédéric a été à moitié étouffé tout à l'heure. S'il ne s'était pas réveillé et débattu et si l'agresseur n'avait pas été dérangé, il serait mort à l'heure actuelle. Et t'es la première suspecte...

Anna regarda Florence comme si elle lui avait parlé chinois mandarin.

— Quelqu'un a essayé de l'étouffer ? Alors qu'il se réveillait ?...

— Tu comprends que l'on n'ait pas envie de te le laisser approcher. Et attends qu'ils aient appelé la police, ça va devenir bien pire. Il faut que tu te fasses oublier. Et contacte un avocat, parce que les semaines à venir vont être dures.

Anna s'approcha de Florence en la fixant des yeux.

— Tu crois que j'ai essayé de l'étouffer ? Tu crois que j'ai voulu me débarrasser de lui ?

— Je ne sais pas, répondit Florence en détournant la tête. (Pour la première fois, elle vit les épaules de la jolie poupée s'affaisser.) Il y a des éléments troublants...

— Comme ?

— Tu voulais partir, tu venais d'hériter. T'étais pas tellement pour le garder, Frédéric... Il fait une rechute juste au moment où tu crois que tu peux t'envoler. C'est contrariant... Et puis, ta grand-mère est morte assassinée... T'as peut-être un complice... ou une complice qui t'a aidée à l'empoisonner à petit feu... Et toi, t'es venue ici récolter la rançon de la gloire... Je ne sais pas... Et puis là, t'es dans la clinique au moment où Frédéric échappe à une tentative d'étouffement.

Anna ressentit un grand abattement à la saveur « amertume des grands jours ». Plus fort que ce qu'elle avait goûté lorsqu'elle avait été arrêtée pour le braquage de la bijouterie.

Elle tourna le dos à Florence et prit la direction de l'arrêt de bus.

Au bout de quelques minutes, elle entendit les talons claquer derrière elle.

— Je n'aurais pas dû... te dire ce que je t'ai dit, fit-elle en tendant une cigarette à Anna.

— Tu fumes, fit Anna en se saisissant de la cigarette et en reprenant sa marche de forcenée.

— Seulement quand je doute... Arrête-toi... J'ai ma voiture... Je vais te raccompagner...

— C'est pas la peine. Mon cul de coupable pourrait la souiller, ta belle bagnole. Et je préfère rentrer en bus...

— Hé, Caliméro... Laisse-moi le temps... Au fond de moi, je peux pas y croire. T'as pas l'air de ce genre de fille, ajouta Florence en s'allumant maladroitement une cigarette avec un briquet violet et fuchsia.

Anna tira sur sa cigarette et sortit un long souffle de fumée par ses narines. Un dragon en pleine méditation.

— Il faut que je parle à Julien, fit-elle, plus pour elle-même que pour poursuivre une conversation qui ne menait à rien.

— Julien, il va falloir être très délicat avec lui. Il a un peu pété les plombs.

— Tu l'as vu ?

— Oui, il a pris en otage M. Raicon.

Anna sourit à cette évocation.

— Je vois que tu es au courant... Mais ce M. Raicon est blanc comme neige en ce qui concerne ta grand-mère. Par son entreprise, et sa secrétaire, on a le relevé de tous ses déplacements et il n'a pas pu rencontrer assez souvent Mme Kaleban pour l'empoisonner. Par contre, on a appris un truc intéressant sur lui. Elle ne le faisait pas chanter comme il l'a prétendu. Mais elle a monnayé une partie de son savoir sous forme de brevet. Des crèmes de beauté de son invention. Qu'elle avait promises à Raicon contre argent sonnant. Avec ton juge adoré, on a vérifié ses comptes. Elle n'a reçu que le quart des sommes promises dans le contrat faxé par cette adorable secrétaire au doux accent du Sud. Elle attendait de toucher le reste pour lui confier les derniers brevets. Et ce morveux a essayé de quitter ta maison tout à l'heure avec les feuillets qui lui manquaient, tout content de son larcin. Tu parles, le lascar. Il pouvait en tirer des millions en les vendant à des firmes italiennes ou californiennes !

» Et c'est toi qui lui as facilité la tâche en plus, appuya Florence en envoyant une pichenette à l'épaule de sa voisine qui buvait ses paroles. Tu lui as laissé les papiers bien en évidence sur le bureau, dans une enveloppe. À croire que t'étais de mèche. Mais, vu ton air con... j'ai des doutes.

— J'ai trouvé d'autres papiers dans cette enveloppe qui m'ont bien plus préoccupée sur le coup. Et puis, j'ai cru que c'était ses notes d'herboriste. J'ai pas fait attention.

Anna tira encore consciencieusement sur sa clope et raconta d'une voix rauque tout ce qu'elle avait appris sur Julien. Qu'il était le père de Frédéric-Jonas Henry. Qu'il l'avait maltraité dans son enfance et qu'il l'avait abandonné. Que le garçon avait été retrouvé errant au bord de la Garonne et qu'on l'avait enregistré sous le nom de Frédéric Bonolit. Il avait été placé à Agen et, à la fin de l'année 2004, Julien était venu le récupérer. Et on le lui avait confié, comme si de rien n'était. Anna se demandait comment il avait fait.

— Et maintenant, tu penses que c'est lui le grand coupable, fit Florence en reconduisant Anna vers sa voiture.

Elle avait passé son bras sous le sien et, comme deux mamies, elles avançaient à deux à l'heure sur le parking de la clinique. Anna aurait voulu une photo de cette scène. Elle, en Caliméro intoxiqué, et la poupée Barbie qui avait jeté sa clope dès la première bouffée et qui la soutenait tout en la croyant coupable.

— Si je dois reprendre les mots d'une grande experte que je connais, je dirais qu'il y a des éléments troublants.

— C'est vrai, fit rêveusement Florence. Mais les apparences, les illusions que nous nous donnons à voir les uns aux autres...

Anna haussa les épaules et s'assit dans le coupé Mercedes. De toute façon, c'était elle qu'on allait emmerder. Alors, à quoi bon rejeter la faute sur les autres ? Elle avait son propre morceau de barbaque à défendre et cela allait être un combat suffisamment dur pour qu'elle ne s'épuise pas à réfléchir à la culpabilité des autres.

Chapitre 18

Florence arriva devant la baie vitrée qui donnait sur la chambre de Frédéric. Une chambre toute blanche plongée dans le crépuscule. Le docteur lui fit signe de venir rejoindre l'équipe médicale qui entourait Frédéric depuis une demi-heure. Il la présenta comme la légiste assermentée de la police criminelle de Reims. Puis, il lui annonça la nouvelle.

Frédéric était mort.

Ils l'avaient ranimé une première fois mais, à peine trois quarts d'heure plus tard, il avait convulsé et ils n'avaient pas pu le sauver. Florence hocha la tête. Elle se sentait triste pour Anna et Julien. D'autant qu'elle savait qu'elle serait la prochaine à leur annoncer la nouvelle.

Elle demanda à procéder à l'autopsie dans les heures suivantes. Ce que lui accorda le médecin, à condition que les autorités administratives valident aussi son travail.

Les médecins et infirmières quittèrent la chambre et Florence se retrouva seule derrière la baie vitrée, attendant que les brancardiers amènent le corps au sous-sol, où on mettait à sa disposition un lieu d'exercice conforme aux normes.

Après quelques minutes de calme, elle sentit un souffle dans son dos, la même odeur de ratafia qu'elle avait sentie chez Anna cet après-midi-là.

— Il est mort… fit Julien.

C'était plus un constat qu'une question.

— Oui, répondit Florence en se retournant vers lui. Ils vont l'emmener dans quelques minutes et je procéderai à son autopsie.

» Vous avez quelques instants, allez-y ! ajouta-t-elle en lui ouvrant la porte de la chambre.

Julien avança d'un pas rapide vers le lit et s'approcha du corps du jeune garçon. Dans un silence étonnant, derrière sa baie vitrée, elle le vit plier les genoux et pleurer sur la main de Frédéric. Elle détourna les yeux. Elle se sentait indécente. Les brancardiers arrivèrent et emportèrent le corps. Julien se releva et essuya ses yeux avec un mouchoir à carreaux en coton.

Il se précipita sur Florence qui s'apprêtait à suivre les brancardiers.

— Laissez-moi venir… Laissez-moi y assister.

— Vous ne vous sentez pas bien, Julien. D'abord, c'est illégal. Et vous allez dégobiller partout sur mon lieu de travail ! En plus, c'est confidentiel. Et puis, je me demande bien ce que vous allez en retirer, vous qui étiez si lié à ce garçon. Vous allez en faire des cauchemars pendant les trois semaines à venir.

— Laissez-moi, Florence. Je vous promets de me tenir à l'écart et de ne pas perturber votre travail.

— Jamais de la vie, fit Florence en se retournant pour reprendre son chemin.

Il lui saisit le bras et l'obligea à se retourner vers elle.

— Faites-le pour Yvonne Kaleban ! Faites-le pour Anna ! Je pourrai l'aider à comprendre.

— À comprendre quoi ? Et d'abord, votre Anna, elle ne vous a plus à la bonne depuis qu'elle sait que Frédéric était votre fils...

Julien lâcha prise. Florence amorça de nouveau un demi-tour mais elle sentit l'étau des doigts de Julien se refermer sur son avant-bras...

— Faites-le contre une partie de mes aveux...

Florence l'observa attentivement, en silence. Il avait l'air d'un homme ivre. Ivre mort de douleur, de fatigue et de peine. Prêt à craquer. Pas le candidat idéal pour ce type d'expérience.

— Suivez-moi...

Ils prirent l'ascenseur et Florence appuya sur le bouton du sous-sol.

— Si vous dégobillez, je vous vire, marmonna-t-elle entre les dents.

Julien n'avait pas l'air de l'écouter. Il semblait plongé dans un brouillard vitreux et ses gestes avaient perdu de leur prestance, comme s'il avait été broyé à la petite cuillère.

Florence sortit ses outils de la mallette qu'avait pris soin de lui apporter un aide-soignant à qui elle avait confié, non sans crainte, les clés de son coupé.

Elle mit sa blouse et son nœud papillon bleu pour que le petit voie le firmament ou l'horizon de mer bleue qui l'attendait.

Et, de son scalpel, elle commença à ouvrir le corps. Julien était à quelques mètres d'elle et il suivait ses gestes attentivement. Il n'était ni effrayé ni dégoûté par ce qu'il voyait. Florence appréciait le spectateur averti qu'elle avait devant elle. Mais elle se demandait ce qu'il attendait véritablement de l'autopsie.

L'examen du corps ne donnait pas, pour l'instant, de remarquables informations. Elle voyait des signes de stress et de dysfonctionnement dans ce corps éprouvé. Ce qui n'avait rien de surprenant compte tenu du type de handicap qu'avait eu Frédéric. Des difficultés de coagulation. Quelques muscles atrophiés. Un liquide insuffisant dans la partie rachidienne.

Comme dans un jeu d'adresse, le retrait de chaque organe donnait lieu à des contorsions et des manipulations délicates. Aucun ne voulait lui parler, hormis ce cher estomac. Qui lui avait révélé les traces d'un poison qu'elle connaissait bien pour l'avoir étudié à la fac. C'était le seul à donner cette teinte jaunâtre à la paroi de l'estomac et des secrétions acides sur la panse : le datura.

Elle fit son rapport à un petit appareil enregistreur et recousit patiemment l'abdomen de Frédéric. Elle avait tout noté soigneusement. Il pouvait reposer en paix, le petit.

Julien la suivit dans le couloir éclairé au néon qui menait à l'administration. Elle serra des poignées de main, fit quelques commentaires d'expert puis quitta la clinique, toujours talonnée par son grand jardinier.

— Venez, je vous raccompagne.

Julien s'assit sur le siège en cuir du coupé pendant que Florence rangeait ses instruments.

Florence se mit au volant et bloqua l'ouverture des portières de la commande automatique. Huis clos à la demande. Garde à vue personnalisée.

Elle se tourna vers Julien, plutôt satisfaite, et dit :

— Maintenant, dites-moi tout.

— Vous êtes une très bonne légiste. Efficace et assez observatrice.

— Je vous remercie du compliment. Mais je ne savais pas que j'avais affaire à un public averti. Vous n'avez pas même cligné des yeux durant le dépeçage.

— J'ai assisté à des autopsies au Rwanda, durant la guerre, et aussi au Cambodge. J'en ai même réalisé une aux côtés d'un légiste britannique bénévole qui manquait d'assistants. Mais ce n'est pas vraiment le propos.

— Vous êtes médecin, en plus de jardinier ?

— Non, pas vraiment. J'ai été beaucoup de choses. Chaman, guérisseur, docteur blanc. Mais pas vraiment médecin. Je n'ai jamais fait d'études, précisa-t-il. Tout ce que je sais, c'est par l'expérience et par les rencontres que j'ai faites. Mais j'ai vu beaucoup d'hommes pratiquer. Et pas seulement dans l'urgence. Ce que je vous ai vue faire, c'était remarquable en terme de geste. Vous êtes née pour ça, comme on dit chez le peuple masaï.

Florence regarda par la fenêtre de son coupé. La pluie recommençait à tomber à grosses gouttes. L'accalmie était bien terminée. Le soleil avait fait ses valises pour des contrées plus paradisiaques. Elle démarra le moteur et ramena Julien vers le centre-ville.

— Vous pouvez prendre la rue des Templiers ? lui demanda-t-il d'une voix caverneuse.

Florence s'exécuta. Elle se gara au milieu de la rue, dès qu'elle trouva une place suffisamment large pour que personne ne vienne se frotter de trop près à son coupé.

Dehors, la pluie tombait à verse. Elle coupa le moteur et attendit. La buée se formait sur le pare-brise. Poliment, elle se tut, attendant que l'averse se calme pour relâcher son otage.

— Vous voyez l'immeuble en brique rouge avec les grands balcons et la porte en fer forgé noire ?

— L'ancienne maison qui a deux grandes fenêtres ?

— Non, celle qui est à côté et qui est un peu plus grande. C'était celle de mes parents.

— Ah... Très... cossu, se risqua Florence. Et vous habitez là ?

— Non, ma mère et mon oncle vivaient dans cette maison autrefois. Elle a été bombardée durant la guerre et ils y sont morts. C'est là que j'ai rencontré Yvonne Kaleban et son mari.

Florence hocha la tête sentencieusement. C'était pas qu'elle s'ennuyait, mais elle se demandait pourquoi Julien lui racontait ça. Après tout, il lui avait promis des aveux et on était encore loin du compte. S'il fallait reprendre tout depuis la Préhistoire !

— Ils m'ont recueilli chez eux. J'ai été adopté peu de temps après par Hermann et j'ai vécu à Reims à peu près jusqu'à mes dix-huit ans.

Florence changea la position de ses mains sur le volant blanc crème assorti aux sièges de sa voiture. Il fallait qu'elle aille voir sa manucure avant la fin de la semaine.

Julien lui frôla le bras comme on s'approche d'une jument affolée.

— Ne vous impatientez pas... J'y arrive.

Florence se tourna vers lui, surprise, mais ne dit rien.

— Je ne me suis jamais préoccupé de ma famille après mon adoption. C'était comme un nouveau départ. J'avais effacé mes racines, cela me préoccupait peu de découvrir s'il me restait des parents. Mon père était, d'après ma mère, mort au combat, en Allemagne ; quant à mes grands-parents, ils étaient morts avant le début de la guerre.

» Ce n'est qu'en revenant, plus de quarante ans plus tard, que j'ai eu une drôle de surprise. Un jour où je me rendais à la sous-préfecture pour préparer les papiers de ma carte grise – j'ai passé mon permis à plus de soixante et un ans. Pour l'anecdote, en Afrique, je n'en avais jamais eu besoin. Un employé qui a reconnu mon patronyme m'a parlé de mes parents.

» Lorsque je lui ai demandé s'il avait connu personnellement mon père, il a eu l'air extrêmement gêné. J'ai senti qu'il savait des choses. Des choses dont je pouvais avoir honte.

» Il y avait tout un pan de mon histoire que je n'avais jamais voulu connaître parce que, au fond de moi, je savais que se cachait une vérité que je ne voulais pas entendre. J'avais entendu ma mère en parler vaguement avec mon oncle. Mais je n'avais pas cherché à savoir ce qu'il en était, ni enfant ni à l'âge adulte. Là, l'occasion se présentait de clarifier les faits.

» J'ai invité cet employé à prendre un verre après son boulot et je dois dire que c'était un homme assez rare. Il était à un an de la retraite et il a quitté son boulot une heure plus tôt, sous les regards outrés de ses collègues.

» Il ne savait finalement pas tant de choses que ça sur ma famille. Ses parents avaient connu intimement des voisins qui nous étaient apparentés par un lointain cousinage. Mais ce qu'il savait, c'était plus que ce que, moi, je savais.

» Mon père, m'a-t-il expliqué, non sans gêne, s'était engagé dans la Légion allemande dès 1942. C'était un convaincu. Il avait milité très tôt pour le Führer et s'était fait connaître des Allemands par des publications pro-fascisantes. Pour montrer, sans doute, la grandeur de son engagement, il a quitté la maison. Au grand soulagement de ma mère qui a trouvé auprès de mon oncle, son beau-frère, un réconfort certain.

Julien vit Florence esquisser un sourire mais il ne montra pas de signe d'énervement. C'était son conte à lui, sa genèse.

— N'entendant plus parler de lui, elle a cru qu'il était mort et, très tôt, elle m'a annoncé qu'il était tombé en héros au combat. Elle avait sans doute peur que je souffre de cette situation. J'avais pas loin de six ans et cela m'arrangeait de penser que mon père était un héros, sans savoir ce qu'était vraiment un héros dans cette guerre et pour quelles valeurs les hommes se battaient. J'ai grandi avec cette belle image d'Épinal. Et j'aurais pu mourir ainsi.

— Mais cet employé de la préfecture m'a révélé quelque chose de plus grave et de plus surprenant. Mon père avait survécu à la guerre et il était revenu quelques années après la fin du conflit. En cherchant à vendre la maison qui lui appartenait, il avait appris que j'étais encore vivant. Il ne voulut pas me revoir et ne fit aucune démarche pour annuler l'adoption dont j'avais fait l'objet, ni pour prendre contact avec mes nouveaux tuteurs.

— Heureusement pour moi, je vivais dans la douce quiétude des histoires inventées par ma mère, un père héroïque mort à la guerre. Car cette seule idée d'un deuxième abandon, sciemment calculé, sans remords, aurait pu me détruire à l'époque, commenta Julien en massant ses joues mal rasées.

» Après cette conversation avec cet employé, du haut de mes soixante-deux ans, j'ai voulu revoir mon père. Savoir s'il était mort.

» Personne ne savait où il était allé après Reims, et personne n'avait cherché à le savoir. Dans la région, on savait qu'il avait été du côté des perdants et des fous. Il ne pouvait pas rester ici. Cela m'a pris trois ans pour le retrouver. Lui était mort depuis dix ans. Mais il avait eu le temps de bâtir une nouvelle famille et il avait eu un fils.

» J'ai tenté de le rencontrer. Je dis bien, j'ai tenté. Mais lui était toujours sur les routes et sa femme... dès qu'elle a su qui j'étais, elle m'a balancé tout son petit mobilier et sa vaisselle au visage. Je n'ai pas bien compris pourquoi elle m'en voulait à ce point. Elle me criait que j'avais fait du mal à son mari et à son beau-père. Que ma mère était une pute qui l'avait trahie.

» Une véritable furie. J'ai essayé plusieurs approches, allant même jusqu'à proposer de l'argent à cette femme qui tentait d'élever son enfant, seule dans une minuscule caravane, dans un terrain vague du côté d'Agen. C'est tout juste si elle avait l'eau courante.

» Elle refusait de me dire où se trouvait son mari. J'aurais voulu croiser ce demi-frère, même si tout ce que j'apprenais de lui par le biais de recherches annexes n'était pas très engageant. Il avait fait de la prison à deux reprises. Il était déjà divorcé d'une femme qu'il avait abandonnée, sans ressources, avec deux enfants. Il était assez instable et sa nouvelle compagne m'avait laissé entendre qu'il buvait beaucoup.

» Quand elle a vu que je sortais le chéquier, elle a été quand même plus conciliante, quoique peu bavarde en définitive. Elle a prétendu que mon père avait maltraité son mari durant son enfance et qu'il avait grandi tout de travers et que ce n'était guère sa faute si désormais il commettait des bêtises. C'étaient ses mots mêmes, des bêtises. Moi, j'avais eu accès, par un ami, à son casier. En fait de « bêtises », il y avait du recel, de la bagarre, des menaces, du chantage. C'était un impulsif. Un agressif.

» Je me rappelle que ça m'avait touché d'apprendre ça. D'autant que mon père avait choisi de l'appeler comme moi : Julien. Julien Thomas.

» C'était étrange de savoir qu'on avait exactement le même nom, qu'on avait le même père et que nos destins avaient été si différents. Je n'ai rien appris sur sa mère.

» C'est là-bas que j'ai rencontré Frédéric. C'était le fils de mon demi-frère. Je me suis vite rendu compte qu'il était maltraité lui aussi. J'ai demandé des explications à la furie de mon demi-frère. Là, je n'ai pas sorti mon chéquier. Ma propre colère a suffi. Elle m'a reparlé des « bêtises » de l'autre Julien et je me suis encore plus énervé.

» J'ai failli me mettre à la battre moi aussi, si ce n'est qu'elle m'a expliqué la raison pour laquelle mon demi-frère ne revenait pas. Le juge lui avait signifié l'interdiction d'approcher son propre fils. En raison des mauvais traitements infligés à son enfant. Traitements qui, par ailleurs, avaient fait la une des journaux locaux, car ils avaient abîmé ce jeune garçon à vie. Ce qui expliquait pourquoi la furie vivait en recluse, loin de la société bien pensante.

» Alors, j'ai fait ce qu'on avait fait pour moi. J'ai demandé à la furie de renoncer à son droit de garde, ce qui ne m'a pris que deux jours, sans menaces ni argent. Dans un premier temps, j'ai fait admettre Frédéric dans un centre d'hébergement spécialisé à Agen, le temps de préparer mon retour. Puis, je suis reparti à Reims avec un droit de tutelle permanent pour Frédéric.

» Je l'ai amené régulièrement dans un centre, dans l'espoir qu'il s'arrange un peu.

» Et j'ai fini par le présenter à Yvonne. Yvonne a voulu le prendre sous sa propre tutelle. Pour qu'il puisse changer de patronyme, car il avait fait la une des journaux quelques années auparavant et elle redoutait que certaines feuilles de chou peu scrupuleuses cherchent à en savoir plus sur notre histoire familiale un peu étrange et croustillante à souhait.

» Et puis, je crois que l'idée lui est surtout venue du fait qu'elle était persuadée qu'elle devait se racheter de ses fautes et reformer une famille. Celle qu'elle n'avait pas pu reconstruire après la mort d'Hermann pour Anna. Je sais que c'était un peu tard, mais disons que j'y ai vu le moyen à la fois de donner un bon cadre de vie à mon neveu, meilleur que celui que je pouvais lui donner au quotidien, surtout après sa majorité, et de permettre à Yvonne de régler ses comptes avec sa propre histoire. C'était une question qui la rongeait de l'intérieur, et j'avais peur qu'elle ne déraille avant de pouvoir le faire. Je l'ai poussée à effectuer les démarches le plus tôt possible.

» La suite, vous la connaissez par Anna.

Florence lâcha le volant et essuya ses mains moites sur son pantalon de flanelle.

— Et la cave ? Quel rapport avec ce que vous avez enterré dans la cave ?

— Vous ne loupez rien, Florence.

— Ne changez pas d'axe avec moi, Julien. Vous m'avez promis des aveux. Je les attends.

— Disons que j'ai déterré un chien. Et que je l'ai enterré ailleurs.

— Un chien ?... Vous vous foutez de moi ?

— Non, c'était bien un chien. Je le déterrerai à nouveau s'il faut vous convaincre.

— Et pourquoi vous baladez-vous avec un cadavre de chien d'une cave à l'autre ? Pour votre bon plaisir ? Pour des expériences ? fit Florence en faisant la moue.

— C'est un chien qui a été mangé... hasarda Julien.

— Vous mangez du chien ! fit Florence un peu choquée.

Elle n'avait pas l'habitude de côtoyer de si rustres personnes mais il fallait rester ouvert aux cultures des autres... « Sinophage » de Julien !

— Pas moi... répondit Julien en détournant la tête, c'est Frédéric. C'est une habitude qu'il a prise à Agen. Pour se nourrir. Quand on l'oubliait trop longtemps. Il a fallu qu'avec Yvonne on lui explique qu'il ne pouvait plus faire de même. Surtout à partir du moment où il est venu vivre chez Yvonne. Disons que tout était encore assez confus dans sa tête. Heureusement, on l'a trouvé au bon moment avec ce chien. C'était celui d'un des patients d'Yvonne. Un bougre assez hargneux. Il aurait pu appeler la police, rien que pour emmerder Yvonne.

Florence ouvrit grand les yeux. Cette histoire valait son pesant de cacahouètes. Un cinéma à la Chabrol. Elle était contente d'avoir été là au bon moment pour attraper une des clefs de l'histoire de Frédéric. Dommage que cela ait été trop tard.

Pour tout le monde d'ailleurs. Mais c'était comme une boucle qui se refermait. Il fallait bien deux points d'orgue à la fin d'une mélodie...

Mais cela ne réglait pas le problème de l'empoisonneur. Ce qu'elle fit remarquer à Julien.

— C'est moi qui ai conseillé à Anna de préparer cette tisane à Frédéric. Si elle s'est trompée ou qu'elle a mal agi sur mon conseil, je suis de nouveau responsable... déclara-t-il en regardant les gouttelettes descendre le long de la vitre.

— Anna ne sait pas ce que c'est que le Datura, Julien ! Elle a très bien pu commettre une erreur en se trompant de sachet ou en croyant arranger une des préparations de sa grand-mère.

— Détrompez-vous, Florence, sous ses airs de ne rien savoir, elle a très bien retenu les leçons de sa grand-mère. Yvonne m'a parlé de son don à plusieurs reprises. Elle n'avait aucun doute là-dessus.

— Vous croyez à ça, les « dons » ? fit Florence en gloussant. Vous ne sucrez pas un peu trop les fraises, Julien ?

— Je ne parle pas de magie, Florence. Je parle de capacité à composer avec les herbes. Comme vous avez le don de lire dans les cadavres... Vous me comprenez ?

Florence haussa les épaules en signe d'exaspération. Les rêveurs, c'était pas son truc.

— Si elle est aussi douée que ce que vous me dites, alors elle cache bien son jeu. Car, pour l'avoir observée, elle a l'air drôlement godiche avec les affaires de sa grand-mère. Non, je crois qu'une troisième personne est venue mettre son grain de sel. En sachant que vous le conseilleriez à Anna et en sachant qu'Anna se lancerait dans la composition de la tisane... et je pense même que cette personne a dû être suffisamment influente pour demander de l'aide à Frédéric lui-même.

— Pour s'empoisonner lui-même ? fit Julien, incrédule.

— Pour prendre une tisane légèrement modifiée. Dans un but que lui seul comprenait. Il fallait que ce fût une personne de confiance pour lui. Qui lui ait fait croire que cette tisane pouvait le transformer en je ne sais quoi. Cela peut être n'importe quelle sorte de mensonge pour un sujet d'un âge mental de dix ans.

» Se transformer en super-héros, devenir invisible... Que sais-je ?

Julien ne répondit pas. Plus il retournait les arguments de la légiste dans sa tête, plus la sauce prenait. Et il devenait aussi grave qu'une pierre grise des falaises bretonnes.

— Je ne vois que deux personnes potentielles... remarqua-t-il d'une voix rocailleuse.

— Moi aussi, acquiesça Florence, un peu excitée.

Et son coupé vrombit en direction de Bétheny.

Depuis son retour, Anna n'était entrée que quelques minutes dans la maison, le temps de constater qu'elle était abandonnée à elle-même, si ce n'était ce mot sibyllin de Dorothée posé sur la table de la cuisine, qui l'appelait à venir la voir dès qu'elle rentrerait. Elle avait « à lui parler ». Chez Dorothée cela n'avait rien d'original ni de mystérieux a priori. Cette convocation était un peu étrange néanmoins. Car Dorothée n'avait jamais eu besoin d'inviter Anna à une discussion. Elle avait plutôt tendance à s'imposer. En n'importe quelle circonstance.

Mais Anna ne s'attarda pas à réfléchir au pourquoi du comment. Elle préférait l'action à un sommeil sans repos, empli de culpabilité et d'effroi.

Et puis, elle voulait savoir dans quel état était Dorothée après le décès de son cher Eddy.

Curiosité malsaine, crainte de rejoindre elle-même la cohorte des pleureuses avec Frédéric, ou sollicitude véritable à l'égard de la femme qui avait manifesté le plus de tendresse et d'attention à son égard depuis qu'elle était arrivée à Reims ?

Sûrement un cocktail des trois.

Elle entra dans la maison de Dorothée et fut invitée à s'asseoir pour prendre un thé au salon. Le service en porcelaine était de sortie, ainsi que le napperon rose et vert à dentelle hollandaise. Anna savait très bien que ce n'était pas pour elle que Dorothée s'était mise en frais. Simone avait déjà pris place dans le décorum et trônait comme une reine posant pour *Paris Match*. Anna se cabra d'instinct. La scène avait un air de déjà vu.

Néanmoins, elle était chez Dorothée et elle savait que la partie ne se jouait pas selon les mêmes règles que chez Lady Simone. Elle s'assit sans rechigner.

Dorothée servit le thé dans un silence glacé où aucune des convives n'osait lever les yeux. La scène aurait pu se cristalliser ainsi si Dorothée n'avait pris la parole en remerciant ses deux convives d'être présentes en un jour aussi pénible. Sa voix, un peu rauque et tremblante mais tout de même amène, ramena un peu de chaleur autour de la table et, successivement, Anna et Simone présentèrent leurs condoléances.

— Suffit, suffit. Ne nous éternisons pas sur le sujet, coupa Dorothée. À vrai dire, nous ne sommes pas là pour ça et j'aurai bien le temps d'y penser après votre départ.

Elle se tourna vers Anna et posa sa main boudinée sur son bras :

— Nous t'avons demandé de venir parce que nous avons quelque chose d'important à t'avouer sur ta grand-mère.

Anna eut un haut-le-corps. Comme un réflexe de Pavlov. À chaque fois qu'elle avait discuté de ce sujet avec ces deux femmes, cela s'était terminé en pugilat.

Était-il raisonnable de poursuivre une conversation aussi sèche et alerte qu'un pétard de 14 juillet ?

— Dis-lui, Simone, je ne vais pas pouvoir.

Anna manqua de s'étrangler. Elle avait bu sa première gorgée de travers et le thé était brûlant et un peu âcre. Mais, surtout, ce genre d'entrée en matière, dont la spécialité revenait à Dorothée, avait le don de la mettre en boule.

— Allons bon, Dorothée, encore des cachotteries ? fit Anna en dissimulant mal son agacement.

— Calmez-vous, Anna.

C'était la voix claire et distinguée de Simone qui avait pris le relais.

Elle naviguait toujours entre deux eaux, la Lady. Entre l'attitude de duchesse et la sollicitude des nonnes.

— Ce que nous avons à vous dire est de la plus haute importance... Votre grand-mère n'a pas été empoisonnée à petit feu comme votre prétendue amie de la police le soutient. Dorothée m'a raconté sa petite théorie. Très intéressante par ailleurs. Mais ignorante des conditions dans lesquelles se trouvait votre grand-mère depuis le mois de juin dernier.

Anna avait une foule de répliques cinglantes qui lui venaient en tête, mais elle préféra siroter son thé en oubliant qu'elle avait une demi-heure à passer en compagnie de deux femelles folles. Dont une était incapable de faire infuser correctement un thé. Et l'autre d'accorder sa clémence, comme la reine de cœur à cette chère Alice.

— Elle a fait plusieurs malaises en notre présence et elle s'est plainte de douleurs à la poitrine, reprit Simone, posément. Le médecin qui l'a vue lui a recommandé un traitement qu'elle a dit prendre, au début. Mais nous nous sommes vite aperçues, Dorothée et moi, qu'elle ne le prenait qu'occasionnellement et que ses douleurs étaient toujours aussi fortes. Il est vrai que l'affaiblissement du cœur peut provoquer des problèmes de santé de plus en plus graves et, à terme, une hospitalisation et une opération, affirma Simone en rougissant.

Elle n'osait tourner la tête vers Dorothée. Mais celle-ci buvait son thé sans paraître être attentive au filage verbal de sa voisine.

— Votre grand-mère y était opposée. Nous avons essayé de la convaincre de prendre plus sérieusement le traitement, mais rien n'y faisait. Nous l'avons donc traitée malgré elle.

— Vous avez fait quoi ? fit Anna, que le discours de Simone avait failli endormir si ce n'était cette dernière phrase.

— Nous l'avons traitée pour sa maladie par un mélange de plantes fabriqué par nos soins. Votre thé a trop infusé, Dorothée, reprocha Simone à son hôtesse. Je vous ai dit de prendre le minuteur.

Dorothée allait s'excuser mais Simone ne lui en laissa pas le temps.

— Excusez-moi, Dorothée. Parfois je perds le sens des convenances. Avec ce que vous avez subi... et moi qui vous fais des reproches sur vos méthodes d'infusion...

— Ce n'est rien, Simone. Ce n'est rien.

— Ça vous ferait rien de reprendre le fil des explications, rugit Anna, que cette scène d'hypocrisie magistrale mettait au supplice. Les politesses, c'est pour les duchesses qui n'empoisonnent pas leurs copines.

— Ne vous énervez pas, Anna. Si nous l'avons fait, c'était uniquement pour son bien. Et nous l'avons fait discrètement. Chaque fois que nous venions boire le café, nous nous arrangions pour créer une diversion. À deux, il était plus facile de tromper votre grand-mère. Elle était soupçonneuse comme pas deux. Ce que nous avons négligé, c'était son état mental...

— Son état mental, répéta Anna, de plus en plus exaspérée par ses voisines.

— Oui, elle était déprimée. Elle avait des absences, elle était irritable, elle s'enfonçait de plus en plus dans ses souvenirs. Nous l'avons incitée de nouveau à consulter et on lui a diagnostiqué un Alzheimer... Et je crois que c'est à partir de là que votre grand-mère a pris sa décision... Je veux dire d'abandonner ses activités et de mettre fin à ses jours...

— Et c'est reparti pour un tour, fit Anna en essayant de s'hydrater du breuvage infâme qu'avait réussi à produire Dorothée, sûrement malgré elle, elle aussi.

» Alzheimer et pourquoi pas démence et cirrhose du foie aussi... Si vous ne savez pas quoi faire à l'avenir, Simone, écrivez des romans. Ma grand-mère vous a dit ça pour vous faire marcher. Elle n'avait pas plus envie de mourir que vous-même...

Simone rougit, cette fois-ci de colère, mais elle refusa de reprendre la parole. Elle avala une gorgée et roula des yeux en direction de Dorothée.

— Votre grand-mère est vraiment morte de son plein gré, fit Dorothée d'une voix douce.

— Pas vous, Dorothée, ne recommencez pas avec vos bêtises. Vous savez très bien qu'elle voulait vivre, pour Frédéric.

— Vouloir vivre est une chose, Anna, fit Dorothée doctement, comprendre que l'on va mourir dans de mauvaises conditions, très mauvaises pour ses proches et pour l'image que l'on veut donner de soi, en est une autre, et votre grand-mère tenait à partir dignement...

Anna pesta et maugréa. Mais combattre ces deux bonnes femmes c'était comme combattre une armée de cafards. On en abattait deux, il en revenait quatre, plus fringants et plus obstinés que les deux premiers.

Simone, rouge pivoine, ne semblait pas décolérer. Elle buvait sa tasse comme un automate branché sur une vitesse rapide.

— Ce qui est malheureux, reprit Dorothée de la même voix douce et aimable, une voix d'hôtesse d'accueil du téléphone rose, c'est de voir des gens s'accrocher désespérément à la vie alors que la maladie les ronge et qu'elle ne leur laissera aucune chance... Au début, ils sont raisonnables. On leur expose les faits, on leur livre la suite du menu. Ils souffrent et ils voient bien qu'ils vont aller vers un chemin de plus en plus difficile. À quelques semaines de la fin, ils seraient prêts à partir la tête haute... mais, je ne sais pour quel motif ils perdent d'un coup la raison et sont prêts à vivre à tout prix. Même si ça doit être en perdant l'usage de la moitié de leur corps ou à cracher du sang tous les matins... et là, il faut les ramener à la raison avant qu'il ne soit trop tard...

— Qu'est-ce que vous dites, Dorothée ? fit Simone en toussant, un peu gênée de ce qu'elle venait d'entendre.

— Je dis que la maladie ne laissait aucune chance à Yvonne et qu'elle devait mourir sénile d'ici un à deux mois. Cela lui fait honneur d'avoir mis un terme avec dignité aux cortèges de souffrances et de tristesse qui l'attendaient et qui risquaient de vous atteindre, vous et Frédéric.

Anna regarda Dorothée, étonnée.

— Vous me faites un plaidoyer pour l'euthanasie, Dorothée. Vous vous trompez d'adresse. Non pas que je sois fondamentalement contre... Mais ma grand-mère ne voulait pas mourir. J'en suis persuadée. Elle voulait s'occuper de Frédéric. Elle s'était donné quelques mois pour le faire. Elle ne l'aurait pas abandonné.

— Je le sais bien, concéda Dorothée, qu'elle ne voulait pas mourir tout de suite. C'est pourquoi j'ai dû l'aider.

— Vous avez fait quoi ? fit Simone en crachant du liquide brun sur son col blanc crème.

— C'est moi qui l'ai empoisonnée, ma chère Simone, fit Dorothée en posant la main sur sa compagne herboriste. Vous ne vous êtes aperçue de rien parce que vous êtes persuadée de tout maîtriser. De m'être bien supérieure en préparation, en connaissances médicales... mais cela a été un jeu d'enfant pour moi de substituer à la composition de notre traitement une préparation de mon choix qui devait aider Yvonne à partir en douceur. Je regrette que cela ait provoqué ces baisses de régime si importantes qui ont failli vous mettre la puce à l'oreille... mais il le fallait. Il fallait qu'elle parte. Avant de souffrir. Et de faire souffrir les autres.

Simone ne disait plus rien et, en dehors de ses pommettes rouges, son teint était devenu d'une blancheur cadavérique. Comme un clown blanc. Le clown triste.

— Et je peux dire sans crainte que j'ai fait mon devoir. De même qu'avec M. Jean, Mlle Léa, mon défunt mari et notre cher Frédéric.

Anna sentit un frisson lui parcourir l'échine. Elle était en train de rêver et on allait la réveiller.

Dorothée, une meurtrière ? Capable de décider en pleine conscience qui avait le droit de vivre ou non... Dorothée, la grande prêtresse qui mettait à mort ceux à qui elle vouait son existence ?...

— Pourquoi avez-vous fait cela ? Vous étiez son amie, fit Anna qui sentait que les mots se dérobaient et allaient moins vite que ce que lui réclamait son cerveau.

— C'est justement parce que j'étais son amie... Sinon, cela m'aurait été égal qu'elle meure dans un état de délabrement. La voir perdre la face devant tous ceux qui croyaient en elle ! Alors qu'elle avait mis tant d'années à gagner cette reconnaissance... Vous ne vous rendez pas compte à quel point les gens sont méchants. Au premier oubli, on l'aurait condamnée ou livrée aux institutions pour exercice illégal de la médecine.

» Et mon cher Eddy... Vous croyez que j'étais heureuse de le voir souffrir ainsi ? Lui que j'ai assisté chaque jour, chaque nuit, et qui souffrait plus que ce qu'il est permis à un être humain de supporter ? Dieu n'a jamais eu pitié de lui. Il allait de Charybde en Scylla. Il fallait mettre fin à cet acharnement cruel.

» Et la petite Léa, atteinte de leucémie. Elle est morte avant ses dix ans. Elle était si jolie avec ses yeux en amande. Elle m'adorait. C'est même votre grand-mère qui m'a aidée. Je lui ai un peu forcé la main, mais il le fallait. Les parents étaient au bord de l'effondrement.

» Quant à Frédéric, il souffrait trop de devoir partir dans l'institution que vous lui aviez choisie. Combien de fois m'a-t-il téléphoné en votre absence pour me dire qu'il se sentait mal et qu'il voulait rejoindre sa Mamami ? Je l'ai juste aiguillé pour qu'il trouve les clés du royaume de sa chère et bonne Mamami. Le reste, il l'a fait tout seul. Enfin, je l'ai un peu aidé à l'hôpital, je dois le reconnaître. Mais je suis sûre qu'il m'aurait été reconnaissant s'il avait pu me dire quelque chose avant de partir. Ne soyez pas triste, Anna. Avec ses handicaps et son système immunitaire, il n'aurait guère vécu que deux mois. Et dans quel état...

» Il n'y a que pour M. Jean que je ne l'ai pas fait par amour... Disons qu'il avait besoin qu'on le calme et, en définitive, avec son psoriasis... c'était un service que je lui rendais...

Anna était collée à sa chaise et l'apesanteur de Mars retenait tous ses gestes.

— À vrai dire, Simone, remarqua Dorothée avec un petit sourire de satisfaction, vous êtes mon premier meurtre. Et vous devez en être honorée. Car, à ce que je sache, vous avez une santé de fer. Et je ne peux pas prétendre vous sauver, vous, d'une flopée de souffrances et de gémissements à venir.

» Mais vous êtes trop bien informée et bavarde. Vous avez appris trop de choses sur moi.

Simone essaya d'articuler. On entendit une sonnerie à l'autre bout de la pièce. Le minuteur de Dorothée que, visiblement, elle savait utiliser, comme l'en avait exhortée son amie maintenant à l'agonie, grésillait.

— Dans quelques secondes, vous allez sentir une très forte palpitation et, après, le grand plongeon, ma chère. Je vous souhaite un bon passage dans l'au-delà. Ce fut un ravissement de vous connaître. Et j'enverrai vos amitiés à votre fille qui, je suis sûre, de sa cellule, sera peinée d'apprendre que sa mère est morte d'un infarctus.

Simone essaya de soulever ses mains, mais ses doigts se crispèrent. Elle eut un sursaut et sa tête vint s'écraser sur la table, brisant dans un bruit sec la tasse et sa coupelle ciselée.

— Ah, le datura. Quelle plante merveilleuse...

Anna restait abasourdie par le fracas causé par le renversement du corps de Simone sur la table. Elle aurait voulu fuir, mais son corps refusait de lui obéir. Tétanisée dans un bloc de ciment.

— Anna, votre tour va venir. Mais je vous ai réservé une petite surprise à ma façon. Disons, en témoignage de notre amitié...

La Vieille était devant elle. Et Anna pleurait. Elle aurait voulu se blottir contre elle, mais elle savait que la Vieille la repousserait. C'était pas méchamment qu'elle le faisait. Mais elle lui avait expliqué que, les câlins, cela faisait trop mal au cœur.

La Vieille attendait patiemment qu'Anna se calme. Les yeux perdus dans les rayures de la tapisserie marron. Anna aurait voulu mettre fin à ses propres pleurs, mais elle n'y arrivait pas. Elle eut trois hoquets de suffocation et finit par vomir sur la moquette.

— Allons bon, fit la Vieille. Je vais devoir tout nettoyer. Tu ne me facilites pas la tâche, Anna.

Anna la regarda à travers un rideau de larmes. Elle aurait voulu s'arrêter de larmoyer mais elle ne pouvait pas tarir ce torrent tant qu'on ne la prenait pas dans ses bras. Et il n'y avait personne pour la prendre dans ses bras.

— Déshabille-toi maintenant. Il est temps de prendre un bain, fit la Vieille.

Anna tenta d'essuyer sa joue du plat de la main et commença à retirer son pantalon. Avec toute cette énergie qu'elle mettait à pleurer, elle avait bien du mal à se déshabiller. Elle aurait voulu s'allonger et s'abandonner. Mais ce n'était pas ce que voulait la Vieille qui lui avait demandé de se déshabiller avec une voix de planton.

Petit à petit, elle retira ses vêtements, les laissant choir à terre comme des morceaux d'écorce, et suivit la Vieille qui faisait couler un bain. La vapeur emplissait la salle de bains et Anna ne voyait plus que de la buée sur la surface du miroir, au-dessus du lavabo. Elle aurait voulu défaire ses nattes avant de se glisser dans son bain. Mais la Vieille voulait qu'elle fasse vite. Elle posa un premier pied dans la baignoire, toujours en sanglotant. L'eau était bouillante. La Vieille avait préparé un bain moussant. Elle devait savoir qu'Anna aimait ça. Anna aurait aimé lui faire plaisir en s'arrêtant de pleurer.

Mais elle n'arrivait pas à réprimer les sanglots qui lui montaient à la gorge.

Elle posa son second pied au fond de la baignoire. Petit à petit, elle se faisait à la chaleur du bain. Elle s'agenouilla, trempa son torse, aidée par la Vieille qui lui arrosait le dos, puis s'allongea. Elle pouvait toucher l'autre extrémité de la baignoire. Elle sentit son corps s'apaiser. Les sanglots devinrent moins nombreux, moins violents, jusqu'à disparaître. La Vieille lui massait les trapèzes. Elle lui chantait une chanson. Anna aurait voulu lui dire à quel point elle était contente qu'elle ne fût pas fâchée contre elle. Mais la chaleur du bain et la moiteur de la salle de bains lui donnaient envie de fermer les yeux. Les carreaux luisaient et des bougies venaient d'être allumées tout autour d'elle. Anna commençait à entrapercevoir son visage sur le carreau de droite. La Vieille avait toujours les mains appuyées sur sa nuque. Elle voulut apercevoir son visage. Voir si elle souriait.

Mais la lumière était trop faible pour distinguer son reflet. La chaleur se fit plus forte dans son cou et son visage s'enveloppa d'eau. Elle bascula sa tête en arrière et regarda la Vieille. Alors que l'eau entrait dans ses narines et que son cœur battait de plus en plus vite dans sa poitrine, elle fixa ses yeux sur celle qui la poussait vers le fond et qui n'avait pas les yeux bleus. Celle qui n'était pas la Vieille.

Khaled observait la maison de la rue Paul-Bert avec inquiétude. Il avait assisté à trois détonations et il s'étonnait qu'elle fût encore sur pied. On les avait appelés pour une explosion de gaz chez un particulier et ils étaient tombés sur un double incendie.

La petite maison était en feu depuis près d'une demi-heure. Le feu avait dû prendre dans la cuisine, comme l'avait suggéré Dimitri. Mais les détonations ne cessaient d'éclater de manière complètement aléatoire et les pompiers n'osaient pénétrer dans l'immeuble car ils s'attendaient tous à voir le premier étage s'écrouler.

Il avait fallu appeler une autre équipe pour évacuer la rue Paul-Bert.

Les familles, les petits vieux qu'on avait refoulés au pâté de maisons plus loin. Il y avait ceux qui avaient fui sans un regard derrière eux et ceux qui ne pouvaient pas quitter leur maison des yeux, qui n'arrivaient pas à se résigner. Les pompiers essayaient d'être rassurants. Ils arriveraient à circonscrire le feu aux deux maisons atteintes. Dans la mesure du possible.

Des paires d'yeux essayaient de deviner à travers les bandes de fumée ce que pouvait devenir la mesure du possible.

Khaled souffla dans son masque. Si le capitaine lui disait d'y aller, il n'aurait pas d'autre solution que d'affronter la fournaise à pétards.

Dimitri lui montra le bout de la rue. Deux personnes essayaient de forcer le passage. Cela arrivait parfois. Un coup de folie, un vent de désespoir. Ils virent leur capitaine s'approcher et écouter patiemment l'homme moustachu et la femme blonde qui l'accompagnait.

Le capitaine lui fit un signe de la tête. Il s'approcha en soulevant son masque pour pouvoir entendre et répondre.

— Tu crois que tu peux y aller ? Il doit rester de deux à cinq minutes. Ils veulent juste savoir. Il devrait y avoir deux femmes. Une plutôt âgée et une plus jeune.

Khaled hocha la tête et remit son masque. C'était le moment qu'il redoutait le plus. Le petit jeu de la roulette russe. Jusqu'où je peux aller en restant vivant, entier ? Jusqu'où je peux aller en oubliant que j'ai une femme et une fille ?

Il pénétra dans la maison en flammes par une petite brèche. On lui avait juste demandé de regarder au rez-de-chaussée.

Les flammes étaient vives et l'odeur de propane encore très forte. Une poche de gaz quelque part et il disait bonjour aux anges. Il crut reconnaître une étagère en verre et un appareil de télévision. Puis, il vit des morceaux de corps calcinés. Il eut un mouvement de recul. Puis il s'approcha. Il pouvait peut-être ramener un élément permettant d'identifier le cadavre. Mais les craquements étaient trop importants au-dessus de sa tête. Il rabattit sa visière et fonça vers la sortie. Il ne voulait pas renoncer à ses parties de poker du mercredi soir pour un macchabée.

Il était en veine. Il réussit à sortir quelques secondes avant que le premier étage ne s'effondre, et que la maison voisine ne tremble sur ses fondations, elle aussi.

Anna s'était postée à la fenêtre. Elle avait essayé de se rapprocher le plus possible de la position fétiche de Frédéric. Mais la roue de son fauteuil bloquait contre la plinthe ou le battant de la fenêtre.

De là, elle voyait l'autre bout de la rue. La maison d'en face. Rien d'affriolant. On était au mois de janvier.

Elle recula sa chaise et faillit buter dans le canapé. La lumière était éteinte. Elle reposa ses bras sur les accoudoirs. Qu'est-ce que ça changeait, lumière éteinte ou allumée ?

Elle n'avait rien à faire aujourd'hui. Pas plus qu'hier.

Ses pensées allaient de Frédéric à la Vieille, de la Vieille à Dorothée, de Dorothée à Simone.

Et ils étaient morts. Morts avec leurs secrets, avec le secret de la Vieille.

Sauf elle. La petite Anna. Elle n'était qu'à moitié morte.

Elle devait s'en réjouir, avait-on clamé autour d'elle.

Elle aurait pu mourir en chutant dans sa baignoire du premier étage. Surtout que le feu de la maison de Dorothée avait commencé à prendre sur celle de la Vieille.

Non, c'était juste le plancher qui avait craqué sous l'effet des secousses et le poids de l'eau.

Elle avait du mal à imaginer la scène. Ce vol en baignoire où elle avait fini écrasée sous l'émail.

Elle avait à peine senti la douleur, à cause de la drogue que lui avait administrée Dorothée.

Elle n'avait perdu que ses jambes. Elle était en vie.

Elle n'arrivait pas à s'en réjouir. Encore un jeu de hasard, de coïncidence. Comme les cartes rouges de Frédéric, les allées et venues de Dorothée autour des mourants. Une certaine forme de hasard.

Elle était vivante.

Vivante pour ne rien faire.

On s'appliquait à lui mâcher le travail. Plus de boulot, plus de famille... Et de l'argent à ne savoir qu'en faire dans son état.

Et le reste du temps, on la plaignait. D'avoir perdu Frédéric, la Vieille, l'usage de ses jambes...

Et pour ceux qui la croyaient, lorsqu'elle racontait sa « *Death Tea Party* », d'avoir réchappé à une folle comme Dorothée, d'avoir vu mourir Simone.

Anna scruta le noir. Le vide.

Elle aurait donné cher pour courir le plus loin possible de cette maison.

Peut-être méritait-elle son enfer... Pour ce qu'elle avait laissé faire... Pour la mort de Frédéric...

Sans sa venue à Reims, sans son obstination, sans son orgueil...

À Simone, elle aurait pu demander du cannabis.

Quant à Dorothée, elle lui emprunterait ce truc qui l'avait fait planer au point de ne pas détester l'idée de mourir noyée dans une baignoire.

Elle attendrait le bon moment.

Dorothée n'était pas de celles qu'on avait retrouvées dans les décombres, lui avait fait comprendre la légiste. « Dorothée Houdini », illusionniste de génie. Cela faisait quelque chose à attendre. Quelqu'un à haïr plus que soi-même.

Julien se terrait dans une de ses cabanes, aussi triste qu'un peuplier au fond d'un cimetière.

Florence avait eu sa promo et vivait à deux cents à l'heure. Des fois, elle arrêtait son bolide devant la porte et embaumait la maison de son parfum au lilas.

On peut avoir envie de vivre que pour ces coups de vent. Mais les autres heures étaient si pénibles...

Elle serrait la lettre de la Vieille, la dernière. Celle qu'elle aurait voulu lire quinze ans auparavant.

Elle la connaissait par cœur.

Avec la petite fleur séchée à l'intérieur : « *Tiens tes promesses* »...

La seule promesse qu'elle pouvait faire à la Vieille, c'était qu'elle mourrait dignement. Pour le reste, tout avait disparu dans un nuage de cendres.

Heureusement que la Vieille était morte avant de voir tout ça.

Une veinarde, celle-là.

10033

Composition
NORD COMPO

Achevé d'imprimer en Slovaquie
par NOVOPRINT SLK
le 22 juillet 2012.

Dépôt légal juillet 2012.
EAN 9782290056028
OTP L21EPNN000255N001

ÉDITIONS J'AI LU
87, quai Panhard-et-Levassor, 75013 Paris

Diffusion France et étranger : Flammarion